GOLKONDA

Der Blutstein

KANE

Karl Edward Wagner

Deutsch von Martin Baresch
Überarbeitete Neuausgabe

Karl Edward Wagner
***Bloodstone* (1975)**

Die deutsche Erstausgabe erschien 1980 in der Reihe »Bastei-Lübbe Fantasy« [20023].

Die damals unter dem Pseudonym »Martin Eisele« publizierte Übersetzung wurde für die vorliegende Neuausgabe grundlegend überarbeitet und ergänzt.

Lektorat: Simone Heller
Redaktion: Hannes Riffel
Korrektorat: Kassandra Sperl
Titelbild: Tom Edwards [www.tomedwards.berta.me]
Gestaltung: s.BENeš [www.benswerk.de]
Satz: Hardy Kettlitz
Druck: Schaltungsdienst Lange, Berlin

Golkonda Verlag
Charlottenstraße 36 | 12683 Berlin
golkonda@gmx.de | www.golkonda-verlag.de

ISBN: 978-3-942396-91-2

Für John F. Mayer –
Kollege und Freund,
in Ruchlosigkeit
brüderlich
mit mir vereint.

Prolog

Ungezählte Meilen weit erstreckte sich der Wald mit seinen riesigen Bäumen, die ihr Geäst im Kampf um Sonnenlicht und frische Luft himmelwärts reckten. Unter dem dichten Blattwerk lag eine andere Welt: das Zwielicht des Waldbodens. Hier wurde die kühle Düsternis nur von vereinzelten Sonnenstrahlen durchbrochen, die spärlich durch den Baldachin sickerten und auf dem dichten Lager aus Blatthumus und Fichtennadeln schmolzen, das den Boden bedeckte. Unterholz wucherte nur dort, wo ein Baumriese gestürzt war und eine Bresche ins Dach des Waldes gerissen hatte. Dort gab es Licht, und so vermochte sich Gebüsch für kurze Zeit wie ein Leichentuch auf der fruchtbaren Erde neben dem verfallenden Stamm auszubreiten, bis die Zweige oben die Kluft wieder ausfüllten und die lebenspendenden Strahlen erstickten.

Dennoch war der Waldboden bei Weitem keine leblose Ödnis. Eine Unzahl großer und kleiner Tiere krabbelte umher. Insekten raschelten in dem Teppich aus verrottenden Blättern, Nadeln und Ästen oder huschten an den großen Baumstämmen empor. Schlangen glitten über den Boden, ständig auf der Jagd nach Nagetieren, die ihren Bau zwischen dem Wurzelgewirr in den Boden gruben. Mehrere kleine Pelztierarten suchten sich ihren Weg durch die Höhlen und Furchen in den moosbehangenen Trümmern gefallener Äste und abgeworfener Blätter. Hoch oben zwitscherten Vögel, und irgendwo schimpfte ein Eichhörnchen. In der Ferne krächzte nervös eine Krähe – und war wieder still.

Die Hirschkuh hatte den halbherzigen Warnruf vernommen und erstarrte. Zitternd drückte sich das Kitz an ihre Flanke. Ihre großen Augen rollten unruhig, die aufgerichteten Lauscher spielten. Vorsichtig sog sie die Luft durch die empfindlichen Nüstern und suchte die Witterung eines Wolfs oder Bären oder eines anderen Raubtieres wahrzunehmen.

Minutenlang verharrte das Muttertier. Nichts wies auf eine drohende Gefahr hin, und der Geruch des Wiesenklees war verlockend ... Die Hirschkuh trat aus dem Schatten der Bäume, das Kitz folgte ihr dichtauf.

Der feste Lehmboden nahm ihre spitzen Hufabdrücke nur ein paar Schritte weit auf ... Ein Pfeil zischte heran und fuhr ihr zwischen die Rippen. In Todesqual keuchend, taumelte die Hirschkuh, fing sich wieder – und preschte in blinder Flucht davon. Das Kitz zauderte nur einen Moment, dann verdrängte der Instinkt die Verwirrung. Auf seinen stelzengleichen Beinen stürzte es seiner Mutter hinterher.

Ein Krähenschwarm erhaschte die Witterung von Blut und Angst und erhob heiseren Protest.

Der Jäger sprang aus seinem Versteck neben dem Wildwechsel. Ein zweiter Pfeil lag auf der Sehne. Die geduldigen Augen des Mannes erblickten die blutige Fährte, und er lächelte triumphierend.

»Mindestens die Lunge ... vielleicht auch das Herz, dem Blut nach zu urteilen. Lauf, solange du noch kannst, Miststück. Weit wirst du nicht kommen!« Er zog ein langes Messer und folgte der schimmernden Spur.

Bald schon verließen ihre Hufabdrücke den Pfad, die blutroten Kleckse auf dem Waldboden jedoch waren nicht zu übersehen. Die Hirschkuh war – wie der Jäger vermutet hatte – nicht weiter als ein paar Hundert Schritte gekommen, bis der rasch nahende Tod sie zu Boden warf.

Er fand sie in einer Senke, die vor Jahren schon vom Wurzelwerk eines stürzenden Baumriesen gerissen worden war. Röchelnd entwich ihr Atem aus rot schäumenden Nüstern, ihre Augen trübten sich bereits.

Geschmeidig kletterte er zu ihr hinab und schnitt ihr die Kehle durch. Während er sein Messer an ihrer Flanke säuberte, hielt er Ausschau nach dem Kitz. Es war spurlos verschwunden.

Nun, bis zum Morgen würde es Opfer irgendeines Raubtieres geworden sein, und so brauchte es wenigstens nicht zu verhungern.

Nur kurz verspürte der Mann einen leichten Anflug von Reue, weil er ein Muttertier getötet hatte, aber der Tag war lang gewesen, und seine Familie in Breimen hatte Vorrang. Außerdem wurde er dafür bezahlt, Wild für den Markt beizubringen, und nicht, um sich im idyllischen Wald zu ergehen.

Mit einem müden, aber zufriedenen Grunzen setzte er sich auf den Hang, wischte sich mit einem schmutzigen Ärmel über das Gesicht und ließ den Blick schweifen. Eine kurze Pause – dann hieß es, das Tier ausweiden, eine Lastschleife binden und die Beute nach Breimen schleppen. Dies würde vermutlich den ganzen Nachmittag in Anspruch nehmen.

Die Mulde, in der sich der Jäger ausruhte, maß mehrere Schritt im Durchmesser. Der Baum, der hier einst gestanden hatte, musste alt und von ungeheurer Größe gewesen sein. Der kahle Boden war noch immer zerfurcht. Aber von den Rändern her war bereits Erde in die Vertiefung gerieselt. Etwas glitzerte am Grund der Senke.

Ein Lichtspeer zuckte durch das Blattwerk herab und spießte etwas Helles, halb vom Erdreich Verborgenes auf. Einen Gegenstand, der dem Jäger einen silbrigen Reflex entgegenwarf. Mit verhaltener Neugier erhob er sich und näherte sich dem Gleißen. Was er vorfand, ließ ihn ein verwundertes Brummen ausstoßen, und er hockte sich nieder, um es genauer in Augenschein zu nehmen. Ein Ring lag im Erdreich eingebettet. Ringsum war der Lehmboden von einer weißen, krümeligen Substanz und rötlichen Flecken durchzogen. Verwitterte Knochen und verrostetes Eisen? Der Jäger wischte die lockere Erde beiseite. Einige grünliche Klumpen kamen zum Vorschein, bei denen es sich um korrodiertes Messing oder Kupfer handeln mochte. Möglicherweise hatte er die Leiche eines alten Kriegers gefunden.

Wie lange mochte dieser hier wohl gelegen haben? Das überstieg sein Vorstellungsvermögen. Lange genug jedenfalls, dass Knochen und Ausrüstung hatten zerfallen können. Und der Baum, der auf dem Grab gewachsen war, mochte Jahrhunderte alt gewesen sein.

Mit unsicherer Hand riss der Jäger den Ring aus seinem Bett aus verunreinigtem Lehm und wischte die Krümel ab, die an ihm klebten. Er spie darauf, polierte ihn an seinem ledernen Hosenbein und hob ihn schließlich abschätzend hoch. Silbern und kalt schimmerte die Fassung – doch bestand sie nicht aus Silber. Das hätte vom Alter schwarz verfärbt sein müssen. Außerdem war dieses Material weit härter.

Er betrachtete den gewaltigen, oval geschnittenen Stein: ein prächtiger, tiefgrüner Blutstein, dessen Tiefen rot geädert waren. Ein hervorragendes Exemplar dieser Edelsteinart, entschied er, während er ihn ins Licht hielt. Die Farben wirkten ungewöhnlich düster, und auch die durchsichtige Beschaffenheit war atypisch. Riesengroß war der Stein – erstaunlich groß für einen Ring – und geschickt mit seiner Fassung verschmolzen. Vorsichtig kratzte der Jäger die letzten hartnäckigen, von Knochenmehl durchsetzten Lehmkrumen aus der Innenseite des Ringes und hielt ihn vor seinen Finger. Wer auch immer dieses Ding vor Jahrhunderten getragen haben mochte, er musste ein Riese gewesen sein. Auf einen normalen Finger passte er jedenfalls nicht.

Voller Unbehagen erinnerte sich der Jäger an selonarische Legenden von Riesen und Dämonen, die einst durch diese Wälder geschritten waren, lange bevor sich die ersten Menschen hier niedergelassen hatten. Auch in seinem eigenen Volk gab es Erzählungen über die wilden Rillyti, die sich vermutlich nie weit vom glitschigen Schutz ihres Sumpfes entfernt hatten.

Aber der Jäger nannte einen derben, praktischen Verstand sein Eigen. Er murmelte ein Schutzgebet an Ommem, bat den Geist des verfallenen Skeletts um Vergebung und steckte den Ring in seinen Beutel.

Dann machte er sich daran, seine Beute auszuweiden, ohne auch nur einen Gedanken daran zu verschwenden, was er da tat. Vielmehr spekulierte er die ganze Zeit über vergnügt über den Preis, den ihm sein Fund auf dem Markt der Juweliere in Breimen einbringen würde.

1. KAPITEL

Tod im Feuerschein

Wie ein drohender Schatten saß der große Mann in seinen Umhang gehüllt vor dem lodernden Feuer. Gedankenverloren schlürfte er Wein aus einem irdenen Krug, der in seiner mächtigen Faust beinahe verschwand.

Das enganliegende Hemd und die Hose aus dunklem Leder wiesen frische Blutflecken auf, und der rechte Ärmel war über einen blutrot getränkten Verband zurückgekrempelt. Ein mit Silbernieten verzierter Gurt lag über der gewaltigen Brust des Mannes. Die Schwertscheide, die hinter seiner rechten Schulter hing, war leer. Das Schwert selbst ragte vor ihm auf, die Spitze in eine knorrige Baumwurzel gerammt.

Während der Mann sich geistesabwesend mit einem Fingerknöchel über den kurz geschorenen roten Bart strich, der sein grausames Gesicht säumte, grübelte er über die vielen Kerben und rotbraunen Flecken nach, welche die Klinge entstellten und im flackernden Licht zu Schemen heftiger Kämpfe wurden. Allem Anschein nach nahm er die anderen Männer gar nicht wahr, die in seiner Nähe gierig die Beute ausbreiteten, um sie untereinander zu teilen. Die Ocalidad-Berge, in deren Schutz die nördlichen Küsten des Waldlandes lagen, das inzwischen Wollendan hieß, waren ihrer Räuber wegen berüchtigt gewesen, lange bevor die blonden Seefahrer von der Küste her über ihre Pässe wanderten, um Städte in die riesigen Wälder des Südens hineinzutreiben. Damals waren die dunkelhaarigen Waldbewohner unwillig vor den Eindringlingen zurückgewichen und hatten sich in den zahllosen Höhlen und uneinnehmbaren Bergfesten aus längst vergessenen Zeiten verschanzt. Soweit jene, denen das Land gehörte, zurückdenken konnten, waren Karawanen, die sich über die Ocalidad-Berge mühten, noch niemals sicher gewesen. Trotzdem musste der Handel von der Küste ins Landesinnere und wieder zurück fließen. Die einträglichen Geschäfte mit den sagenhaften Städten jenseits der Meere belohnten jedes Risiko. Also überquerten Männer mit Reichtümern beladen die Berge – und dort warteten bereits Männer mit Schwertern darauf, sie ihnen abzunehmen. Die

Geschichte der sich daraus ergebenden Maßnahmen und Gegenmaßnahmen war ebenso lang und bunt wie blutig.

Vor einigen Stunden hatte die Bande eine unbedeutende Tragtierkolonne angegriffen, die – nur von ein paar bewaffneten Männern eskortiert – aus dem Süden herüberkam. Für die Banditen hatte der Kampf nur wenig besser als unentschieden geendet. Den überlebenden Händlern war es schließlich gelungen, den Hinterhalt zu durchbrechen und sich in Sicherheit zu bringen. Allerdings hatten sie auf ihrer Flucht einiges zurückgelassen, und die Straßenräuber gaben sich damit zufrieden, über diese Beute herzufallen.

Während die Abenddämmerung hereinbrach, zogen sie sich in ihr Lager zurück, und jetzt waren sie damit beschäftigt, die Beute aufzuteilen – eine ebenso schwierige wie gefährliche Aufgabe.

»In diesem einen Beutel hier sind eine hübsche Menge Juwelen«, bemerkte ihr Anführer, ein narbengesichtiger Riese namens Hechon. »Irgendjemand ist jetzt um einen Haufen Geld ärmer. Möchte wissen, wohin das alles sollte. He, vielleicht stimmen diese Gerüchte doch, und Malchion wirbt tatsächlich noch Söldner an, weil er Selonari angreifen will.«

»Dieses alte Märchen wehte schon in der ein oder anderen Form um die Felsen der Ocalidad, soweit ich zurückdenken kann«, höhnte jemand.

Vorsichtig wurde der Inhalt des Beutels auf eine Decke geschüttet, wo die Edelsteine die Funken des Feuerscheins in einen Kreis gieriger Augen zurückwarfen. Ein Dutzend Händepaare zuckten, begierig darauf, nach dem Schatz zu greifen, doch solange Hechon die Beute prüfend begutachtete, hielten sich die Raubgesellen zurück. Er hatte das letzte Wort. Er bestimmte, wie die Beute aufgeteilt wurde.

»Verdammt! Das hier ist mal etwas Interessantes!«, murmelte er unvermittelt. Eine dreifingrige Hand griff hinab und hob einen Ring in den Lichtkreis des Feuers. Erfahrene Augen taxierten ihn.

»Hä! Dachte doch, der sieht seltsam aus! Viel zu groß für die Finger der meisten Leute, und ist das wirklich Metall? Für Silber ist es zu hart. Platin vielleicht. Ein kostbares Metall jedenfalls, und so hart wie Eisen. Ich hab gehört, dass man es irgendwo oben im Norden verarbeitet. Zuerst dachte ich, dieser Edelstein wäre ein Blutstein, aber so einen wie den hier habe ich noch nie gesehen. Seht nur, das Licht ... regelrecht aufgesogen scheint es zu werden. Man kann die roten Adern fast bis ins tiefste Innere des Steines verfolgen.«

»Zeig mir den Ring.« Endlich hatte sich der große Mann, der abseits von ihnen saß, zu Wort gemeldet. Hechons Entdeckung hatte ihn aus seiner grübelnden Zurückhaltung gerissen. Aller Augen wandten sich in die Richtung, aus der seine leise Stimme gekommen war. Hechon musterte ihn mit kluger Berechnung, und nach einem kaum merklichen Zögern warf er ihm den Ring zu.

»Sicher, Kane. Schau ihn dir nur an. Wenn du zu müde bist, um herüberzukommen und bei uns zu stehen …«

Geschickt fing Kane den Ring mit der linken Hand und hielt ihn sich vor die Augen. Schweigend untersuchte er ihn, drehte ihn vorsichtig im Licht, als sehe er eine Inschrift darauf. Lange Zeit schien er in Gedanken versunken, dann verkündete er plötzlich: »Diesen Ring will ich haben. Er soll mein Anteil an der Beute sein.«

Der Tonfall, in dem er dies sagte, gefiel Hechon nicht sonderlich, genauso wenig, wie ihm der rothaarige Fremde gefiel.

Vor zwei Monaten war er mit einer Handvoll anderer Männer zu seiner Bande gestoßen. Sie waren die einzigen Überlebenden einer Gruppe Gesetzloser gewesen, die von einer Söldnertruppe überrascht worden war. Immer wieder sandten die Küstenstädte solche Trupps aus, um die Gebirgspässe für den Handel sicher zu machen.

Woher Kane eigentlich stammte, wusste Hechon nicht, und es interessierte ihn auch nicht. Allerdings wusste der Bandenführer um Kanes tödliche Gewandtheit im Kampf. Die schreckliche Kraft seines Schwertarms hatte rasch dafür gesorgt, dass sein Name überall in den Ocalidad-Bergen bekannt und gefürchtet wurde. Obwohl Hechon schon damals sogleich erkannt hatte, welche Bedrohung Kane für ihn darstellte, hatte er seine Position unter seinen eigenen Leuten für zu sicher eingeschätzt, als dass sie ihm der fremde Krieger ohne Umschweife hätte streitig machen können. Außerdem wog Kane bei einem Raubzug ein Dutzend schwächerer Schurken auf.

Die selbstsichere Art, mit der sich Kane nun allerdings den wunderlichen Ring aneignete, weckte Hechons Unwillen. Er entschied, seinen Führungsanspruch geltend zu machen, bevor die anderen anfingen, bei nächster Gelegenheit Kanes Wünsche als Gesetz anzunehmen.

»Ich entscheide, wie die Beute aufgeteilt wird«, knurrte er. »Ohnehin ist das ein wertvoller Ring, und ich habe selbst Gefallen daran gefunden.«

Kane runzelte leicht die Stirn und fuhr fort, den Ring mit dem Blutstein abwägend zu betrachten. »Ein Blutstein ist kein sonderlich wertvolles

Juwel, und dieser Ring mag lediglich als Kuriosität einen gewissen Wert besitzen«, versuchte er Hechon zu beschwichtigen. »Aber ich finde ihn irgendwie – interessant, und es sieht so aus, als würde er mir fast passen. Also ist es vielleicht nur eine Laune, aber ich will ihn haben. Was den zweifelhaften Geldwert betrifft, so gehe ich ein großes Risiko ein, indem ich diesen Ring anstelle meines restlichen Beuteanteils nehme. Damit habt ihr anderen ein ganzes Stück mehr, das ihr unter euch aufteilen könnt.«

»Du bist nicht so dumm, so viel aufs Spiel zu setzen, es sei denn, du hast eine ziemlich genaue Vorstellung vom Wert dieses Ringes!«, hob Hechon argwöhnisch hervor. »Und wie ich schon sagte, ich bin hier der Anführer! Ich entscheide, wer was bekommt. Also gib den verdammten Ring zurück, Kane, und dann können wir zur Sache kommen. Du wirst nehmen, was ich dir überlasse. Und dieser Ring wird mir gehören.« Die Drohung verlieh seiner Stimme einen unangenehmen Beiklang.

Finster und hartnäckig blickte Hechon zu Kane hinüber. Die anderen Gesetzlosen beobachteten sie in nervösem Schweigen und wichen fast unmerklich von den beiden zurück. Abelin, Hechons schlaksiger Stellvertreter, wischte sich sorgfältig die Hände an den Oberschenkeln ab und bewegte sie aus Kanes Blickfeld, während er seinen Anführer ansah. Seine Männer würden ihm den Rücken decken, stellte Hechon befriedigt fest.

In der angespannten Stille wirkten mit einem Mal selbst die Laute der Nachtwesen gedämpft und fern. Der flackernde Lichtschein ließ Kanes Augen in blauem Feuer glimmen. Höhnisch grinste der kalte Tod in ihren Tiefen. Schon immer hatte Hechon ein Frösteln verspürt, wenn er in diese Augen blickte ... Es waren die Augen eines geborenen Mörders. Voller Unbehagen gedachte er des Wahnsinns, der darin sichtbar geworden war, als Kane blutbesudelt über den von ihm Getöteten gestanden hatte.

Das böse Glimmen des Blutsteins passte zu Kanes unheimlichem Blick. Selbst die scharlachroten Adern des Steins schienen im Schatten des Feuerscheins zu leuchten.

Und plötzlich wusste Hechon: Kane würde den Ring nicht zurückgeben. Mit einem Schaudern wurde ihm klar, dass nun kein Ausweg mehr blieb. Wenn er nachgab, verlor er sein Gesicht. Und dann würde es nicht mehr lange dauern, bis ein anderer seinen Leuten Befehle erteilte. Kanes Herausforderung bedurfte einer Antwort. Ein für alle Mal.

Kane saß unbeweglich, aber Hechon wusste um die tödliche Schnelligkeit, mit der er zuzuschlagen vermochte. Es würde ihm keine Mühe bereiten, sein Schwert aus dem Holz zu ziehen. Hechon behielt Kanes linke

Hand scharf im Auge – seinen Schwertarm –, aber Kane war noch immer dabei, sich mit dem Ring über die Wange zu streichen. Der Anführer der Räuberbande zuckte mit den Schultern.

»Nun, wenn du den verdammten Ring unbedingt haben willst, so kannst du ihn als deinen Anteil behalten«, brummte er. Hechon schien sich zu entspannen und lächelte die anderen an. Dabei warf er Abelin einen Blick zu, dann spreizte er die Finger in einer deutlichen Geste der Hilflosigkeit. »Schließlich, Kane«, fuhr er fort, »ist es mir wichtiger, dich zu halten ...«

Schnell wie ein böser Gedanke schoss Abelins Hand zum Nacken hoch – und hatte gleich darauf das lange Messer aus der Scheide gerissen, das zwischen seinen Schulterblättern befestigt war. In einer fließenden Bewegung streckte sich der Arm von Hechons Stellvertreter, um die Klinge zu werfen.

Aber Kane war nicht auf Hechons scheinbare Einwilligung hereingefallen. Er kannte die Verschlagenheit des Anführers, und so war er doppelt wachsam gewesen. Der stumme Mordbefehl an Abelin war ihm nicht entgangen. Und obwohl Kane Linkshänder war, hatte die jahrelange Übung seinen rechten Arm fast so gewandt werden lassen wie den linken.

Im gleichen Sekundenbruchteil, in dem Abelins Messer auf sein Herz zuschoss, warf Kane sich zur Seite und riss in derselben Bewegung den im Stiefelschaft versteckten Dolch heraus, über dem seine rechte Hand längst schon gelauert hatte. Wie eine angreifende Viper zuckte die Klinge über das Feuer hinweg. Abelins Messer verfehlte ihn und schlug dumpf in einen Baumstamm. Abelin war noch zum Wurf nach vorne gebeugt, da keuchte er schon überrascht auf, als ihm Kanes Dolch ins Herz fuhr.

Zu diesem Zeitpunkt war Kane bereits auf den Füßen. Während Abelin sterbend in die Knie sackte, ergriff er sein Schwert mit der Linken; den Ring ließ er fallen. Ein wuchtiger Tritt zerfetzte das Feuer. Eine blendende, sengende Woge aus Kohlen und Glut stob den überraschten Raubgesellen entgegen und trieb sie verwirrt und unter Schmerzen zurück.

Hechon hatte blankgezogen. Den freien Arm hochgerissen, schützte er sich vor dem Feuer und Ascheregen und schlug blindlings um sich. Gerade noch rechtzeitig nahm er die Deckung höher, um Kanes Hieb abzuwehren.

Kane schnellte über das Feuer, wie eine auflodernde Fackel gleißte sein Schwert, als er zuschlug. Der Anführer der Räuberhorde parierte und griff seinerseits an. Kane wich aus, dann, blitzschnell, drang er wieder auf Hechon ein. Mit mächtigen Hieben schlug er seinem Gegner beinahe das Heft aus den betäubten Fingern. In die Defensive gezwungen, wich Hechon zurück. Verzweifelt mühte er sich, Zeit zu schinden, bis seine Männer ihre

Überraschung überwanden und ihm zu Hilfe eilten ... falls sie das überhaupt vorhatten.

Kane gewährte der Meute diese Zeit nicht. Hechon glitt auf den weit verstreuten Kohlen aus; für einen winzigen Moment nur verlor er das Gleichgewicht. Und Kane nutzte die Gelegenheit. Scheinbar mühelos durchbrach er Hechons Deckung und rammte ihm die Klinge in die Schulter. Der Treffer ließ den Anführer wehrlos rückwärts taumeln. Und Kane drang weiter auf ihn ein.

Eine Sekunde später schlug Hechons lebloser Körper auf dem Boden auf. Sein Blut ergoss sich über den Ring mit dem grünen Juwel, und dessen böses Funkeln war das Letzte, was der Anführer der Räuberbande bewusst wahrnahm ... Kane schnappte sich den Ring mit dem Blutstein vom besudelten Boden und reckte sich. Grimmig starrte er die anderen Geächteten an, die ihm mit gezogenen Waffen gegenüberstanden, unsicher, was sie jetzt tun sollten, da ihre Anführer getötet worden waren.

»Gut!«, brüllte Kane, während er sein rotgefärbtes Schwert drohend erhoben hielt. »Dieser Ring gehört mir, und ich werde jeden verfluchten Narren umbringen, der ihn mir streitig macht! Teilt jetzt den Rest der Beute unter euch auf! Ich habe bekommen, was ich wollte, und verschwinde. Jeder, der gleich zur Hölle fahren will, kann versuchen, mich aufzuhalten.«

Niemand erhob eine Hand gegen ihn. Kane steckte seinen Dolch und eine Handvoll Goldmünzen ein, stieg auf sein Pferd und preschte in die Nacht davon.

Hinter ihm stritten sich die Schakale um das, was er zurückgelassen hatte.

2. KAPITEL

Der Turm am Abgrund der Zeit

Die Steine unter den Hufen des Pferdes waren ihm inzwischen beinahe tröstlich vertraut, und ganz plötzlich war Kane sich nicht mehr sicher, ob fünfzig Jahre oder erst fünfzig Tage vergangen waren, seit er das letzte Mal über diesen Grat geritten war. Spärlich wuchsen verkümmerte Bäume aus dem rissigen und von Wind und Wetter geformten Fels, bizarre Schatten vor der orangeroten Sonne im Westen. Der Wind, der ihm das Haar zerzauste und unter den Wolfsfellumhang fuhr, trug den kalten Odem des Meeres mit sich, das als blaues Band um den dunstigen Horizont im Osten geschmiegt lag. Das schwache Murmeln der fernen Brandung hob das Brausen des Windes umso deutlicher hervor, und das schrille Kreischen aufsteigender Vögel legte sich wie eine gebrochene Melodie darüber. Jene fernen Schatten, die im Wind still verharrten oder kreisten ... waren es Raben, Falken oder Möwen? – Waren es überhaupt Vögel? Kane war zu sehr damit beschäftigt, dem kaum benutzten und beinahe zugewachsenen Pfad zu folgen, um ihnen weitere Aufmerksamkeit zu schenken.

Langsam kamen die Ruinen einer niedrigen Mauer in Sicht. Damit war auch der alte Weg, dem er folgte, besser zu erkennen. Unordentliche graue Steinhaufen deuteten auf eingestürzte Gebäude hin, und hin und wieder schmiegte sich ein dachloser Bau an den Kamm der Bergkette. Als Kane sich dem höchsten Punkt des Gebirgsgrates näherte, kamen nach und nach die wohlvertrauten Einzelheiten *ihres* Turms zum Vorschein. Vollkommen senkrecht ragte die Basaltsäule gen Himmel, etliche tausend Fuß über der weit darunter liegenden Küstenebene. Es war kaum vorstellbar, dass sie nicht schon vor Jahrhunderten in den Abgrund gestürzt war. Aber Kane wusste: Ihre Zerbrechlichkeit war reine Illusion. Die Stadt, die sich einst am Fuße des Turmes ausgebreitet hatte – sie war längst zu Schutt zerfallen, noch ehe der große Ozean von diesen Klippen zurückgewichen war, die er davor jahrein, jahraus mit seiner tosenden Brandung bestürmt hatte. Nur der Turm stand nach wie vor unverändert.

Kane fiel auf, dass hinter den hohen Turmfenstern Lichter aufleuchteten, während er sein Reittier die letzten paar hundert Schritte den unebenen Pfad empordirigierte, der zum Gipfel führte. Die Vertrautheit der Umgebung wirkte inzwischen viel stärker auf ihn, fast fühlte es sich an wie eine Heimkehr. Der unablässige Wandel, der seine Wahrnehmung des Daseins bestimmte, ließ für Kane die unheimliche Beständigkeit *ihrer* Welt umso fremder erscheinen. Ihm kam es vor, als gäbe es in Jhaniikests Turm einen Brennpunkt der Zeitlosigkeit in den ewig wechselnden Mustern des übrigen Universums ... eine Zuflucht vor der Zeit selbst.

Die Tore des Turms schwangen auf, als er sich näherte. Ein nebliger gelber Schein kroch in das Zwielicht heraus, das über den Bergrücken trieb. Geisterhafte Wächter einer längst ausgestorbenen Rasse hoben scheppernd eigenartige Speere zu einem steifen Salut. Kanes Pferd rollte verängstigt mit den Augen und wieherte nervös.

Müde vom tagelangen harten Ritt glitt Kane aus dem Sattel und führte sein schnaubendes Reittier in den Schutz eines Gebäudes ohne Dach nahe dem Fuß des Turmes, wo er es anband. Er sah, dass in den Ritzen zwischen den Bodenplatten genügend Futter wuchs, um das Pferd beschäftigt zu halten, bis er sich seiner richtig annehmen konnte.

Teilnahmslos beobachteten ihn die Wächter mit ihren Raubtieraugen, als er wenig später die Turmportale durchschritt.

Hinter ihm schlossen sich die Torflügel mit leisem Scharren, und er fragte sich, wann sie sich wohl zuletzt für einen Gast geöffnet hatten. Fackeln beleuchteten seinen Weg durch die Eingangshalle und die steinerne Treppe zu den oberen Stockwerken hinauf.

Jhaniikest stand hoch über ihm am Ende der Stufen. Ihre halb entfalteten Schwingen umrahmten den weiten Durchgang. Ein Lächeln hieß ihn willkommen, bei dem sich dünne rote Lippen über nadelspitze weiße Zähne zurückzogen. Sie streckte Kane eine Hand entgegen.

»Kane! Von weit oben sah ich dich kommen! Du hast den ganzen Nachmittag gebraucht ... Zuerst glaubte ich, du hättest dich verirrt, Jhaniikest vielleicht sogar in all den Jahren vergessen. Liegt es nicht schon Jahrhunderte zurück, seit ich dich das letzte Mal sah?«

»Nicht annähernd so lange, da bin ich sicher«, widersprach Kane, während er niederkniete, um die langfingrige, trügerisch zerbrechlich wirkende Hand zu küssen. »Auf dem Weg hierher war ich sogar der Meinung, nur ein paar Monate fortgewesen zu sein ...«

Sie lachte. Es war ein unheimliches, hohes Trillern.

»Kane ... Sagst du deinen Damen immer, dass die Jahre, die du fern von ihnen verbrachtest, wie Tage vergangen sind?« Ihre großen Silberaugen musterten ihn mit unverhohlener Neugier. Die schwarzen, senkrechten Pupillen wirkten beinahe kreisrund in dem verdunkelten Raum. »Du kommst mir unverändert vor«, stellte sie fest. »Aber letztlich siehst du immer gleich aus ... Genau wie meine Schattendiener hier. Komm ... Setz dich neben mich und erzähle, was du gesehen hast. Der Wein steht bereit, ebenso die Vorspeisen ...«

Von einem schlanken Dienstmädchen, deren Knochen längst zu Staub zerfallen waren, nahm Kane eine bauchige Weinflasche entgegen. Wie sie das schwere Tablett mit den Gläsern balancierte und dabei die Lippen konzentriert zusammenkniff, schien sie ihm wahrhaftig lebendig zu sein. Ja, er glaubte sogar, den schnellen Stoß des Atems zu erkennen, der das feine gelbbraune Fell über ihren Brüsten bewegte. Jhaniikests Zauber ist mächtig, sann er, während er am Wein nippte. Dämonenwein war es, herbeibeschworen aus einem unvorstellbaren Keller ...

»Ich habe dir etwas mitgebracht«, verkündete er und zog unter seiner Weste und dem Hemd einen Lederbeutel hervor. Einen Augenblick lang wühlte er darin, dann nahm er ein winzig kleines, in weiches Leder eingeschlagenes Päckchen heraus und reichte es ihr.

Jhaniikest ergriff es voller Neugier und ließ nur kurz die Finger darübergleiten, bevor sie das Band mit einer scharfen Kralle durchtrennte und die Umhüllung aufschlug.

»Ein Ring!«, lachte sie erfreut. »Kane ... was für ein wundervoller Stein.« Sie drehte den prächtigen blauen Sternsaphir im Licht, probierte ihn auf einem Finger, dann auf einem anderen, und bestaunte mit vergnügten Lauten, wie er wirkte.

Jhaniikest war ein unheimliches Wesen. Sie war aus der Verbindung der Priesterin einer untergegangenen Rasse aus vormenschlicher Zeit mit dem geflügelten Gott hervorgegangen, den sie verehrt hatte. Hexe, Priesterin, Halbgöttin – sie hatte sich in diesem Turm niedergelassen, der einst Tempel derjenigen gewesen war, die hier gelebt hatten. Mit ihrer Zauberkraft hatte sie ihn erhalten, während die alte Stadt zu Ruinen verfiel; und die Schatten ihres Volkes hatte sie heraufbeschworen, sodass sie ihr im Tode dienten. Eine ewig junge Göttin ohne Himmel. Oder vielleicht war dies ihr Himmel, denn sie hauste seit Jahrhunderten in diesem einsamen Turm und hatte sich mit so unvorstellbaren Künsten und Philosophien beschäftigt, wie es nur die alten Götter zu tun pflegten.

Kane hatte sie – teils durch Zufall – vor langer Zeit entdeckt.

Sie kniete auf ihrem Diwan, die langen Beine untergeschlagen. Ihre zarten Schwingen waren gefaltet, bewegten sich aber ruhelos, als würden sie von einer unsichtbaren Brise berührt. Abgesehen von diesen Flügeln war Jhaniikest einem menschlichen Wesen nicht allzu unähnlich. Ihre Statur glich fast der eines schlanken, etwa fünfzehnjährigen Mädchens. Sie war knapp zwei Meter groß, und ihre Gliedmaßen schienen unproportioniert. Vom Ansatz ihrer Flügel über die Schultern zogen sich dicke Muskelstränge nach vorne zu einem kielartigen Brustbein. Kleine, feste Brüste lockerten die scharfen Konturen ihres Oberleibes auf. Ein silbrig-weißer Pelz bedeckte ihren ganzen Körper – kurzes und feines Fell wie auf dem Gesicht einer Katze. Auf dem Kopf und am Hals wurde das Haar lang und gewellt, eine stolze Mähne, um die sie jede Hofschönheit beneidet hätte.

Jhaniikests Gesicht war schmal, mit feinen Zügen, Ohren und Kinn waren elfenhaft gespitzt. Ornamente aus Juwelen glitzerten auf ihrem Silberfell – ihrem einzigen Gewand außer einem goldenen Gürtel mit Edelsteinen und glänzenden Seidenschals.

Die Flügel waren das Herrlichste an Jhaniikest: fledermausartige Schwingen mit silbernem Pelz, die den Bereich zwischen Schultern und Hüfte einnahmen und eine Spannweite von zwanzig Fuß erreichen konnten. Angelegt ragten sie über ihrem Rücken auf wie ein Hermelinumhang. Im Flug schimmerten sie Opalen gleich in der Sonne. Mit der übermenschlichen Kraft, die ihrem verdichteten und hohlen Knochenbau innewohnte, konnte sie sich mühelos in die Lüfte schwingen und stundenlang im einsamen Himmel kreisen. Jhaniikest – die geflügelte Göttin eines untergegangenen Reiches. Wie Kane, der um ihre Freude an glänzenden Edelsteinen wusste, es erwartet hatte, gefiel ihr der Saphir – einer der schönsten, die ihm in etlichen Jahren seines Daseins als Dieb und Räuber in die Hände gefallen waren. Dabei wäre es ihr mit ihrer Hexenkunst gewiss ein Leichtes gewesen, selbst einen derartigen Schmuckstein – oder gar einen noch schöneren – herzustellen. Aber die Göttin erhielt in diesem Zeitalter kaum noch Gaben, und Kane hatte geahnt, dass sie sich über sein Geschenk freuen würde.

»Was also führt dich wieder in mein Reich?«, fragte Jhaniikest gleich darauf. »Sag nur nicht wieder, du wärst so weit geritten, um mir den Schmuck geben und ein wenig Zerstreuung bringen zu können. Das schmeichelt, aber ich kenne dich zu gut. Kanes Motive sind niemals das, was er mit einem Lächeln verkündet.«

Kane verzog keine Miene. »Ist das der Dank für meine Ritterlichkeit? Doch es war wirklich ein Ring, der mich zu dir führte. Ein Ring, der mir bekannt vorkam, obwohl ich ihn nie zuvor gesehen hatte. Wahrscheinlich habe ich davon gehört – oder irgendwann einmal etwas darüber gelesen. Möglicherweise habe ich vorschnell gehandelt, als ich den Tand an mich nahm. Aber wenn mich mein Gedächtnis nicht im Stich lässt, dann ist er der Schlüssel zu einer Kultur, die lange vor dem Erwachen der Menschheit existierte ... Ich habe einige Dinge bei dir zurückgelassen, Jhaniikest ... Unschätzbar wertvolle Gegenstände, von denen ich glaubte, sie könnten dein Interesse wecken. Hätte ich sie selbst behalten, sie wären mir rasch abhanden gekommen. Du wirst dich erinnern, dass mehrere alte Bücher dabei waren – alte Bände mit Zauberwissen jener Art, wie Menschen es selten zu Gesicht bekommen. Ich glaube mich zu erinnern, dass ich beim Studium dieser unheiligen Manuskripte auf die Erwähnung eines Blutsteinrings gestoßen bin ... eines Juwels vielmehr, das einem Blutstein ähnlich sieht. Um dieser Erinnerung nachzuspüren, war ich nun tagelang im Sattel. Andererseits hatte ich schon seit Langem vor, dich wieder einmal zu besuchen.«

Jhaniikest warf den Kopf zurück und lachte wehmütig. »Ich sehe, dein Ehrgeiz ist so grenzenlos wie eh und je. Ja, Kane, ich habe deine Sachen aufbewahrt, und diese Bücher sind im obersten Stockwerk, dort, wo du sie zuletzt gesehen hast. Nachher kannst du sie durchblättern. Aber bevor du zum Gelehrten wirst, sollst du mich erst einmal unterhalten. Es ist schon lange her, dass ich einen Besucher aus der Welt außerhalb hatte, und meine Gefährten hier sprühen nicht gerade vor Neuigkeiten ...«

Später an diesem Abend folgte Kane Jhaniikest in ein Gemach in den oberen Stockwerken des Turmes, in denen sie zahlreiche Utensilien hortete, die sie bei ihrem unergründlichen Tun benutzte.

Als er die Schriftrollen und Bücher mit eigenartigem Einband gefunden hatte, nach denen er suchte, ließ er sich an einem Tisch nieder. Er rückte die Lampe zurecht und begann murmelnd damit, die Texte durchzusehen.

Jhaniikest öffnete das breite Turmfenster. Kalter Bergwind fegte herein und ließ das Licht der Fackeln knisternd auflodern. Jhaniikest schwang sich auf den Sims und lehnte sich ohne jede Furcht über den Abgrund hinaus. Silbern schillerte Mondlicht auf ihrer Mähne und durch die halb ausgebreiteten Schwingen, die wie ein Vorhang vor der Fensteröffnung schwebten. Leise sang sie eine Melodie aus hohen, klimpernden Tönen und schaute dann mit geneigtem Kopf zu Kane hinüber, um zu sehen, ob es ihr gelang, ihn abzulenken. Aber seine Stirn blieb angespannt gerunzelt, während er sich auf die zerknitterten Seiten mit den geheimnisvollen Schriftzeichen konzentrierte, die in alter Zeit von seltsamen Händen niedergeschrieben worden waren. Zweimal jedoch schaute er zu ihr herüber, ohne es zu merken, während er gedankenverloren nach einem weiteren Buch griff.

Plötzlich verlangte einer der vergilbten Bände seine vollste Aufmerksamkeit, und wenig später schob er Alorri-Zrokros’ *Buch der Ältesten* behutsam zur Seite. Aus jenem Beutel, den er um den Hals trug, holte er den Ring mit dem Blutstein hervor. Und Kane lachte. Es war ein verwegenes, triumphierendes Lachen, das den Staub vieler schweigsamer Jahre in diesem Turm aufwirbelte. Von seinem plötzlichen Ausbruch aufgescheucht, glitt Jhaniikest an Kanes Seite und blickte ihm über die breite Schulter, um die Ursache seiner Begeisterung zu entdecken.

»Hier ist es!« Kane deutete auf die fleckige Seite. »In all den Jahren hat mein Gedächtnis nicht nachgelassen ... Aber Alorri-Zrokros’ Schreibstil setzt sich auch in jedem Verstand fest! Kannst du diese Handschrift lesen? Es ist eine schlechte Abschrift des Originals. Schau, hier steht die Geschichte dieses Ringes geschrieben. Ein Bericht von einer seit Jahrtausenden vergessenen Erde und von jenen, die unter Sternen lebten, die der Menschheit unbekannt sind! Hier ... die Geschichte des Blutsteins! Soll ich dir vorlesen? – Möchtest du von jener unvorstellbaren Macht hören, die darauf wartet, mit diesem Ring erweckt zu werden ...?«

Und mit rauer Stimme, vor Spannung ganz heiser, übersetzte Kane die kaum leserliche Schrift. Einmal unterbrach ihn Jhaniikest mit einem scharfen Ausruf, als sie verstand. »Kane! Tu das nicht! In diesem Irrsinn sehe ich nur deinen Tod! Lass diese alte Macht begraben liegen!«

Aber Kane las weiter.

Und der Blutstein glomm ... leuchtete unter der Intensität des unmenschlichen Blicks. In den grünen Tiefen schimmerte das gebändigte Böse in düsterer Vorfreude auf die Dämmerung ...

3. KAPITEL

Staatskunst in Selonari

Erst ertönte das Klopfen im Gleichklang mit dem Pochen seiner Schläfen, dann schien es sich zu einem eigenen Geräusch zu wandeln, bis es schließlich ein beständiges Trommeln war, das von durchdringendem Singsang begleitet wurde. Irgendwann zerfaserte das Gewebe des Schlafes endgültig, und Dribeck nahm die Rufe an der Tür seines Gemaches bewusst wahr.

»Mein Herr! Mein Lord Dribeck! Die Stunde, zu der Ihr geweckt werden wolltet, ist längst vorbei!« Der Kammerherr war es, der ihn quälte. »Mein Herr! Es ist beinahe Mittag! Ihr wolltet doch vor Mittag aufgestanden sein! Mein Herr, seid Ihr wach? So sagt doch etwas, damit ich sicher sein kann ...«

»Fahr zur Hölle, Asbraln!«, krächzte Dribeck. »Ich war schon wach ...« Er warf die Felldecken zurück. Das Klopfen verstummte. Unsicher setzte er sich auf und schwang die Beine aus dem Bett. Dutzende von nadelbewehrten Blitzen zuckten durch seinen Schädel, und er drückte die Stirn in die Hände, wobei er sich mit auf den Knien aufgestützten Ellenbogen nach vorn lehnte. Sanft massierte er, fluchte und stöhnte. Irgendwann wich der ärgste Schmerz, und er wurde sich der Tatsache bewusst, dass über Nacht irgendetwas Unreines in seinem Mund verendet sein musste.

Bei Shenans Titten! War das eine Nacht gewesen! Ganz Selonari musste bei diesem Höllenlärm wachgelegen haben!

Der größte Teil seiner Edelleute und Söldnerführer hatte sich zum Bankett niedergelassen. In den letzten Phasen des Katzenjammers bedauerte Dribeck die unbedachten Weinbecher, die er geleert hatte. Es war verheerend, mit seinen stämmigen Untertanen Becher für Becher mithalten zu wollen ... Andererseits sicherte ihm genau dies ihren Respekt. Es bewies ihnen, dass er trotz seiner bescheidenen Statur seinen Mann zu stehen vermochte. Allerdings musste Dribeck zugeben, dass das verlockende Aroma des Weins am vorigen Abend keineswegs von Besonnenheit beeinträchtigt worden war.

Sein Gesicht fühlte sich schmierig an, wie Dribeck feststellte, als er die schulterlangen schwarzen Haare zurückwarf und den wirren Schnauzbart glatt strich. Kinn und Wangen zeigten ordentliche Stoppeln, obwohl das Wachstum für seine achtundzwanzig Jahre ärgerlicherweise sehr zu wünschen übrig ließ und demgemäß beileibe kein ansehnlicher Bart entstand. Eine Schande war das ... Ein Bart hätte seinen hageren Zügen eine Note der Stärke, der Kühnheit verliehen.

Dabei hatte er nicht das Gesicht eines Schwächlings. Frauen fanden es mitunter männlich, und Männer beschrieben den Ausdruck darin als ›wachsam‹ und ›listig‹. Damit machte Dribeck durchaus eine gute Figur als Regent eines Stadtstaates, auch wenn er sich in diesen Zeiten oft ein beeindruckenderes Äußeres gewünscht hätte ...

Fröstelnd stand er auf und schob sich auf wackligen Beinen durch die Vorhänge, die sein Bett umgaben. Pentri schnarchte und rollte halb auf seinen frei gewordenen Platz. Sie schlief noch oder gab es zumindest überzeugend vor. Ihre Erschöpfung war ihm eine Freude ... Dribeck erinnerte sich an ihr neckisches Lachen bei seinem trunkenen Liebesspiel. Unter den zerwühlten Fellen kam ein schmaler Streifen ihrer weichen Hüfte zum Vorschein, aber er widerstand dem Drang, die Decke zu richten, und tappte nach draußen, ohne die Vorhänge wieder zu ordnen. Sollte Pentri sich Frostbeulen holen und Asbraln doch vor Neid erblassen. Mit einem Fluch, weil er sich in einem zu Boden geschleuderten Kleidungsstück verfing, zerrte Dribeck eine Robe über seinen hageren Körper und schlurfte zur Tür.

Asbraln, ein Vermächtnis seines Vaters und sein einstiger Lehrer in Waffengebrauch und Staatskunst, wieselte in das Gemach seines Herrn. Glas knirschte unter seinen Stiefeln. Mit hochgezogenen Augenbrauen betrachtete er die verstreut liegenden Scherben einer Weinflasche. »Letzte Nacht habt Ihr die Bemerkung fallen lassen ...«, setzte er an. Als er Pentri erblickte, weiteten sich seine Augen kurz. Sogleich jedoch wandte er den Blick ab. »Äh ... Ihr habt Eure Absicht kundgetan, früh aufstehen und mit Gerwein sprechen zu wollen, bevor Ihr zu Euren Gästen zurückkehrt.«

Dribeck knurrte mürrisch und massierte sich den Nacken. Inzwischen huschten Bedienstete in seinem Gemach umher und suchten in der Unordnung nach sauberen Kleidern für ihren Herrn. Pentri schimpfte verschlafen und vergrub sich in den Fellen. Während Dribeck ihr einen neidischen Blick zuwarf, überließ er sich der Fürsorge seiner Dienerschaft. Es gibt bessere Heilmittel für einen Kater, als sich in die verworrenen Feinheiten selonarischer Staatskunst zu stürzen, sann er.

»Hat man etwas über Gerweins augenblickliche Stimmung gehört?«, fragte er seinen Kammerherrn.

Asbraln spreizte die Finger. »Unsere Hohepriesterin ist erzürnt – erzürnt und argwöhnisch. Jene Gerüchte, die besagen, dass Ihr die Steuerbefreiung aufzuheben gedenkt, die Shenans Tempel in all den Jahren genossen hat, stimmen sie unglücklich. Und dieses jüngste Zusammenziehen militärischer Macht interpretiert sie als Zurschaustellung von Stärke ... Als Hinweis darauf, dass Ihr vorhabt, die Besteuerung von Shenans jungfräulichen Schatzkammern notfalls zu erzwingen. Ich glaube, sie macht sich auf eine großangelegte Plünderung gefasst ... Sicher ist, dass sie die Tempelwache unauffällig verstärkt hat.«

»Wenn sie es wagt, sich meinem Willen zu widersetzen, so wird dies auch angeraten sein! Aber sie kann doch mein Beharren darauf, dass wir unsere Streitkräfte gegen Breimen verstärken müssen, nicht völlig von der Hand weisen. Schon seit Jahren ist der Friede nur trügerischer Schein, und es ist allgemein bekannt, dass Malchion seit dem letzten Jahr seine Söldnertruppen verdoppelt hat.«

»Dessen ist sich Gerwein bewusst, mein Herr. Aber sie sieht auch darin eine Bedrohung für den Tempel. Sie argumentiert, dass die Kosten eines weiteren Krieges Euren Eifer, die Reichtümer des Tempels zu plündern, nur noch mehren würden ...«

»Nun, in ihren Vermutungen scheint es mir ein paar Widersprüche zu geben«, sann Dribeck. »Ich werde mit ihr reden und sie zu beschwichtigen versuchen. Ich begebe mich zu ihr in ihren Tempel, das wird sie als Zugeständnis an ihr Ansehen werten. Und während ich sie besänftige, kann ich ihr ein paar Hinweise auf die Folgen von Malchions aggressiver Haltung als Denkaufgabe hinterlassen. Wenn erst die Priester Ommems über Selonari herrschen, wird ihr Tempel mehr als nur ein paar Beleidigungen in Glaubensfragen hinnehmen müssen. Beginnt sie erst einmal, das Ganze als heiligen Krieg zu sehen, wird sie die Besteuerung weniger scharf zurückweisen, dessen bin ich mir sicher.

So werde ich die Einwände der eisigen Gerwein ein wenig eindämmen – zumindest, bis sie sich von der nächsten eingebildeten Kränkung provoziert sieht. Und dann – zurück zu meinen Gästen ...

Während des Tages überantworte ich ihre Unterhaltung dir. Ich werde mich von Gerwein rechtzeitig verabschieden, um mich den Spielen am Nachmittag anschließen zu können. Zu oft werde ich des Gelehrtentums beschuldigt, und deshalb darf kein Zweifel daran keimen, dass die Kriegskünste im Mittelpunkt meines Lebens und meiner Interessen stehen. Noch etwas von dringlicher Wichtigkeit, das ich für den heutigen Tag wissen muss?«

Asbraln zögerte kurz. »Mein Herr. Ein Mann bat um eine Audienz. Ein Fremder namens Kane. Er behauptet, eine Angelegenheit von beträchtlicher Dringlichkeit und Wichtigkeit mit Euch besprechen zu wollen.«

Dribeck richtete sorgfältig die Bänder seines Hemdes. »Mit mir besprechen? Ich nehme an, du siehst in einem Gespräch mit ihm mehr als unnötige Zeitverschwendung ... Offensichtlich muss er eine Menge Vertrauen in sein Anliegen haben, da es ihm Bestechungsgelder bis hinauf zu meinem Kammerherrn wert ist. Wie beurteilst du den Burschen, und was will er?«

Asbralns Miene zeigte verletzte Würde. »Er ist ein seltsamer Mann ...«, erklärte er. »Wild sieht er aus, ein hünenhafter Krieger, dabei aber ein Mann von Bildung und durchaus kultiviert. Seine Herkunft vermochte ich nicht in Erfahrung zu bringen. Er sagt, er komme von jenseits der Südlande. Ich bezweifle, dass er aus Wollendan stammt, obwohl sein rotes Haar und seine blauen Augen an dieses Volk erinnern. Sein Alter schätze ich auf etwa vierzig. Er macht einen ausgesprochen fähigen Eindruck – und einen gefährlichen noch dazu. Ich würde ihn als Söldnerführer bezeichnen – ein gutes Stück über dem Durchschnitt –, der Beschäftigung sucht. Alles, was er mir über sein Anliegen sagen wollte, war, dass er Euch einen Weg zu zeigen vermag, Eure Streitkräfte weit über Eure ehrgeizigsten Vorstellungen hinaus zu verstärken.«

»Erstaunlich«, brummte Dribeck. »Wenn an seiner Prahlerei etwas dran ist, so kommt er zum richtigen Zeitpunkt. Aber wahrscheinlich ist er entweder ein Verrückter oder ein Schwindler – oder gar ein von Malchion – oder Gerwein? – gedungener Mörder ... Ungeachtet all dieser Möglichkeiten kann ich mir aber ein paar Minuten Zeit nehmen, ihn anzuhören. Deinen Worten entnehme ich, dass es sich für mich lohnen könnte, seinen Schwertarm anzuwerben. Es sei denn, er misst seinen Diensten einen allzu großen Wert bei. Lass diesen Kane also während der Spiele zu mir bringen. Einem Mann wie ihm brauche ich keine förmliche Audienz zu gewähren. Und sorge dafür, dass er streng bewacht wird, während er bei mir ist. Wenn er ein Mörder ist, so soll er merken, dass sein Auftrag einem Selbstmord gleichkommt.«

Dann wanderten Dribecks Gedanken mit Grausen zu dem Frühstück, das seine Diener bereitet hatten. Sein Magen fühlte sich noch immer schrecklich flau an.

4. KAPITEL

Ein Fremder bringt Geschenke

In einem abgehackten Rhythmus schlugen Pfeile in die hölzernen Ziele ein. Wie ein dumpfer Nachhall folgten die Rufe der Zuschauer und Bogenschützen, ein wilder Lärm aus Jubel, Flüchen, Pfiffen und gebrüllten Ratschlägen. Die Stimmung war vergnügt, und der saure Geruch von Bier ließ die kühle Luft über Selonaris Kampfplatz schwer und berauschend werden.

Die Spiele waren bereits so weit fortgeschritten, dass die Wetten beachtliche Höhen erreicht hatten, als Lord Dribeck aus Shenans Tempel zurückkehrte.

Seine Unterredung mit der Hohepriesterin war ein wenig einfacher vonstattengegangen als erwartet, und das war gut so, auch wenn Dribeck nicht darauf hoffen konnte, dass Gerwein dem Argwohn oder dem Ehrgeiz abgeschworen hatte. Jeder Tag, um den die endgültige Konfrontation hinausgeschoben werden konnte, war ein Schritt hin zum Sieg Dribecks und seiner Leute. Da Dribeck sich inzwischen besser fühlte, begrüßte er seine Gäste mit jener zwanglosen Derbheit, die der Situation angemessen war, und stürzte einen Krug Bier hinunter. Dann rief er lautstark nach mehr, um eine Kehle zu besänftigen, die durch das ermüdende Palaver mit Gerwein trocken geworden war. Sein Magen sträubte sich dagegen, beruhigte sich dann jedoch schnell. Dribeck konnte den Geschmack von Bier nicht ausstehen. Aber der Alkohol schien seinen nachklingenden Kater zu beseitigen, und die ausgelassene Stimmung des Nachmittags begann sich auf ihn zu übertragen. Gefolgt von einigen seiner engsten Vertrauten mischte sich Dribeck unter seine Gäste und tauschte laute Grüße und gewagte Wetten aus. Als er sich gerade für den Wettbewerb im Bogenschießen zu erwärmen begann, erschien Asbraln und erinnerte ihn sehr nachdrücklich an die halb vergessene Verabredung. Er hatte Kane gleich mitgebracht und stellte ihn vor.

Dribeck setzte eine höflich interessierte Miene auf und musterte den Fremden dabei abwägend. Dieser Kane war eine ungeheure Erscheinung mit seiner ungeschlachten, mächtigen Statur, die die wilde Geschmeidigkeit seiner Bewegungen Lügen strafte. Trotz seiner ziemlich brutalen Gesichtszüge erhaschte man einen Blick auf einen ausgeprägten Intellekt, wenn man nur aufmerksam genug war, die raue Wildheit zu durchdringen.

Die Augen ... Etwas Frostiges lag in ihrem Glitzern, ein gewisser Abglanz kaltblütiger Unbarmherzigkeit, der Dribecks erste Eindrücke unterstrich. Kane war ein zäher Krieger, der sich seinen Weg durch manche Schlacht und Mühsal geschlagen haben mochte, und seine Haltung deutete darauf hin, dass er öfter geführt hatte, als er gefolgt war. Wo immer er zuletzt gekämpft haben mochte – er war nicht ohne Reichtum fortgegangen: Seine Gewänder aus roter Wolle und schwarzem, mit Silbernieten geschmücktem Leder waren zwar nicht neu, aber auch nicht die Tracht eines gemeinen Söldners. Und auch das Schwert, dessen Heft – unverkennbar carsultyalische Handarbeit – über seine rechte Schulter ragte, war keine Klinge gewöhnlicher Machart. Impulsiv streckte Dribeck eine Hand aus. Das Handgelenk, um das er seine Finger legte, bestand nur aus Sehnen und Muskeln, während sein eigenes Handgelenk in den langen Fingern des Fremden verschwand. Dieser erwiderte den Druck mit gezügelter Kraft. Aber wie stark würde sich dieser Griff im Zorn schließen? Dribeck zog seine Hand zurück und befahl mit einer Geste, dem Neuankömmling Bier zu bringen.

»Kane brachte Geschenke mit«, bemerkte Asbraln. Dabei wog er besorgt einen brüchigen Lederfolianten in der Hand und fragte sich, ob dessen ausgebleichter Einband vielleicht einen unergründlichen Mordplan verbarg. »Dieses Buch«, erklärte er endlich lahm und reichte es seinem Herrn. Ohne hinzusehen, wischte er sich die Hände an den stämmigen Oberschenkeln ab, wobei leichte graue Flecken auf der gelben Wolle zurückblieben.

Dribeck war sich Kanes prüfenden Blickes bewusst, als er den Band öffnete und sich auf die ungewohnten Schriftzeichen konzentrierte. Ein Lächeln begeisterter Anerkennung trat auf sein schmales Gesicht. »Sieh nur, Asbraln! Das sind Laharbyns *Prinzipien der Staatsgewalt* – und im carsultyalischen Original! Eine frühe Abschrift – der ausführenden Hand nach zu urteilen!«

»Ich dachte mir, dass Ihr Euch für Laharbyns Werk interessieren könntet«, kommentierte Kane gewandt. »Eure Begeisterung für die schöneren Künste ist wohlbekannt. Und diese Werke aus Carsultyals Glanztagen gelangen selten so weit nach Westen. Laharbyn hat ein paar interessante Feststellungen über die Festigung der Staatsmacht getroffen ... Ihr könnt Carsultyal lesen, sehe ich.«

»Stockend«, gestand Dribeck ein. »Ich wurde in den sechs großen Sprachen unterrichtet. Ich bin Euch dankbar, Kane – dies ist ein unerwarteter Schatz! Laharbyn kenne ich hauptsächlich durch Ak-Commens Plagiat *Über das Regieren*. Dieser Band wird eine nützliche Bereicherung meiner Bibliothek sein.«

Als er merkte, dass er sich immer noch inmitten der Turnierspiele befand, nahm Dribeck sich zusammen und wies Asbraln an, das Buch in seine Gemächer zu bringen. Hier auf dem Kampfplatz würden seine Gäste jedes Anzeichen von Gelehrsamkeit höchstens mit Spott quittieren. Er bedeutete Kane, ihn zu begleiten, und nahm seine Wanderung über den Platz wieder auf. Seine Gedanken beschäftigten sich mit dem Fremden. Laharbyns Werk – das war ein merkwürdiges Geschenk für einen Mann von Kanes Schlag. Möglicherweise begegnete ihm in Kane ein Mann von Herkunft und Geschmack. Nicht alle umherziehenden Söldner waren ungebildete Barbaren. Aber in Anbetracht der politischen Lage Selonaris meinte Dribeck in Kanes Geschenk eine noch weiter reichende Bedeutung zu erkennen. Eine klassische Abhandlung über Realpolitik war nicht irgendein Mitbringsel.

Der Nachmittag erwies sich als interessanter, als er vermutet hatte.

»Du erstaunst mich, Kane«, gestand Dribeck. »Offensichtlich hast du einige Mühe auf dich genommen, um dieses Treffen herbeizuführen, und ich frage mich, weshalb. Du hättest auch bei einem meiner Söldnerführer anheuern können, aber ich bezweifle, dass deine Ziele so überschaubar sind. Asbraln sagte mir, du hättest auf eine Möglichkeit hingewiesen, meine Armee zu stärken …«

»Der Scharfsinn, den man Euch nachsagt, ist nicht übertrieben«, bemerkte Kane. Er sprach das Südländische ohne jeden Akzent, obwohl die präzise, beinahe pedantische Aussprache darauf hindeutete, dass es nicht seine Muttersprache war. »Darf ich mir erlauben, Euer Interesse damit zu erwidern, dass ich bekenne, meinerseits Interesse an Selonari und seinem Regenten gefunden zu haben? Wie Ihr bemerkt habt, lebe ich von meinem Schwert – und meinem Verstand. Im Augenblick stehe ich auf eigenen Füßen und bin kurz davor, die Einnahmen meiner letzten Unternehmungen erschöpft zu haben. In der Vergangenheit habe ich jedoch unter den Bannern der mächtigsten Herren gekämpft – und ein- oder zweimal auch unter meinem eigenen.

Für meine Dienste verlange ich einen hohen Preis, der sich nach der Erfahrung vieler Jahre und Feldzüge bemisst – einer Erfahrung, die Kämpfe im Feld und im Palast zu entscheiden vermag. Machtspiele sind meine

Leidenschaft, und ich wähle sorgfältig, wem ich mein Schwert anbiete. Kurzum: Ich suche mir jene Kämpfe aus, bei denen Risiko und Lohn einander mehr oder weniger in den Schatten stellen. Das Risiko brauche ich, um meiner Langeweile abzuhelfen, den Lohn, um meinen Ehrgeiz zu befriedigen ... Jenem Herrscher, der diesen beiden Motiven entgegenkommen kann, verpflichte ich mein Schwert und die Weisheit aus zahllosen Schlachten, die diese Klinge härteten. Und ich zweifle nicht daran, dass ich mich soeben mit solch einem Herrscher unterhalte.

In den Kreisen, in denen ich verkehre, ist wohlbekannt, dass Dribeck, der Herrscher von Selonari, seiner Armee Kämpfer hinzuzufügen trachtet. Angeblich, um sich gegen eine mögliche Invasion durch Breimen an der Nordgrenze zu schützen. Ein hinreichend vernünftiges Motiv, da Lord Malchion von Breimen ebenfalls gut für Söldnerschwerter bezahlt. Und es ist kein Geheimnis, dass die Leute von Wollendan ihre Macht über die gesamten Südlande bis in die Kaltforste hinein ausdehnen wollen. Andererseits wird geflüstert, Selonari müsste erst Selonari selbst erobern, ehe es nach Breimen blicken kann ... Selonaris Regent ist jung, er ist seinem Bruder auf den Thron gefolgt, noch ehe er die Reife erlangt hatte. Und während der Regentschaft, die sich an den vorzeitigen Tod seines Bruders anschloss, zerfielen die ohnehin schwankenden Grundfesten der Herrschaft über den Stadtstaat noch weiter. Selonaris Adel ist stark, und der Tempel von Shenan strebt danach, sich wieder als Zentrum der Macht Geltung zu verschaffen. So kann man es zumindest in den Schenken und Herbergen in den ganzen Südlanden hören.

Demgemäß soll Lord Dribecks Position verzweifelt, wenn nicht gar unhaltbar sein, besonders wenn man jene Gerüchte mit einbezieht, die darauf hindeuten, dass er plant, sich selbst als absoluten Herrscher Selonaris zu etablieren – trotz der anderslautenden Wünsche mancher mächtiger Häuser sowie des Tempels von Shenan.«

»Wenn du meine Position für unhaltbar hältst, wieso bist du dann gekommen?«, erkundigte sich Dribeck mit einem zornigen Unterton.

»Aber das tue ich nicht«, beeilte Kane sich zu erwidern. »Ich wiederhole nur die Gerüchte, die auch Euch zu Ohren gekommen sein müssen. Ich bewundere Menschen, die eher mit Verstand denn durch Soldaten regieren möchten. Und ich liebe das Wagnis ... Es ist nicht sonderlich aufregend, für einen Herrn zu kämpfen, dessen Sieg schon im Voraus unzweifelhaft feststeht. Und hohen Gewinn bringt es in der Regel erst recht nicht. Ein Herrscher, der die Macht nicht sicher in Händen hält, bezahlt gut für den

Einfluss, mit dem die Waagschale zu seinen Gunsten gesenkt werden kann. Wollt Ihr die Logik infrage stellen, die mich nach Selonari führte?«

»Nicht unbedingt. Vieles von dem, was du gesagt hast, ist wahr«, meinte Dribeck, nachdem er eine Weile in Gedanken versunken weitergegangen war. »Aber mir scheint, dass du deinen Diensten einen sehr hohen Wert beimisst, Kane. Dein Name ist mir unbekannt. Du kommst – abgesehen von einer kühnen Stirn und einer glatten Zunge – ohne Empfehlungen. Und ich bin mir immer noch nicht im Klaren darüber, was du mir nun genau als Dienst anbietest und was für einen Preis du dafür verlangst.«

Bevor Kane antworten konnte, hielt Dribeck an, um den Bogenschützen zuzusehen. Der Wettkampf näherte sich dem Ende. Die Ziele – lebensgroße menschliche Umrisse auf Brettern – wurden mehr als hundert Schritte nach hinten versetzt. Nur wenige der ursprünglich zahlreichen Schützen blieben im Spiel. Die Punkte wurden aufgrund der traditionellen Wertungsskala vergeben, die den Bereichen der menschlichen Anatomie zugewiesen war, wobei die tödlichen Treffer die meisten Punkte brachten, vor allem das Herz und die Augen. Anfangs mochte es Teilnehmer gegeben haben, die nur aus Spaß oder wegen unbedeutender Wetten mitmachten, aber nun blieben nur noch geschickte Meisterschützen, die den großzügigen Preis zu gewinnen hofften, der dem Sieger versprochen war. Die Wetten hielten mit der anwachsenden Spannung und Schwierigkeit Schritt.

»Verstehst du mit dem Bogen umzugehen?«, fragte Dribeck unvermittelt.

»Ich kann mich behaupten.«

»Dort drüben steht mein Vetter Crempra, der Dritte von links, braun gekleidet, mit den hohen Stiefeln ...« Dribeck zeigte auf einen schlanken Jüngling, der keine Familienähnlichkeit zu ihm erkennen ließ. Crempra, der nicht so jung sein konnte, wie er aussah, trat voll Widerwillen von der Markierung zurück.

Dribeck sprach weiter: »Sein letzter Pfeil hat mich ein wenig Geld gekostet. Ich habe einiges darauf gesetzt, dass er zu den besten fünf gehört – ich hätte wohl auf die besten zehn setzen sollen, aber Crempra hat behauptet, er hätte einen Glückstag. Das alles war sowieso weit über seinem Niveau, aber die Gewinnchancen waren ganz gut. Pass auf – kannst du mit diesem Bogen besser umgehen, Kane?«

Kane blieb zurückhaltend und fragte sich, worauf das hinauslaufen würde. »Mit einer Waffe, die ich kenne, könnte ich mich gegen dieses Feld behaupten. Aber mit einer ungewohnten ...«

»Crempras Bogen ist ausgezeichnet«, erklärte Dribeck und winkte seinen Vetter heran. »Du magst ein paarmal ohne Wertung schießen, um ein Gefühl dafür zu bekommen. Da du fremd bist, eine schöne Gelegenheit für ein paar Nebenwetten. Es sei denn, du zweifelst an deinem Können ...?«

»Teufel auch, was soll die Wette sein?«, erkundigte sich Kane. Er hatte erkannt, dass ein Rückzieher nicht zur Debatte stand.

»Dass du die Punktzahl der letzten fünf Schützen erreichst – und zwar bei einem Satz von zehn Pfeilen auf volle Distanz. Gegen die letzte Gruppe – da werden wir eine Menge Leute finden, die mitmachen. Den ganzen Wettkampf können wir nicht mehr durchlaufen. Wie sieht es aus?«

»Meinetwegen«, stimmte Kane zu.

Crempra stieß zu ihnen. Während Dribeck ihm die Sache erklärte, begutachtete Kane den Bogen. Es war wirklich eine gute Waffe, schwer, von angemessener Länge und in jenem Stil gehalten, dem man in den Südlanden den Vorzug gab. Hier in den Wäldern war er wohl stark genug für Jagd oder Kampf, für berittene Söldner jedoch wäre er seines Gewichtes wegen hinderlich gewesen.

Crempra war skeptisch, und er zeigte es auch. Auf Dribecks Veranlassung hin mischte er sich mit Asbraln ins Gedränge und nahm Wetten an, während der Herrscher selbst Befehle erteilte, um die ganze Sache anzuleiern. Dribeck schien begeistert – zu Recht. Er riskierte vergleichsweise wenig Gold bei dieser Wette. Gewann Kane, so fielen ihm als dessen Gönner Ansehen und Ehre zu. Sollte er verlieren, war Kane bei den Verhandlungen mit Dribeck klar im Nachteil. Sobald er mit den Vorbereitungen zufrieden war, setzte sich Dribeck auf eine Bank und lehnte sich mit einem Bierkrug in der Hand zurück, um zu sehen, wie die Ereignisse sich entwickelten.

Die letzten beiden Schützen ließen ihre Pfeile fliegen. Eine Woge von Jubelrufen verkündete den Sieger – einen wollendanischen Hauptmann in Ovstals Diensten –, aber schon zog die Nachricht von Dribecks Wette die Aufmerksamkeit der Leute auf sich. Etliche seiner Vertrauten lösten sich von der Menge, die die Sieger umschwärmte, um Dribeck nach dem Fremden auszufragen. Schiedsrichter errechneten rasch die Mindestpunktzahl, die gebraucht wurde, um die Wette zu erfüllen. Die fünf besten Schützen hatten eine hohe Punktzahl erreicht. Während die Leute auf den Beginn weiterer Wettkämpfe warteten, zog Dribecks Wette immer mehr Interessenten an. Es lief hervorragend. Heute war kein Tag des nüchternen Überlegens, und Dribeck ließ sich von der Aufregung mitreißen. Er war durch und durch Glücksspieler, auch das war seit Langem bekannt. Das Wetten wurde lebhafter. Dribeck schürte die Stimmung mit rätselhaften Andeutungen und ausweichenden Antworten auf jene Fragen, die Kane betrafen, und sorgte dafür, dass die Wette sowohl wie eine jähe Eingebung als auch wie eine wohlüberlegte List schien.

Die Leute setzten mehr Geld auf Kane, als Dribeck erwartet hatte. Er erkannte, dass er weit weniger über den Fremden wusste, als er den anderen gegenüber mit seinem Verhalten vorgab. Daran war jetzt nichts mehr zu ändern, aber er sah Kanes Probeschüssen dennoch mit leichtem Unbehagen zu. Der Fremde hatte sein Schwert abgelegt, um mehr Bewegungsfreiheit zu erlangen. Er hatte einen guten Stand; Crempras Bogen ließ sich von seinen stämmigen Schultern mühelos spannen. Aber die Pfeile fanden weit gestreut und eher wie zufällig das Ziel, teils flogen sie zu weit, oder aber sie fielen zu früh zu Boden.

Dribeck gab sich weiterhin optimistisch. Kane schoss sich auf ein Ziel ein, machte sich mit dem Bogen vertraut.

Und dann verkündeten die Schiedsrichter, dass das Wettschießen beginnen sollte. Kane wählte zehn Pfeile. Die letzten Wetten wurden eilends abgeschlossen, während sich die Männer auf den Schützen und sein fernes Ziel konzentrierten.

Kanes erster Pfeil traf die hölzerne Menschengestalt mitten in der Brust. Die nächsten beiden versahen das Herz mit Federn. Ein vierter ragte aus der Kehle. Zwei weitere fanden ihr Ziel in den Augen. Der siebte genau dazwischen. Dann war wieder das Herz an der Reihe.

Bevor der zehnte Pfeil von der Sehne schwirrte, blieb als einzige Streitfrage nur die, ob jener Pfeil, der im Schritt steckte, beabsichtigt gewesen war oder nicht. Kanes Punktzahl war fast doppelt so hoch wie die höchste der Runde.

Ein heiserer Aufschrei folgte Kanes letztem Pfeil. Zahllose Münzen glitzerten und klimperten aus widerstrebend geöffneter Börse in gierig hingestreckte Hände. Ehrfürchtiger Beifall mischte sich mit Protestgeschrei, während ältere Zuschauer über legendäre Wettschießen stritten, die angeblich Bogenschützen von noch größerer Geschicklichkeit angelockt hatten.

»Wirklich – ein schöner Bogen«, bemerkte Kane, als er Crempra die Waffe zurückgab. Dieser nahm sie mit einem bitteren Lächeln entgegen. Er hatte gegen Kane gewettet.

»Großartige Treffsicherheit«, gratulierte Dribeck und sah aus den Augenwinkeln heraus, wie Asbraln einen anwachsenden Münzhaufen zusammenschob. »Ich habe mich schon gefragt, wie das enden wird, als ich gesehen habe, wie du dich einschießt.«

»Es war nicht in meinem Sinne, die eifrigen Wettfreunde einzuschüchtern«, erklärte Kane, was nicht ganz der Wahrheit entsprach.

Neue Wettkämpfe wurden verkündet, und der Aufruhr ebbte allmählich wieder ab. Man stellte die Ziele für Speer- und Dolchwerfen um. Anderswo begannen die Vorbereitungen für Ringkämpfe. Nebenbei wurden Kämpfe ausgetragen, die mitnichten auf dem Plan standen, wobei jedoch niemand ernsthaft verletzt wurde. Es war ein großartiger Nachmittag, und Dribeck empfand ungewohnte Heiterkeit, als er einen weiteren Krug Bier hinunterkippte. Bis zum Abend würde er stockbesoffen sein, aber nicht nur er allein ... Und es war wirklich ein herrlicher Nachmittag!

»Nun denn, Kane, wenn deine anderen Fähigkeiten ebenfalls derart glänzen wie deine Treffsicherheit, so werde ich gut zahlen, um sie zu gewinnen«, rief Dribeck zwischen seinen Trinksprüchen aus. »Aber – was genau hast du denn nun im Sinn? Offensichtlich eine Führungsposition ... Geht in Ordnung. Soll ich dir den Befehl über eine Kompanie übertragen? Da musst du nicht zweimal fragen! Täglich treffen neue Söldnertruppen in Selonari ein, und ich brauche erfahrene Offiziere. Du wirst ausreichend Gelegenheit haben, in höhere Positionen vorzurücken, wenn du dich entsprechend bewährst. Ich suche fähige Leute für meinen Stab ... Du wirst merken, dass ich solche Leute ebenso schnell erkenne wie belohne.«

»Euer Angebot ist ausgesprochen großzügig«, erwiderte Kane glattzüngig, wobei seine Haltung zeigte, dass Dribeck es als eine persönliche Gunst betrachten konnte, wenn er ein solches Angebot akzeptierte. »Aber – wie schon angedeutet, geht es mir nicht um militärische Aufträge ... Ich würde mit Euch lieber über Angelegenheiten sprechen, die von weit größerer Bedeutung für Eure Regentschaft sind.«

»So?« Dribeck hatte längst begriffen, dass Kane sich für etwas interessierte, das über einen einfachen Posten hinausging. »Also sind wir wieder bei jenem Geheimplan, der meine Armee in der Schlacht unbezwingbar macht? Ich nahm an, du wolltest damit lediglich Asbraln beeindrucken.«

»Dies braucht nicht ans Ohr der Öffentlichkeit zu gelangen.« Kane nickte zu ihrem Gefolge hin.

Den Gedanken, Kane könne ein Mörder sein, hatte Dribeck bereits verworfen. Er gab seiner Wache ein Zeichen, und die Männer zogen sich zurück. Dribeck entfernte sich einige Schritte von der drängelnden Menge, lehnte sich an ein umgedrehtes Bierfass und sah den Fremden fragend an.

»Ich bin ein Mann mit beträchtlichem Wissen«, begann Kane.

»Du hast dir große Mühe gegeben, dich mir als solcher zu präsentieren.«

»Ich wollte meinen Vorschlag auf soliden Grund stellen«, erklärte Kane und runzelte leicht die Stirn. »Ihr seid intelligent ... ein bedeutender Gelehrter. Ich würde nur meine Zeit verschwenden, hätte ich Euch nicht zuerst einmal davon überzeugt, dass meine Gedanken auf sorgfältigen Studien gründen ... auf Bildung – nicht auf dummem Aberglauben.«

Dribeck zuckte die Schultern, weil er nun gar keine Ahnung mehr hatte, was Kane beabsichtigte. »Schon gut, ich gestehe ein, dass du über gewisse Kenntnisse verfügst. Aber nun – zur Sache, Kane!«

»Ich verbrachte recht viel Zeit in Carsultyal«, fuhr Kane fort. »Gut, Carsultyals Glanztage sind längst dahin, das stimmt, aber jenes Land war das Zentrum der Erforschung alten Wissens. Die meisten ›Entdeckungen‹, mithilfe derer die Menschheit nach dem Ende des Goldenen Zeitalters eine Zivilisation errichtete, waren eigentlich Relikte fremdartiger Wissenschaft, Überbleibsel, die von den Abfallhaufen verschwundener vormenschlicher Kulturen zusammengetragen wurden.«

»Eine Wahrheit, die bereits völlig aus dem Wissen der Allgemeinheit verschwunden ist.« Dribeck nickte. »Der Mensch weiß nur, dass er schon ausgewachsen der Erde entsprang, aber in seinem Dünkel hat er die Gründe für seine kurze Kinderstube vergessen. Ja, ich kenne die großen Werke Carsultyals. Ich habe von den phantastischen Entdeckungen dieser frühen Menschen gelesen – jener Riesen, die die Geheimnisse der älteren Erde ergründeten, um über Nacht auf den vormenschlichen Ruinen eine Zivilisation zu errichten. Ich habe außerdem zwei Bände von Kethrid in meiner Bibliothek stehen, sogar einen Bericht über seine Expedition mit der *Yhosal-Monyr* zur Erkundung der alten Erde. Es ist eine Tragödie, dass von der ersten großen Erforschung menschlicher Geschichte nichts mehr bekannt ist ...«

»Eine Tragödie? Dabei schwärmte doch gerade Kethrid für die Poesie des Rätselhaften«, sann Kane, ließ seine Gedanken jedoch nicht lange schweifen. »Gut! Ihr seid also mit vielem von dem vertraut, was ich Euch enthüllen will. Kennt Ihr Alorri-Zrokros' *Buch der Ältesten*?«

»Ich habe davon gehört«, gab Dribeck zu, »obwohl ich nie ein Exemplar gesehen oder mit jemandem gesprochen habe, der eines sah. Alorri-Zrokros' Vorhaben, eine Geschichte der vormenschlichen Erde zusammenzustellen, war eine große Idee. Wie seine Zeitgenossen berichten, trug der Eifer, mit dem er seinen Forschungen nachging, unheimliche Früchte.

Deshalb hat man sich wenig Mühe gegeben, sein Werk für jene zu bewahren, die später womöglich ähnliche Pfade einschlagen wollten.«

»Ich habe Alorri-Zrokros gelesen«, sagte Kane. »Ich kenne sein Buch gut, und ich habe Respekt vor dem uralten Wissen, das er auf jenen Seiten enthüllt. Wissen ist ein Werkzeug – schwarzes Wissen ein gefährliches Werkzeug, zugleich aber auch ein Quell der Macht für jenen, der es mit Bedacht gebraucht.«

Kane hielt inne, offenbar in Gedanken versunken. Dribeck starrte ihn mit ehrfürchtigem Interesse an. Ein Dutzend wilder Vermutungen wirbelte durch seinen Geist. Er zog Kanes Behauptung nicht in Zweifel. Bereits jetzt schien ihm, als gäbe es kein Wunder, das dieser rothaarige Fremde nicht vollbringen könnte ...

»Im *Buch der Ältesten* las ich von einer uralten Rasse namens Krelran und von ihrer zerstörten Stadt, die uns als Arellarti bekannt ist«, raunte Kane.

Und plötzlich fühlte Dribeck, dass der Nachmittag seiner Wärme und des vertrauten Lachens beraubt war. Es war keine äußere Veränderung. Dennoch schien ein feiner und alles bedeckender Schleier zwischen sie und das Sonnenlicht getreten zu sein und sie abzutrennen von dem menschlichen Gelage, ja, selbst von der Hochstimmung, die er noch vor einem Augenblick empfunden hatte. Verärgert über sein plötzliches Frösteln versuchte Dribeck, es mit einem Schulterzucken abzutun. Erfolglos. Unerklärlicherweise bemerkte er jetzt auch zum ersten Mal den grotesken Ring, den Kane locker am Ringfinger seiner linken Hand trug ... einen Blutstein, der selbst an dieser übergroßen Faust riesig wirkte.

»Was hatte der Zauberer über Arellarti zu sagen?«, fragte Dribeck unbehaglich.

»Vieles, was Euch interessieren mag, zieht man Selonaris Nähe zu den Ruinen in Betracht. Die Krelran waren selbst den geheimnisvollen älteren Rassen der vormenschlichen Erde ein Rätsel. Demgemäß wusste Alorri-Zrokros von ihrer Herkunft, ihrer Kultur, ihrer Stellung in der heraufdämmernden Welt sehr wenig zu berichten. Sie waren keine Erdgeborenen. Wie andere in jener Zeit kamen sie von jenseits der Sterne – woher, wie, warum ist nicht bekannt. Die Krelran waren nur wenige. Eine einzige Stadt nur sollen sie gebaut haben: Arellarti. Die Meere der Urwelt zogen sich damals bis weit ins Landesinnere, und Arellarti erhob sich auf einer Insel inmitten einer großen Binnenbucht. Alorri-Zrokros beschreibt sie als wundersame und eindrucksvolle Zitadelle, die nur kurze Zeit stand, bevor sie fiel.

Eine feindselige Welt war die alte Erde für die Krelran. Trotz ihrer Einsamkeit wurden sie in die Kriege der älteren Rassen verwickelt. Mit ihren seltsamen Waffen verteidigten sie ihre Stadt gut ... Die außerweltliche Wissenschaft, die sie von den Sternen hierhergeführt hatte, machte ihnen Energien nutzbar, die außerhalb menschlicher Vorstellungskraft lagen. Doch ihre Feinde waren noch mächtiger. Im ersten Jahrhundert seiner Existenz bereits wurde Arellarti zerstört – von den Scylredi, wie Alorri-Zrokros vermutete. Die Krelran erholten sich nie wieder davon. Die wenigen Überlebenden hausten fortan als Wilde im Schutze des bewaldeten Ufers. Das uralte Meer wich zurück, bis Arellarti nur mehr eine verlorene Insel in einer weiten Salzmarsch war. Heutzutage nennt man dieses Gebiet Kranor-Rill. Und wie eh und je schleichen in diesem Sumpf und den unter Kletterpflanzen verborgenen Ruinen die verkommenen Abkömmlinge der Krelran umher ... die wilden, menschenähnlichen Schlammbewohner, die Ihr Rillyti nennt.«

Dribeck rutschte auf dem Bierfass nach hinten und rieb sich mit den Handflächen über die Knie. »Nicht alles, was du mir erzählst, ist neu für uns in Selonari«, hob er hervor. »Kranor-Rills Grenzen liegen nur einen Tagesritt von unseren Mauern entfernt, am südlichen Rand unserer Ländereien. Obwohl mein Volk in den Legenden der älteren Rassen nicht bewandert ist, kennen wir die Rillyti. Wilde Ungeheuer, größer als ein Mensch, jedoch mit amphibischen Körpern und krötenartigen Köpfen. Sie verfügen auch über eine gewisse Intelligenz – nutzen geschmiedete Waffen im Kampf und beherrschen eine Art Sprache. Glücklicherweise wagt sich nur selten eine dieser gefährlichen Kreaturen aus den Sumpflanden heraus. Und in Kranor-Rill stören sie niemanden! Ein so trügerisches Gewirr von Schlamm und Morast, Schlingpflanzen und Zypressen, Insekten und Ungeziefer besudelt nirgendwo sonst gutes Land. Der Sumpf ist praktisch undurchdringlich, und nicht weit von seiner südlichen Begrenzung beginnen die Kaltforste. Also gibt es nicht einmal einen vernünftigen Grund, um Kranor-Rill zu umgehen.

Was Arellarti betrifft, so gibt es in unseren Legenden zahlreiche Geschichten von einer verlorenen Stadt, die im dunklen Herzen Kranor-Rills in Trümmern liegt und einst von den Rillyti errichtet worden sein soll. Und es wird davon geflüstert, dass sie ihre verfallenen Bauten noch immer als Tempel für ihre widerwärtigen Rituale benutzen. Tatsächlich kommen sie von Zeit zu Zeit aus ihrem Pfuhl hervorgekrochen und rauben ein Mädchen von einem der abgelegenen Gehöfte. Nur wenige Männer haben dem Sumpf und seinen hässlichen Bewohnern die Stirn geboten und versucht, die untergegangene Stadt aufzuspüren. Noch weniger sind zurückgekehrt, um von ihren Abenteuern zu berichten. Manche von ihnen behaupten, Arellarti erblickt zu haben. Ihre Beschreibungen reichen von einer prachtvollen Stadt bis zu einem von Ranken überwucherten Wirrwarr aus zerbröckeltem Gestein.

Kranor-Rill ist eine stinkende Hölle, die Menschen verschlingt. Kluge Leute sollten sich davon fernhalten. Die Rillyti sind gefährlich, aber kaum zu sehen, denn sie meiden die trockenen Waldgebiete. Wölfe, Panther ... das sind die wirklichen Gefahren für jene, die außerhalb unserer Stadtmauern leben.

Trotzdem, deine Darstellung der vergessenen Vergangenheit von Arellarti ist interessant, Kane. Vielleicht ist also etwas Wahres an den unheilvollen und beunruhigenden Legenden über Kranor-Rill. Auf jeden Fall verschaffst du dieser berüchtigten Gegend und ihren abstoßenden Bewohnern eine gewisse Aura von alter Größe. Aber welche Bedeutung misst du dieser Sache nur bei? Was hat vormenschliche Geschichte mit dem heutigen Stand der Dinge zu tun?«

Kane blickte in seinen leeren Krug und antwortete mit leiser Stimme: »Vielleicht eine ganze Menge. Wir wissen, dass Arellarti die Feste einer fortgeschrittenen Zivilisation war. Die Waffen der Krelran waren über jegliches menschliche Begriffsvermögen hinaus tödlich. Angenommen, Ihr hättet Zugang zu solcher Macht ...

Stellt Euch vor, Eurer Armee stünden krelranische Waffen zur Verfügung!«

»Absurd!«, brummte Dribeck, obgleich sein Gesicht Interesse verriet. »Sämtliche Waffen, über die die Krelran verfügten, sind inzwischen uralte Rost- und Staubhaufen!«

»Da wäre ich mir nicht so sicher«, erwiderte Kane. »Alorri-Zokros weist darauf hin, dass ein Großteil des krelranischen Wissens in Arellartis Ruinen erhalten liegt – dass ihre stärkste Waffe den Untergang der Stadt überdauerte! Die früheren Rassen verfügten über Geheimnisse von unergründlicher Rätselhaftigkeit, von unermesslicher Macht! Ist es da so unmöglich, dass einige ihrer Schöpfungen dem Odem der Zeit zu widerstehen vermochten ...? Könnte nicht das eine oder andere Erzeugnis krelranischer Wissenschaft nur darauf warten, dass intelligente Lebewesen sich seiner annehmen und es wieder ins Leben zurückrufen? Ich sage Euch, Lord Dribeck, ich habe Jahre mit dem Studium carsultyalischer und anderer Werke verbracht! Ich bin mir nicht nur zweifelsfrei sicher, dass in Arellarti gewisse Waffen überdauert haben, sondern mehr noch, überzeugt davon, die Geheimnisse ihrer Bedienung lüften zu können!«

»Beides birgt allerdings beträchtliche Risiken«, überlegte Dribeck halblaut, inzwischen von Kanes Behauptung sichtlich gefesselt.

»Es gibt jedoch mehr als genug zu holen, um den Versuch zu rechtfertigen. Wenn es mir gelingt, nur ein paar ihrer Waffen zu entdecken, nur einen kleinen Teil ihrer alten Macht zu reaktivieren ... Bedenkt nur, welchen Wert dies für Eure Armee hätte! Das Ansehen, die Furcht vor einer unbekannten Macht! Damit wäre Eure Vorherrschaft über Selonari gesichert ... und Malchion dürfte sich fortan sehr genau überlegen, ob er einen Angriff riskieren will ...«

»Arellarti ist in diesen Tagen recht gut vor Eindringlingen geschützt«, meinte Dribeck, und seine Gedanken überschlugen sich vor Aufregung. Die ruhige Stimme der Logik, die sich ebenfalls zu Wort melden wollte, überhörte er nur allzu gerne.

»Es wäre eine schwere, eine gefährliche Mission, das gestehe ich ein. Deshalb will ich Euch den Vorschlag machen, dass ich einen kleinen Trupp ausgewählter Männer – gut gerüstet, um sowohl dem Sumpf als auch den Rillyti zu trotzen – nach Kranor-Rill führe. Alorri-Zrokros erwähnt, dass es eine Art Pfad gibt. Ich habe schon einmal eine Truppe durch ›undurchdringliches‹ Sumpfland geführt und gegen Eingeborene mit vergifteten Pfeilen und heimtückischen Schlingen gekämpft. Hier liegt ein ganz ähnliches Problem vor, und mit einer entsprechenden militärischen Lösung kann ihm begegnet werden. Wir werden nach Arellarti vordringen und die Geheimnisse bergen, die in seinen Ruinen begraben liegen. Das, was ich finde, werde ich nach Selonari bringen. Und Euch werden die Waffen der Vorzeit zur Verfügung stehen.«

»Und was hast du von alldem, Kane?«

Er lachte. »Ein Abenteuer ... das bestimmt! Und ich glaube, Eure Dankbarkeit und Euer Vertrauen in mich werden dazu führen, dass Ihr mich mit einer Position von hohem Rang belohnt. Ich werde nicht ewig jung bleiben ... ich hege die Hoffnung, dass mir die Jahre, in denen ich anderer Leute Kriege ausfechte, mehr bescheren als eine Klinge voller Scharten.«

Ein spöttischer Unterton lag in seinem Lachen, aber dies machte Dribeck nur ein weiteres Mal bewusst, dass hier ein ehrgeiziger Mann vor ihm stand.

»Ich werde darüber nachdenken«, versprach er. »Zweifelsohne wird es zahlreiche Probleme bei der Organisation und Durchführung deiner

Expedition geben ... Ich bin noch immer im Zweifel, ob ich sie unterstützen soll.«

Aber sowohl er als auch Kane wussten, dass der Vorschlag längst seine Vorstellungskraft beflügelte. Es war ein kühner, vielleicht aussichtsloser Versuch, aber ein Versuch, der bei dürftigem Einsatz einen sehr hohen Lohn versprach. Waffen und Ausrüstung waren meist Eigentum der Söldner ... Und starb ein Söldner, so kostete das nichts.

Mit einem nachdenklichen Brummen glitt Dribeck von dem Fass herunter, um sich wieder der feiernden Menge anzuschließen. Doch seine sorglose, beschwingte Stimmung wollte sich nicht mehr einfinden.

5. KAPITEL

Das Land der Fäulnis

Weit entfernt von Selonari, im Süden, erstreckte sich der Wald; ein blaugrünes Meer riesenhafter Bäume, gesprenkelt mit immer höher aufragenden bleichen Felstrümmern, das schließlich an der steinigen Küste endete: Dies waren die Kaltforste, mit Pfaden, auf denen selten nur ein Mensch gewandelt war und die bis zum Eismeer führten. Das Vordringen des Waldes jedoch war nicht ungebrochen. Gleichfalls südlich, doch viel näher bei Selonari gelegen, wucherte eine Krebsgeschwulst. Ein Geschwür, das die Südlande über Meilen hinweg unter sich erstickte, das die klaren Bergflüsse verschlang und sein Siechtum an ihnen nährte, dessen Eiter durch die Kleinen Ocalidad-Berge hinaus ins Westmeer sickerte. Das Land der Fäulnis. Kranor-Rill.

Hier endete das Waldland. Die stolzen, geraden Stämme machten jämmerlichen Baumkrüppeln Platz. Wo gerade noch der Forst gewesen war, versank das Land jenseits eines deutlich wahrnehmbaren Bruchs im Schlamm. Im lauwarmen Schlick, in dem nicht einmal Weiden und Platanen zu gedeihen vermochten, waren Zypressen die größten Bäume. Vielleicht war der Boden noch vom Salz des Urmeeres verunreinigt, denn selbst dem fruchtbaren zerfallenden Laub gelang es nicht, jene Vegetation zu nähren, die man für gewöhnlich im Sumpfland antraf. Kranor-Rill war ein vergifteter Irrgarten aus bizarren Stämmen, dornenbewehrtem Gestrüpp, sich schlängelnden Ranken – dünnen Kriechgewächsen wie aus gezogenem Kupferdraht, deren stacheliger Kuss an allem zerrte, was sich an ihnen vorbeischob. Ungeheuerliche Lianen, gelegentlich unfassbar dick, würgten die Bäume, und hatten sie ihren Wirt erstickt, wucherten sie, ihr faulendes Opfer weiter im Griff, in grotesken Knäueln immer weiter. Überall kauerten würgende, giftige, parasitäre Geschöpfe ... doch die Seele von Kranor-Rill waren die Ranken.

Es war kalt in diesem Pfuhl, doch herrschte hier nicht die saubere Frische der Kaltforste, an die er grenzte. Aus einem Ozean des Zerfalls entwich ungesunde Wärme in Schwaden wie aus einer Gruft; morgendlicher oder abendlicher Frost verfiel darin im Nu zu leichenhafter Kühle. Dichter und stets gegenwärtiger Nebel hing über dem Morast, ein Gobelin aus bedrückendem Dunst, der sich an jede Oberfläche krallte, die wilde Vegetation verschlang und unergründlich tiefe Sumpflöcher unsichtbar machte. Ja, wahrhaftig – Kranor-Rill war ein giftiger Irrgarten, und der Atem, der ihm entströmte, barg tödliche Gefahren ...

Eine goldäugige Schlange mit lehmgelben Schuppen durchbrach die grüne Schaumkruste eines dunklen Tümpels. Weiß klaffte ihr beeindruckendes Maul im keilförmigen Schädel, als sie gleich einem hungrigen Blitz zustieß und doppelreihige Fangzähne in den Schenkel jenes Söldners schlug, der dem düsteren Wasser zu nahe gekommen war. Die Wucht des Aufpralls warf den Mann in den Schlamm. Danach blieb ihm lediglich noch Zeit für ein angsterfülltes Schmerzgeheul, bevor die Schlange ihn mit Schlingen umfing, deren Umfang größer war als der seiner keuchenden Brust. Zu spät tastete der Söldner nach seinem Schwert – sein Arm war bereits eingeklemmt. Wie durch ein Wunder bekam er trotzdem seinen Dolch zu fassen. Ohne Hoffnung stach er wieder und wieder auf den Leib ein, der ihn unaufhaltsam in den Tümpel zerrte.

Dunkles Wasser erstickte seinen Angstschrei, dämpfte das Bersten splitternder Knochen, verdeckte den Schimmer gelber Knäuel. Ein letzter Vorhang aus gekräuseltem Schaum schloss sich über dem Spuk.

Der Angriff hatte nur wenige Augenblicke gedauert. Schon warfen die erschrockenen Kameraden des Opfers die Starre ab und stürzten ans Ufer des Tümpels. Doch sie kamen zu spät. Fauliges Wasser schäumte und brodelte – mehr bekamen sie nicht zu sehen von dem Todeskampf, der in seiner Tiefe tobte. In sinnloser Vergeltungswut stapften die Männer trotzdem ins Wasser und stießen, bis zu den Knien im Schlamm eingesunken, mit ihren Schwertern und Speeren in den Tümpel. Der eine oder andere Hieb schien zu treffen, und dies stachelte die fluchenden Männer weiter an, aber das dunkel-schaumige Wasser wahrte sein Geheimnis. Als das Brodeln verebbte, woben blutrote Fäden ein Muster in den grünen Schaum. Wessen Blut sich in das Schmutzwasser des Tümpels mengte, erfuhr man nie – Schlange und Opfer waren verschwunden.

Verärgert über diesen jüngsten Rückschlag trieb Kane seine Männer vom Ufer des Tümpels fort. Vorhin waren sie bereits in ein Sumpfloch geraten. Einen Mann hatten sie herausziehen können, ein anderer jedoch war im Morast versunken. Innerhalb kürzester Zeit hatte er zwei Männer verloren ... Das Schlimmste aber war, dass sie schon den halben Tag damit zugebracht hatten, durch stinkenden Schlamm zu waten, und dass nicht einmal er sich mehr über die Entfernung im Klaren war, die sie noch vor Einbruch der Dunkelheit zu bewältigen hatten. Eine Nacht in Arellarti würde schwierig genug werden. Wenn sie jedoch bereits hier im Sumpf von der Dunkelheit überrascht wurden ...

Kane fluchte und ließ eine Hand auf seinen Arm klatschen. Der Blutsteinring glitt über seinen vom Schlamm glitschigen Finger und drohte herunterzufallen. Es wäre klüger gewesen, das Juwel sicher in einem Beutel zu verwahren, aber Kane hatte seine Gründe, davon abzusehen. Eigensinnig trug er das übergroße Schmuckstück an der Hand. Ein Blutfleck auf seinem Arm war alles, was von der Henkersmahlzeit eines Insekts übrig blieb. Jeder von ihnen trug ähnliche Wundmale wie Pestflecken auf der freiliegenden Haut zur Schau. Mürrisch rieb Kane sich das ohnehin bereits schmutzige Gesicht und die Arme mit Schlamm ein und fragte sich, ob diese Maßnahme den unermüdlichen Ansturm der schwärmenden Insekten überhaupt zum Erlahmen bringen konnte.

»Zwei Gefallene – bleiben noch dreiundzwanzig«, bemerkte Banlid, Kanes dickbäuchiger Stellvertreter, und vergewisserte sich gleich darauf gereizt: »Kane, dieser stinkende Pfad führt uns doch vor Einbruch der Dunkelheit irgendwohin, nicht wahr? Auf die andere Seite dieses verdammten Sumpfes, hoffe ich!«

»Er führt uns nach Arellarti, noch weit vor Einbruch der Dämmerung«, knurrte Kane und zeigte eine Zuversicht, die er im Stillen nicht teilte.

Banlid hatte ihn auf Dribecks Vorschlag hin begleitet, und es war klar, dass der Selonari als Vertreter seines Herrn handelte. Diese Vorsichtsmaßnahme war zu erwarten gewesen, und Kane nahm es ohne Groll hin. »Stell die Leute neu auf«, befahl er. »Vielleicht halten sie sich jetzt an den Weg und zeigen ein wenig mehr Wachsamkeit. Die Rillyti können sich mindestens ebenso gut in diesem Unterholz verstecken wie diese Sumpfpython – und ihr Angriff wird genauso tödlich sein.«

Kane gab sich keinen Illusionen hin. Ihr Eindringen entging der Aufmerksamkeit der Rillyti nicht, darüber war er sich im Klaren. Aber dieses Risiko war unvermeidlich, und er konnte nur hoffen, dass die Sumpfkreaturen zögerten, eine so große Gruppe bewaffneter Männer anzugreifen, auch wenn sie deren Vordringen als Provokation betrachten mochten. Die Selonari kannten einige schlimme Berichte von Scharmützeln zwischen Menschen und Rillyti. Selbst wenn man von einem Hang zur Übertreibung ausging, gab es keinen Grund zur Zuversicht. Außerdem war es nur logisch, dass die Rillyti den einzigen direkten Weg ins finstere Herz ihres Herrschaftsbereiches bewachten.

Ohne Zweifel kannten sie zahlreiche andere Wege durch Kranor-Rill. Aber dies hier war der einzige, von dem Kane wusste, dass er für Lebewesen ohne den Körperbau und das Verhalten von Amphibien begehbar war. Und trotzdem schien es an manchen Stellen, als überstiege es jedes menschliche Vermögen, ihm zu folgen. Alorri-Zrokros hatte von einem Erdwall geschrieben, den die Krelran gebaut hatten, einem Damm zwischen ihrer Inselfestung und dem umliegenden Festland, gepflastert mit rötlichem Gestein von eigenartiger Struktur. Alorri-Zrokros' Vermutung, dass das Binnenmeer keine natürliche Bucht, sondern eine Höhlung war, die man unter Anwendung krelranischer Wissenschaft in die Südlande gesprengt hatte, lieferte einen weiteren Hinweis auf die Entstehung jenes Damms. Kane hatte festgestellt, dass die geologischen Gegebenheiten dieses Landstrichs eine solche Hypothese stützten. Tatsächlich existierte der Damm noch heute; er hatte die Jahrhunderte überdauert, während derer das Urmeer dem unübersichtlichen Sumpfland gewichen war. Die Beschreibung, die sich im *Buch der Ältesten* fand, war äußerst vage. Dessen ungeachtet hatte Kane gestern Abend den von Ranken überwucherten Pfad entdeckt. In der ersten Morgendämmerung hatte er seine Söldner vorsichtig in den Pfuhl Kranor-Rills hineingeführt. Zwei Männer nur hatte er bei den Pferden zurückgelassen.

Der Sumpf hatte den Damm beinahe eingenommen, er fraß an seiner Böschung, grub sich unter seinen Fundamenten durch, schlug wuchernd und wogend über seinem Pflaster zusammen, sodass bei jedem schleimbedeckten Tümpel erst einmal festgestellt werden musste, wie tief er wirklich war. Oft erwies sich eine Pfütze als tiefes Loch oder bodenloser Morast. Unzählige Male mussten die Männer ausweichen, die Todesstreifen umgehen oder mit gefällten Baumstämmen überbrücken. Nur an wenigen Stellen konnte man noch auf dem ursprünglichen Pflaster marschieren. Vielerorts lag es unter einer dicken, fauligen Schicht begraben, anderswo waren Bäume und knorrige Ranken durch den Belag gebrochen und bildeten ein undurchdringliches Gewirr aus Pflasterstein und Vegetation. Wo immer Wurzeln Halt fanden, wuchsen messerscharfes Sumpfgras und elastisches Schilf bis in Hüfthöhe. Darüber herrschte ein Gewirr zäher Lianen, die die Klingen der Eindringlinge stumpf werden ließen und sich mit stechenden Dornen zur Wehr setzten. Wo genau der Damm endete und das Sumpfland begann, konnte man häufig nicht einmal erahnen, und lediglich die

Tatsache, dass sich die Baumeister der Krelran vor Jahrhunderten an relativ gerade Linien gehalten hatten, ließ ein halbwegs sicheres Urteil zu.

Viel zu langsam kam man voran, und die unbarmherzige Belästigung durch schwärmende Insekten und allgegenwärtige Blutegel ließ den Marsch vollends zur Tortur werden. Aber Kane hatte seine Männer gut ausgewählt. Sie fluchten, doch keiner von ihnen dachte an Meuterei, selbst dann nicht, als einen weiteren von ihnen das Unglück ereilte. Er zerriss mit der Hand das Netz einer prächtigen gelb-braunen Spinne, deren Biss zu einer schmerzhaften, grellroten Schwellung an seinem Schwertarm führte.

Nicht lange danach stieß der Unglückliche einen unverständlichen Schrei aus und sackte zusammen. Vom Spinnengift umnebelt schlug er nach seinen besorgten Gefährten, legte eine schützende Hand um den angeschwollenen Arm und stöhnte unter Schmerzen. Kane hatte zwar die untergehende Sonne im Blick, eilte aber dennoch an die Seite des Mannes. Die Männer hatten bereits versucht, das Gift herauszusaugen – offenbar ohne Erfolg –, und Kane schätzte die Überlebenschancen des Söldners fachmännisch nicht hoch genug ein, als dass es die Mühe wert gewesen wäre, ihn mitzunehmen. Die Spinne gehörte keiner ihm bekannten Art an, aber ganz offensichtlich hatte auch sie an der tödlichen Feindseligkeit teil, die Kranor-Rill bis ins Innerste durchdrang. Da er es für unklug hielt, vor seinen Männern allzu herrisch aufzutreten, befahl Kane, eine kurze Pause einzulegen, und wünschte sich im Stillen den Tod des unachtsamen Narren, ehe sich doch noch die Notwendigkeit ergab, ihn mitzuschleppen.

Die Pause kam zur rechten Zeit.

Einer jener Männer, die einige Schritte vorausgegangen waren, stieß jählings eine Warnung aus. »Verdammt! Da ist eines dieser hässlichen Dinger! Versteckt sich in den Scheiß-Ranken!«

Mit einem warnenden Schrei wich er zurück, und ein Speer verfehlte seine Brust nur um Haaresbreite.

Auf dem Pfad vor ihnen gab es nicht nur einen Rillyti – mindestens ein Dutzend der Krötengeschöpfe richtete sich Spukgestalten gleich drohend im Halblicht des Pfuhls auf. Um mehr als einen Kopf überragten sie jeden Menschen, und ihre gedrungenen Leiber waren weitaus breiter als jeder menschliche Rumpf. Lange, dürre Arme und dicke Krummbeine endeten in gespreizten, schwarzen Fingerklauen, zwischen denen sich Schwimmhäute spannten. Eine mit Warzen und Knochenplättchen gesprenkelte Haut, abstoßend sumpfig-gelb, braun und grün gefärbt, bedeckte ihre unbehaarten Körper. Knorrige, panzerähnliche Platten schützten bucklige Rücken und den oberen Teil der tonnenförmigen Brust; der dicke Wanst darunter zeigte eine kränklich gelbe Färbung. Eingebettet in breite Schultern ragten die Krötenschädel empor, Kehllappen und Kehltaschen verdeckten den Hals, so er denn vorhanden war. Die Rillyti hatten lidlose Augen mit Schlitzpupillen, klaffende Nasenlöcher, übergroße, mit gelben Raubtierfängen gesäumte lippenlose Kiefer. Groteske, schreckliche Kreaturen waren es, und ihre mächtigen, knorrig-verwachsenen Gestalten spiegelten die bösartige Tödlichkeit Kranor-Rills wider.

Schwarzes Sumpfwasser troff aus Hautfalten und glitzerte heimtückisch, als sie sich aus ihren Verstecken erhoben. Lange Klingen aus Bronze lagen in ihren Flossenhänden.

So verharrten die Rillyti, ihre amphibischen Gesichter zu grimmigen Masken verzerrt, die gelben Augen von einem blinzelnden Innenlid verdunkelt. Durch ihre entblößten Fänge stießen sie ein tiefes, raues Knurren aus, während sich ihre Kehltaschen unregelmäßig blähten und wieder erschlafften.

Einige von ihnen trugen kurze Stoßspeere, an deren gezackten Spitzen eine braune, breiige Masse klebte, und alle waren sie mit dem eigenartig gekrümmten Rillyti-Schwert bewaffnet, dessen Klinge so lang war wie die eines Zweihänder-Breitschwertes und aus einer Bronzelegierung bestand, die länger scharf blieb als Stahl – eine verlorene Schmiedekunst, die, wie Kane sich erinnerte, aus den Ruinen der Krelran geborgen worden war. In ihren großen Händen stellte es eine tödliche Waffe dar. Die klebrige Masse, die an ihren Speerspitzen haftete, konnte nur das rasch tötende Gift sein, das sie selbst zubereiteten. Es war ätzend, sonst wäre es wohl auch auf die Schwertklingen geschmiert worden.

Ein Glück, dass die Krötenwesen keine wirksameren Geschosse ihr Eigen nannten, die sie mit dem Gift bestreichen konnten. Zu groß und unbeholfen waren ihre mit Schwimmhäuten versehenen Klauen, um einen Bogen geschickt handhaben zu können, und die knochigen Kiefer waren nicht für den Gebrauch eines Blasrohrs geeignet. Aber in diesem verfilzten, fast undurchdringlichen Dickicht war der Kampf Mann gegen Mann ohnehin die einzig erfolgversprechende Taktik. Kanes Söldner konnten ihre Bogen nicht wirkungsvoll einsetzen. Der Feind fand zu viel Deckung. Die ineinander verschlungenen Ranken und Zweige machten es unmöglich, einen Pfeil sauber ins Ziel zu bringen.

»Sie rühren sich nicht ... Sieht so aus, als ob sie nur den Pfad bewachen«, drängte Banlid an Kanes Seite. »Verschwinden wir, bevor sie über uns herfallen!«

»Sie blockieren den Weg, weil er nach Arellarti führt. Wir müssen ganz nahe sein!«, knurrte Kane fieberhaft. »Sie bewachen genau das, was ich hier finden will, und ich reiße jedem Hundesohn die Eingeweide heraus, der sich jetzt davonmacht! Mit diesen schleimblütigen Kröten werden wir schon fertig! Sie wollen uns einschüchtern, andernfalls hätten sie uns trotz ihres fehlgeschlagenen Hinterhalts längst angefallen! Wenn wir jetzt kneifen, überrennen sie uns mit einer zehnfachen Übermacht, sobald die Nacht hereinbricht! Kommt, ihr Sumpfratten!«, brüllte er und reckte sein Schwert empor. »Ich zeige euch, wie man Kröten aufspießt!«

Kane stürmte los und wurde vom ersten Rillyti, der sich ihm in den Weg stellte, beinahe in zwei Hälften gespalten. Mit der ganzen Kraft ihrer starken Beine warf sich die Kreatur Kanes Angriff entgegen, zwölf Fuß weit setzte sie über den Schlamm hinweg – als gleißender Lichtbogen fuhr die goldene Klinge des Krummschwerts herab.

Verzweifelt fluchend duckte Kane sich unter dem Hieb hindurch. Der schlüpfrige Boden machte ihn langsamer, sodass er der kraftstrotzenden Attacke nur um Haaresbreite entging. Mit schrillem Kreischen traf die Rillyti-Klinge aus Bronze auf carsultyalischen Stahl. Die Wucht des Schlages lähmte Kanes Arm bis hinauf zur Schulter und vibrierte noch in seinen zusammengebissenen Zähnen, aber er war stark genug, den Angriff abzuwehren. Der Rillyti geriet ins Taumeln, als sein Schwung gebremst wurde. Bevor er sein Gleichgewicht wiederfand, traf ihn Kanes Waffe auf Augenhöhe und köpfte ihn. Die Männer brüllten heiser auf und setzten über den zuckenden Körper hinweg.

»Auch sie können bluten! Kommt!«, brüllte Kane, und wildes, weithin schallendes Gelächter kam über seine Lippen.

Und der im Sumpf versinkende Dammweg wurde zum Tollhaus.

Kane wich dem im Todeskampf um sich schlagenden Rillyti aus und nahm es mit einem weiteren Angreifer auf. Der Krötenmensch täuschte mit dem Schwert an – und stieß im gleichen Augenblick mit der Speerspitze nach Kanes. Mit wilder Anmut drehte Kane sich seitwärts, hielt sich die Klinge der Bestie mit der eigenen vom Leib und packte mit der freien rechten Hand den Schaft des Speers. Er wollte dem Gegner die Waffe entreißen – und musste voller Bestürzung erkennen, dass der Rillyti dies vorausgesehen hatte. Der Speerschaft war mit Fett überzogen, und als der Rillyti einen Satz nach hinten machte, glitt Kanes Hand auf die giftbeschmierte

Klinge zu. Es fehlte nicht viel, und er hätte die gezackte Schneide berührt, doch riss er seine Finger noch hastig genug zurück.

Sofort stieß das Krötenwesen wieder zu, und dieses Mal setzte es mit dem Schwert nach. Verbissen parierte Kane, und ohne seinen Angriff zu unterbrechen, ging er federnd in die Hocke, wich dem Speer aus – und schleuderte, als er wieder hochkam, seinen Dolch, den er blitzschnell aus dem Stiefelschaft gezogen hatte. Bis zum Heft drang die Klinge in eines der Raubtieraugen. Vor Schmerz quakend, ließ der Rillyti seinen Speer fallen, um sich die Klinge aus der Augenhöhle reißen zu können. Doch die zuckende Bewegung ließ nicht nur Flüssigkeit herausspritzen, sondern riss auch eine gezackte Wunde in den Schädel. Da sein Gegner tödlich verwundet war, entspannte sich Kane einen hastigen Atemzug lang und hätte sich damit der Höllenfahrt des Sumpfwesens beinahe angeschlossen. Noch im Zusammenbrechen stieß der Rillyti mit letzter Anstrengung ein weiteres Mal zu, ehe das Gehirn ihm den Dienst versagte. Kane tänzelte zur Seite, sodass sich die Schwertspitze lediglich in seine Stiefelkappe bohrte. Die Krötenwesen waren ein genauso zäher Haufen wie ihre urzeitlichen Ahnen, und Kane sah, wie mindestens ein Söldner vom Schwert eines Rillyti aufgespießt wurde, der bereits über die eigenen Eingeweide stolperte. Es war ein hässliches, wildes Schlachten, so gewalttätig und mörderisch wie das Land der Fäulnis, das die Gegner umschloss. Nirgendwo gab es nennenswerte freie Flächen – nur winzig kleine Lichtungen im Gewirr aus Lianenranken und Unterholz, und dort war der Boden eine trügerische Masse aus aufgeworfenen Pflastersteinen, Schlammpfuhlen und schaumgekröntem Wasser. Mehr als ein Söldner ließ sein Leben, weil er in einen schlammigen Tümpel oder ein Sumpfloch gedrängt wurde. Die Rillyti waren stärker als ihre menschlichen Gegner, außerdem kämpften sie auf vertrautem Gelände. Und sie mochten zwar behäbig sein, ihre Bewegungen ein langsames Torkeln und ihre schwimmhäutigen Plattfüße nicht geeignet für flinke Fußarbeit, wie umsichtiger Schwertkampf es forderte. Aber auch diese Tatsache brachte Kane und seinen Männern keinen Vorteil. Der schlüpfrige Boden und die allgegenwärtigen Sumpfgewächse, die jeden Halt unsicher machten, nahmen den Menschen ihre Beweglichkeit. Die Rillyti dagegen wogten wie reißende Bestien vorwärts, kaum dass man ihnen die geringste Ellbogenfreiheit gewährte. Nur der Überzahl des Söldnerstoßtrupps war es bisher zu verdanken, dass sie die Schlacht nicht im Handstreich gewonnen hatten.

Kane bemerkte etwas klebrig Warmes in seinem Stiefel und wusste, dass dies kein Brackwasser war. Der Gedanke verging, als er gegen einen neuen

Gegner krachte. Wieder und wieder kreuzte sich grauer Stahl mit außerweltlicher Bronze; wie die lustvollen Schreie einer Frau klang es, wenn die Klingen aufeinandertrafen. Jener längst verstorbene carsultyalische Schwertschmied hatte den Stahl gut gehärtet. Kanes Schwert hieb Scharten in die krelranischen Klingen, während etliche Waffen seiner Männer unter den mächtigen Schlägen der amphibischen Kreaturen zerbarsten. Und Kane kämpfte beidhändig – mit der Linken führte er das Schwert, mit der Rechten ein langes Messer, während der Rillyti allein mit einem Krummsäbel bewaffnet war. Dennoch, hilflos war der Bursche nicht, wie Kane rasch feststellen musste. Als er dicht an den Gegner ging, um das Messer einzusetzen, stieß eine klebrige, erschreckend lange Zunge aus dem klaffenden Maul des Rillyti hervor, klatschte Kane ins Gesicht und überzog es mit einem zähen Speichelschwall. Kanes erster Reflex, sich den beißenden Speichel mit dem rechten Arm aus den Augen zu wischen, brachte ihm abermals fast den Tod; und abermals entging er einer wie Hitzeflirren auf ihn herabsausenden Bronzeklinge erst im letzten Augenblick … dieses Mal, indem er den Hieb des Gegners ablenkte und die Klinge mit dem Schwertgriff blockte. Das Heft hielt stand, die Wucht des Treffers jedoch riss ihm beinahe die Waffe aus der Hand. Aber auch der Arm des Rillyti musste geschwächt sein, und so wollte er der Kreatur mit einem raschen Messerstich den Rest geben. Das Krötenwesen nahm einen lächerlichen Kratzer auf der hornigen Haut in Kauf, schlängelte sich aus dem Weg und krallte mit der Flossenpranke quer über Kanes Gesicht. Klauen packten Kanes Kettenhemd, und kaum hatte er sein Gleichgewicht auf dem schlüpfrigen Untergrund erst einmal verloren, wurde er rasch zu Boden geworfen. Sein Schwert verfing sich in einem Lianengestrüpp und wurde ihm gleich darauf aus der Hand gerissen; er stürzte, landete nach Luft schnappend auf einem aus dem Boden gerissenen Pflasterstein und sah, wie der Rillyti seine Klinge zu einem Schlag hob, den er mit dem Dolch niemals parieren konnte. Sein Schwert lag viel zu weit entfernt, aber neben sich ertastete er einen am Boden liegenden Speer.

Verzweifelt warf Kane sich herum, seine Linke schloss sich um den Schaft … und zugleich war der Sumpfbewohner über ihm. Sein fransiges Maul klaffte zu einem Triumphgeheul auf. Das Schwert sauste herab.

Kane rollte sich herum, riss den Speer hoch und schleuderte ihn mitten in den gelblichen Schlund. Aus seiner halb liegenden Stellung war es ein verzweifelter, unsicherer Angriff, in den er kaum Kraft zu legen vermochte – aber sein Ziel war ganz nah, es sprang ihm förmlich entgegen …

Drei Wahrnehmungen durchdrangen Kanes adrenalinbefeuerten Geist, während alles in traumgleicher Langsamkeit geschah: Die Speerspitze fuhr tief in den Rachen des Rillyti, einer zweiten Zunge gleich bohrte sie sich ins Fleisch des Gaumens. Das Rillyti-Schwert senkte sich wie ein goldener Regenbogen herab, während er sich mit einer letzten Anstrengung beiseiterollte. Und der Blutsteinring, der nur locker auf seinem Finger saß, wirbelte in hohem Bogen über das sumpfige Schlachtfeld davon, als er den Speer losließ.

Unendlich langsam nur lösten sich die Geschehnisse auf in ... einen keuchenden Rillyti, der längst nicht mehr an Angriff dachte und stattdessen in einem zappelnden Todestanz an dem Speer zerrte, verzweifelt zu schlucken versuchte und urplötzlich quälend langsam im Schlamm zusammenbrach und unwirklich still lag ...

... ein bronzenes Schwert, das seine sich wegdrehende Schulter trotzdem noch streifte und beim Aufprall auf dem Stein in glitzernde Scherben zersprang ...

... einen Ring, der, in der Abendsonne aufglühend, durch alle Ewigkeit fiel, mit dumpfem Platschen auf Wasser traf – jeder einzelne Tropfen schwappte vor Kanes Augen empor und fiel wieder herab – und im Dunkel des schlammigen Tümpels verschwand.

Mit einem irrsinnigen Brüllen rappelte Kane sich hoch. Sein Blick war auf jene Stelle geheftet, an der der Ring versunken war. Im Vorbeistürzen riss er sein Schwert an sich, ohne auch nur das Geringste von dem unablässig tobenden Kampf ringsumher wahrzunehmen. Am Rande des Tümpels warf er sich nieder und stieß die Hände in den Schlamm. Mit blutleeren Lippen murmelte er stumme Flüche; seine eisblauen Augen waren starr und wie im Irrsinn wild auf das Wasser gerichtet. Aus einem tiefen Schnitt an seiner Wange quoll Blut – Zeugnis der Liebkosung eines Trümmerstücks des zerschmetterten Rillyti-Schwertes. Kane scherte sich nicht darum, obwohl der Geruch seines Blutes eine Horde ausgehungerter Blutegel anlockte.

Entschlossen pflügte er mit den Fingern durch den stinkenden Schlamm und riss, als er hin und wieder etwas Hartes ertastete, Fäuste voller wogenden Schlicks und Schaumes heraus.

Der Tümpel war hier nur ein paar Fuß tief ... wenn der Ring lotrecht gesunken war, dann ...

»Kane! Verflucht noch eins! Bist du denn ganz und gar wahnsinnig!«, brüllte ihm Banlid ins Ohr, rüttelte an seiner Schulter und störte seine

Konzentration. »Hol dich der Teufel! Komm schon, lass das! Wir stecken bis zum Hals in einem Kampf auf Leben und Tod!«

Ärgerlich schüttelte Kane den Söldner ab und wandte sich wieder seiner Suche zu. Wenn dieses Land der Fäulnis den Ring erst einmal geschluckt hatte, würde er ihn niemals mehr zurückbekommen. Beunruhigt und verwirrt riss Banlid sich von seinem Anführer los. Seine rasenden Gedanken führten zu dem wirren Schluss, dass Kane wohl am Schädel getroffen worden sein musste ... Er war zweifelsohne übergeschnappt!

Ein verwundeter Rillyti näherte sich. Blut sickerte ihm aus einer tiefen Stichwunde in der Brust. Die Verletzung musste tödlich sein, dennoch schien sie die Bestie nicht groß zu beeindrucken. Mit einem kehligen Quaken erspähte sie den auf dem Bauch liegenden Menschen und riss das Schwert hoch. Banlid kümmerte sich nicht länger um seinen Anführer und stellte sich dem Angriff des Amphibienwesens entgegen.

Abgesehen von Kane waren bisher nur wenige Männer des Trupps siegreich aus einem Zweikampf gegen einen Rillyti hervorgegangen. Gemeinsamer Angriff, das war die einzig wirksame Strategie. Banlid kämpfte allein, und er war erschöpft. Doch sein Gegner war tödlich verwundet, und während sich der Söldner fieberhaft verteidigte, spürte er, dass der Ansturm der Bestie von Mal zu Mal schwächer wurde. Trotz allem war es ein hartes Duell. Der Rillyti fühlte, wie sein Leben versiegte, und nahm keinerlei Rücksicht mehr auf seine Wunden, seinen Schmerz. Mit einer letzten ungestümen Anstrengung schlug er Banlids Versuch eines Gegenangriffs zurück und warf sich vor, um ihn mit seinem bloßen Gewicht niederzuringen. Taumelnd wich der Söldner dem heranspringenden Untier aus, versetzte ihm einen tiefen Hieb in die Flanke und hackte selbst dann noch auf ihn ein, als er hart auf dem Boden aufschlug und sich mühte, immer noch weiter voranzukriechen.

Nach Atem ringend blickte er sich um. Kein weiteres Ungetüm stellte sich ihm entgegen. Unsicher starrte er auf seinen Anführer hinab. Sein gerötetes Gesicht verzog sich ungläubig. Der Irre hätte sich doch tatsächlich von dem Rillyti aufschlitzen lassen, wäre er nicht dazwischengegangen.

Kane lehnte sich inzwischen halb über den Tümpelrand hinaus, Rumpf, Schultern und Gesicht waren in stinkendem Dreck vergraben. Kurz schnappte er nach Luft, immer noch mit angestrengtem Gesichtsausdruck, dann tauchte er wieder unter und durchwühlte mit beiden Händen den Schlamm am Grund des Tümpels. Banlid wartete ab, wie sich die Sache weiter entwickelte. Als es laut plätscherte, glaubte er schon, Kane wäre nun vollends untergetaucht. Stattdessen schob er sich spritzend und aufgeregt an den Rand des Tümpels zurück und kam Banlid wie ein Abbild puren Irrsinns entgegen. Schlamm und Schlimmeres troff ihm von der Haut und aus den Haaren, immer noch war sein Gesicht von Blutrinnsalen überzogen; ein paar angeschwollene Blutegel hingen aus seinem Bart. In Kanes frostig-blauen Augen irrlichterte der Wahnsinn. Seine Lippen jedoch waren zu einem Siegeslächeln verzerrt.

»Alles ist in Ordnung ... ich habe ihn gefunden!«, flüsterte er. Sorgfältig wischte er den Ring an seiner schmutzigen Lederkleidung ab und schob ihn wieder über den Mittelfinger seiner linken Hand. Danach erst säuberte er sein Gesicht und nahm sein Schwert wieder auf.

Banlids Blick erwiderte er dabei völlig regungslos, als wolle er ihn herausfordern, sein bizarres Verhalten zu kommentieren. »Wollen wir doch mal sehen, wie viele überlebt haben«, meinte er schließlich lakonisch.

Banlid nickte und entschied, dass es klüger war, die Szene, deren Zeuge er soeben geworden war, zu übergehen. Kane schien wieder er selbst zu sein – Shenan mochte wissen, ob dies mit rechten Dingen zuging! –, und die Belastung während der Schlacht rief mitunter seltsame Reaktionen hervor ...

Der Ring mit dem Blutstein zog seine Aufmerksamkeit auf sich, und er bestaunte den unheimlichen, düsteren Glanz des Juwels.

Täuschte er sich – oder wirkte dieser Glanz tatsächlich viel lebendiger als zuvor?

6. KAPITEL

Wer alte Götter weckt …

Das vom Sumpf zerfressene Rückgrat des alten Dammes war durch den heftigen Kampf vollends zerstört worden. Verstümmelte Leichname von Menschen und Rillyti lagen in grotesken Haufen verstreut oder trieben in den brackigen Tümpeln.

Die Wächter des Pfades waren tot – bis auf einen, der, wie man Kane berichtete, in den Sumpf geflohen war. Der Blutzoll jedoch, den Kanes Söldner hatten zahlen müssen, war furchtbar hoch. Außer ihm hatten nur acht Männer überlebt, allesamt nahezu unversehrt. Es war eine Schlacht gewesen, in der eine hinderliche Wunde sogleich zu schnellem Tod geführt hatte. Jener, der vor dem Kampf Opfer des Spinnenbisses geworden war, lag vergessen dort, wo er zusammengebrochen war, und zwischen seinen Rippen steckte der Speer eines Rillyti; nur kurz sann Kane darüber nach, was dem Unglückseligen letztlich den Tod gebracht hatte: das Spinnengift oder dieser Speerstoß.

»Wenn wir jetzt umkehren, schaffen wir es vielleicht noch bis zum …«

»Niemand kehrt um!«, schnitt Kane Banlid das Wort ab. »Arellarti ist fast in Sichtweite! Wir bleiben bei meinem ursprünglichen Plan! Es war klar, dass die Rillyti nicht tatenlos zusehen würden, wie wir Kranor-Rill durchqueren. Man hat euch über unsere Aussichten aufgeklärt, als ich euch ausgewählt habe. Gut, unsere Verluste sind zwar höher, als ich erwartet hatte, doch haben wir den Wächtertrupp der Rillyti zerschlagen. Wenn wir nach Selonari zurückkehren, werde ich dafür sorgen, dass jeder von euch eine zusätzliche Belohnung erhält.«

»Kane, wir haben doch nur ein paar von ihnen getötet! Shenan allein mag wissen, wie viele Hunderte dieser Ungeheuer sich noch in dem verfluchten Sumpf verstecken!«, wandte Banlid ein. »Wenn wir noch weiter vordringen, bleibt uns nicht einmal mehr Zeit zu beten, dass wir's bis zum nächsten Morgen schaffen.«

»Du willst es also lieber riskieren, nach Einbruch der Dunkelheit durch den Sumpf zurückzutappen? Dann bete darum, dass du rasch von den

Rillyti eingeholt wirst ... Sie werden dir – anders als Kranor-Rill – einen sauberen Tod bescheren!

Sicher, wir haben nur wenige Rillyti zu Gesicht bekommen. Sie leben über das ganze Sumpfland verstreut. Die vermutlich einzige organisierte Streitmacht, die in unserer unmittelbaren Nähe postiert war, dürften wir aber vernichtet haben – jene, die diesen Damm bewachte. Die Kröten werden eine Weile brauchen, um sich erneut zusammenzurotten – und bis das soweit ist, sind wir bereits auf dem Rückweg nach Selonari. Und in Arellarti müsste genug Platz sein, um unsere Bogen einzusetzen, falls die Rillyti ihren Mut noch einmal zusammenkratzen. Außerdem sind wir in den Ruinen durch Mauern geschützt ... Und wenn die Legenden nicht lügen, werden wir dort auch Waffen entdecken, die uns so stark machen, dass wir es mit jeder Armee aufnehmen können!«

Banlid erkannte, dass jeder weitere Widerspruch vergebens, wahrscheinlich sogar gefährlich war. Mürrisch gestand er sich ein, dass an Kanes Logik im Grunde nichts auszusetzen war, auch wenn ihr rothaariger Anführer nur äußerst vage Pläne kundgetan hatte, wie es zu gegebener Zeit denn gelingen sollte, wieder aus Arellarti zu entkommen. Über dieser Expedition schwebte die unheilvolle Aussicht, sie könnte sich als Reise ohne Wiederkehr erweisen, und eingedenk dessen bedauerte Banlid einmal mehr die Rolle, in die Lord Dribeck ihn gedrängt hatte. Eine weitere Meile brachte sie dem Ende des Tages näher, und noch immer wollte der Boden nicht ansteigen. Kranor-Rill dehnte sich in alle Richtungen aus, ein scheinbar endloser Sumpf, eine Allgegenwart vergifteten Lebens und tückischen Zerfalls, die eher unbarmherzig denn monoton wirkte. Aber die Geräusche des Sumpfes hatten sich verändert. Nach wie vor begleiteten die verschiedensten Tierlaute ihr Vordringen; sie klangen jedoch gedämpft, und neue Geräusche mischten sich darunter. Ein tiefes Quaken ertönte in der Ferne, schien aber aus immer mehr unsichtbaren Kehlen zu einem Geräuschteppich zusammenzuströmen, je weiter sie vordrangen. Im Verborgenen platschte es jählings immer wieder, als würden größere Lebewesen vorbeihasten – dabei hatten sie seit geraumer Zeit schon keine großen Tiere mehr zu Gesicht bekommen. Allesamt waren dies Geräusche, die Ungutes ahnen ließen und bei denen man sich einigermaßen anstrengen musste, um ihnen noch eine optimistische Auslegung angedeihen zu lassen.

Trotz Kanes zuversichtlicher, ja, nahezu sorgloser Haltung senkte sich eine ungewisse Furcht über seine Leute herab.

Die Schatten wurden länger und tauchten das Sumpfland in trügerisches

Zwielicht, und die Söldner wurden noch wachsamer. Dann gab der nahe Horizont widerwillig die Sicht frei. Der Dammweg war unmerklich angestiegen, und nun erhob er sich über den Sumpf; die glasartigen Pflastersteine waren spärlicher überwuchert.

Sie näherten sich blassrot schimmernden Mauern, die sich drohend über der Fäulnis ringsumher türmten. Vor Kane und seinen Männern ragte eine Insel aus dem Meer des Zerfalls, und allein instinktive Ehrfurcht vor dem fremdartigen Bauwerk hielt sie davon ab, dem gähnenden Portal entgegenzustürmen, wie erschöpfte Schwimmer auf einen unbekannten Strand zuhalten mochten, ohne an die Gefahren jenseits der Brandung auch nur einen Gedanken zu verschwenden.

Arellarti!

Vor den Obelisken, an denen die riesigen Portale verankert gewesen waren, wirkten die Männer winzig. Rankengewächse schmückten die geborstenen Säulen wie Girlanden. Die Portale waren nur noch geschwärzte und seltsam zerschmolzene Bronzeklumpen.

Die Männer machten halt, um die vom Sumpf behütete Stadt längst vergessener Legenden zu betrachten. Entschlossen kletterte Kane an den ineinander verflochtenen Lianen empor und erreichte die Mauerkrone, wobei er sich fast den Hals brach, als sich eines der Kriechgewächse vom Stein löste.

Mit Todesverachtung richtete er sich auf und stand gut sichtbar auf dem Wall, die Augen mit beiden Händen beschattet, um in die untergehende Sonne über die Stadt hinwegzublicken.

Arellarti war eine nüchtern und wundersam gestaltete Stadt. Sie war streng kreisförmig angelegt – der Durchmesser mochte, wie Kane schätzte, drei Meilen betragen. Rotgesprenkeltes Vulkangestein bildete einen hundert Fuß hohen Schutzwall, der die gesamte Anlage umschloss. Obwohl die Mauern an manchen Stellen rissig waren und sich leicht nach innen oder außen neigten, hatten sie die Jahrhunderte auf wundersame Weise überdauert. Nur an einer Stelle klaffte auf einer knappen Viertelmeile eine Bresche. Offenbar hatte sich der Sumpf unter die Insel gefressen und so den Wall zum Einsturz gebracht. Weiter entfernt war Mauerwerk zu sehen, das sich in den Morast hinaus erstreckte – vermutlich die einstigen Hafenanlagen.

Innerhalb der Mauern türmten sich Schutt und verfilztes Grünzeug auf den Straßen, die in Form sternförmiger Speichen und konzentrischer Kreise an die perfekte, tödliche Symmetrie eines Spinnennetzes erinnerten. Soweit Kanes Auge reichte, dehnte sich dieser makellose geometrische

Grundriss sogar auf die Gebäude aus, die in konkav-konvexen Blöcken den Boden bedeckten. Die Entfernung jedoch und der allgemein vorherrschende Zustand äußerster Baufälligkeit ließen nur Spekulationen über das ursprüngliche Aussehen zu. Trotzdem schien es ein zwanghaftes Beharren darauf gegeben zu haben, dass sich ein Gebäude bis in den letzten merkwürdigen Winkel in einem anderen entsprechenden Gebäude spiegelte. Kane fiel auf, dass in manchen Bezirken die zertrümmerten und eingestürzten Bauwerke wie ein ausgestanztes Muster im Stadtbild lagen. Aber bevor er sich weiteren Details widmen konnte, wurde sein Blick von jenem monolithischen Bau angezogen, der Arellarti ganz und gar beherrschte. Kane fletschte die Zähne zu einem triumphierenden Grinsen und verblüffte seine Männer weiter unten mit einem bellenden Lachen. Obwohl nur wenige Kranor-Rill durchquert und diese Ruinenstadt erblickt hatten, entsprach Alorri-Zrokros' Beschreibung der Wahrheit. Dort, in Arellartis Zentrum, ragte der Turm auf – wie eine riesige Radnabe oder eine aufgeblähte Spinne im Mittelpunkt ihres Netzes, durchfuhr es Kane im Bann des ersten Eindrucks. Ein ungeheures Kuppelgebäude von mehr als einer Viertelmeile Durchmesser wölbte sich dort mit fugenlos glatten Wänden, die sich gut und gerne tausend Fuß über die Stadt erheben mochten. Die sieben sternförmigen Straßen der Stadt strebten dort zusammen und umspannten den Fuß des mächtigen Bauwerkes wie ein Glorienschein. Portale waren nirgends auszumachen, das Bauwerk offenbarte lediglich jene mathematische Präzision in der Struktur, die für ganz Arellarti kennzeichnend war. Abgesehen von der Kuppel selbst gab es keinerlei Verzierungen, obgleich die krelranische Architektur ansonsten mit bizarren, in Stein eingeätzten geometrischen Mustern ausgestattet war – aber möglicherweise lagen diese unter den Ranken verborgen oder waren längst von der Zeit und von Wind und Wetter getilgt worden. Risse und dunkle Löcher allerdings, die die aufragenden Mauern beschädigten, konnte man aus dieser Entfernung deutlich erkennen. Das Talent der außerweltlichen Konstrukteure musste in der Tat großartig gewesen sein, da jenes riesenhafte Bauwerk dem überwältigenden Druck der Jahrhunderte standgehalten hatte. Wie auch alles andere in Arellarti war die Kuppel aus dem rotgesprenkelten Vulkangestein errichtet.

Als sich das letzte Sonnenlicht über die Stadt ergoss, erinnerte die exakte Symmetrie – die glasartigen, sienabraunen Steine, die regelmäßigen, mit grünen Lianen verstopften Straßen – plötzlich an ein schimmerndes, juwelenbesetztes Mosaik.

Ganz in der Nähe erklang ein Knurren, und ein Schwert hackte auf Lianen ein. Banlid und die anderen hatten sich, nicht ganz so waghalsig wie Kane, einen Weg an der Mauer entlang zu einem trümmerübersäten Treppenaufgang gebahnt, welcher zur Brustwehr führte. Sie fluchten, während sie systematisch auf das hinderliche Gewirr der Kletterpflanzen einhackten. Erschöpft stiegen sie hohe Stufen hinauf, die nicht für Menschen bestimmt waren. Kurz vor der Mauerkrone schlugen sie ein Hornissennest los, und der ganze Treppenaufgang verging in einem wilden Tumult ausschwärmender grün-goldener Insekten und fluchend um sich schlagender Männer.

»Bei Shenans Titten, Kane! Wir hätten wie du den Affen geben sollen, um hier heraufzukommen!«, beschwerte sich Banlid, auf dessen Gesicht durch den Dreck und den buschigen Bart hindurch etliche zornrote Beulen sichtbar wurden. Hinter ihm beglückwünschten sich die Männer in einem atemlosen Jubel, als sie schließlich die Mauerkrone erreichten. Sie warfen sich gegen die zinnenlose Brustwehr und spähten aus schweißverschleierten Augen auf die alte Stadt zu ihren Füßen hinab.

Plötzlich wankte einer der Söldner. »Ich ... bekomme irgendwie keine Luft!«, murmelte er heiser, während sich auf seinen bleichen Zügen Angst breitmachte. Seine Kameraden sahen ihn verblüfft an, dann allzu rasch besorgt, als er benommen auf die Steine sank und mit schweißnassen Händen an seinem krampfenden Hals herumkrallte und nur noch pfeifend atmete. Das Geräusch wurde höher, abgehackter, und dann verstummte es ganz. Sein Kopf kippte nach hinten, und seine Glieder zuckten, als führe er im Liegen noch einen Veitstanz auf.

»Ommem sei uns gnädig – wir haben alle Hornissenstiche abbekommen! Wir sind alle tot!«, stöhnte ein Söldner aus Wollendan, und auch unter den Umstehenden brach Panik aus.

»Nein, seid ihr nicht! Hört auf mit dem verdammten Geschrei, bevor ihr noch die Mauer zum Einsturz bringt!«, herrschte Kane sie an. »Euch haben diese Hornissen nicht vergiftet, sonst würdet ihr längst schon alle auf dieser Mauer hier eure Zappeltänzchen aufführen! Ich habe so etwas schon einmal gesehen – eine Art Missbildung in ihrem Blut führt dazu, dass einige Leute auf jeden harmlosen Stich so reagieren. Jetzt zurück mit euch und lasst mich ihn anschauen – es besteht noch eine schwache Aussicht, dass ich ihn noch retten kann!«

Kane schob sie zur Seite, kniete sich neben den gefallenen Söldner und riss den Dolch aus seinem Stiefel. Rasch betastete er den von Krämpfen verhärteten Hals unterhalb des Adamsapfels, knöpfte das Gewebe über der Luftröhre auf und fügte einen präzisen Schnitt durch die offenliegenden Knorpel hinzu.

»Damit machst du dem Elend ein Ende«, bemerkte jemand. »Nur hast du die großen Adern nicht getroffen.«

Kane machte eine ungeduldige Geste. »Ich habe ihm die Luftröhre aufgeschnitten, damit er wieder Luft bekommt. Schaut ... seine Brust will Luft holen, aber sein Hals ist von giftigen Säften verstopft. Wenn es mir gelungen ist, die Verengung zu umgehen, kann er weiteratmen, bis der Luftstrom den Schleim herausbläst und die Atemwege sich wieder öffnen. Ich habe das schon einige Male bei Erstickungen gesehen, wenn sich jemand verschluckt hat.«

Seine Männer beobachteten die Sache zweifelnd und keinesfalls so, als glaubten sie ihm, dass sie nicht dem Tode geweiht waren. Doch auch wenn ihr Gefährte nicht bei Bewusstsein war, hob und senkte sich seine Brust nun regelmäßiger, und man konnte den Atem mit unheimlichem, rauem Gurgeln durch den Schnitt rasseln hören.

Kane betrachtete sein Werk mit dem aufmerksamen Interesse eines Menschen, der gerade ein Experiment durchgeführt hatte. »Zwei von euch sollen ein wenig von dem Schilfrohr holen, durch das wir uns heute den ganzen Tag gehackt haben«, befahl er. »Ich glaube, ich kann ein Rohr ein paar Fingerbreit in die Luftröhre schieben. Das sollte die Verengung eindämmen und das Loch offenhalten.«

Zwei Männer verschwanden die Stufen hinab. Die übrigen standen um das Opfer herum und schauten aufmerksam zu. Ein paar wollten darum wetten, ob es durchkommen würde oder nicht.

Von unten klangen ein Todesschrei und dröhnendes Quaken wie rollender Donner zu ihnen herauf und rissen sie aus der Beschäftigung mit ihrem bewusstlosen Kameraden.

Eine Rillyti-Horde war aus der Deckung des Sumpfes gekrochen und hatte sich über den Damm ergossen. Hundert oder tausend? In Anbetracht der paar Leute, die gegen sie standen, war jede Schätzung sinnlos. Wie eine obszöne Gezeitenbrandung aus verunstaltetem Fleisch und schimmernder Bronze quoll die Armee der amphibischen Kreaturen heran. Nichts und niemand konnte ihrem Vordringen Einhalt gebieten. Noch während die Männer auf dem Wall entsetzt herumfuhren, wurde der zweite Söldner unten von einem Dutzend Schwertern zerstückelt; sein Kamerad war bereits nirgends mehr zu sehen. In Sekundenschnelle hatten die Krötenmenschen die Entfernung zu den Mauern überwunden und begannen mit ihrem Ansturm, während oben die Eindringlinge hoffnungslos Stellung bezogen.

»Versuchen wir, sie zurückzudrängen!«, brüllte Kane, ohne daran zu glauben. »Wir haben den Obelisken in unserem Rücken ... Bleibt ihnen also nur eine Richtung, aus der sie anstürmen können! Die Treppe, die wir für sie freigemacht haben, oder eine weiter unten ... In beiden Fällen haben wir sie dann an einem Engpass! Die Bogen bereit! Wir nehmen einen nach dem anderen, wenn sie die Treppen heraufkommen. Und schießt gut, wenn ihr leben wollt! Es besteht die Möglichkeit, dass wir genug niedermachen, um ihren Angriff ins Stocken zu bringen!«

Jeder Einzelne wusste, wie verschwindend gering diese Wahrscheinlichkeit war. Und die Zukunftsaussichten – selbst wenn sie auf wundersame Weise den Ansturm der Rillyti brechen konnten – sahen noch trüber aus. Der Tod mochte süßer sein, war aber nicht weniger unausweichlich, wenn man diese Steine mit Krötenblut sprenkelte.

Die Rillyti warfen sich gegen die Mauer und sprangen die streckenweise freie Treppe in rasendem Tempo empor, nur von den Resten des Lianengestrüpps gebremst. Auf kurze Entfernung schossen die Bogenschützen in die vordersten Reihen der Angreifer. Schmerz- und Wutgebrüll dröhnte aus den Kehlen der Sumpfgeschöpfe, während die mächtigen gefiederten Schäfte mit nachlassender Genauigkeit in Augen, Kehlen oder Herzen fuhren. Tödlich verwundet, zuckten die Amphibienmenschen zurück, krümmten sich und taumelten um sich schlagend gegen die Nachfolgenden. Ihre qualvollen Zuckungen warfen die anderen zurück und behinderten sie, bis sie die Toten nach unten durchreichten. Aber der Ansturm konnte nur für einen Augenblick gebremst werden. Erbarmungslos hasteten die Rillyti die Stufen herauf, die schon glitschig vom Blut ihrer vielen Gefallenen waren. Der Schutt am Fuß der Treppe war mit zuckenden Leibern übersät.

Jenen, die sich dort unten drängten, wurde das Warten zu lang, und so versuchten sie, ihren Feind auf kürzerem Wege zu erreichen – auch wenn deutlich wurde, dass sich der Angriff auf den Stufen immer weiter nach oben verlagerte. Mit großen Sprüngen erreichten einige die dicken Kletterpflanzen, die sich in die Mauer krallten, und zogen sich empor. Andere folgten ihrem Beispiel, und bald wimmelte die Mauer von einer immer größer werdenden Horde kletternder Rillyti. Sie waren unbeholfen und schwer, doch sie nutzten ihre krallenbewehrte Muskelkraft – und ihr Aufstieg drohte, die Verteidiger schon bald in Bedrängnis zu bringen.

Kane bemerkte es und befahl seinen beiden schlechtesten Schützen, diese Bedrohung abzuwehren. Unter dem schwächer werdenden Beschuss drangen die Rillyti noch zügiger über die Treppe herauf, doch Kane war klar, dass es ihr unausweichliches Ende bedeutete, sobald sie von mehr als nur einer Seite angegriffen wurden.

Viel zu schnell leerten sich die Köcher – nur dank jener Pfeile, die sie nach dem Gemetzel auf dem Damm wieder aufgesammelt hatten, war ihr Vorrat noch nicht ganz dahingeschmolzen. Aufgrund ihrer festen, schwartigen Haut und ihrer reptilienhaften Lebenskraft waren die Rillyti schwer zu töten, und oft watschelten sie – von mehreren guten Treffern verwundet – einfach weiter.

Verzweifelt hieben die beiden Söldner nach den straffen Ranken und versuchten so, den Angriff über die Außenwand der Mauer zu vereiteln. Oft genug waren ihre Bemühungen erfolgreich, denn da die schweren Krötenwesen sich ohne Rücksicht auf Verluste an die Lianen klammerten, lösten sich die Ranken eine nach der anderen und stürzten unter der Last der unglückseligen Kletterkünstler in die Tiefe. Aber die Lianen wucherten überall, und viele waren allzu gut verwurzelt. Bald musste man aus nächster Nähe auf die Amphibienbestien hinabschießen, da sie sich bereits nach oben vorgekämpft hatten. Und nur wenig später, als die ersten Rillyti die Brustwehr erreichten, galt es, mit den Schwertern auf Fleisch und Bronze einzuhacken.

Im selben Moment drängten ihre Gefährten über das obere Ende der Treppe.

Mit jener distanzierten Ruhe, die alle Kämpfer ergreift, die wissen, dass der Tod unausweichlich ist, schossen Kane und seine winzige Streitmacht ihre letzten Pfeile ab und töteten die Rillyti, die sich zuvorderst über die Brustwehr schwangen. Ohne es allzu bewusst wahrzunehmen, sah Kane, wie das Opfer der Hornissen von der Mauer gerissen wurde und in die Horde hinabstürzte, die sich weiter unten am Fuß der Mauer versammelte. Er bedauerte, dass er jetzt nie mehr erfahren würde, ob seinen chirurgischen Bemühungen Erfolg beschieden gewesen wäre oder nicht.

Das Morden, das nun folgte, war zu einseitig, als dass man es noch als Kampf hätte bezeichnen können. Jene beiden Söldner, die sich noch immer mühten, die unablässig heraufkletternden Rillyti zurückzustoßen, wurden niedergemacht. Ihre rotgefärbten Klingen waren nicht in der Lage gewesen, die Flut einzudämmen, die sich über sie ergoss. Eine weitere Welle von

Rillyti brodelte ungehindert die Treppe herauf, denn die Bogensehnen schwiegen nun.

»Seht zu, dass ihr zur Torsäule kommt!«, brüllte Kane seinen Männern zu. Einem Angriff von zwei Seiten waren sie nicht gewachsen. Sie brauchten Rückendeckung, auch wenn der letztliche Ausgang bereits feststand. »Sorgen wir dafür, dass heute Nacht ein paar Kröten weniger quaken!«

Entschlossen stürzten sie den Rillyti entgegen, die soeben über die Brustwehr drängten. Goldene Klingen fuhren hoch, um ihnen den Weg zu versperren. Hinter den Flüchtenden hallte der Boden von den klatschenden Schritten derer wider, die ihnen von der Treppe her folgten. Kane führte seine Leute mit einer wilden Kampfeslust, der die Muskelkräfte der Amphibien nicht gewachsen waren. Eine Kröte wurde von seinem Schwert in die Tiefe geschleudert, eine andere fiel unter dem fürchterlichen Hieb seines Dolchs. Ein Schrei, und der Mann neben Kane wankte mit einem Speer in der Seite, und Kane schnellte nach rechts, um dem Rillyti, der über die Brustwehr griff, den anderen Arm abzuschlagen. In einem Schleier aus scharlachroten Tröpfchen stürzte die Bestie, die abgeschlagene Klauenhand blieb um die Ranke geklammert zurück.

Aber noch war die Brustwehr nicht gänzlich von den Rillyti eingenommen, und sie prallten zurück, als die Söldner gemeinsam losstürmten. Mit hassverzerrtem Gesicht hetzte Kane vorneweg und schlug sich durch die ungeordneten Reihen der Angreifer, stürmte an Klingen und klauenbewehrten Händen vorbei, die von der Mauerkrone aus nach ihm grapschten. Mit verzweifelter Kraft bahnte er sich und seinen Männern den Weg – nichts konnte vor seiner Klinge bestehen. Hinter ihm starb ein weiterer Söldner. Aus zwei oberflächlichen Schnitten, die Kane gar nicht gespürt hatte, troff Blut.

Dann erreichten sie die Torsäule – Kane, Banlid und ein letzter Söldner, der an den Stein sank und langsam hinab auf den Weg rutschte, während ihn das Gift der Rillyti seiner letzten Kräfte beraubte.

Der verwitterte Obelisk sicherte ihren Rücken. Vor ihnen gruppierte sich die Horde der Amphibien zum allerletzten Ansturm. Die Mauerkrone wimmelte von unzähligen Rillyti, die ihre Bronzewaffen reckten; gelbe Fangzähne wurden gefletscht, die grausigen Krötenfratzen waren vor Wut verzerrt. Wie eine eisige Hand des Todes schien ihr kalter, widerlicher Atem Kane und Banlid zu streifen.

»Narren waren wir, weil wir nicht umgekehrt sind!«, knurrte Banlid. »Während wir in ihr Heiligtum eindrangen, haben diese Sumpfteufel ihre

Rotten zusammengerufen, um uns zu fangen! Kane, so wie wir sollten tapfere Männer niemals sterben!«

»Noch bleibt mir ein letzter Trumpf!«, knurrte Kane trotzig. Er tat einen Schritt vorwärts, den Rillyti entgegen, und streckte theatralisch den linken Arm aus, die Hand zur Faust geballt. Die Krötenwesen schoben sich näher heran. Einen Schritt; zwei Schritte ... Dann zögerten sie. Verwirrt unterhielten sie sich in ihrer krächzenden, quakenden Sprache und blieben unvermittelt stehen.

Banlid glotzte starr und ungläubig und biss sich mit gesenktem Kopf auf die Lippen. Er wagte nicht einmal zu raten, wie lange dieses Wunder andauern mochte. Anfangs war der Schock überwältigend, nur vom unklaren Gedanken durchdrungen, dass möglicherweise Kanes waffenloser Widerstand ihr verwirrtes Innehalten verursachte. Aber der Augenblick verging, und Banlids Blick folgte dem der zahllosen Lurchaugen.

Wie ein großes, unmenschliches Auge strahlte der gewaltige Ring mit dem Blutstein an Kanes Faust. In den letzten Sonnenstrahlen des Tages glühte er auf wie eine lebende Flammenlohe.

Und da bemerkte Banlid den Hauch der Ehrfurcht, der sich über das aufgebrachte Heer der Sumpfkreaturen legte, und auch er spürte die Ausstrahlung unvorstellbarer Macht, die im Innern des Steines pulsierte.

Wie ein Sensenhieb ging dieser unglaubliche Stimmungsumschwung durch die Reihen der Rillyti, besänftigte ihr blutrünstiges Gebrüll, ihren mörderischen Ansturm auf die Mauerkrone. Das Wissen breitete sich unter ihnen aus, und nur mehr leise quakend und grollend drängten sie sich, von einem vagen Gefühl der Unsicherheit ergriffen, aneinander. War es Furcht?

Die jähe Stille, die sich auf der bisher so grausam umkämpften Mauer ausbreitete, war unheimlich. Nur der Widerhall der Schlacht klang Banlid noch in den Ohren.

Kane, der in dieser makabren Szenerie wie ein Gespenst wirkte, trat noch einen Schritt nach vorne. Ein ganzes Menschenleben lang schien sein Fuß zu benötigen, bis er wieder den Boden berührte.

In Banlids überbeanspruchten Geist sickerte die Gewissheit ein, dass er ein unglaubliches Wunder erlebte, das jede gehegte Hoffnung überstieg. Die zuvorderst stehenden Rillyti wichen einen Schritt zurück!

Noch ein Schritt. Andere aus den hinteren Reihen taten es ihnen gleich; und mehr und immer noch mehr Kreaturen folgten.

Bei Shenan ... Sie ziehen sich zurück!

Behutsam schritt Kane weiter voran, die Faust nach wie vor ausgestreckt, sodass alle den Blutsteinring sehen konnten. Zögernd, jedoch unablässig wie die auslaufende Ebbe, wichen die Rillyti vor ihm zurück, drückten sich an die Mauer, stahlen sich die Stufen hinab. Einige stürmten in den Sumpf hinaus und verschwanden in Kranor-Rills Tiefen, um die Kunde dieses unvorstellbaren Omens zu ihren Stämmen zu tragen. Der größere Teil jedoch huschte die Straßen entlang und verschwand in leeren Hauseingängen, um gespannt aus den Schatten heraus weiter zu beobachten.

Das war kein echter Rückzug, erkannte Banlid, dies war etwas anderes. Ein Hauch finsterer Erwartung lastete auf allem. Das heisere Quaken – sicherlich eine grobschlächtige Sprache – vermittelte ein weiteres Gefühl des Abwartens, der Ehrerbietung … der Furcht. *Warum?*

»Jetzt verstehe ich, warum du wie ein Irrer im Dreck gewühlt hast, um diesen Ring wiederzufinden«, flüsterte Banlid, während er Kane unsicher folgte. »Ist das der mächtige Ring eines Zauberers? Welcher Bann treibt sie zurück?«

Kanes Gesicht spiegelte die Gefühlsregungen, die in ihm tobten. »Noch wohnt dem Ring keine Macht inne, glaube ich zumindest.« Kanes Stimme klang rau vor unerträglicher Anspannung. Die albtraumhafte Folge der Ereignisse hatte selbst seine eisernen Nerven überanstrengt, sodass er seine gewohnte Maske fallen ließ. »Die Rillyti kennen ihn. Sie erkennen den Blutstein wieder! Trotz der Jahrhunderte, die vergangen sind, erinnert sich ihre Art daran, welch unirdische Macht er zu beherrschen vermag!«

Im *Buch der Älteren* fand sich ein solches Rassengedächtnis angedeutet. Die Anbetung des Blutsteins hatte vorgeblich in bestimmten grotesken Ritualen der Rillyti überlebt. Wie ein Besessener hatte Kane das entsprechende Kapitel studiert und weitere ungezählte Stunden über jenen Geheimnissen gebrütet, die in den Resten anderer Legenden sowie der Schwarzen Wissenschaft verborgen liegen mochten, und versucht, jedes noch verfügbare Bruchstück alten Wissens aus den Schleiern der Zeit zu bergen. Eine Vielzahl an Hinweisen mochte ihm entgangen sein, manch andere Entdeckung übertraf selbst seine wildesten Vermutungen. Es fanden sich genügend gesicherte Fakten, um ihn zu veranlassen, fantastische Risiken einzugehen. Alorri-Zrokros behauptete, dass die Rillyti den Ring erkennen und seinen Träger ehren würden. Kane war davon überzeugt, den echten Ring zu besitzen. Allerdings hatte er nicht beabsichtigt, den Beweis für die Spekulationen des wahnsinnigen Historikers anhand einer so schrecklichen Probe zu erbringen.

Ungezählte Male schon hatte Kane sich aus den bereits zuschnappenden Klauen des Todes befreit; sich jedoch auf diese Weise kopfüber ins Verderben zu stürzen, im allerletzten Augenblick erzwungenermaßen alles auf eine Karte setzen zu müssen – das machte selbst ihn ein wenig benommen.

Banlid beobachtete ihn berechnend. Im Stillen setzte er die wenigen Hinweise, die es auf diesen Mann gab, zusammen – ein paar Tatsachen, Zweifel, die niemals so recht Gestalt angenommen hatten, Fragen, die Dribeck sich bezüglich des Fremden gestellt hatte. Es war ein raffinierter Zug des Herrschers von Selonari gewesen, Banlid an Kanes Seite zu stellen, auf dass er ihn im Auge behielt – Banlid, dessen rundliche Gestalt den abgehärteten Kämpfer tarnte, der er war, genauso wie sein stets schläfriger Ausdruck den flinken Verstand verbarg.

»Dieser Ring ... Ich nehme an, du hast ihn gefunden und erkannt, dass er eine Art Schlüssel zu den alten krelranischen Geheimnissen darstellt?«, fragte er, während sie die Treppe hinabstiegen.

Auf Kanes zerstreutes Nicken hin fuhr er unbeirrt fort: »Und jetzt, da du Arellarti erreicht hast, glaubst du, diese Geheimnisse ergründen zu können? Kannst du die Macht beherrschen, die dieser Ring möglicherweise erschließt?«

Unvermittelt forschte Kanes frostiger Blick in seinem Gesicht. Der rothaarige Fremde war wieder ganz bei der Sache. In seiner knappen Antwort schwang ein nicht zu überhörender zynischer Unterton mit. »Ja.«

Doch inzwischen erriet Banlid allmählich Kanes weitere Absichten. »Die Rillyti sind bezwungen. Im Augenblick zumindest«, meinte er ablenkend. »Versuchen wir einen Ausbruch, bevor sie sich aus dem Bann befreien ...«

Kane schüttelte den Kopf. »Dazu werden sie vermutlich nicht imstande sein. Ich habe darum gekämpft, mir jene Macht aneignen zu können, und nun liegt sie zum Greifen nahe. Noch vor Tagesanbruch werde ich Arellartis Geheimnisse erforschen, oder es wird keinen neuen Tag mehr geben.«

»Es wird dir niemals gelingen, irgendetwas von Wert von hier fortzuschaffen. Wir müssen nach Selonari zurückkehren und Verstärkung holen.« Nervös blickte Banlid zu dem offenstehenden Tor hinüber, dem zerstörten Dammweg, der durch das sich verdunkelnde Sumpfland führte. »Schau, Kane ... hier übernachten heißt, diese Teufel aufzufordern, uns in Fetzen zu reißen. Aber ich mache mich jetzt sofort auf den Weg zurück nach Selonari – und dies auch allein, wenn du bleiben willst. Lord Dribeck wird dir jede Entdeckung danken, die du für ihn gemacht hast. Er wird Männer schicken, sodass dir mehr als genug Helfer zur Seite stehen, um jedes nützliche Artefakt nach Selonari zu schaffen. Man wird dich zum Lord ernennen, Kane – stets vorausgesetzt natürlich, dass die Rillyti dich vor Anbruch der Dämmerung nicht umbringen!«

»Geh, wenn du willst. Ich bleibe hier«, versetzte Kane.

Kalter Schweiß perlte über Banlids Rückgrat, als er den eisig-glühenden Blick seines Gegenübers spürte. »Gut. Ich werde versuchen durchzukommen.« Gab es berechtigte Hoffnung, dass Kane die Gründe für seine Angst nicht restlos durchschaut hatte? »Wenn dir dieser Ring eine Art von Kontrolle über die Rillyti verleiht, so versuche sie zu überreden, mich unbehelligt durch den Sumpf ziehen zu lassen.« Und hoffnungsvoll merkte er an: »Immerhin habe ich dir da unten das Leben gerettet, als du im Schlamm gewühlt hast. Ich weiß, dass du das nicht vergisst.«

»Verdammt, Banlid!«, brummte Kane ungeduldig. »Zieh los – und geh in Kranor-Rill zum Teufel! Ich halte dich nicht auf! Ich habe keine Ahnung, wie viel Gewalt ich über die Kröten habe oder wie lange sie anhält. Aber deine Chancen stehen hier bei mir besser, als wenn du bei Nacht über den Damm gehst.«

»Nun, ich will es riskieren«, erwiderte Banlid. Entschlossen drehte er sich um und stapfte zum Tor hinüber. Verzweifelt versuchte er, die zahllosen Schrecken aus seinem Bewusstsein zu verdrängen, die zwischen Arellarti und den fernen Wäldern lagen. Die Rillyti allein waren schon gefährlich genug, selbst wenn ...

Eine vergiftete Klinge fuhr in seinen Rücken und beendete seine Ängste für immer. Nachdenklich blickte Kane auf seinen toten Stellvertreter hinab und wunderte sich, warum er keinerlei Bedauern empfand. Hatten ihn die Jahrhunderte also tatsächlich jeglicher Spur von Menschlichkeit beraubt? »Es bestand die schwache Aussicht, dass du es hättest schaffen können«, erklärte er dem Leichnam.

Wenn dieser jähe Gewaltausbruch die Rillyti beunruhigte, so gab es darauf keinen Hinweis. Die Sumpfkreaturen hatten sich zerstreut, auch wenn Kane immer wieder eine einzelne kolossale Gestalt oder kleine Gruppen zu sehen bekam. Ihm gegenüber verhielten sie sich passiv, allein in ihren geschlitzten Augen schimmerte ein unergründliches Interesse. Leises Krächzen machte unter ihnen die Runde, raue, knarrende Silben, die einen Unterton von hartnäckiger Erregung erkennen ließen.

Wie lange ihre Ehrfurcht vor dem Blutsteinring den unruhigen Waffenstillstand aufrechterhielt, wagte Kane nicht abzuschätzen. Er setzte auf die befleckte Weisheit eines Menschen, bei dem mit der Entdeckung verschollenen Wissens Wahnsinn einhergegangen war. Und war er erfolgreich, so bedeutete dies eine Macht, deren gewaltige Ausmaße Alorri-Zokros nur angedeutet hatte. Versagte er, so konnte es zu einer Katastrophe kommen, die das menschliche Vorstellungsvermögen ebenso überstieg. Seit jener Nacht in Jhaniikests Turm allerdings hatte Kane sich kein einziges Mal um die Auswirkungen geschert, die sein Plan haben könnte.

Bedächtig kehrte er den todbringenden Toren den Rücken und betrat entschlossen die Straße. Ein paar Rillyti standen ihm im Wege, doch als er auf sie zuschritt, schlurften sie eilends davon. Nachdem Kane an ihnen vorbeigegangen war, spürte er sogleich, dass sie ihm in vorsichtigem Abstand folgten. Die Hauptstraße, die sich außerhalb der Tore in Gestalt des vom Sumpf verschlungenen Dammes fortsetzte, führte wie eine Speiche von der Nabe im Zentrum durch die Stadt der Krelran. Gebäude, die sie säumten, waren mit Ranken behangen, die Straße selbst jedoch erstreckte sich nahezu ohne hinderlichen Bewuchs vor ihm, und ihre geometrische Vollkommenheit wurde nur unbeträchtlich durch die eingesackten Mauern und Schutthaufen gestört. Die kolossale Kuppel im Zentrum der Stadt, deren gekrümmte Mauern in gewagtem Schwung sämtliche umliegenden Bauten überragten und die untergehende Sonne verdeckten, wirkte wie die höhnische Nachahmung eines Regenbogens.

Unbekümmert angesichts dessen, was seit Wochen seine Gedanken beherrschte, eilte Kane seinem Ziel entgegen. Seine leichten Verletzungen brachen auf und bluteten erneut, als er über Trümmerhalden kletterte und ungeduldig auf hinderliche Lianengewächse einhackte. Trotz seiner Eile bemerkte er, dass die Straße weit besser erhalten war, als ihr Alter rechtfertigte. Ob dies jedoch der Dauerhaftigkeit krelranischer Architektur oder der Tatsache zu verdanken war, dass die Stadt nicht völlig unbewohnt war, vermochte er nicht zu entscheiden.

Hinter sich hörte er das Tapsen von Amphibienfüßen, Krallen scharrten auf Stein. In einer makabren Prozession folgten ihm die Rillyti, oder sie duckten sich in die Schatten von Ruinen, wenn er vorüberkam, und glotzten starr wie Basilisken aus den Öffnungen der von der Zeit verheerten Gebäude. Halb in Gedanken nahm Kane die rhythmischen Silben ihres gedämpften Quakens wahr – klagende, bedrohliche Klänge, in denen sich Furcht und Erwartung mischten. Äonen lasteten auf den Bauten, die die trümmerbesäte Hauptstraße erdrückten und die ungeheure Kuppel rahmten, die im Herzen der toten Stadt auf Kane wartete, von Lianen und spinnenartigen Wurzeln behängt, die durch Mauerrisse ins Innere vordrangen.

Von der sinkenden Sonne – oder von Kanes fiebernder Erwartung – entflammt, glühte das Vulkangestein so rot, als wäre es wieder zu Lava geworden, und beschwor lohende Bilder von unwiderstehlicher Faszination herauf. Alles schien vor seinen Augen zu wabern, und obwohl es ihn wie eine Motte mit dem lockenden Zwang der Flamme anzuziehen schien – eine verhängnisvolle Verheißung, die dennoch einen unendlichen Augenblick unvorstellbarer Ekstase versprach –, geriet Kanes Vorsatz nicht ins Wanken. Die Besessenheit, mit der er sich seinen Pfad durch die Jahrhunderte bahnte, die ihm im Wege waren, um über die Geheimnisse der älteren Welt zu herrschen, beanspruchte alles an ihm, ließ ihn jede Vorsicht, jeden Zweifel vergessen. Der Schlüssel zu unermesslicher Macht lag vor ihm, seine gesamte Energie musste darauf ausgerichtet sein, sie zu erschließen. Er hinkte. Seine Wunden, die Schmerzen, die Qual der Erschöpfung waren ihm jedoch nicht bewusst. Der Weg, der hinter ihm lag, und der Aufruhr, der seit der Schlacht in ihm herrschte, hatten ihn für weitere Schrecken unempfindlich gemacht.

Dutzende der amphibischen Kreaturen umgaben ihn nun, ihn, den einzigen Menschen in einer versunkenen Stadt, für deren vormenschliches Alter allein seine Anwesenheit schon eine Beleidigung darstellte. Kanes Verstand war in einem Zustand träumerischer Klarheit und Finsternis gefangen, seine Gedanken beherrschte ein Zwiespalt aus begeisterter Sicherheit und verhüllter Ignoranz. Doch war sein Geist schon von einem dämonischen Spuk überschattet, der jegliche Vernunft überstieg, seit er den Ring aus Blutstein zum ersten Mal gesehen hatte.

Wie der Strahlenkranz eine Flamme, so umgab ein breiter Straßenring die monolithische Kuppel. Als Kane ihn betrat, schienen ihm die Bäume dort verkümmert und verdreht von einer geheimnisvollen Ausstrahlung, die aus den Tiefen jenseits der Mauern sickerte, ihre Wurzeln krakenhafte Missbildungen, wo sie ins Pflaster des Platzes dringen wollten. Aus der Nähe betrachtet war der mächtige Bau von den Jahrhunderten nicht verschont geblieben. Auf der sanften Kuppelwölbung verlief ein Muster aus Rissen; an einigen Stellen klafften gezackte Öffnungen in der doppelwandigen, mit gekreuzten Bronzestützen verstärkten Mauer. Jedoch nicht einmal die ehrfurchtgebietende Last der Jahrhunderte hatte dieses Meisterstück außerweltlicher Baukunst überwältigt. Aufrecht, wenn auch vom Kampf vernarbt, trotzte die Kuppel den Zeiten, und nur in wenigen

Bereichen gingen die Risse sowohl durch die innere wie durch die äußere Mauer. Kein Eingang durchbrach das Ebenmaß der Halbkugel. Doch als Kane den Platz überquerte, erkannte er, dass die Straße zu einer schanzenartigen Öffnung im Boden führte, in der eine Treppenflucht sanft geneigt in grauschwarze Düsternis hinabführte. Ähnliche Öffnungen gab es auch rechter und linker Hand; jede der sieben Straßen, die sternförmig von der Kuppel ausstrahlten, schien in einer solchen Rampe ihren Ursprung zu haben – vermutlich ein weiterer Tribut an die Symmetrie Arellartis.

Mit verwegener Zuversicht stieg Kane die unbequem hohen Stufen hinunter. Im Dämmerlicht am unteren Ende der Treppe gähnte eine halbkreisförmige, dreißig Fuß breite Öffnung. Schiebetüren aus Bronzelegierung waren in die Doppelwand zurückgezogen. Ein Rankengewirr machte deutlich, wie lange dieser Eingang schon offenstand und wartete, auf wen auch immer. Kane trat über die Schwelle.

Die Kuppel glühte, und das nicht der Sonne wegen – dieses Feuer kam von innen. Rasend bedrängten die ersten Eindrücke Kanes Verstand, seine Aufmerksamkeit stürzte einem Meteor gleich dem Herzen von Arellarti entgegen: eine weite, offene Halle. Zwielicht. Risse in der gigantischen Halbkugel, durch die Tropfen vom matten Gelb der Abendsonne heruntersickerten, wie Spuren von Sternenlicht auf der mitternächtlichen Himmelskuppel. Herabhängende Lianen waren die dazu passenden Wolken, im schwachen Licht von kränklicher Farbe und verkümmert. Herabgestürzter Schutt häufte sich auf dem Boden, gekrümmte Säulen aus Bronze ragten empor, um die hohen Wände zu stützen. Es waren die Ausläufer einer antiken Maschinerie, von fleischigen Kletterpflanzen umhüllt, als wären es düstere Wächter. Fantastische Schichten aus Keramik und Stein, Metall und Kristall, eigenartig gemustert, in vielen Farbtönen, waren durch ein überlanges Kupferband miteinander verbunden, das sich um sie herumwand wie eine unvorstellbar große Schlange, die sich in einem Nest voller Eier räkelte.

Und all jene Wunder in den Schatten stellte … der Blutstein!

Eine gigantische, beinahe hundert Schritte durchmessende kristalline Halbkugel beherrschte das Zentrum der Halle, glatt und aus dunklem, rot geädertem Grün. An ihrer Unterseite ein Kreis aus silberweißem Metall, der über kupferne Arterien mit den drohend aufragenden Maschinensäulen verbunden war. Arellartis Herz stand still; die Feuer in der Tiefe des Kristalls schlummerten. Der herrschenden Düsternis zum Trotz erkannte Kane die Verwandtschaft dieses monolithischen Kristalls mit jenem kleinen, den er am Finger trug.

Passagen aus dem *Buch der Älteren* blitzten in seinem Bewusstsein auf, versetzten seine Gedanken in unerträgliche Erregung, als er begriff, wie gewaltig groß der Wahrheitsgehalt der unheimlichen Legenden war.

Kein Bergwerk dieser Welt hätte einen derart riesenhaften Kristall hervorbringen können. Dieser Blutstein kam – wie auch der an seinem Ring – von jenseits der Sterne. Hier unter dieser riesigen Kuppel lag der Höhepunkt krelranischer Wissenschaft, das Herz der einstigen Macht jenes Volkes, schlafend, begraben unter Jahrhunderten, und wie bei dem Ring verriet allein eine Aura des Bösen die unermesslichen Kräfte, die in den dunklen Tiefen schlummerten. Keine Spur von Verfall verunzierte den Blutstein, keine Ranke klammerte sich an seinen ebenmäßigen Körper.

Ein sichelförmiger Block aus rotem Vulkangestein stand dicht bei dem gewaltigen Stein, leicht erhöht, wie der Altar eines Götzen. Ein verwirrendes Muster aus kupfer- und silberfarbenen Metallstäben, Kegeln und Keramikknäufen sowie eigenartig gefärbte Kristalle waren in die Vorderseite eingesetzt, während am Scheitelpunkt des Halbkreises eine breite Scheibe aus silberweißem Metall lag. Die kleine schwarze Vertiefung in ihrer Mitte wirkte wie das Auge eines Zyklopen. An der Außenseite des halbmondförmigen Blocks sammelte sich ein Gewirr von Silber- und Kupfersträngen, die in einer metallenen Mittelsäule mit fünf Fuß Durchmesser verschwanden und eine Verbindung zwischen dem Instrumentenblock und dem ebenfalls metallenen Band um den Blutstein herum herstellten.

Aber dennoch war es ein Altar, wie Kane feststellte, als er die an dieser Stelle vor dem Blutstein liegenden Menschen- und Rillyti-Knochen sowie die abscheulichen Flecken auf den Steinen erblickte – grausame Beweise dafür, dass die schrecklichen Riten des Krötenvolks an diesem Ort keinesfalls nur Gerüchte waren. Ein Oberarmknochen wurde von seiner Stiefelsohle zu Staub zermalmt und legte Zeugnis dafür ab, wie lange die Opferung bereits zurücklag. Das angsterfüllte Quaken der Rillyti hallte grollend durch den Raum, drohend wie ferner Donner. Einer Versammlung von Albtraumkreaturen gleich schlurften sie hinter ihm her, waren ihm in ihren altehrwürdigen Tempel gefolgt und warteten in den Schatten, wo sie sich in Pfützen kauerten, auf Schutthaufen stützten, aus Nestern fahler Gewächse hervorspähten. Freudige Erwartung und Furcht beherrschten ihren primitiven Verstand, während sie abwarteten, ob tatsächlich jener Priester zurückgekehrt war, den die Legende verkündete. Fester umklammerten ihre mit Schwimmhäuten versehenen Klauenfinger die bronzenen Schwerter und versprachen ein schnelles Ende, sollte ein Hochstapler diesen Ort entweihen.

Kane beachtete sie nicht weiter – er musste sich ins Gedächtnis rufen, was Alorri-Zrokros über den Blutstein geschrieben hatte: ein makabres Ritual, das sich sein der Hexerei mächtiger Verstand eingeprägt und seither mehr als tausendmal geübt hatte. Erst hier und jetzt allerdings schien sich sein Körper ohne sein Zutun zu bewegen, waren seine Gedanken von unmenschlicher Klarheit und Schärfe. Das schwindende Sonnenlicht beleuchtete nur einige Flecken unter dem rissigen Kuppeldach, aber dies genügte ihm völlig. Keine Furcht, keine Unentschlossenheit behinderten seine Bewegungen, und vage nur war Kane sich bewusst, dass Wissensfragmente – Denkmuster, die nicht die seinen waren – ihn anleiteten, ihn drängten, das Ritual zu beginnen. Er stieg die breiten Stufen zu dem Altar empor, auf dem das schmutzige Halbrund ruhte, die Gebeine schob er blind aus dem Weg. Unerträgliche Spannung durchwob die Luft. Der Instrumentenblock zog seine ganze Aufmerksamkeit auf sich. Mit zusammengebissenen Zähnen studierte er ihn – nur kurz, wie es schien. Dann schlossen sich seine Finger um einen silbernen Hebel und zogen ihn nach unten. Als Nächstes wandte er sich dem Kupferhebel zu, den er nach rechts schob; die Keramikknäufe – die eine menschliche Hand nicht umfassen konnte – mussten gedreht werden. Seine Bewegungen waren präzise und geschickt, obgleich Alorri-Zrokros' Anweisungen ziemlich schwammig gewesen waren. In den komplizierten Bewegungen lag keine Unsicherheit, und Kane hielt auch nicht inne, um die sorgfältigen Notizen zurate zu ziehen, die er aus dem *Buch der Älteren* abgeschrieben hatte.

Einige Hebel widersetzten sich kurzzeitig seiner Anstrengung, aber die Zeit hatte die außerweltliche Maschinerie nur in Maßen geschädigt. Inzwischen war die Luft von mehr als nur geistigen Energien aufgeladen. Die unheimlichen Zuschauer stießen weinerliches Angstgeheul aus und wichen bis an die rissigen, gekrümmten Mauern zurück. Blendende Lichtexplosionen fuhren aus den Maschinensäulen; vielfarbiges Feuer hüllte die mäandernden Bänder aus außerweltlichem Metall ein. Beißender Ozongestank breitete sich aus, stinkender Rauch schwängerte die Luft, als die pflanzliche Verkleidung sich zischend und kokelnd von der Maschinerie schälte. Funken knisterten und glitzerten in der riesigen Kuppel wie ein wahnsinniges Polarlicht. Gleißende Flammen schlugen nach einer Gruppe Rillyti, die sich zu nahe am Geschehen niedergeduckt hatten, und ließen nur schwarze Asche zurück.

Kane stieß ein triumphierendes Gelächter aus – eine dämonische Gestalt, blutbesudelt und schmutzstarrend, die Augen strahlend wie blaue Kohlen, das rote Haar statisch aufgeladen, sein Gesicht verklärt im chaotisch aufflammenden Licht. Er hatte seine Stimme erhoben und schrie gegen die krachenden Explosionen an, schleuderte ihnen jenen Gesang entgegen, den Alorri-Zokros niedergeschrieben hatte, zwang seine Stimmbänder, die nichtmenschlichen Silben auszusprechen.

Und aus den Schatten der Kuppel stieg die Antwort empor: der dröhnende Gesang der Rillyti, deren Bedürfnis, die seit Jahrtausenden nicht mehr gehörte Beschwörung erklingen zu lassen, stärker war als jede Furcht.

Und der Blutstein schlief nicht mehr!

Energie pulsierte durch seine Adern, und nach einem Jahrtausende währenden Schlaf tat das Herz von Arellarti einen ersten Schlag.

Unheimliches Feuer wogte in den grünen Tiefen, düster wie die Ewigkeit. Ein Glühen, das emporstieg wie ein durch dunklen Smaragd betrachtetes Morgengrauen. Ein unstetes Flackern huschte durch die Halle, wurde von den Wänden zurückgeworfen. In den roten Adern waberte eine dunklere, tiefere Farbe, wand sich durch die durchsichtige Düsternis und verschwand tief im Inneren des Blutsteins. Die unberechenbaren kosmischen Energien des Steins waren endlich wieder freigesetzt – das funkelnde Lebensfeuer kehrte in den Stein zurück. Der wahnsinnige Gesang der Rillyti steigerte sich zu einem Choral des Staunens, der Erfüllung, des Schreckens.

Nachdem sich die letzten Zeilen der Beschwörung an Kanes gefletschten Zähnen vorbeigewälzt hatten, stand er reglos vor dem Altar. Mit den Fingern strich er über die Schnittwunde an seiner Schulter und schmierte sein Blut in die runde Vertiefung der silberweißen Scheibe inmitten des steinernen Halbrunds. Der Blutsteinring ließ seine Hand bereits mit einem Prickeln taub werden, während er noch die letzte Geste vorbereitete, um das Ritual aus der alten Welt zu vollenden.

Er ballte die linke Hand zur Faust. Der Ring stand von seinen gekrümmten Fingern ab, und jetzt sah Kane, dass auch er lebendig glühte – ein winziges Gegenstück jenes kristallenen Kolosses, der vor ihm gloste. Dann senkte Kane seine Faust auf die Mitte der Metallscheibe, als drücke er sein Siegel auf ein mit Menschensinnen nicht zu erfassendes Dokument – gerade so, fuhr ihm mit schmunzelnder Abgeklärtheit durch den Sinn, wie schon mancher Zauberpakt geschlossen worden war.

Auf den letzten paar Fingerbreit schien seine Hand wie ein Magnet von einer anderen Macht nach unten gezogen zu werden. Der Blutsteinring passte fugenlos in die Vertiefung. Das Blut in der Scheibe verdampfte.

Binnen eines Lidschlags zerbarst selbst die kleinste Zelle Kanes in unerträglicher Qual und Ekstase gleichermaßen – ein Gefühl, das jede einzelne dieser Empfindungen noch übertraf. Ein kosmischer Blitzschlag durchschoss ihn bis ins Innerste, und sein gesamter Körper verkrampfte sich zu eisiger Starre. Ein Schrei erstarb weit vor den Lippen, nicht einmal bis zur gelähmten Kehle stieg er empor.

Der Blutstein wandelte sich zu einer gleißenden Nova reiner Energie, glühte in blendendem Licht, das seine unendlichen Tiefen für einen fürchterlichen Augenblick lang vollständig erhellte. Und aus der fühlenden Seele des Steins zuckte ein Strahl aus grünem, von Rot durchzogenem Licht, umhüllte Kane, badete ihn in seinen unheimlichen Flammen.

Lange Zeit herrschte ein Chaos unbeschreiblicher Empfindungen in seinem Schädel, sich überstürzende Gedankenmuster, die nicht zu ihm gehörten, unendliche Schwärze, zerrissen vom Aufblitzen gestaltloser Bilder. Eine Ewigkeit lang schwebte sein Geist durch den kaleidoskopischen Strudel außerweltlicher Träume, vereinte sich mit einem kosmischen Bewusstsein von so unsagbarer Fremdheit, dass selbst der kleinste Gedankensplitter unverständlich blieb ... ein Tumult von Bildern, nicht wahrnehmbar, da sie weitergeleitete Reize darstellten, für die es kein entsprechendes menschliches Sinnesorgan gab.

Nur schwach noch fühlte Kane die hauchfeine Struktur seiner Identität, die verkümmerte Erkenntnis, dass er etwas Eigenes war ... so wie ein Träumender sich unvermittelt bewusst wird, dass er sich in einem Traum befindet, jedoch nicht die Macht hat, sich aus diesem Bann zu lösen oder auch nur den Fortgang des Traumes zu bestimmen. Er spürte, wie das Gefüge seines Verstandes, seiner Seele, zerlegt, sondiert, examiniert, inspiziert wurde – und zwar mit herablassender Neugier, unpersönlich und doch eindringlich.

Die psychische Vivisektion seines Bewusstseins erzürnte Kane – oder vielmehr jenes Phantom seines Verstandes, das sich abmühte, wieder zu einer kompletten Identität zurückzufinden. Er versuchte, sich zu wehren, sein zersplittertes Ich neu zusammenzufügen, jenen eingedrungenen Verstand zurückzuschleudern, der rücksichtslos seine ureigenen, in seine Seele eingeprägten Erinnerungen studierte. Sein Widerstand, gespeist aus seiner bereits wieder wachsenden mentalen Kraft, stieß auf grimmige Gegenwehr. Doch hatte er sich jahrhundertelang okkulten Studien gewidmet und sich dadurch verborgene Denkstrukturen zugänglich gemacht, die der menschliche Geist nur selten erforscht hatte.

Die fremden Bewusstseinsströme zogen sich zurück, überrascht von diesem unerwarteten Ausfall. Kane stieß nach und nahm die Festungen seines Bewusstseins wieder für sich ein. Es blieb ein Gefühl großer Verwunderung, dass die Untersuchung auf so unerwartete Weise verkürzt worden war, und das Vertrauen darauf, dass dieser Widerstand früher oder später überwunden werden konnte.

Obwohl Kanes Bewusstsein nun nicht mehr zerlegt und studiert wurde, wirbelte er nach wie vor durch einen geistigen Sturm fremder Gedanken. Bruchstücke von Bildern, splitterhafte Reize wurden zögerlich erkennbar, doch blieb unklar, ob dies an der wachsenden Vertrautheit mit der neuen Perspektive lag, oder daran, dass der Geist, der ihn umfing, seine Sinnesreize veränderte und an die menschliche Wahrnehmung anpasste. Rudimentäre Erscheinungen flossen zu einer Abfolge von Ereignissen zusammen, gruppierten sich und fügten sich wie leuchtende, winzige Mosaikstücke ewig neu zusammen. Langsam entfaltete sich ein Bild mit erkennbaren Bruchstücken, aus denen Kanes Verstand sich eine Interpretation zusammenzureimen vermochte, obgleich weite Teile des Frieses ungeformte Bereiche aus nicht-menschlichem Gedankengut blieben, Mosaiksteine, deren Farben über das bekannte Spektrum hinausgingen.

Bilder flossen zusammen …

Finsternis. Endloses Warten. Sehnen. Dann: Bewegung. Vordringen durch die Zeit? Den Raum? Gefahr. Energie. Knapp verhinderte Bedrohung. Konstante Bewegung. Flucht vor einer Gefahr? Gefahr während des Vorbeikommens? Sehnen; Erwartung. Das Schwinden und erneute Wachsen gewaltiger Energien. Geduld/Verzweiflung/Vorfreude/Hoffnung. Ein Ende der Bewegung. Gefahr. Energie. Abgewehrte Gefahr. Erfüllung. Hoffnung.

Licht. Übergang.

(Aus großer Höhe) Wolken, Meer, Land. Weiß-Blau-Grün-Rot, zuckendes Schwarz. Gefahr. Näher. Jenseits eines endlosen azurblauen Ozeans ein blühendes Land, von dunklem Wald bekrönt. Gefahr lauerte in Wald und Meer. Ein überwältigender Gewaltausbruch unfassbarer Energien. Meer, das gischtend in die glühende, tief eingeschnittene kontinentale Wunde braust. Bestimmungsort/Zuflucht erreicht. Erfüllung. Niederlassen. Hoffnung/Ehrgeiz.

(Die Bilder gewannen an Schärfe, in einem merkwürdig zusammengezogenen Zeitfluss glitten sie vorüber, eine stilistische Darstellung, die sich häufig in reiner Symbolik erging.)

Eine Insel aus nacktem Gestein entstand aus dem Binnenmeer heraus. Jenseits des aufgewühlten schwarzen Wassers ein nebelhaftes Ufer am Horizont. Mauern erhoben sich, sprangen aus der Insel hervor wie roter, kristalliner Raureif. Mauern, Gebäude einer bizarren Architektur, ein Netz von Straßen. Dahinter Hafenanlagen, dolchartige Molen, ein großer Damm, der sich einem Lichtstrahl gleich über das Meer zum Festland hin erstreckt. Eine Stadt, die wie eine fantastische Wucherung aus der Erde bricht, die sie nicht geboren hat.

(Merkwürdig ist die Dualität. Der Blickwinkel ist sowohl fest als auch beweglich. Eine Wahrnehmung aus wechselnden Perspektiven, die man gleichzeitig sieht, von den unterschiedlichsten Standpunkten aus. Gleichzeitige Darstellung durch Linsen, die sich kaum voneinander unterscheiden.)

Gestalten streifen durch die aufsteigende Stadt. Die krelranischen Erbauer – Geschöpfe mit matten Schuppen, deren Ähnlichkeit mit den degenerierten Nachkommen, den Rillyti, offensichtlich ist. Reptilienhafte Selbstsicherheit, intelligentes Handeln. Hände mit Schwimmhäuten gestalten die Stadt, Anführer kümmern sich um anspruchsvolle Details der Architektur. Ungeheure Maschinen kriechen durch die ganze Stadt, glänzende, unermüdliche, an Ameisen erinnernde Arbeitstiere. Metallene Arme heben riesige Steinblöcke. Glühende Flammenlanzen aus merkwürdigen Instrumenten verschmelzen die Übergänge zu einem nahtlosen Ganzen, schneiden exakteste Winkel, ätzen komplexe Muster in die Oberflächen. Riesige Schiffe durchpflügen die Meere wie Wasserkäfer. Bronzene Hundertfüßer ziehen vollbepackt über den Damm, landwärts, spucken bergeweise zermalmtes Erz und Schutt aus. Unfassbare Materialien werden in Haufen von anderswo/oben/innen ausgeladen. Alle verschwinden sie in den aufragenden Kolossen der Maschinen/Schmelzöfen, werden durch unvorstellbare Energien umgewandelt, als fleckig rote Steinblöcke wiedergeboren, als Platten und Stränge aus verschiedenen Metallen; einzelne Materialien sind nicht mehr auszumachen. Rohmaterial wird in das lebende Zellmaterial von Arellarti verwandelt. Arbeiter schleppen Lasten, errichten das Skelett, die Struktur – schaffen die präzise Geometrie des Lebens/eines Organismus. Über ihnen der titanenhafte Schatten, er hebt und senkt sich, flimmert. Schutz/Nahrung.

(Noch etwas ist hier am Werk, etwas Verborgenes. Viele Türen sind schwarz und geschlossen, versperrt, und nicht selten wird ihre Existenz verborgen gehalten. Zwei Intelligenzen gibt es, die eins sind und doch nicht gleich. Jede hat ihre eigenen Türen, Schranken, ihre Schlüssel, die aufschließen/öffnen können, um das Dahinterliegende/Geheimnis zu enthüllen. Ihre Türen stimmen nicht überein und auch nicht ihre Schlüssel – doch es sind Türen, die ohne ersichtliches Schloss versperrt sind, und Schlüssel, für die es keine offensichtliche Tür gibt.)

Entbehrung. Die Stadt wächst der Vollendung/Erfüllung entgegen. Eile. Die Kuppel erhebt sich gen Himmel, umhüllt/schützt Nerven/Arterien, die sich zusehends entwickeln. Auch die Gefahr wächst mit jedem Tag, mit jedem Tag, weil die Stadt bald vollendet sein wird und sodann jeder Gefahr zu trotzen vermag. Hunger nach Energie, ein Brennen/Sehnen. Die Energie, die vonnöten ist, um Arellarti zu gebären, sinkt auf einen bedrohlich niedrigen Stand. Dringlichkeit. Vorbereitungen müssen vor dem Angriff abgeschlossen/ausgereift sein, während kaum noch Energie vorhanden ist. Ich/Wir/das Sein muss mehr Energie bereitstellen/einsetzen, um die Vollendung zu beschleunigen, ehe der Angriff erfolgt/ehe die Verteidigung steht. Eine vertraute Wesenheit, frühere Angriffe erprobten nur die Stärke. Weiß sie Bescheid, plant sie den Angriff bei größter Verwundbarkeit?

Arellarti nähert sich der Vollendung. Mauern, Gebäude, alle Zellen/Nerven sind der organischen Einheit nahe. Die Kuppel steht, schützt/umschließt wie eine wachende/nährende Schale, Wahrnehmung ist möglich durch sie hindurch von innen/außen. Der letzte Augenblick naht. Das Schiff hat schon alles bis auf einen Bruchteil der Energie/Einheit umgeformt/aufgenommen. Die ersten Wogen der Macht durchströmen das neu geborene Netzwerk. Übertragung/Verwandlung/Transformation des Lebens/Bewusstseins in dem neuen Organismus setzt ein. Das Muster ist nahezu vollständig. Ich/Wir/das Sein werden in neuer Energie/Struktur geboren.

Leben pulsiert. Energie. Geburt/Entstehung/Erneuerung. Triumph des neuen Lebens/Energie durchpulst den jungen Organismus.

(Es gibt zwei – die Einheit einer Dualität. Trenne das Bewusstsein, erkenne die beiden Teile des Ganzen. Eines im Innern der Kuppel, der Kristallmonolith. Eines in der Fassung des Ringes. Beide sind eins, Blutstein, miteinander verbunden, eine Parallelität in der Struktur, den Gesetzen kristalliner Intelligenz/symmetrischen Lebens gehorchend, um am Strom kosmischer Energie saugen zu können. Im Innern des Doms: Blutsteins Bewusstsein, das die Energie des Makrokosmos nutzbar macht, die Energie/das Leben koordiniert/beherrscht. Im Ring: das übereinstimmende Sein, unabhängig/abhängig und parasitisch/ein Symbiont, der sich von der Energie des Organischen/[auf dieser Ebene] vom Leben seines Trägers nährt. Von Blutsteins Herrn/Priester/Diener – einer äußeren Macht, um das zu manipulieren, was von innen her nicht kontrolliert werden kann – eine Ausdehnung der Macht/des Lebens. Beide Inkarnationen sind eins und unerlässlich für die Einheit. Die Dichotomie der Größe/Energie vom Kosmischen zum Unbedeutenden ist eine Illusion/eingeschränkte Wahrnehmung. Beide sind gleich/unerlässlich für die Gesetze der Symmetrie des Lebens/Energiewesens ...)

(Barriere)

Es ist schon beinahe [Jetztzeit]. Durch ganz Arellarti flitzen die Krelran in wahnsinniger, traumgleicher Geschwindigkeit? Langsamkeit? Blutsteins Meister leitet die letzten Vorbereitungen. Der Herr der Krelran, und dort auf seinem Daumen, wo keine Schwimmhaut wächst, leuchtet der Ring mit dem Blutstein, das Symbol und Instrument seiner absoluten Macht. Der Meister befiehlt, seine Diener gehorchen. Sein Verstand ist es, der den Aufbau Arellartis leitet, der die Anweisungen koordiniert, und sie gipfeln im Triumph von Leben/Macht.

Gefahr! Der lange befürchtete Angriff in der verwundbarsten Phase! Dunkle Metallkörper schweben über den Himmel, schleudern weißglühende Blitze vernichtender Energie auf Arellarti herab. Eine zweite Angriffswelle folgt vom Meer – rasend schnelle tränenförmige Schiffe, sie überwinden die Verteidigungsanlagen in der Kanalverbindung zum Meer. Künstlicher Blitzschlag prasselt gegen die Mauern. Zu früh! Noch reicht die Energie nicht! Und dennoch wehren die Energieschirme den feindlichen Angriff ab. Noch kein Gegenangriff möglich. Alle Kraft liegt auf den Abwehrschirmen. Sie reicht nicht aus – ein Durchbruch! Teile der Stadt explodieren unter knisternden Energieblitzen. Die Tore zerbersten in einem Regen aus Asche und geschmolzenem Metall. So oft die Verteidigungsanlangen versagen, sterben Hunderte von Krelran. In angsterfülltem Wahnsinn eilen sie durch die Straßen. Arellarti windet sich vor Schmerz.

Verrat!

(Die Wahrnehmung ist chaotisch; vieles wird vollkommen im Dunkeln gehalten. Betrug? Rebellion? Fragmentarische Bilder vermitteln Szenen voller Panik und Zerstörung.)

Der Meister des Rings, er hat sich losgesagt! Als die Energie am schwächsten ist und nahezu versiegt ... ist er geflohen. Die Instrumente sind gesperrt, alle Kraftreserven abgeschnitten. Gefangen! Die Energie reicht gerade noch, um die Kuppel zu verteidigen. Jenseits der Kuppelschirme liegt die

Stadt in flammenden Trümmern, sterbend. Ihre Opferung ist unvermeidbar ... die letzte Energie muss den Abwehrschirm der Kuppel speisen.

Der Verräter entkommt. Das Schiff steigt in den Himmel. Der Verräter versucht durchzubrechen. Doch hat er sich dem Verhängnis ausgeliefert – weder stehen ihm genügend Leute zur Verfügung, um das Schiff zu steuern, noch genügend Energie, um es lange zu verteidigen.

(Die Bilder trennen sich und weichen verwirrend voneinander ab. Nur wenige starke Eindrücke ragen aus dem verschwommenen Chaos heraus.)

Flucht/Verfolgung/Kampf. Erschütterungen lassen das Universum wanken, der metallene Rumpf schmilzt und bricht ein. Abwehrschirme versagen. Maschinen zerstört. Ein endlos langer Sturz. Der Angriff entfernt sich, folgt dem Schiff, brennt es aus dem Himmel. Es schlägt auf dem Boden auf, die letzte Energie schwächt noch den Aufprall ab, während es durch den Wald bricht und zerbirst. Der Feind hat gesiegt. Schnell aus dem Wrack heraus, kriechend ... Schmerz, die Kraft lässt nach. Durch den Wald, schnell hinaus ins Freie. Das Schiff verbrennt unter dem feindlichen Feuer zu Asche. So kalt. Schmerz/Schwäche/Kälte/Finsternis ...

Der Angriff zieht sich zurück, bleibt auf der Hut. Zufriedenheit über die Vernichtung des Schiffes, die Vernichtung Arellartis. Die Macht ist gebrochen. Niederlage. Nur die letzte Abwehr hält. Eindringen unmöglich. Energiequelle abgeschnitten/abgeriegelt, das Netz der Kraft zerstört. Hilflos bis [Rückkehr]. Abwehr muss erhalten bleiben, bis die letzte Reserve sich erschöpft ...

Die Bilder wurden undeutlich, eintönig. Durch trübes Zwielicht hindurch sah man die gefallene Stadt. Überlebende kletterten in den Ruinen umher, gebrochen, führungslos, abgesunken in degenerierte Barbarei. Jahrhunderte schienen an den schlummernden Trümmern vorbeizugleiten. Manchmal huschende, flüchtige Eindrücke von seltsamen Umrissen, doch nie erfolgte ein neuer Angriff. Das Meer stand still, und schließlich zog es sich zurück und hinterließ einen Fäulnissekrete verströmenden Leichnam, auf dem sich ein modernder Ableger des umgebenden Waldes ausbreitete.

Der Sumpf verschluckte Arellarti, verstohlen kroch er über die leeren Straßen. Die Zeit begann sogar, den wasserdichten gefleckten Stein zu zersetzen; nicht einmal die zentrale Kuppel wurde verschont. Nachdem sämtliche Energiereserven erschöpft waren, lag Blutstein in der zerfallenden Kuppel und wartete. Nur ein hauchfeines Glimmen kristallinen Lebens war noch geblieben.

Manchmal betraten Rillyti furchtsam den Raum, die wilden, unförmigen Abkömmlinge der Erbauer dieser Stadt, um ihre närrischen Rituale vor Blutstein abzuhalten. In ihren trüben Gehirnen lebte noch die Erinnerung an die einstige Macht, an Blutstein, doch ihre Riten waren nur abergläubische Überbleibsel des alten Wissens, nutzlose Gräuel, wie es schien. Die Geheimnisse Blutsteins waren ihnen abhanden gekommen – was überlebt hatte, war nur eine verzerrte Legende.

Und schließlich erblickte Kane sich selbst, wie er die Kuppel betrat. Fühlte das unbeschreibliche Hoffen/Sehnen, mit dem seine Handlungen beobachtet/gelenkt wurden. Dann: die plötzliche Entfesselung ungeheurer Energien. Befreiung aus Jahrhunderte währendem machtlosen Warten. Die Rückkehr des Lebens.

Wiedergeburt!

Unvermittelt kehrte die merkwürdige Einheit doppelter Existenz zurück. Jedoch gab es einen bedeutenden Unterschied.

Kane war nicht mehr länger dahintreibender Beobachter in Blutsteins Bewusstsein.

Der funkelnde Lichtstrom, der ihn nur für die Dauer weniger Herzschläge umhüllt hatte, wich in den Stein zurück, und Kane sackte über dem Halbrund zusammen, übermannt von einem Schlaf, der weit tiefer war als der Tod.

7. KAPITEL

Ein Priester kommt nach Breimen

Im Feuerschein blitzte der Dolch hell auf, während er durch den Raum flog und sich schließlich in den umgedrehten Tisch bohrte, der gegen die rückwärtige Wand gelehnt stand und als Zielscheibe diente. Mehrere konzentrische Kreidekreise waren darauf aufgemalt.

»Bei mir kommen nochmal zwölf Punkte dazu, Teres!«, rief Lord Malchion frohlockend. »Pass gut auf bei deinem letzten Wurf – du wirst nämlich mindestens eine Zehn brauchen, oder Lians hübsches Geschenk wärmt heute Nacht mein Bett!«

Teres ließ davon ab, das zerzauste Haar des nervösen Sklavenmädchens zu streicheln, und kniff im flackernden Licht die Augen zusammen. »Du verlogener Wüstling! Ich sehe doch schon von hier, dass deine Klinge den Zwölf-Punkte-Ring um gut einen Zoll verfehlt hat!«

Lord Malchion brachte einen höhnischen Trinkspruch aus und kippte sich den Inhalt seines Kruges in den Rachen. Wein schäumte über seinen Schnauzbart. »Wenn deine Augen so schlecht sind, dann solltest du dich besser geschlagen geben, Teres, bevor du noch Löcher in die Wand bohrst! Ich habe meinen Dolch auf jeden Fall im Ring versenkt. Beweg deinen fetten Arsch hierher und schau's dir an!«

Die Männer, die sich in dem holzgetäfelten Zimmer aufhielten, lachten.

»Der Dolch steckt auf der Linie, richtig. Du brauchst tatsächlich einen guten Wurf, Teres«, rief Lian als selbsternannter Schiedsrichter. Der hagere Bursche war ein Freiherr von der nördlichen wollendanischen Küste und hatte erst heute sein Schwert und mehr als zweihundert seiner Männer in Malchions Dienste gestellt. Um sich gut einzuführen, hatte er seinem neuen Herrn ein Sklavenmädchen mit honigfarbener Haut geschenkt, das er den Stammesleuten am Rande der Salzwüste an den östlichen Ufern der Südlande abgekauft hatte – sicherlich zu einem geringen Preis, denn die Kleine war noch unerfahren.

Malchion hatte diese Geste mit einem üppigen Bankett erwidert, und jetzt am späten Abend, nach vielen Gallonen Wein, konnte Lian amüsiert beobachten, wie sich der Herr von Breimen mit seinem Spross um die erste Nacht mit dem Mädchen stritt. Nach einem Austausch trunkener Beleidigungen war es zu einem wilden Wettkampf gekommen, und über die kastanienbraune Cosmallen würde dann der Sieger ganz nach Belieben verfügen.

»Na los, komm schon, Teres!«, spottete Malchion. »Sieh es dir an, wenn du dem Wort deines nachsichtigen Vaters nicht glaubst! Schau her, bevor ich mein Messer wieder an mich nehme!« Er kicherte mit der Überschwänglichkeit eines siegessicheren Mannes. Zugleich bedeutete er mit einem Wink, man möge ihm einen neuen Krug des süßen breimenischen Weines reichen.

Seine barbarische Begeisterung in der Schlacht und bei der Jagd hatte ihm in frühen Jahren schon den Beinamen ›der Wolf‹ eingebracht, und auch heute noch, vier Jahrzehnte nach jenem Tag, an dem er zum ersten Mal das Blut eines Gegners vergossen hatte, war seine Wildheit ungebrochen. Körperlich allerdings machten sich die vergangenen Jahre bemerkbar. Die untersetzte Gestalt des Wolfs war in letzter Zeit feist geworden, sodass er beinahe beleibt wirkte, was allerdings durch die unverbrauchte Kraft in seinen Schultern und den stolzen Schritt, der lediglich die Andeutung eines Hinkens zeigte, wieder ausgeglichen wurde. Malchions Gesicht war vom Genuss des vielen Weines gerötet und so entspannt, dass man weder Falten noch Spuren seiner Ausschweifungen zu erkennen vermochte. Sein blondes Haar, nach wie vor kein bisschen ergraut, war jedoch dünner geworden, fettig, strähnig. Zäh wie eine große Eiche trotzte Malchion, wie es schien, den Winden der Zeit. Nur seine Zähne faulten, und man mutmaßte, dass dies nicht die einzige Stelle seines Körpers war, an der die Fäulnis wucherte.

Mit zusammengepressten Lippen erhob sich Teres und erwiderte den Trinkspruch. »Du wabbliger Fettwanst! Lass deinen Dolch nur stecken, oder ich nagle deine gierigen Grapscher ans Brett! Gib mir eine Sekunde, und ich zeige dir, wie ein richtig guter Wurf aussieht!«

Der Welpe des Wolfs bot den blaugrau schimmernden Stahl Cosmallens roten Lippen dar. »Küss meine Klinge, Hübsche, und wünsch mir Glück. Meine Küsse wirst du nämlich süßer finden als diejenigen dieses buckligen Ziegenbocks!« Voller Unbehagen gehorchte Cosmallen.

Teres plante den Wurf mit vorgeblicher Lässigkeit, lockerte die angespannten, muskulösen Schultern und hob den Dolch. Trotz des Weines wurde es ein geschmeidiger Wurf, der scheinbar treffsicher aufs Ziel gerichtet war. Aber Teres hatte das Loslassen verpatzt, und das Messer schlug mit dem Griff voran auf und riss Malchions Dolch mit sich. Beide Klingen landeten klirrend auf dem Boden.

»Bei Thoem! Das ist ja hervorragend gelungen! Verdammt, du hast mich fast in den Fuß getroffen!«, grölte Malchion höhnisch vergnügt.

Teres war blass geworden. »Der Dolch war rutschig! Das war die Farbe, die diese Schlampe mit ihrem Kuss auf der Klinge verschmiert hat! Sei verflucht, du aufgeblasener Weinsack! Und hör auf mit deinem idiotischen Gekicher! Nein, mach weiter damit, bis dich der Schlag trifft! Das war geschwindelt, und ich will verdammt sein, wenn ich nicht noch einen Wurf mache!«

»Oh, geschwindelt war das also – dir ist höchstens schwindlig vom Wein!«, brummte Malchion gemütlich. »Du hast um ihren Kuss gebeten und ihn bekommen – den einzigen, den du heute Nacht bekommen wirst! Als oberster Richter und Schlichter erkläre ich mich zum Gewinner und diesen Wettkampf für beendet, bevor die wilden Würfe meines Wölfchens unsere lieben Zuschauer verletzen. Halt dich im Zaum, Teres, und vergiss beim nächsten Mal nicht, wessen Hand dich ein Messer zu werfen lehrte! Tut mir leid, liebe Tochter, aber Cosmallen ist heute Nacht Beute des Wolfs!« Er stieß ein wildes Heulen aus.

»Meinetwegen, nimm sie dir, du intrigantes Arschgesicht!«, knurrte Teres mit reizendem Lächeln. »Allerdings glaube ich, dass sie nach all dem Wein und bei deinem Alter eine sehr ruhige Nacht haben wird. Es sei denn, dein Schnarchen und dein stinkender Atem stören sie ...«

»Bei Thoem, so ungerechte Worte, um sich über Ungerechtigkeit zu beklagen!«, rief Malchion mit ungebrochen guter Laune. »Wärst du mein Sohn, würde ich dir deine Ohren zum Fraß vorwerfen für diese Unverschämtheit. Aber dir als meine Tochter dienen deine geistlosen Beleidigungen nur dem Erhalt deines wohlverdienten Rufs als zänkisches Weibsbild!«

»Schluss jetzt mit dieser Scheiße von wegen, wenn du mein Sohn wärst!«, brüllte Teres mit drohend erhobenen Händen. »Versuch es doch mit mir aufzunehmen, wenn du dich traust, und ich werde dir deine Schmalzohren mit den Zähnen zerreißen!«

»Ist sie nicht hübsch, wenn sie wütend ist?«, fragte Malchion grinsend.

Teres fluchte vor sich hin und verfiel dann in Schweigen, fest entschlossen, ihrem Vater keinen Grund mehr zur Erheiterung zu bieten. Voller Verdruss begann sie an ihren kurzen Fingernägeln zu kauen und versuchte, eine Miene unnahbarer Würde zur Schau zu stellen. Teres war ein seltsames Wesen – sie hatte den größten Teil ihrer fünfundzwanzig Jahre darauf verwendet, ihre Weiblichkeit zu verleugnen, und zwar mit verblüffendem Erfolg. Ihre Gesichtszüge waren hart, jedoch nicht maskulin, und man hätte sie hübsch nennen können, wäre da nicht die schmale Narbe gewesen, die ihre Wange kerbte, und die Nase, die zweimal gebrochen und nie wieder richtig gerade geworden war. Ihr blondes Haar war zu einem Zopf geflochten, der ihr über die sonnengebräunten Schultern fiel. An den Ohren prangten dicke goldene Ringe, allerdings keineswegs ein Zugeständnis an die Weiblichkeit, sondern von der Art beeinflusst, wie manche Krieger aus den barbarischen Waldsippen von Wollendan auftraten. Kleine, feste Brüste und schlanke Hüften verschwanden nahezu völlig unter der groben Kriegerkluft, die sie normalerweise trug.

Jahrelang war sie mit ihrem Vater zur Jagd ausgeritten und in den Krieg gezogen, hatte ihren Bogen bei den verwegensten Unternehmungen gespannt und genauso oft zum Schwert gegriffen, hatte sich ertüchtigt, um es an Stärke mit so manchem Mann aufzunehmen, und dies alles hatte sie geprägt. Jede Schwäche machte sie mit der Anmut und dem rücksichtslosen Mut ihres Geschlechts doppelt wett. Insgesamt erinnerte ihre gedrungene, muskulöse Statur an einen Mann, der fünf Jahre jünger war als sie, allerdings ohne jegliches jugendliche Ungeschick. Teres' Anblick war nicht unerfreulich, auf jeden Fall jedoch exotisch, oder, treffender gesagt, barbarisch.

Ein halbherziges Klopfen an der Tür kündigte Embrom an, Lord Malchions obersten Haushofmeister. Ohne sich um die anderen Anwesenden zu kümmern, schritt dieser zu seinem Herrn und flüsterte ihm etwas ins Ohr.

»Verdammt!«, brummte Malchion. »Der Teufel kommt immer zur ungünstigsten Stunde, sagt man. Allerdings ...«

Er knurrte und stürzte den restlichen Wein in seinem Krug mit einer entschlossenen Bewegung hinunter. »Der alte Meister zeigt Erbarmen für den Frischling«, verkündete er feierlich. »Teres, hiermit gewähre ich dir, als Erste von Cosmallens noch zu enthüllenden Talenten erfreut zu werden. Sieh es als weitere Gunst eines Vaters, der vernarrt ist in seinen undankbaren Balg.«

Und damit erhob er sich und nickte seinen Gästen zu. »Meine Herren, wenn Ihr mich entschuldigen wollt. Dringende Angelegenheiten meines unordentlichen Hofes erfordern meine Anwesenheit, sodass ich Eure anspruchsvolle Erörterung geistiger Angelegenheiten nun verlassen muss. Meine Bediensteten werden sich selbstverständlich Eurer Bedürfnisse annehmen, falls unter Euch noch jemand sein sollte, der die metaphysischen Spekulationen weitergehend vertiefen möchte. Meine Kellerbibliothek verfügt über so manch einen ungeöffneten Folianten mit der Weisheit etlicher Jahrgänge, der dringend genauestens zurate gezogen werden will.«

Wankend, jedoch würdevoll genug, verließ er den Saal. Hinter der geschlossenen Tür wurde ein gewaltiges Rülpsen laut, auf das ein Anfall wilden Gelächters folgte.

Teres fluchte, kaute auf ihren Knöcheln und blickte das langbeinige Sklavenmädchen an, als hätte sie ihr am liebsten eine Ohrfeige gegeben. »Dieser fette Ziegenbock tut einem so ungern einen Gefallen, wie ein hungernder Hund einer streunenden Katze ein saftiges Kotelett schenkt!«, knurrte sie. »Verschwinde! Geh in meine Gemächer, Cosmallen. Wenn ich herausgefunden habe, was für ein widerwärtiges Spiel mein lieber Vater spielt, werde ich mich deiner annehmen und dir ein paar schönere Spielchen zeigen.« Mit einer nachlässigen Verabschiedung stapfte sie ebenfalls hinaus. Nervös warf Cosmallen ihrem einstigen Herrn einen Blick zu, doch gab es von ihm kein beruhigendes Zeichen. Lian zuckte nur mit den Schultern und stierte in seinen Wein. Verdrossen sinnierte sie über das unkomplizierte, luxuriöse Leben, das hübsche Mädchen an einem reichen Hof wie Breimen angeblich erwartete, und stapfte davon, um zu fragen, wo es zu den Gemächern ihrer Herrin ging.

»Das war ein ziemlich bizarres Zwischenspiel«, bemerkte Lian nach einer Weile. »Was ist nur aus der gepriesenen strengen Sitte, aus Wollendans barbarischem Erbe geworden?«

»Sie ist eine Lüge, wie die meisten geschätzten Traditionen«, wandte Ossvalt zynisch ein. Malchions vertrauenswürdigster Ratgeber – so hieß es zumindest – rührte mit einem knotigen Finger in seinem Wein und strich sich dann mit der roten Flüssigkeit den Schnurrbart glatt. »Hochtrabende Prinzipien der Sittlichkeit«, fuhr er fort, »sind ohnehin kein geheiligtes Barbarenerbe – nur eine Illusion, die in jeder Gesellschaft von den Bauern in Ehren gehalten wird. So reden sich einfache Gemüter alles schön, was sie nicht selbst beherrschen können, weil ihnen die Macht und die Vorstellungskraft dazu fehlen.«

Und Wein züchtet Philosophen heran, dachte Lian, der noch nicht betrunken genug war, um die komischen Launen der menschlichen Vernunft zu verhandeln. Laut sagte er: »Als ich Cosmallen kaufte, hätte ich mir nicht träumen lassen, damit einen Streit zwischen Vater und Tochter heraufzubeschwören, wer nun zuerst aus dem Becher trinken darf. War es Teres ernst mit ihrem Ausspruch, sie wolle das Weibsbild mit ins Bett nehmen? Oder wollte sie nur ihren Vater reizen?«

»Ommem allein weiß es«, erwiderte Ossvalt achselzuckend und leckte sich über den Schnurrbart. »Über Teres kursieren viele wilde Geschichten, und da sie sich an ihrer Verrufenheit ergötzt, dürfte sie die Hälfte dieser Gerüchte selbst in die Welt gesetzt haben. Die wilde Teres, das Balg des alten Wolfs, das zu einer tödlichen Wölfin herangewachsen ist! Teres, die sich kleidet wie ein Mann, trinkt wie ein Mann, wie ein Mann nach der Schlacht lechzt, reitet wie ein Mann, sich prügelt wie ein Mann, flucht wie ein Mann und liebt wie ein Mann. Ihrer Prahlerei zufolge übertrifft sie einen Mann in nahezu jeder männlichen Domäne. Ihre Dienstmädchen hinken zerkratzt und mit blauen Flecken umher und schwören, dass sie sich jeden Morgen im Gesicht rasiert. Gewiss, auch dies ist eine Lüge, aber wenn es irgend möglich wäre, würde sie sich zweifelsohne einen Bart wachsen lassen. Die Nase gebrochen hat sie sich das erste Mal mit fünfzehn – sturzbesoffen ist sie da von ihrem Pferd gefallen, als sie es eines Nachts durch den großen Saal zu reiten versuchte –, aber sie behauptet, es sei eine Kampfverletzung. Die Narbe auf ihrer Wange allerdings stammt tatsächlich aus einem Kampf vor ein paar Jahren – weil sie auf alle, die einen ordentlichen Helm tragen, nur höhnisch herabschaut.

Niemals teilte sie mit einem Mann das Bett, aber getötet oder verstümmelt hat sie mehr als ein Dutzend jener, die es versucht haben … zumindest behauptet sie das. Zum Teufel, es liegt an dir, wie viel du davon glaubst oder nicht … ich wäre wieder nüchtern, bis ich dir auch nur die Hälfte ihrer wohltönenden Saga erzählt hätte!«

»Soweit also die Geschichte von der legendären urwüchsigen Kriegermaid«, räumte Lian ein. Obwohl Teres' Ruf schon bis in die Südlande gedrungen war, hatte ihn ihre Anwesenheit stärker verwirrt als erwartet. »Trotzdem scheint mir die Laune, die Malchion dazu veranlasst, seine Tochter so posieren zu lassen, reichlich unklug. Ich kann nicht behaupten, dass ich mich freue, meine Männer in den Kampf zu führen, während ein Mädchen in der Rangordnung über mir steht.«

Ossvalt wurde ernst. »Durchaus verständliche Gefühle. Ich aber würde mich hüten, sie offen zu äußern. Teres' Position ist unantastbar, was Malchion betrifft. Der Wolf mag alt werden, aber seine Herrschaft über Breimen sollte man nie in Frage stellen! Wir sind keine zankenden, geifernden Ratten wie unsere geschätzten Freunde in Selonari! Wenn dir an meinem Rat als derjenige, der Malchion überredet hat, nach dir und deinen Männern zu schicken, liegt: Hör auf, Teres als Mädchen zu betrachten. Sie ist

Malchions Sohn und Erbe. Wenn man etwas anderes in ihr sieht, ist das taktlos, und Taktlosigkeit steht dem Ehrgeiz meist sehr im Wege.«

Die anderen Gäste brachen langsam auf und ließen Ossvalt und Lian allein.

Ossvalt lehnte sich an die starke Schulter seines Gegenübers und kippte ihm dabei Wein über den bloßen Arm, während er mit seinen vertraulichen Mitteilungen fortfuhr: »Zweifelsohne betrachtet Malchion Teres als Sohn. Sie ist sein nächster Erbe. Ihr wird er den Reichtum und die Macht hinterlassen, alles, wofür er gekämpft hat. Teres ist die einzige Kandidatin für ihn, zumindest, wenn der Wolf sich das selbstsüchtige Vergnügen gönnen will, eine eigene Dynastie zu gründen. Damit ist Teres sein Sohn – und da die Clans von Wollendan noch niemals von einer Herrscherin geführt wurden, hat er keine Mühen gescheut, seine Tochter zu einem Krieger zu formen. In gewisser Weise ist Teres ein Kunstwerk ...

Oh, und das Balg des Wolfs hat Reißzähne, die so scharf und schnell wie jene des Vaters sind. Ein grauhaariger alter Wolf und eine zähnefletschende Wölfin führen das verdammte Rudel, und sie sind ein großartiges Paar. Sie verdienen einander, so viel ist sicher!«

»Aber ein Wüstling von Malchions ansehnlicher Statur müsste doch mindestens einen Sohn gezeugt haben!«, warf Lian ein und verschaffte seinem Wanst etwas mehr Raum, indem er den Gürtel öffnete.

»Ich weiß nicht, wie genau du die Ereignisse an der Südgrenze verfolgt hast, Lian«, sagte Ossvalt und tätschelte sich nachdenklich den eigenen ausladenden Bauch. »Wenn man so dicht dran ist, vergisst man manchmal, dass die Welt nicht dauernd auf Breimen schaut. Auf jeden Fall erinnerst du dich vielleicht daran, dass ihm seine erste Frau zwei Söhne und eine Tochter gebar. Alle starben noch als kleine Kinder. Dann wurde Teres geboren. Von ihrer Geburt hat Melwohnna sich nie wieder erholt. Also nahm Malchion nach ihrem Tod eine zweite Frau, Ahranli. Sie schenkte ihm einen Sohn und eine Tochter. Dann kam es zur Verschwörung dieses Verräters Ristkon, möge er am Galgen baumeln, und seiner Freunde, und alle drei wurden bei dem verpfuschten Attentat auf Malchion niedergemetzelt. Die dritte Gemahlin war unfruchtbar, oder vielleicht ist auch was dran, dass der Wolf sich irgendeine furchtbare Krankheit geholt hat, beim Herumhuren auf einem seiner Feldzüge. Er hatte einen Bastardsohn namens Besntuin, auf den er einst große Hoffnung setzte. Aber der war ein Schwachkopf. Vermutlich war es ein Glück, dass er von einem durchgehenden Hengst in den Dreck gestampft wurde, bevor er alt genug war, sich zu rasieren. Also ist Teres eindeutig die Erbin. In jungen Jahren wurde sie skrupellos vernachlässigt. Teufel, das Kind bekam sehr deutlich zu spüren, dass Malchion nur an seinen Söhnen interessiert war. Wahrscheinlich hat das bei ihr Eindruck hinterlassen – werde ein Sohn, wenn du Aufmerksamkeit willst. Die hat sie nie groß bekommen, da ihre Mutter tot war, und mit anderen Frauen hat sie sich auch nie richtig angefreundet. Sie hatte nur den Wolf, und er war so grob, dass er jegliche Regungen im Keim erstickt hat, außer jene, die in seinem Fahrwasser gediehen. Aus Teres wurde also ein Wildfang, kaum einer kennt sie anders, und Malchion gefiel es, sie dazu zu ermutigen, ihn und seine Gefährten nachzuahmen. Später, nachdem eindeutig feststand, dass sie der einzige Erbe sein würde, widmete er sich ihrer Umwandlung mit ganzer Kraft. Er lehrte sie jagen, reiten, kämpfen. Persönlich überwachte er ihre Waffenausbildung. Und Teres wurde ihm ein hinreichend guter Sohn. Ich sah sie in einer Schlacht kämpfen, und selbst in meinen besten Jahren hätte ich ihr nicht gegenüberstehen mögen. Vermutlich könnte sie sich mühelos unter deine Söldner mischen, wenn ihr Geschlecht nicht bekannt wäre. Allerdings würde sie zu viel Krach veranstalten, um als diszipliniert gelten zu können. Ihr Vater und dessen Leute, andere Gefährten hatte sie niemals – deswegen behandelt sie andere Frauen wie ein Mann. Ja, ich bin sicher, dass sie sich selbst als Mann sieht. Das Leben in Breimen wird bestimmt interessant, wenn sie die Nachfolge ihres Vaters antritt.«

»Unheimlich!«, murmelte Lian. »Noch eine Runde?«

»Warum nicht?«, versetzte Ossvalt undeutlich. »Ich sage dir, Lian, wir sind in seltsame Zeiten geraten!«

Malchion folgte in der Zwischenzeit seinem Haushofmeister nachdenklich schweigend in die Privatgemächer. Embrom öffnete seinem Herrn die Tür, blickte sich argwöhnisch im Raum um und wartete, bis Malchion ihn mit der Anweisung wegschickte, dafür zu sorgen, dass er nicht gestört wurde. Nachdem er die Tür hinter sich geschlossen hatte, war Malchion mit dem Mann, der zu dieser späten Stunde zu ihm gekommen war, allein.

Ein langer Kapuzenmantel umhüllte die massige Gestalt des Besuchers. Die Kapuze überschattete sein Gesicht, und das schwache Licht, das in dem Gemach herrschte, tat ein Weiteres, um den Mann zu einem Schemen zu machen. Nicht einmal von seiner Kleidung bekam man viel zu sehen, denn der blaue Mantelstoff fiel bis zu den Stiefeln. Eine Reihe stilisierter Muster wiesen den Träger des Gewandes als Priester einer kleineren fremdländischen Sekte aus, deren Anhänger dafür bekannt waren, dass sie ausgedehnte und scheinbar sinnlose Pilgerreisen unternahmen. Die finstere Atmosphäre jedoch, die auf dem Raum lastete, erklärte sich dadurch nicht.

Als Malchion eintrat, füllte der Mann, der unerwartet, jedoch nicht unwillkommen so spät eingetroffen war, einen zweiten Silberkelch mit Wein. Ein Teil des Ärmels rutschte auf dem linken Arm nach oben, als er die rubinrote Glaskaraffe zurückstellte. Das Licht der Lampe fiel auf den Ring, den er am Mittelfinger dieser Hand trug. Die ungetrübten Augen des Wolfs waren mit dem Alter noch wachsamer geworden. Schon bei früherer Gelegenheit hatte ihn dieser auffallende Ring beeindruckt. Jetzt bemerkte er, dass er irgendwie verändert wirkte. Wo der Blutsteinring vorher recht locker auf dem Finger gesessen hatte, schien das silberweiße Metall nun beinahe ins Fleisch des Fingers eingedrungen zu sein. Also hatte der Fremde die Zeit gefunden, den Sitz von einem Juwelier richten zu lassen.

»Schöner Zeitpunkt, um einen Besuch zu machen«, grollte Malchion und nahm den angebotenen Becher ohne Dank entgegen. »Ich nehme an, dass deine Ankunft von niemandem beobachtet wurde.«

»Ich habe Hinweise, die dringend Eure uneingeschränkte Aufmerksamkeit verlangen. Ich kam, so schnell ich konnte«, gab Kane zurück und war ein wenig verwundert über die Gereiztheit seines Gegenübers. »Ich muss doch nicht erwähnen, dass alle meine Schritte von unfehlbarer Diskretion geleitet wurden.«

»So prahlte auch einer meiner begabtesten Spione, bevor er zwei Schritte vor einem – wie ich angenommen hatte, geheimen – Eingang zu dieser Festung einem Anschlag zum Opfer fiel!«, erwiderte Malchion. »Nun denn – wie ist es gelaufen? Was kannst du mir berichten?«

Kane schüttelte die Kapuze ab. Sein Gesicht wirkte abgezehrt. Das war merkwürdig, wenn man in Betracht zog, dass erst wenige Wochen vergangen waren, seit er Breimen in Richtung Selonari verlassen hatte.

»Es ging alles wunderbar glatt«, begann er. »Wie Ihr bereits wisst, gelangte ich unbemerkt aus Breimen hinaus. Ich wandte mich nach Norden, zur Küste, nahm ein Schiff, und so kam ich wieder westwärts bis Jadenbal. Dort ging ich von Bord, ließ mich in eine ansehnliche Kneipenschlägerei verwickeln und hinterließ unauffällig eine auffindbare Spur bis nach Selonari. Mit Dribeck in Kontakt zu kommen, war nicht schwierig. Er ist so klug, wie man sagt, aber jeder Verdacht, den er anfangs wohl hegte, wurde beschwichtigt. Es war nicht allzu schwierig, ihn davon zu überzeugen, dass ich ein freier, jedoch ungewöhnlicher Söldner bin. Und man musste ihn nur ganz leicht in die richtige Richtung stupsen, und schon interessierte er sich für mein Garn von den fantastischen Waffen mit der Technik der alten Welt, die in einer verschollenen Stadt in Kranor-Rill darauf warteten, dass sie sich jemand holte. Er gab mir einen untergeordneten Posten, wodurch ich eine Menge Dinge erfahren habe, die Euch interessieren werden. Als ich der Ansicht war, genügend Informationen gesammelt zu haben, führte ich eine Expedition nach Kranor-Rill, um den Kröten ihre Geheimnisse zu entreißen. Wie erwartet, erfreute dieser Besuch die Rillyti nicht sonderlich. Ich führte meine Leute in den Hinterhalt, sorgte dafür, dass es keine Überlebenden gab, und entkam dem Sumpf auf einem anderen Pfad. Auf einem gestohlenen Pferd eilte ich zurück zu Euch. Mit beträchtlichem Risiko, wie ich in Erinnerung bringen darf, für das ich die versprochene großzügige Belohnung erwarte.«

»Über den Preis waren wir uns einig«, versetzte Malchion.

Kane schürzte die Lippen. »Die Einzelheiten unseres Geschäftes waren noch nicht bis ins Letzte ausgehandelt«, sagte er unbeirrt. »Hinsichtlich der Wichtigkeit meiner …«

Auf dem Gang vor dem Gemach wurden ärgerliche Flüche laut, dann Schmerzensgeheul. Im nächsten Augenblick flog die Tür auf und krachte gegen die Wand. Den Stiefel noch ausgestreckt, taumelte Teres herein.

»Wo bist du, du fetter Schweinehund?«, brüllte sie. »Welchen geheimen Ausschweifungen gehst du …«

Sie erblickte Kane. »Bei Shenans Titten! Ein Priester ist bei ihm! Dem alten Sauhund wird das Gewicht seiner Sünden wohl zu groß!«

»Still, verdammt!«, zischte Malchion. »Die Tür zu, bevor dein betrunkenes Gesabber uns in Teufels Küche bringt.«

Embroms verkniffenes Gesicht erschien hinter ihrer Schulter. »Herr – sie hat mich doch tatsächlich ins Gemächt getreten!«, stieß er schwer atmend hervor. »Sagt mir, wie soll ich sie davon abhalten, hier hereinzuplatzen, wenn sie …«

»Schon gut. Vergiss es!«, unterbrach ihn Malchion. »Mach diese verdammte Tür zu, und lass sie auch zu! Teres, wenn du schon hier bist, so setz dich und halt's Maul!«

»Der schäbigste Priester, den ich je gesehen habe, ungelogen«, bemerkte Teres, ließ sich auf einen Stuhl fallen und musterte Kane mit kühnem Blick. »Worum geht's?«

Malchion seufzte. »Kane, ich darf dir Teres vorstellen, meine berüchtigte Tochter, wie sie leibt und lebt. Sie wirft den Dolch auch mit der Rückhand.«

»Leck mich doch am Arsch! Gib mir was zu trinken«, forderte Teres. »Eh, Priester, wie steht's damit? Du bist doch kein heiliger Mann, oder?«

»Sie hat die Menschenkenntnis ihres Vaters geerbt. Kane ist – oder vielmehr war, bevor ein blöder Trunkenbold dieses geheime Treffen in die Öffentlichkeit posaunt hat – ein sehr findiger Agent, den ich beauftragte, Selonaris Intrigen auszukundschaften. Inzwischen genießt er das Vertrauen dieses feigen Wunderknaben Dribeck, nachdem er sich, wie er behauptet, schwer dafür ins Zeug gelegt hat, und bevor du dich uns so geschickt angeschlossen hast, wollte er mir gerade Einzelheiten berichten.«

»He, das Zeug schmeckt ja viel besser als das, was du Lian ausgegeben hast«, bemerkte Teres mit einem Schmatzen. »Reich die Karaffe nochmal rüber, Kane, und ich teile mir den Rest mit dir. So einen guten Jahrgang sollte man nicht an einen platzenden Weinschlauch wie meinen Vater verschwenden – der viel betrunkener ist als ich, nur sitzt er mit seinem Riesenwanst viel gerader da, das muss ich eingestehen. Kane, als Pilger gehst du nicht durch. Deine Augen, deine Hände ... du siehst aus, als würdest du den erstbesten Idioten erwürgen, der dich um deinen Segen bittet. In welcher dunklen Gasse hat Malchion dich aufgerissen?«

»Männer meiner Fähigkeiten werden vom Geruch der Schlacht angezogen«, erwiderte Kane ausweichend und betrachtete Teres mit vergnügtem Interesse. »Und dieser Mantel hier dient lediglich dazu, mein Antlitz vor Dribecks Spionen zu verbergen. Die Kapuze eignet sich recht gut dazu. Seid versichert, die Goldgeschenke der Frommen will ich damit beileibe nicht hervorlocken.«

»Oh, ein talentierter Mann weilt unter uns«, spottete Teres.

»Wir sprachen gerade über Dribecks Pläne«, erinnerte Malchion.

Kane schüttelte den Kopf. »Nein. Wir sprachen darüber, was meine Informationen Euch wohl wert sein könnten.«

Malchion knurrte verdrossen. Die Unverschämtheit ärgerte ihn, doch gleichzeitig zollte er Kanes offen zur Schau getragenem Selbstvertrauen Respekt. Der Herr von Breimen hatte einen guten Blick für fähige Leute und überlegte nicht lange, ehe er jemanden in seine Dienste nahm, der ihm nützlich vorkam, was einen Teil zu seinen Erfolgen als Herrscher des am schnellsten aufstrebenden Stadtstaats der Südlande beitrug. Kanes Dienste waren für ihn eine lohnende Investition, und seine Treue war gesichert, insofern sie sich mit Gold kaufen ließ – und das war es, woran jeder Söldner sich hielt.

Mit trunkener Großzügigkeit lenkte er ein. »Du kennst meinen Ruf, Kane. Frag überall, und du wirst hören, dass ich gerecht und großzügig entlohne. Ich bezahle meine Schulden und hole mir das, was man mir schuldet. Für Informationen, die es wert sind, dass ich sie höre, zahle ich gut. Wir haben unseren Pakt bereits geschlossen, aber wenn das, was du erfahren hast, mehr als vereinbart wert ist, so werde ich das zugeben und einen angemessenen Zuschlag bezahlen.«

»So soll es sein.« Kane nickte. »Überall in den Südlanden seid Ihr als Mann bekannt, der jene, die ihm gute Dienste leisten, angemessen entlohnt. Ein Ruf, der mich – wie ich wohl hinzufügen darf – zu Euch geführt hat, als allem Anschein nach ein Krieg bevorstand.«

»Allem Anschein nach?«, schnaubte Teres.

Kane runzelte die Stirn. »Ja. Aber die Unsicherheit ist nun vorbei. Ich kann Euch rundheraus sagen: Es wird Krieg mit Selonari geben. Dribeck plant, seine Nordgrenze zu stärken, indem er die Zahl Eurer dort stationierten Vorposten mindert. Außerdem sieht er in einem großangelegten Eroberungskrieg gegen Breimen das einzige Mittel, seine Autorität in Selonari zu festigen, wo sich schon lange etliche Fraktionen in einen Machtkampf verstrickt haben.«

»Darauf bin ich auch selbst schon gekommen ... und zudem wurde ich von Ossvalt und anderen Beratern darauf hingewiesen«, bemerkte Malchion sarkastisch. »Wertlos.«

»Diesmal handelt es sich nicht um eine Vermutung, sondern um Gewissheit. Dribeck wird sich auch nicht mit einem weiteren Grenzscharmützel zufriedengeben. Ich habe an der Ausbildung seiner Truppen teilgenommen, und er hat klug rekrutiert, freie Söldner ebenso wie Männer aus den Garden des selonarischen Landadels. Seine Armee ist gut bewaffnet und diszipliniert. Lange wird sie sich nicht mit der militärischen Ausbildung und dem Abhalten von Paraden begnügen.«

»Immer noch Kneipengeschwätz. Selonari plustert sich schon seit Jahren ohne Wirkung auf.«

»Dribeck hat nicht vor, noch länger auf Abschreckung zu setzen. Er will über den Macewen setzen und in Breimen einmarschieren. Ich habe eine Menge über seine Absichten erfahren, während ich mich in Selonari aufhielt. Unter anderem bringe ich detaillierte Informationen über Truppen, Bewaffnung, Taktiken ...«

»Was ich durchaus interessant finde. Zumindest die Dinge, die mir meine anderen Spione nicht schon zugetragen haben. Aber das alles ist Teil unseres ursprünglichen Handels, Kane, und kaum ein Grund, dir deswegen meine Schatzkammer zu öffnen.«

»Ich glaube, Ihr werdet feststellen, dass meine Informationen zuverlässiger und weniger öffentlich bekannt sind«, sagte Kane in ruhigem Plauderton und holte zu seinem großen Schlag aus. »Würde ich Euch langweilen, wenn ich Euch sagte, dass Dribeck als ersten Schritt seines Angriffs Ossvalts und Lutwions Ermordung angeordnet hat?«

Malchions rötliches Gesicht erbleichte und entflammte dann von Neuem. Die inzwischen vornübergesunkene Teres riss sich hoch.

»Lutwion! Ossvalt!«, platzte Malchion heraus. »Meinen fähigsten General und meinen klügsten Berater! Ihren Tod plant er!«

Kane nickte bedeutsam. »Die beiden rufen gleichzeitig am allerlautesten nach dem Krieg mit Selonari. Ihr Tod allerdings wird keinen Zusammenhang mit ihren politischen Ansichten erkennen lassen. So beraubt Euch Dribeck ihrer wertvollen Dienste und beseitigt gleichzeitig zwei Männer, die Euch drängen, Schritte zu unternehmen, um seinen geheimen Absichten zu begegnen. Er entwaffnet Euch und wiegt Euch darüber hinaus noch in Sicherheit. Und während Ihr die Hintergründe nicht einmal erahnt, gewinnt er Zeit, die Vorbereitungen für seine Invasion voranzutreiben.«

»Ich sehe, dass die Gerüchte über Dribecks Schlauheit nicht übertrieben sind«, knurrte Malchion. »Aber wie will er das anstellen, ohne dass diese Morde Selonari angelastet werden?«

»Leider konnte ich darüber nur wenig in Erfahrung bringen«, erklärte Kane. »Niemand genießt Dribecks ungeteiltes Vertrauen. Diesbezügliche Fragen wären also ungeschickt gewesen. So weiß ich nur, dass er ihnen einen heimtückischen Tod bescheren will. Es wird keinen Attentäter mit Dolch in der Hand geben, den Ihr fangen und der Folter unterwerfen könnt. Außerdem weiß ich, dass sie in zwei aufeinanderfolgenden Nächten sterben sollen, damit niemand zu sehr von der Häufung der Todesfälle aufgeschreckt wird. Und die Morde sollten bald stattfinden, nachdem ich Selonari verlassen hatte – Dribeck hat die erste Vollmondnacht erwähnt. Das ist heute.«

Malchion fluchte, sprang auf und versuchte, seine vom Wein benebelten Gedanken zu klären. »Heute! Verdammt, Kane! Hättest du mir nicht früher eine Nachricht zukommen lassen können?«

»Ich bin kaum eine Stunde in Breimen«, verteidigte sich Kane. »Hätte ich versucht, auf direktem Weg hierher zu eilen, hätte ich es wahrscheinlich nicht einmal bis zum Fluss geschafft. Hinzu kommt, dass Dribeck in diesem Fall gewarnt gewesen wäre. Er hätte neue Pläne geschmiedet, und ich wäre Euch in Zukunft nicht mehr von Nutzen gewesen. Ich habe darauf gesetzt, dass ich Euch erreiche, bevor die Mörder zuschlagen können. Und ganz offensichtlich bin ich ja noch rechtzeitig gekommen.«

»Aber Ommem allein weiß, wie knapp es geworden ist!«, rief Malchion aus und ging aufgeregt im Zimmer umher.

»Nun, Ossvalt hat sich zusammen mit Lian besoffen, als ich gegangen bin«, erklärte Teres. »Er ist also einigermaßen sicher in unserer Festung. Aber Lutwion ist vor ein paar Stunden zu seinem Gut abgereist. Du hast ein paar zweideutige Kommentare seines frühen Aufbrechens wegen gemacht, wie ich mich erinnere.«

»Dann ist er in der größeren Gefahr«, schloss Malchion. »Ich schicke einen Boten, um ihn zu warnen, und eine Abteilung Wachsoldaten gleich hinterher. Wenn es nicht schon zu spät ist. Um Ossvalt kümmere ich mich persönlich! Setz deine Kapuze auf, Kane! Ich will versuchen, deine Anonymität zu wahren. Da du jedoch dieser Verschwörung näher bist als jeder andere, wirst du dabei sein müssen, bis ich mir sicher bin, wie die Dinge stehen.« Er eilte aus dem Gemach und brüllte nach Embrom.

»Komm mit, ehrwürdiger Pilger«, rief Teres und stützte sich auf Kanes Schulter. »Sehen wir nach, ob Ossvalt einen Priester braucht. Vielleicht fangen wir dabei ein paar Mörder.«

Erregter Glanz leuchtete in ihren Augen, und Kane fragte sich, ob sie etwa doch nicht so betrunken war, wie ihr Schwanken vermuten ließ.

Die letzten Zecher waren müde geworden, und das dunkle, getäfelte Zimmer war verlassen, als Teres mit Kane in die Kulisse ihres verlorenen Wettstreits um das Sklavenmädchen zurückkehrte. Sie eilten weiter, zu Ossvalts Gemächern, wo sie noch vor der Wache ankamen. Unterwegs begegnete ihnen Lian.

»Ossvalt! Hast du Ossvalt gesehen?«, fragte Teres.

»Natürlich«, antwortete Lian und fragte sich, welchen neuen Irrsinn die Tochter seines Herrn mit Ossvalt und diesem düsteren Pilger vorhatte. »Er verträgt eine Menge, aber genügend Wein bringt jedes Schiff zum Sinken. Ossvalt brauchte auf der Treppe ein wenig Hilfe, deshalb geleitete ich ihn zu seiner Koje. Völlig bewusstlos war er, als ich ihn vor ein paar Sekunden verließ, und er schnarchte wie ein brünstiger Bulle.«

»Ist jemand bei ihm?«, wollte Teres wissen.

»Nur seine Träume. Warum? Stimmt etwas nicht?«

»Wir haben gerade von einem Mordplan erfahren. Ossvalt und Lutwion sollen sterben. Wahrscheinlich heute Nacht. Eine weitere Intrige Dribecks! Malchion ist dabei, dem General eine Nachricht zukommen zu lassen, und inzwischen müsste er auch schon Wachen an Ossvalts Seite befohlen haben.«

»Nur keine Sorge«, sagte Lian mit trunkener Sicherheit. »Niemand ging durch jene Tür da hinein, seit ich herausgekommen bin, und von seinen Fenstern geht es gut fünfzig Fuß nach unten.«

»Ein Mörder könnte sich in dem Gemach versteckt gehalten haben«, flüsterte Kane, der bis jetzt geschwiegen hatte.

»Stimmt. Ich habe mir nicht die Mühe gemacht, seine Wandschränke zu durchstöbern«, gab Lian zu. »Wer seid Ihr?«

»Ein Verbündeter von zweifelhaftem Anstand, und mehr musst du nicht wissen«, erwiderte Teres an Kanes Stelle. »Wollt ihr zwei lieber auf die Verstärkung warten, während ich den Mörder aufspüre?«

Teres drängte sich an den beiden Männern vorbei, riss die Tür zu Ossvalts Gemach auf und trat hinein. Kane und Lian folgten dichtauf, Letzterer mit blankgezogener Klinge. Hastige Schritte und das Klirren von Rüstungen kündeten das Nahen von Malchions Soldaten an.

Voll bekleidet lag Ossvalt mit dem Gesicht nach unten auf dem Bett ausgestreckt. Auf ihr Eintreten reagierte er nicht.

»Völlig weggetreten bis morgen früh«, urteilte Lian knapp.

Teres streifte im Zimmer umher und untersuchte argwöhnisch jeden Schatten und Winkel. Der Söldnerhauptmann betrachtete ihre Bewegungen aus wässrigen Augen, dann stieß er mit trunkenem Ernst sein Schwert unter das Bett und kniete nieder, um nachzusehen, ob er womöglich einen Meuchelmörder erwischt hatte.

Kane untersuchte einen Augenblick lang die Fenster. Die steinernen Außenmauern fielen glatt in tiefe Finsternis ab.

»Wie ich gesagt habe: Seine Gemächer sind leer«, verkündete Lian.

Teres befahl mit rauer Stimme: »Lasst die Fensterläden offen, damit dieser ekelhafte Geruch nach saurem Wein entweichen kann.« Die hereindrängenden Wachleute wies sie an: »Hauptmann, drei Männer sollen neben Ossvalt wachen, die übrigen draußen auf dem Gang. Muss ich euch in Erinnerung rufen, was passiert, wenn ihr auf dem Posten einschlaft?«

Kane musterte unterdessen Ossvalt. »Ich dachte, du hättest ihn schnarchend zurückgelassen, Lian?«

Lian zuckte mit den Schultern. »Na und? Er hat sich umgedreht. Man schnarcht nur selten, wenn man auf dem Bauch liegt.«

Kane richtete sich wieder auf. »Noch seltener schnarcht man, wenn man tot ist – wie dieser Mann!«

8. KAPITEL

Tod im Nebel

Eine neblige Nacht. Der Himmel ist so dick bewölkt, als bestünde er aus Schlamm. Selbst der Mond ist darin versunken. Nur diese schmierigen Blitze geben ein wenig Licht, auch wenn es nicht mal richtig donnert«, bemerkte Lutwion, während er aus dem Fenster seines Landhauses blickte. »Also ist es doch eine Nacht für Meuchelmörder, auch wenn der Mond nicht dazu passt. Schon merkwürdig, dass Dribeck keine mondlose Nacht für die Attentate festgesetzt hat. Aber dieser Mann ist genauso unberechenbar wie verschlagen – eine hochgefährliche Mischung, wenn man mich fragt.«

»Verdammt, Lutwion, kannst du nicht von diesem Fenster wegbleiben?«, herrschte Malchion ihn an, der nach einer schlaflosen Nacht und einem bedrückenden Tag nervös und schlechter Laune war. »Was immer Ossvalt getötet hat, es muss durch ein Fenster zugeschlagen haben.«

»Es sei denn, Lian weiß mehr, als er sagt«, warf Kane eisig ein.

»Lian ist vertrauenswürdig, verdammt«, sagte Malchion. »Ich kenne ihn. Er hat nicht den geringsten Grund, sich mit diesem selonarischen Intriganten zusammenzutun. Und deine Rückschlüsse lassen ihn vor Wut schäumen. Halte dich fern von ihm, oder es wird blutig!«

»Wohl kaum für mich«, höhnte Kane. »Ich füge nur Tatsachen zusammen, und wenn Lian sich beleidigt fühlt, so mag er dafür vielleicht seine Gründe haben. Wie ich schon sagte: Dribeck hat mich bei diesem Mordplan nicht ins Vertrauen gezogen. Trotzdem muss ich Euch aber wohl nicht erst ins Gedächtnis rufen, dass seine Methoden hinterhältig sind.«

»Nun, Lian weilt heute Abend nicht bei uns«, warf Lutwion entschieden ein. »Ich kenne den Mann ganz gut. Er ist ein harter Kämpfer, ein fähiger Anführer, und ich vertraue ihm. Doch unter den momentanen Umständen gebe ich zu, dass ich Vorbehalte gehabt hätte, wäre gestern Nacht ein anderer an seiner Stelle gewesen.«

Der breimenische General schob einen Riegel vor die Fensterflügel und wandte sich ab. Seine scharfen Gesichtszüge waren von den Jahren und vergangenen Feldzügen ledrig gefurcht, sein blondes Haar dünn und kurz. Ansonsten war er nicht vom Alter gezeichnet. Seine blauen Augen strahlten und blickten wachsam, in seinem gemessenen Schritt lagen immer noch Schwung, Anmut und zuversichtliche Kraft. Er maß keine sechs Fuß, aber seine überraschend langen Arme und seine robuste, gedrungene Statur wiesen ihn als Mann aus, der seine Kämpfer in die Schlacht führen konnte. Von zwei Fingern seiner Linken fehlte ein Stück.

»Und Ihr, Malchion, jagt mich nicht vom Fenster weg wie eine zänkische Amme«, fuhr Lutwion fort. »Ganz gleich, in welcher Lage man sich befindet, der schlimmste Fehler, den man machen kann, ist, das Gelände nicht zu kennen. Dies ist mein Landhaus, ich kenne mich hier aus. Im Haus, draußen, ja, sogar entlang der umliegenden Straßen sind meine Männer postiert, Männer, denen ich vertrauen kann. Zusätzlich zu den Wächtern, die Ihr mir aufgedrängt habt, mein Lord. Selbst in dieser nebelverhangenen Nacht wird ein Mörder wenig Gelegenheit haben, bis zu mir vorzudringen. Und wenn es doch einer schafft, dann wird er Bewaffnete vorfinden, die ihn anstelle des weinseligen Alten erwarten, dem er letzte Nacht einen ewigen Schlaf beschert hat. Ich hoffe nur, dass wirklich so ein Bursche versucht, zu mir zu gelangen. Möglicherweise kann er uns eine Menge erzählen, bevor wir mit ihm fertig sind. Und was die Fenster angeht ... Sollen sie ihn ruhig in Versuchung führen. Er wird eine schöne Kletterpartie haben.«

»Zu Ossvalts Fenster hinauf war es eine noch schönere Kletterpartie, und das hat ihn auch nicht abgehalten«, murmelte Malchion. »Vorausgesetzt, er hat tatsächlich den Weg durch das Fenster genommen.«

»Ja, falls das so war«, sann Lutwion. »Wir wissen zu wenig. Ich bin immer noch der Ansicht, dass sich der Mörder in Ossvalts Gemächern versteckt hielt. Nachdem Lian sich entfernt hatte, kam er hervor, erstickte den schlafenden Ossvalt und entkam durchs Fenster, mit einem Seil, das er anschließend losriss. Gute Arbeit für jeden versierten Meuchelmörder. Natürlich können wir bei diesem Mord auch Hexerei als Möglichkeit nicht völlig ausschließen, aber ich glaube, dass in diesem Krieg nicht einmal Dribeck die Folgen entfesselter Magie riskieren will. Er weiß, dass die Priester Ommems es ihm in gleicher Münze zurückzahlen können, und den Berichten zufolge bezweifle ich, dass er auf eine derartige Unterstützung durch Shenans Tempel rechnen kann. Gerwein ist ihm nicht freundlich gesonnen, das steht fest.«

»Dafür kann ich bürgen«, versicherte Kane. »Dennoch legt Ossvalts Tod den Verdacht nahe, hier sei Hexerei im Spiel. Niemand wurde beim

Betreten oder Verlassen des Gemachs gesehen. Die Leiche weist keine Male auf, kein Zeichen, dass er sich gewehrt hätte, und gerade das würde man erwarten, selbst wenn man ihn erstickt hätte. Vielleicht hatte der Mörder Zeit, das Bettzeug wieder zu richten, aber Ossvalts Gesicht war nicht blau verfärbt. Seine Gesichtszüge waren sogar entspannt. Hätte ich Euch nicht vor Dribecks Plan gewarnt, so hättet Ihr geschworen, er wäre eines natürlichen Todes gestorben. Und so viel wir wissen, wurde Ossvalt auch nicht vergiftet, denn er hat gemeinsam mit allen anderen gegessen und getrunken.«

»Daran habe ich auch schon gedacht«, bemerkte Lutwion, als sich gerade die Tür öffnete und ein Diener mit einem Tablett hereinkam. Alle hatten sich angespannt, obwohl bedächtig angeklopft worden war. Im Gang dahinter lagen Wächter auf der Lauer. »Und da ich eigentlich nicht gerade faste, wurden die wenigen Bissen, die ich heute gegessen habe, von meinen Köchen vorgekostet. Hier haben wir kalten Braten, Brot und Wein, wenn Ihr möchtet. Ich habe heute Nacht keinen großen Appetit.«

Der Diener wurde von der angespannten Atmosphäre angesteckt. Während er nervös Wein einschenkte, zitterte seine Hand, und als er sich vorbeugte, um Kane etwas anzubieten, stieß er ungeschickt mit der Karaffe gegen einen randvollen Kelch. Die verhüllte Gestalt jedoch hatte die Unsicherheit des Dieners bemerkt, und ihre linke Hand schnellte unter dem Mantel hervor und fing den schwankenden Kelch, ehe er umkippte. Lutwion hob die Augenbrauen angesichts der erstaunlichen Reflexe des Fremden. Mit leise gemurmelten Entschuldigungen stellte der Diener das Tablett ab und zog sich zurück. Kane starrte ihm nach.

»Warum legst du eigentlich diesen Mantel nicht ab, Pilger?«, fragte Lutwion. »Meine Leute sind zuverlässig, falls es dir um die Geheimhaltung geht.«

»Da ist immer noch dieser unbekannte Mörder«, erklärte Malchion. »Ich habe vor, diesen Priester hier weiterhin einzusetzen, um Dribecks Pläne zu bespitzeln. Wird er hier und jetzt erkannt, dürfte seine Rückkehr nach Selonari ungemütlich werden. Deshalb wünsche ich, dass seine Identität geheim bleibt. Dass ich ihn heute Abend an meiner Seite halte, ist ein gewisses Risiko, aber er ist der Verschwörung näher als jeder von uns, ich kann ihn nicht entbehren. Trotzdem suche ich sein Geheimnis zu bewahren, so gut ich kann.«

Lutwion blickte dorthin, wo das Gesicht im Schatten der Kapuze verborgen lag. »Nun«, sagte er lächelnd, »jeder Dummkopf dürfte erkennen, dass er kein Priester ist, aber solange Ihr verhindert, dass er mehr als nötig von sich preisgibt, bezweifle ich, dass irgendjemand mit Sicherheit sagen kann, wer sich mit diesem Mantel tarnt. Ein Spion mitten unter Dribecks Leuten wird im Krieg unbezahlbar sein, und es sieht so aus, als müssten wir Selonari bald zermalmen, nachdem Dribeck nun seine Absichten kundgetan hat. Ein Vorschlag, Priester: Ich würde den Ring da abnehmen. Er ist ziemlich charakteristisch, auch wenn man Euer Gesicht nicht gut erkennen kann.«

»Danke. Ich gebe zu, dass Ihr recht habt«, antwortete Kane. »Aber in der Vergangenheit zeigte es sich, dass mir der Ring Glück bringt, und so neige ich dazu, das kleine Risiko auf mich zu nehmen.«

»Gut. Es geht ja nicht mir an den Kragen. Ah! Irgendetwas hat die Hunde aufgeschreckt! Das will ich mir anschauen!«

Wildes Gebell schlug ihnen entgegen, als sie ins Erdgeschoss des Landhauses eilten. Männer fluchten und schrien durcheinander, Wachtposten riefen einander an. Die Aufregung war laut, aber kurz, denn als Lutwion sich durch den Haupteingang hinausgedrängt hatte und von den blindlings umhereilenden Wächtern einen Bericht verlangte, hatte sie sich bereits wieder gelegt.

Ein vertrautes Lachen begrüßte sie. »Lutwion, dein Anwesen ist miserabel gesichert!«, grinste Teres, wobei die Zähne in ihrem mit Ruß geschwärzten Gesicht aufleuchteten. »Ich bin durch dein ganzes Gesindehaus gekommen und hatte schon ein Fenster aufgebrochen, bis deine Meute meinen Geruch aufgeschnappt hat. Wenn du diesen Kerlen deine Sicherheit anvertraust, wirst du nie bis zum Morgen am Leben bleiben. Dein Hundezwinger ist wohl noch am besten bewacht. Dort solltest du die Nacht verbringen!«

»Ich dachte, du wolltest Lian im Auge behalten«, erinnerte Malchion. Das Lächeln, das er seiner Tochter zuwarf, war voller Stolz.

»Lian ist nur interessant, wenn man seine Begeisterung für Lian teilt. Ich tue das nicht. Außerdem ist er kein Werkzeug Dribecks. Ich dachte, ich komme lieber zu euch heraus und sehe mir an, wie ihr Männer den Mörder einfangt.«

»Mein Herr! Sie hat zwei von unseren Leuten bewusstlos geschlagen!«, beschwerte sich einer von Lutwions Hauptleuten ärgerlich.

»Ein Mörder hätte ihnen die Schädel gespalten. Nächstes Mal werden sie die Augen besser offenhalten, wenn sie auf Wache sind«, schnurrte Teres.

»Tatsächlich? Nun, Osbun sagt, er hätte dich draußen gesehen und angerufen, woraufhin du dich ihm zu erkennen gegeben hättest. Und sobald du bei ihm warst, hast du ihm mit einem Knüppel eins übergezogen.«

»Dann wird er sich nächstes Mal nicht von der Stimme der Obrigkeit hinters Licht führen lassen. Es ist eine finstere Nacht, und ich hätte immerhin verkleidet sein können«, erwiderte sie unbeirrt.

Lutwion befahl seinen Männern, auf ihre Posten zurückzukehren. Dann wandte er sich mit düsterer Miene an Teres. »Ich weiß dein Interesse zu schätzen«, sagte er wenig glaubhaft. Nur sein Stirnrunzeln war durchaus ernst gemeint. »Du hast es geschafft, meine Leute aufzubringen, meine Verteidigungsmaßnahmen preiszugeben, und wir haben genug Aufruhr verursacht, um jeden Mörder nach Selonari zurückzuscheuchen. Oder ihn einzuladen, das Durcheinander zu nutzen und an meinen Wachen vorbeizuhuschen.«

»Zum Teufel! In einem Atemzug beschuldigst du mich, deinen Mörder abgeschreckt und zugleich begünstigt zu haben!«, spottete Teres. Sie nickte Kane zu. »Nun, hier ist Vaters geistlicher Führer ja wieder. Eines Tages werde ich sehen, wie du ohne dieses zeltartige Gebilde aussiehst, Kane. Oh, es tut mir leid«, entschuldigte sie sich gleich darauf mit katzenhafter Verschlagenheit. »Wir versuchen krampfhaft, deine Identität geheim zu halten, und ich plaudere deinen Namen aus. Aber außer Lutwion ist ja niemand in der Nähe, und unser guter General wird sein Wissen wohl nicht missbrauchen.«

Kane fing den spöttischen Blick aus Teres' blauen Augen auf und war einmal mehr über die gefährliche Boshaftigkeit ihrer Einfälle erstaunt. »Auf wessen Seite steht Ihr?«, fragte er sie mit leiser Stimme.

»Aus deinem Munde ist das eine erstaunliche Frage, Pilger«, bemerkte sie mit einem strahlenden Lächeln.

»Da wir schon hier sind, können wir das Anwesen genauso gut absuchen«, entschied Lutwion. »Finden wir unseren Mörder, so kann uns Teres zeigen, wie man richtig mit ihm fertigwird.«

Teres' Auftauchen hatte die Anspannung unter den Männern, die schon seit Stunden auf Dribecks Mörder warteten, abgeschwächt. Malchion behauptete gar, ihre Vorkehrungen hätten dem Mörder einen Strich durch die Rechnung gemacht, da der ursprüngliche Plan ja vorausgesetzt hatte, dass Ossvalts Tod natürlich erscheinen würde und Lutwion somit ahnungslos war. Was, wie Teres hervorhob, nun bedeutete, dass Lutwion nicht wagen konnte, in seiner Wachsamkeit nachzulassen. Der General sprach wenig, da er sich, kaum überraschend, in übler Stimmung befand.

Eine Nacht, die man mit dem drohenden Tod verbringt, scheint endlos lang anzudauern, und paradoxerweise wälzt sich einem neben dem schrillen und unaufhörlichen Geschwätz der Furcht auch die Langeweile ins Gemüt. Doch abgesehen von der wachsamen Haltung, den zu jedem Schatten huschenden Blicken und den oft unbeendeten, zerstreuten Sätzen der Unterhaltung, hätte Lutwion seine Gäste genauso gut in einem gemächlichen Besichtigungsrundgang durch sein Landhaus führen können. Keine verstohlenen Bewegungen wurden sichtbar, keine finsteren Gestalten begegneten ihnen. Die Wächter hatten nur verneinende Antworten auf ihre Fragen.

Unvermittelt blieb der General vor seinem Schlafgemach stehen. »Das wäre der offensichtliche Ort, an dem der Mörder lauern könnte, jedenfalls, wenn ihr die Ereignisse der letzten Nacht richtig ausgelegt habt«, meinte er, an seine Begleiter gewandt. »Als wir das Gemach vor einigen Stunden durchsucht haben, war es leer ... Aber jetzt? Nun, ich habe einen Wächter darin postiert. Wenn der Mörder sein gestriges Spiel zu wiederholen trachtet, wird er sich ein neues Versteck aussuchen müssen.«

Sie wurden nicht aufgefordert, sich zu erkennen zu geben, als sie den Raum betraten. Teres lachte und zeigte zum Bett hinüber. Ein Soldat in Lutwions Livree ruhte darauf.

»Der allmächtige Ommem möge deine Leber rösten, Soldat!«, brüllte Lutwion. »Du hättest dir keinen schlimmeren Posten zum Schlafen aussuchen können! Ich peitsche dich eigenhändig aus, bis die Raben an deinem Rücken picken!«

Der Wächter schlief tief und fest – und er würde auch nie wieder erwachen.

»Tot! Er ist tot wie Ossvalt!«, stieß Malchion erstickt hervor und rüttelte grob an der ausgestreckten Gestalt.

»Es muss erst vor Kurzem geschehen sein«, stellte Kane fest. »Sein Körper ist noch warm und beweglich, nur sein Herz steht still.«

Wegen Lutwions Gebrüll strömten Wachen vom Korridor herein. Mürrisch wies er sie an, die Gemächer gründlich zu durchsuchen, dann schloss er sich der Untersuchung des getöteten Wächters an. Die Bemühungen erbrachten nichts.

Nachdenklich musterte Kane das Fenster. »Die Läden sind sicher verriegelt. Dieses Mal muss sich der Mörder also anderweitig abgesetzt haben. Offensichtlich durch die Tür, in den Korridor hinaus. Aber warum hat er den Wächter umgebracht? Vermutlich wurde der Mörder überrascht. Aber warum gab es keinen Warnruf? Warum sah man den Mörder nicht davoneilen?« Kane zog den Riegel von den Fensterläden zurück.

»Lass die Fenster nur gleich geöffnet, ja?«, bat Teres über die aufgebrachten Mutmaßungen hinweg. »In diesem Raum stinkt es nach Tod, sauer und widerlich.« Ihre Züge erstarrten, als ihr die Erkenntnis dämmerte. »Bei Thoem! Genau derselbe Geruch wie letzte Nacht in Ossvalts Zimmer!«

Die anderen wandten sich mit verwirrten Gesichtern zu ihr um.

»Das kann sein«, sagte Kane und nickte. »Aber auf welche Weise dieser angebliche Todesgestank mit allem anderen verknüpft sein soll, erscheint mir höchst fragwürdig. Ich weiß nicht einmal, ob daran mehr ist als einfach der Geruch, den man erwarten kann, wenn eine Leiche in einem geschlossenen Raum liegt …«

Teres hatte die Fingerknöchel gegen die Zähne gedrückt und betrachtete eingehend den toten Wächter. Sie ließ sich auf die Knie nieder und starrte dem Mann ins Gesicht. »Nein, hier ist etwas!«, stieß sie plötzlich hervor. »Warum sahen beide Männer aus, als würden sie schlafen? Ossvalt mag ja im Schlaf umgebracht worden sein. Aber dieser Wächter hier? Es muss eine Verbindung geben – und hol mich der Teufel, wenn ich sie nicht just in diesem Augenblick sehe!«

Teres riss ihren Dolch heraus und schnitt einen Stoffstreifen aus ihrem schwarzen Hemd. Mehrmals hauchte sie ihn an, dann rieb sie mit dem leicht befeuchteten Stoffstück vorsichtig über die Kissen. Nachdem sie sich wieder erhoben hatte, hielt sie ihn unter eine Lampe und rief: »Ich weiß, wie sie gestorben sind!«

Malchion blickte ihr spöttisch über die Schulter. »Aha, du hast also ein paar Schuppen gefunden.«

»Das sind keine Schuppen, du Trottel!«, schnaubte Teres. »Sieh dir diese winzigen hellen Teilchen genau an! Das sind Giftkörnchen!« Die anderen scharten sich um sie.

»Seht ihr ... Winzige Kristalle sind es! Die Zauberer aus Carsultyal gewinnen ein solches Pulver aus den Wurzeln oder Blüten schädlicher Dschungelblumen. Sie sind Meister der schleichenden Gifte.«

»Was weißt du schon darüber!«, höhnte Lutwion, obwohl sein schweißnasses Gesicht nicht zum Spott verzogen war.

»Vyrel, unser zottelbärtiger Arzt, hat mir einiges geheime Wissen verraten, während ich unter seiner Obhut mit meinem ruinierten Bein das Bett gehütet habe. Er hat eine Zeit lang in Carsultyal studiert, lange genug, um sich ein paar ihrer Geheimnisse und Untugenden anzueignen. Etwas weniger wirksame derartige Zubereitungen hat er mir verabreicht, um anfangs meine Schmerzen zu lindern. Bei Ommem! Was hatte ich da für Träume! Und er hat die Dämpfe aus seinen Pulvermischungen mit einer komplizierten Pfeife eingeatmet, was ihn schlussendlich wohl ins Grab gebracht hat. Jedenfalls erinnere ich mich an den Geruch. Dies muss eine jener tödlichen Zubereitungen sein, mit denen die Zauberer herumspielen.

Der Mörder gelangte in das Schlafzimmer, streute das Pulver über die Kissen und machte sich wieder davon. Ein Schlafender merkt davon nichts, weil die Kristalle so winzig sind und weil nur so wenige ausgestreut wurden … aber sobald sein Gesicht darauf zu liegen kommt, nimmt er das Teufelszeug in seinen Organismus auf, und es beschert ihm einen lautlosen Tod.«

»Sie lösen sich auf!«, rief Lutwion aus und zeigte auf die winzigen, todbringenden Kristalle.

»Sie scheinen ätherisch zu sein«, vermutete Teres. »Sie zerschmelzen an der Luft, ohne eine Spur zu hinterlassen. Nach ein paar Stunden existiert nur noch dieser schwache Geruch.« Vor ihren Augen schrumpften die Kristalle schnell zu feuchten Tröpfchen, die sich vollends zersetzten. »Ich schätze, dass die Hitze der Lampe den Verdunstungsvorgang beschleunigt, genauso wie bei Vyrels seltsamer Pfeife.«

Die anderen nickten geistesabwesend und starrten mit glasigen Augen auf das schwarze Tuch hinab. Teres' Beine knickten ein.

»Die Fenster! Verdammt, reißt die Fenster auf!«, schrie Kane, der sich von der Gruppe entfernt hatte. »Lasst das Tuch fallen, kommt her und atmet tief durch! Die Dämpfe sind stärker, als Euch klar ist!«

Wie Schlafwandler gehorchten sie, wankten mit mühseligen Bewegungen zu den Fenstern. Die Wächter stießen die Läden auf. Gehorsam streckten sie den Kopf in die neblige Nacht hinaus und sogen mechanisch mit tiefen Atemzügen frische Luft ein.

»Als wäre man besoffen … ganz schön besoffen«, murmelte Teres, während ihr Kopf sich langsam wieder klärte.

»Mit dem einen Unterschied, dass Ihr den Kater nicht mehr erlebt hättet«, warnte Kane. »Aber das Geheimnis um den Tod Ossvalts und des Wächters ist damit aufgeklärt. Der Mörder, der das Zimmer offenbar aufsuchte, bevor der Wächter seinen Posten bezog, hat zu viel Gift auf den Kissen ausgestreut, wahrscheinlich, damit genügend Kristalle übrig blieben, bis Lutwion sich endlich hinlegen würde. Die Dämpfe sammelten sich in dem geschlossenen Schlafgemach, und durch die vergiftete Luft wurde der

Wächter schläfrig. Das Bett führte seine schwindenden Sinne in Versuchung. So fiel er in die Todesfalle, die Lutwion zugedacht war.«

»Also war es keine Hexerei«, überlegte Lutwion, der sich ebenfalls wieder erholt hatte. »Falls der Täter kein Gespenst war. Entweder hat er sich zur Gänze unbemerkt an meinen Wachen vorbeigeschlichen, oder mir bleibt nur der unerfreuliche Schluss, dass einer meiner Männer ein Verräter ist.«

Durch die weit geöffneten Fenster drang ein Alarmruf aus den uneinsehbaren Abgründen der Nacht. Ein heiseres Rufen war gedämpft aus der Ferne zu hören. Der Tonfall wurde immer nachdrücklicher. Dann ein wütender Hilfeschrei, auf den gleich darauf ungestümes Gebrüll und stampfende, stiefelbewehrte Schritte zustrebten.

»Meine Herren!«, ertönte ein anonymer Ruf von unten. »Meine Herren! Wir haben ihn entdeckt! Gerade hat so ein Hundesohn versucht, sich an unseren Linien vorbeizudrücken! Er kam aus Richtung des Hauses! Als wir ihn bemerkten, gab er Fersengeld, aber wir sind dicht hinter ihm! Unseren äußeren Kreis wird er nicht durchbrechen!«

»Gute Arbeit!«, brüllte Lutwion und lehnte sich dabei gefährlich weit aus dem Fenster. »Das ist unser Mörder! Fasst diesen Teufel lebend, wenn ihr könnt, aber – Nebel oder nicht – ich möchte, dass er gefangen wird! Ich komme hinunter!«

Mit leuchtenden Augen wirbelte er zu den anderen herum. »Tja, bald werde ich wissen, wer der Verräter ist, vorausgesetzt, der Bursche gehört zu meinen Leuten! Bei Thoem, was für eine düstere Nacht, um einen Mörder zu jagen! Jetzt aber alle Mann hinter ihm her! Dieser schleichende Meuchelmörder muss erwischt werden, bevor er durch mein Netz bricht!«

Sie stürzten in die Nacht hinaus. Lutwion verschwand, begleitet von mehreren Wächtern. Seine scharfe Stimme hallte durch die Dunkelheit und leitete die Suche seiner Leute. Jedoch herrschte trotz aller Befehle und der militärischen Präzision seiner Aufstellung Verwirrung.

Teres trennte sich schnell von den anderen.

Ihre dunkle, enganliegende Kleidung und ihr rußgeschwärztes Gesicht machten sie unsichtbar. Wie eine jagende Wölfin verschmolz sie mit der Nacht. Eine Fackel hätte sie nur verraten. Der Mörder brauchte kein Licht, und sie auch nicht. Locker hielt sie ihr Schwert in der Hand. Ihr Herz raste schwindelerregend vor wilder Anspannung. Vielleicht stand sie noch unter dem Einfluss des Giftes. Ein jählings schemenhaft vor ihr aufragender Söldner entging dem Tod nur um Haaresbreite. Seine Flüche beantwortete sie mit einem Lachen.

Mit tausend unbarmherzigen Kniffen bekämpfte die Nacht sämtliche Bemühungen, ihren Schleier zu durchdringen. Für ihre tödliche Jagd hätte es keine schlimmeren Umstände geben können. Nebel zog in öligen Streifen dahin und berührte die Wangen mit fühlbarem Hauch, kühl wie die Liebkosung einer Leiche. Schreie verloren sich, Stimmen wehten gedämpft und wie aus Fieberträumen heran. Dutzende von bewaffneten Männern huschten wie toll an Teres vorbei, aber niemand war zu sehen. Nebelphantome waren sie, schreckliche Geister, die einen Herzschlag lang ins Blickfeld schossen und sogleich wieder verschwanden. Wie blasse Juwelen schimmerten ihre Fackeln, glühende Flecken aus Spinnenseide in der Nacht, und ihr Licht reichte selten bis auf den Boden hinab.

Der Mond wurde vollständig von Wolken verschlungen, die sich über den Himmel wälzten. Blitze flackerten hin und wieder fahl jenseits dieses Morasts auf und umrissen einen Augenblick lang schwache Muster, die sich grotesk himmelwärts wanden. Dröhnend grollte verspäteter Donner, fern, aber näher kommend, unregelmäßig wie das Knurren eines schlafenden Hundes. Die Suche zog sich in die Länge, dehnte sich inzwischen weiter aus.

Teres fühlte Straßenbelag unter ihren Stiefelsohlen und ahnte den dunkleren Schatten des Gebäudes mehr, als sie ihn sah. Sie hatte das Grundstück, das Lutwions Landhaus umgab, verlassen und war in den sich daran anschließenden Stadtteil vorgedrungen. Noch immer hallten Stimmen durch das zähflüssige Dunkel. Lutwion hatte längs der nahe gelegenen Straßen und Gassen seine Leute postiert. Sein Netz war weit gespannt. Jetzt zog es sich zusammen.

War der Mörder durch die Maschen geschlüpft? Schließlich, erinnerte sich Teres, kannten sie nicht einmal das Gesicht desjenigen, den sie jagten. Wenn er einer der Gefolgsleute des Generals war, konnte er sich dann nicht seinen Verfolgern angeschlossen haben, bis sich eine bessere Möglichkeit zur Flucht bot? Plötzlich erstarrte sie vor Furcht. Hinter ihr gellte ein Schreckensschrei! Ein wahnsinniges Brüllen voll nackter Angst und unerträglicher Qual brach aus der nächtlichen Schwärze hervor. Teres vermochte nicht zu sagen, ob es einer oder mehreren Kehlen entstammte. Nahezu im gleichen Moment, als der abgehackte Ton laut wurde, brach er auch schon wieder ab, mit grausamer Endgültigkeit zum Schweigen gebracht. Und Teres, die geglaubt hatte, sie hätte mehr Mumm in den Knochen als jeder Mann, schnappte schaudernd nach Luft.

Mit in die Lippe vergrabenen Zähnen, sodass der Schmerz sie in die Wirklichkeit zurückholte, kämpfte sie darum, die Panik in ihrem Herzen zu bezwingen. Langsam vertrieb sie das eisige Prickeln aus ihrem Körper, hielt das Schwert wieder ruhig vor sich. Hatte sie es sich nur eingebildet, oder war da tatsächlich das Flackern grünlichen Lichts durch den Nebel gezüngelt, im gleichen Augenblick, als der Schrei sie erreichte? Ein reflektierter Blitz? Oder ein Trugbild ihrer überreizten Sinne? Um sie herum herrschte plötzlich Stille ... und sie schien gar kein Ende mehr zu nehmen. Dann hörte sie ganz in der Nähe schwere Schritte. Sie fletschte die Zähne und hob die Klinge zum Todesstoß.

»Ruhig Blut, Teres! Ich bin's, Kane«, hauchte eine Stimme aus den Schatten, in denen sie kaum etwas erkennen konnte. Teres war in diesem Augenblick allzu erschüttert, sodass sie sich erst später fragte, wie der Fremde sie trotz der Dunkelheit so deutlich hatte sehen können.

»Dieser Schrei«, murmelte sie.

»Kam aus der Nähe ... Dort drüben mündet eine Gasse, glaube ich«, erwiderte Kane. »Ich habe einen Burschen verfolgt, der es eiliger damit hatte, zu verschwinden, als sich der Suche anzuschließen. Vor ein paar Minuten habe ich ihn hier verloren. Ich gab keinen Alarm, weil ich mir dachte, dass er sich aus dem Staub gemacht hätte, bis die anderen herbeigekommen wären. So versuchte ich, ihm den Weg abzuschneiden ... Da hörte ich den Schrei. Wir bleiben besser zusammen, bis wir wissen, was dahintersteckt.«

Ausnahmsweise war Teres froh, Gesellschaft zu haben. Schulter an Schulter bewegten sie sich in jene Richtung, aus der der Schrei gekommen zu sein schien. Männer mit Fackeln hasteten herbei und schlossen sich ihnen an – ihr Licht war es, das die grausige Szenerie beleuchtete, die sie entdeckten.

Vier Männer lagen tot an der Abzweigung. Drei waren Soldaten; der vierte Lutwion.

Ihre Körper waren grotesk verrenkt, als seien sie von einer unvorstellbaren Kraft zurückgeworfen worden. Das Fleisch schien geschrumpft, die Gesichter waren in qualvoller Furcht erstarrte Masken. Es war unnötig, nach einem Puls zu tasten. Auf jedem Körper glomm ein Mal ... Geschwärztes Fleisch und schwelende Kleidung, ein verfilzter, in menschliches Gewebe geätzter Krater, durchzogen von verkohlten Knochensplittern. Ein Schwall geschmolzenes Eisen schien die Männer getroffen zu haben.

»Was führt denn so einen Tod herbei?«, stöhnte jemand.

»Ein Blitz?«, überlegte Teres. »Kann ein Blitzschlag sie getroffen haben? Ich dachte, ich hätte hier einen Blitz aufflackern sehen. Schaut doch – bei diesem Mann ist das Schwert mit dem Arm verschmolzen!«

»Vielleicht war es tatsächlich ein Blitz«, knurrte Malchion grimmig. »Aber das wäre ein zu schöner Zufall zu Dribecks Gunsten! Wahrscheinlicher dürfte sein, dass sich der Feigling für diese Tat der Hexerei bedient hat. Ja, bei Ommem, ich schwöre euch: In Selonari wird man glauben, der Blitz habe in ihre Türme eingeschlagen, wenn ich nach Süden marschiere! Ich werde Dribeck über seinen brennenden Büchern rösten und die Straßen mit dem Blut seiner Leute überschwemmen!«

Er nahm Kane beiseite, sodass nur Teres die knappe Unterhaltung hören konnte. »Begib dich wieder nach Selonari, so schnell du kannst! Ich weiß, dass dein Risiko jetzt dreimal so groß ist, doch wenn du mir in dieser Sache gut dienst, wird die Plünderung dieser Stadt selbst deine Gelüste nach Reichtümern stillen. Besorge mir jede nur erdenkliche Information ... Du kennst ja meine Mittelsmänner vor Ort. Meine Armee wird so schnell zum Macewen marschieren, wie ich sie aufstellen kann, und ich muss jede schmutzige List kennen, die Dribecks hinterhältiger Verstand plant.«

»Ihr werdet bald von mir hören«, versprach Kane. Dann wandte er sich ab und war im nächsten Augenblick schon im Nebel verschwunden.

9. KAPITEL

Die Kriegsadler sammeln sich

Ich sage die Wahrheit!«, versicherte Havern mit beschwörender Stimme. Rotwein spritzte ihm zwischen den fauligen Zähnen hervor, als er einen zu großen Schluck nahm. »Krieg und Plünderei wie nie zuvor wird's geben, ungelogen!«

»Her mit dem Weinschlauch, Schwätzer! Das ist ja eher Sabbern als Trinken«, beschwerte sich Wessa und grapschte mit der heilen Hand danach. »Verdammt ... schon wieder ein Loch! Wir müssen ihn schnellstens leeren!« Er hob den Beutel an die Lippen und trank geräuschvoll, während ein Rinnsal aus dem kleinen Loch ihm über den schmutzigen Bart spritzte.

»Du brauchst nicht sparsam damit umzugehen, guter Wessa. Ich sage dir, bald werden wir so dick und fett sein wie ein hoher Herr nach einer Orgie!« Er hielt inne, um sich in die Finger zu schnäuzen, und hätte beinahe seinen Kumpan getroffen. »Tschuu! Wieder her damit jetzt, Wessa, los.«

»Hier ... Feure dein armseliges Hirn mit weiteren Säuferträumen an«, feixte Wessa und warf den Weinschlauch abermals zu seinem Kumpan hinüber. »Weg von mir, Havern, du fällst doch jeden Augenblick um und reißt mich mit in den Fluss. Bei Thoems Eiern! Sieh dir mal diese Riesenratte da an! Das wird ein Festmahl für uns!«

Er schnappte sich einen Stein vom Flussufer und schleuderte ihn auf die Ratte, verfehlte sie jedoch um mehrere Fuß. »Verdammt! Wenn ich diese Kraft in meinem anderen Arm hätte! Sechs Jahre ist es jetzt her, dass mich der Streitkolben dieses Hundesohns erledigt hat!« Wimmernd lutschte er sich Weintropfen aus den Strähnen seines schütteren Bartes.

»Die Ratte wird mit ihrer ganzen Brut zurückkehren und sich an unseren Knochen gütlich tun wollen«, warnte Havern. »Aber ich sage dir, wir werden uns bald mit Braten und Zuckerwerk vollfressen, Wessa. So viel fressen und saufen, bis uns die Bäuche platzen, genug Frauen, dass wir alle Hände voll zu tun haben, so viele Reichtümer, wie wir huckepack nur fortschleppen können. Und alles für uns, ungelogen! Überall wird davon gesprochen. Der alte Malchion schickt seine Armee mit seinem Miststück von einer Tochter zum Marsch auf Selonari. Er wird dieses Scheißloch niederbrennen, und man wird Beute machen, wie man es nie für möglich gehalten hätte!«

»Kann schon sein, aber bei all dieser Kämpferei kann man auch krepieren«, gab Wessa zu bedenken und holte sich den Weinschlauch wieder zurück. »Im Krieg gibt es kein Mitleid für einen Einarmigen.«

»Dein kranker Arm kann einen Schild halten«, urteilte Havern. »Und wer wird denn schon kämpfen? Wir bestimmt nicht. Wir folgen den Soldaten des alten Wolfs und überlassen denen das Bluthandwerk und das Sterben. Erst, wenn Selonari gefallen ist, treten wir in Erscheinung und bedienen uns. Da ist es sogar sicherer als hier zu Hause in Breimen, denn wenn man jemandem die Kehle durchschneidet, kommt kein Wächter dahergelaufen! Teufel, Wessa, jeder freie Schurke in Breimen wird mitkommen, um sich ein Scheibchen aus der Beute zu säbeln!«

»Nun, ich kann mir vorstellen, dass es schlimmer als jetzt nicht mehr werden kann«, gab Wessa zu. In seine wässrigen Augen trat ein verschlagener Ausdruck.

»Du wirst sehen, das wird die süßeste Titte sein, an der wir je geknabbert haben!«, versprach Havern und wedelte vornehm mit dem schlaffen Weinschlauch.

Eine Weile stolperten sie in nachdenklichem Schweigen an Breimens Flussufer entlang, unterbrochen lediglich von Haverns pfeifendem Husten und dem glucksenden Schmatzen, das ertönte, sooft sie den Schlauch drückten.

»He, da haben wir ja was gefunden, Havern!«, bemerkte Wessa mit zufriedenem Kichern. »Da hat es der Fluss aber gut mit uns gemeint, und wenn wir Glück haben, sind wir die ersten, die ihn entdeckt haben!« Er deutete auf eine dunkle Gestalt, die mit dem Gesicht nach unten im Wasser trieb.

Hastig kletterten sie das steile Ufer hinab und zerrten den Leichnam an Land.

»Da hat jemand eine Teufelei begangen«, rief Havern, während sie die Kleidung des Toten durchwühlten. »Und dieser Jemand hat sich nicht die Mühe gemacht, die Leiche zu beschweren. Deshalb hat die Strömung sie zurückgespült. Ich wusste, dass diese Nacht unter einem guten Stern stehen würde!«

»Er trägt die Livree eines hohen Herrn, aber dieses Messer ist zu gut für einen einfachen Diener ... Und hier wird Gold in einer Börse alt. Schade, dass seine Brust so verbrannt ist, aber vielleicht kann man die Weste noch irgendwie flicken. Möchte wissen, was man ihm angetan hat, dass er auf diese Weise gestorben ist! Scheiße, Havern, sieh dir das Gesicht dieses Hundesohnes an!«

»Hübsch«, bemerkte sein Kamerad. »Weißt du, ich glaube, diese Stiefel werden mir passen.«

10. KAPITEL

Ein Fremder kehrt zurück

Der Wind zerzauste die Mähne des prächtigen Hengstes, und Lord Dribeck entschloss sich, seinem Reittier die Zügel freizugeben, sobald er die Inspektionsrunde beendet hatte. Das Tier wollte traben, und ein flotterer Gang würde sie beide entspannen und die Verkrampfung seiner Eingeweide lösen. Ein kurzer, schneller Ritt über den Kampfplatz und einen Waldpfad entlang – für Dribeck, der ein besserer Reiter war als die meisten seiner Offiziere, war diese Aussicht ein aufheiterndes Zwischenspiel in der Anspannung, die wie die Gewitterwolken des Krieges über Selonari hing.

»Trotz meines großen Respekts vor deinen Fähigkeiten fehlte nicht viel, und ich hätte dich tatsächlich für tot gehalten«, bemerkte er an seinen Begleiter gewandt. »Die Männer, die du bei den Pferden zurückgelassen hattest, berichteten von deinem Verschwinden, und als der kleine Suchtrupp, den ich ausschickte, ebenfalls nicht mehr zurückkehrte, schien es mir bereits, als würde Kranor-Rill ein weiteres Geheimnis in seinen Tiefen einschließen. Aus der Umgebung des Sumpflandes wurde mir berichtet, die Rillyti seien gar bis zum Waldrand vorgedrungen, und außerdem kursieren ungewöhnlich viele Geschichten über seltsame Aktivitäten im Herzen des Sumpfes. Eigenartige Geräusche, unheimliche Lichter werden im Nebel sichtbar, und dergleichen mehr.

Daher rührt wohl auch die enthusiastische Resonanz, nachdem ich an der südliche Grenze neue Truppen rekrutieren wollte. Ach, ich sollte nicht zynisch sein. Das selonarische Volk sammelt sich in der Stadt. Wenn Malchion Selonari einnimmt, macht er unsere Siedlungen dem Erdboden gleich, und unsere freien Bauern werden zu wollendanischen Leibeigenen.«

»Kranor-Rill und seine mörderischen Kinder hätten mich tatsächlich beinahe das Leben gekostet«, gestand Kane ein, der neben Dribeck ritt. Ein Bad, Schlaf und frische Gewänder hatten den grimmigen, schlammbesudelten Fremden, der am vorigen Tag erschöpft nach Selonari geritten war, völlig verwandelt, aber trotzdem wirkte er weiterhin auf eine Weise ausgezehrt, die früher nicht zu sehen gewesen war.

Dribecks besorgte Fragen hatte Kane mit der furchterregenden Geschichte von der verhängnisvollen Expedition zu den verborgenen Ruinen von Arellarti beantwortet. Auch nach einigen Tagen des Suchens war in der im Schlamm versunkenen Stadt nichts wahrhaft Wertvolles ans Tageslicht gekommen. Doch hatten in der Zwischenzeit immer mehr Rillyti das Lager eingekreist, bis man sich, ehe die Horden der Kröten sich zum Angriff entschlossen, gezwungen sah, einen Durchbruch in die Wälder zu wagen. Sobald Kanes Truppe aber die Stadtmauern hinter sich gelassen hatte, geriet sie in einen Hinterhalt und wurde von den erzürnten Geschöpfen ausgelöscht. Mit nur wenigen Schicksalsgefährten war Kane in den Sumpf entkommen, wo er tagelang umhergeirrt war, letzten Endes jedoch die Rillyti und etliche andere Gefahren Kranor-Rills wie auch immer hatte umgehen können … bis er schließlich wieder auf festen Boden gekrochen und nach Selonari zurückgekehrt war. Seinem Ansinnen, ein erneuter Versuch könnte möglicherweise doch noch zu wertvollen Entdeckungen führen, wich Dribeck aus und entgegnete, weitere Männer seien bedauerlicherweise momentan einfach nicht entbehrlich.

»Ich will zugeben, dass ich erleichtert bin, dich wieder an meiner Seite zu haben«, gestand Lord Dribeck ein, als sie an dem wilden Haufen vorbeiritten, in dem die neuen Truppen zum Appell antraten. »Es gab eine Menge zu erledigen, während du fort warst, und, offen gesagt, lege ich Wert auf deine Unterstützung. Shenan weiß, dass ich jede nur erdenkliche Hilfe brauchen kann, soll meine Regentschaft diesen Monat überdauern. In Breimen ist der Wahnsinn ausgebrochen! Gefolgsleute des alten Malchion wurden unter grotesken Umständen ermordet, und der Wolf benutzt dies als letzten Vorwand, um den Krieg zu beginnen. Ich hatte einen Spion in Lutwions Haushalt, der möglicherweise die Wahrheit kannte, die hinter all diesem aberwitzigen Gerede über Hexerei steckt, doch verschwand er ohne eine Nachricht an mich. Malchions Armee steht bereit, um Selonari zu erobern, und mir bleiben nur ein paar Tage, um mich darauf vorzubereiten.

Nun, ich wusste schon seit Jahren, dass es Wollendans blonden Raubgesellen eines Tages in den Sinn kommen würde, Selonari zu schlucken, genau wie die anderen alten Staaten der Nordküste. Den Menschen hier diese Gefahr klarzumachen, ist mir nie richtig gelungen. Die Stadt könnte binnen weniger Tage in Schutt und Asche gelegt sein, aber mein Landadel ist immer noch in diesen kleinlichen, eifersüchtigen Cliquen aufgestellt, und der Tempel weigert sich, Steuern zu bezahlen. Alles, wozu ich Gerwein bewegen konnte, ohne die Angelegenheit zu einem unzeitgemäßen Augenblick zu forcieren, war die ›großzügige Spende‹ der Tempelwache und einiger kleiner Happen ihres gehorteten Reichtums. Wenigstens schickt sie mir gut ausgebildete Soldaten – ich will die tapferen Freien nicht herabsetzen, aber ein Berufssoldat ist immer fünf Laien wert, und Scheiß auf gute Absichten.« Er zeigte auf einen dünnen, narbengesichtigen Offizier, der eine Kavallerieübung leitete – ein Söldnerführer angesichts der Mischung von Herkunftsländern, die unter seinen Männern zu finden war. In den Reihen der dunkelhaarigen Selonari fiel das blonde Haar des großen Mannes auf.

»Das ist Ristkon, Malchions alter Feind, der so nahe wie kein anderer daran war, Breimen den Fängen des alten Wolfs zu entreißen«, erklärte Dribeck mit einigem Stolz. »Ich erfuhr, wohin er sich abgesetzt hatte, nachdem seine Rebellion zusammengebrochen war, und setzte mich mit ihm in Verbindung. Feuer und Flamme war dieser Kerl für die Gelegenheit, sich für seine einstige Niederlage zu rächen. Und – er brachte seine eigene Reiterkompanie mit.«

»Hass ist also stärker als Sippenverbundenheit«, bemerkte Kane. »In ihm habt Ihr einen doppelt wertvollen Verbündeten gefunden.«

»Auch du sollst eine Kompanie befehligen, Kane«, rief Dribeck ihm in Erinnerung. »Bei der Begegnung mit der breimenischen Armee wird die Koordination eine der größten Schwierigkeiten sein, und der Mann, der dieses Durcheinander zu ordnen vermag, wird sich alsbald auf dem Posten meines obersten Stellvertreters wiederfinden.«

»Ich weiß diesen Wink zu würdigen«, sagte Kane mit einem Grinsen. »Der Nutzen einer solchen Beförderung hängt, wie ich meine, von unserem Sieg ab. Immerhin machen sich nur wenige Eroberer die Mühe, einen unterlegenen Fußsoldaten aufzuhängen. Für einen Offizier sieht das anders aus.«

11. KAPITEL

Gewitterwolken des Krieges

Der erste Pfeil flirrte über den Morgenhimmel wie eine jähe Windbö, die einem drohenden Sturm vorauseilt. Ein Baumeister griff sich an die Kehle und fiel von der Brücke, die sich über den Fluss hinausschob. Andere fluchten, als die eisernen Klauen nach ihrem Fleisch schlugen und es mit Kettenhemden aufnahmen. Unerschütterlich rückten Wächter nach vorne und hielten übergroße Schilde vor die Arbeiter. Sie vertrauten darauf, dass ihre leichte Rüstung ihnen vor dem Großteil der Pfeile Schutz bot. Außerdem bildete das schulterhohe Gerüst auf dem Rand der wachsenden Brücke eine zusätzliche Barriere gegen direkten Beschuss.

Vom breimenischen Ufer des Macewen beantworteten zahllose Pfeile den Angriff und prasselten, ohne dass man sah, ob sie ein Ziel fanden, in das dicht bewaldete gegenüberliegende Ufer.

»Nun, wir sind halb über den Macewen gekommen, bevor Selonari eingetroffen ist, um Widerspruch gegen die Überquerung einzulegen«, stellte Teres höhnisch fest und starrte in den dichten Wald hinter der Flussaue. »Dribeck muss in voller Stärke auflaufen, wenn er uns hier aufhalten will. Aber ich kann verdammt nochmal nicht sehen, wie viele Männer er im Augenblick hergebracht hat. Stellt doch bitte diese Brücke fertig, bevor sich seine gesamte Streitmacht versammelt, um uns auf unseren neuen Ländereien willkommen zu heißen!«

Malchion stieß ein unverbindliches Knurren aus, denn er war voll und ganz auf das Vorankommen des Brückenbaus konzentriert. Der Macewen, die inoffizielle Grenze zwischen den Ländereien der beiden Stadtstaaten, entsprang in den Großen Ocalidad-Bergen, wand sich dann nach Südwesten durch die Südlande, um beim Schlangenschwanz das Westmeer zu erreichen, womit er durch dieselbe steile Schlucht floss, die auch den Ablauf aus Kranor-Rill bildete. Breimen und Selonari lagen an Nebenflüssen, dem Clasten und dem Neltoben, welche sich weiter flussabwärts, gut achtzig Meilen von beiden Städten entfernt, mit dem Macewen vereinigten. Außer weit im Norden, an den Ausläufern der Großen Ocalidad-Berge, gab es nur zwei Stellen, an denen man den Macewen zu dieser Jahreszeit sicher furten konnte. Durch Kane war Malchion die Nachricht zugegangen, dass Dribeck seine Armee geteilt hatte, um diese beiden Furten zu bewachen. Daraufhin hatte der Wolf Vorbereitungen getroffen, den Strom an einer anderen, nicht gesicherten Stelle zu überbrücken, wo er sich träge in einem breiten Bett wälzte.

Breimenische Wagen hatten vorgefertigte Teile einer Schwimmbrücke zum Macewen gefahren – Pontons, die geschlossenen Ruderbooten ähnelten, mit breiten Segmenten aus dicken Planken als Belag und Pfählen, die zur Verankerung des Konstrukts ins Flussbett getrieben werden sollten. Im Mondschein waren Baumeister über den Fluss gerudert und hatten stabile Seilstränge an Bäumen des jenseitigen Ufers befestigt. Während Zimmerleute fleißig neue Teile zusammenhämmerten, wurden die bereits fertigen in den Fluss hinabgelassen, entlang der straffen Seile aneinandergereiht und an schrägen, in den Schlamm getriebenen Pfählen festgemacht. Der Bau ging zügig voran, sodass die Brücke im ersten warmen Hauch des Morgengrauens gut drei Viertel des Flusses überspannte.

Dann kündigte der tödliche Gesang der Pfeile die Ankunft von Dribecks Streitkräften an. Da Malchion nicht einschätzen konnte, ob ihr Gegenangriff Wirkung zeigte, befahl er seinen Schützen, das Deckungsfeuer, so gut sie konnten, aufrechtzuerhalten, obgleich das andere Ufer eigentlich außer Reichweite der Bogen lag.

Nach einem anfänglichen Halt ging die Arbeit an der Brücke weiter voran, allerdings wesentlich langsamer, da sich die Arbeiter hinter den Schilden verstecken mussten und dabei noch jene zurück zum Ufer durchreichten, die ein gut gezielter Schuss getroffen hatte.

Teres fühlte, wie ihr Puls sich beschleunigte, als der Geruch des Kampfes an ihre geblähten Nasenflügel drang. Ihr Schlachtross Gwellines stampfte mit den Hufen und schnaubte.

Unter dem leicht gepanzerten Waffenrock trug Teres ein Wams aus gehärtetem schwarzem Leder, das mit polierten Eisenplatten und Schalen aus grauem Metall besetzt war, die ihre Brüste umschlossen. Eine lederne Hose gleicher Machart weitete sich glockenförmig über ihren Stiefeln. Ein eiserner Helm saß auf ihrem Kopf, ließ jedoch ihr Gesicht frei. Teres mied verzierte Ausrüstung. Im Kampf verließ sie sich auf ihre Schnelligkeit und geschmeidige Behändigkeit, um den gegnerischen Vorteil an Körpergröße auszugleichen, und zusätzliches Gewicht betrachtete sie als nutzlose Behinderung. Ihr Kriegsschmuck, so prahlte sie, sei die todbringende Schönheit zuschlagenden Stahls.

»Wenn Dribeck eine zu starke Abwehr sammelt, bevor die Brücke fertig ist, dürfte es Lian einige Schwierigkeiten bereiten, das andere Ufer zu halten«, merkte sie an und reizte Malchion damit. Teres hatte sich dafür ausgesprochen, zuerst die Hälfte der Leute mit einer Fähre überzusetzen, und so beide Ufer zu sichern, bevor mit dem Brückenbau begonnen wurde. So hätte ihrer Ansicht nach Lutwions Rat gelautet. Mürrisch hatte Malchion erklärt, dass er Schlachten auch ohne Lutwions Rat gewonnen hätte und niemanden benötigte, der für den Geist des Generals sprach. Sie führten Belagerungsausrüstung und Proviant mit sich, um Selonari zu bezwingen, und wenn sie den Macewen jetzt überquerten, so sparten sie Zeit. Zusätzliche Boote stellten eine unnütze Last dar. Malchion war davon überzeugt gewesen, in Dribecks Ländereien einmarschieren zu können, lange bevor er seine Armee von den Feldlagern an den Furten zusammenziehen konnte.

Der Wolf fletschte die Zähne. »Noch eine Stunde, dann wird unsere Brücke fertig sein. Lian hat fast zweihundert Leute bei sich, um den Brückenkopf zu verteidigen, und mit denen wird er diesen umherschleichenden Haufen Bogenschützen schon abwehren. Wir werden rechtzeitig drüben sein, bevor Dribeck etwas dagegen unternehmen kann. Zum Teufel, es können sich doch keine fünfzig oder hundert Leute dort im Wald versteckt halten, sonst wären sie längst über Lian hergefallen.« Während er mit einem fast melodischen Zischen Luft durch die Zähne sog, betrachtete er sinnend den Waldrand.

Doch am selonarischen Ufer gab es mehr als nur eine Handvoll Soldaten, die die Armee des Wolfs erwarteten. Wäre auch nur einer von Lians Spähern nach dieser Entdeckung am Leben geblieben, so hätte er vielleicht berichtet, dass Lord Dribeck mit mehr als dreitausend Soldaten kampfbereit im Wald lauerte. Dribecks Späher hatten ihn mit Brieftauben über Malchions Heeresbewegungen auf dem Laufenden gehalten. In einem Gewaltmarsch hatte er seine Armee durch die Nacht geführt und am Macewen in Stellung gebracht, um der breimenischen Invasion zu begegnen.

Als sich die Sonne über den Wall aus Bäumen schob, warf Lord Dribeck seinen blauen Umhang ab und richtete sich in den Steigbügeln auf, um den vordringenden Feind besser sehen zu können. »Der Brückenbau kommt beständig voran, obwohl ihnen meine Bogenschützen die Arbeit schwermachen«, bemerkte er. »Sobald sich der Nebel verzogen hat, wird Malchion versuchen überzusetzen.«

Neben dem Herrn von Selonari brummte Kane bestätigend. Seine langen Finger strichen über die Klinge aus carsultyalischem Stahl, als wolle er deren todbringende Stärke ein letztes Mal liebkosen, bevor die Schneide im Kampf befleckt und stumpf wurde. »Es war eine gut durchdachte List, die Kunde zu verbreiten, Ihr wollet dem Wolf an der Furt gegenübertreten«, lobte er.

»Wer zahlenmäßig unterlegen ist, soll seine Stärke in der Strategie suchen«, zitierte Dribeck. »Obwohl es natürlich am besten ist, in Stärke und Strategie überlegen zu sein. Malchion hatte einfach nicht sonderlich viele Wahlmöglichkeiten, den Macewen zu überqueren. Da er ja eine Belagerung im Sinn hat, musste er in Reichweite einer mit Wagen befahrbaren Straße übersetzen, und das machte es mir leichter, seinen Weg nach Süden genau zu verfolgen.«

Er hielt inne und wischte sich über die Stirn. Wie es ihm vorkam, mochte er ein gewisses Maß an Ruhe bewahren, solange es ihm gelang, dies alles vom intellektuellen Standpunkt aus zu betrachten, eher als taktische Übung denn als tödlichen Kampf. Aber als die Schlacht näherrückte, gestand Dribeck sich ein, dass das Empfinden über die schwachen Fesseln lachte, die ihm der Intellekt anzulegen versuchte. Kane andererseits schien überhaupt keine Anspannung zu verspüren, höchstens wirkte er, wenn überhaupt, ungeduldig. Dribeck zuckte im Geiste die Schultern.

»Ist ein Konflikt unvermeidlich, dann wähle den Kampfplatz selbst«, zitierte er wieder.

Kane lachte leise.

Bei der Planung seines Feldzuges hatte Dribeck von dem eben zum Besten gegebenen Lehrsatz Gebrauch gemacht. Deshalb erwarteten sie nun die breimenische Armee in den Tiefen des Waldes und versuchten lediglich, deren Übersetzen zu verlangsamen, obgleich sie Malchions zögerlichen Vorstoß hätten zurückwerfen können. Doch früher oder später würde der Wolf das andere Ufer erringen, und Dribeck war entschlossen, dass dies zu seinen Bedingungen zu geschehen hatte.

»Strategie ist ein schönes Spiel«, murmelte Kane, »aber richtig brillant wirkt sie meist erst im Nachhinein. Krieg ist keine hochgeistige Wissenschaft, und Stahl und Blut haben schon manche Schlacht entschieden, die nach den Regeln der Logik die Verlierer hätten gewinnen müssen.«

»Deine Worte sind so beruhigend wie das Krächzen eines Raben.« Dribeck hantierte mit einem kleinen Fläschchen. »Trinkst du einen Schluck mit mir?«

Kane nahm das Fläschchen entgegen. »Auf den Sieg«, prostete er lächelnd.

Wie Malchion vorausgesagt hatte, war der Fluss nach Ablauf einer Stunde überbrückt. Am selonarischen Ufer hetzten Lians Männer durch die sporadisch aus dem Hinterhalt schnellenden Pfeile nach vorn, um die letzten Pontonteile festzuzurren. Von gefällten Bäumen mäßig gedeckt, hielten er und seine Männer ihre volle Konzentration darauf gerichtet, den Brückenkopf zu verteidigen. Nachdem ein paar zaghafte Ausfälle zurückgetrieben worden waren, hatte Lian die versteckten gegnerischen Bogenschützen als eine zu geringe Gefahr eingestuft, um vor dem Übersetzen der Hauptstreitmacht einen geballten Vorstoß zu rechtfertigen. Jubel erhob sich unter der leicht mitgenommenen Vorhut, als die Ufer miteinander verbunden wurden.

Teres trieb ihr Pferd zum Flussufer hinab. Beharrlich hatte sie den ersten Vorstoß zu führen verlangt, und Malchion hatte ihr diese gefährliche Ehre nicht missgönnt.

»Folgt mir, ihr dreckigen Hurensöhne«, brüllte sie und schwang ihr Schwert. »Ich führe euch in die Hölle hinab und zum Sieg, und der erste Hundesohn, der sich umdreht, bevor wir Selonari in Brand gesteckt haben, wird meinen Stiefel an der Kehle spüren!«

Die Pontons dröhnten wie Kriegstrommeln unter den Hufen der Rösser. Mit dem donnernden Stiefelstampfen des Fußvolkes, dem Klimpern und Klingeln von Harnisch und Stahl, den heiseren Schlachtrufen der Soldaten und dem wilden Schnauben der Reittiere schwoll der Lärm zu einer rhythmischen Symphonie an. Die Brücke bebte und klatschte aufs Wasser, sodass Wellen sich über der dunklen Strömung ausbreiteten – hielt jedoch unerschütterlich dem Stampfen der Armee auf ihrem Rücken stand.

Malchions Männer marschierten über den Macewen, ein schimmernder Tentakel des Krieges, der in selonarisches Gebiet vorstieß. Aus der geballten Streitmacht am breimenischen Ufer lösten sich die geschlossenen Reihen der Infanterie, während es nur wenige Kompanien mit leichter Kavallerie gab, da die großen Wälder die meisten Kavallerietaktiken ohnehin verhinderten, wodurch den berittenen Soldaten nur eine unterstützende Rolle zukam. Kühne Offiziere ritten oder marschierten neben ihren Leuten, versuchten den Lärm mit Befehlen oder Ermutigungen zu übertönen. Weiter hinten, am Ufer, standen die Wagen mit den massigen Belagerungsmaschinerien und dem Proviant für die Invasionsarmee. Und dahinter wiederum lauerten die Schakale, die Geier – die Horden menschlicher Aasfresser, die nach den Überbleibseln der Schlacht gierten. Nicht einmal untereinander waren sie verbündet.

Knapp ein Viertel der breimenischen Armee hatte übergesetzt, als Lord Dribeck das Signal zum Gegenangriff gab. Aus dem Pfeilschauer wurde übergangslos ein unbarmherziger Todeshagel, der wie dämonischer Wind durch die dichten Reihen fegte. Pferde wieherten schrill und stürzten, wirbelnde Hufe und um sich schlagende Soldaten verstrickten sich ineinander. Das Fortkommen über die Schwimmbrücke geriet ins Stocken, weil das Durcheinander aus den Leibern der Gefallenen und den vom Blut glitschigen Planken der Menschenflut Einhalt gebot.

Die nach wie vor am breimenischen Ufer stationierten Bogenschützen vermochten dem gegnerischen Beschuss nichts entgegenzusetzen, denn auf diese Entfernung konnten sie nur ihre Kameraden treffen. Am Brückenkopf fluchten und starben Männer und kämpften um jede Deckung, die sich vor dem unablässigen Regen eisenbewehrter Schäfte bot.

»Stoßt vor!«, schrie Teres und trotzte dem Tod, der um sie herum niederprasselte. »Brecht durch in den Wald! Hier seid ihr nichts als Zielscheiben! Vorwärts, und ran an diese verdammten Raubgesellen. Rammt eure Klingen in die Wänste der Bogenschützen, dann hören sie auf, uns zu beschießen! Vorwärts, verdammt! Macht Platz, damit eure Kameraden herüberkommen können!«

Mit schützend gegen die Pfeile erhobenen Schilden wogten die breimenischen Soldaten über das Flussufer, über die Aue, und fielen in den dichten Wald dahinter ein. Kriegsschreie gellten in heller Wut, während sie losrannten, um ihren Zorn mit dem Blut des verborgenen Feindes zu stillen.

»Kane! Ovstal! Ivocel! Vorwärts mit euren Kompanien!«, befahl Dribeck, als die breimenische Armee heranstürmte.

Die Reihen der Bogenschützen teilten sich, um Selonaris schwere Infanterie durchzulassen. Sie rückte nach vorne, die Schilde erhoben, Schwerter, Speere, Äxte und Streitkolben bereit. So walzte das Rückgrat von Dribecks Armee heran, um den breimenischen Angriff aufzuhalten. Denn nun, da die Schlacht in den Wald übergriff, waren die Bogenschützen nicht mehr wirksam einzusetzen, außerdem ließ das Gelände keine raffinierte Taktik oder Formation zu. Ein offener Kampf stand bevor, Mann gegen Mann, Stahl gegen Stahl, und über den Sieg würden nun Kraft und Mut entscheiden.

Die feindlichen Linien krachten wie zwei tobende Sturmfronten gegeneinander. Blitze knisterten und flackerten, als Klingen aufeinandertrafen, donnergleich rollte das Echo des unbeseelten Tosens der Schlacht, Stahl klirrte auf Stahl, das Heulen des Todes schwebte über allem. Und der Boden wurde von einem blutroten Regenguss dunkel durchweicht.

Mit blitzendem Schwert und einem wilden Brüllen warf Teres sich in die Schlacht. Gwellines stieg, rollte mit den Augen und blähte die Nüstern, als die Flut des Krieges über ihn und seine Herrin hinwegging. Seine Hufe schlugen aus, zerschmetterten das Gesicht eines Feindes. Teres ließ das Schwert niedersausen und riss es in einem blutigen Sprühnebel zurück. Ein Axthieb fetzte ihr beinahe den Schild aus der Hand. Mit bespornten Stiefeln stieß sie nach den Augen des Gegners, ihre Klinge zuckte vor, und er ging als Blinder in die Hölle ein. Falls jemand Bedenken gehabt hatte, eine Frau zu töten, so verschwanden sie angesichts der Raserei dieser Teufelin. Sie wütete durch die Reihen des Feindes, ihr Schlachtross lenkte sie mit den Schenkeln, obwohl der Hengst wie ein Mensch zu denken schien. Gwellines preschte zwischen den großen Bäumen hindurch, und mancher Selonari blieb von seinen Hufen zermalmt zurück.

Griff jemand sie an, parierte Teres die Schläge mit Schild und Klinge oder wich aus, um mit tödlicher Schnelligkeit zum Gegenangriff anzusetzen. Ihre Soldaten scharten sich um sie, kämpften verwegen an ihrer Seite, und als ein Mann eine zustoßende Klinge von ihrem Rücken fernhielt, tat dessen Mörder seinen letzten Atemzug im Angesicht ihres brennenden Zorns.

Sie stürmten in den Wald hinein, und die Bäume wurden zu riesigen Säulen eines Kriegstempels. Die Opferaltäre waren mehr als voll. Pures Chaos war es, ein verzweifeltes Handgemenge Mann gegen Mann, eine Unzahl von Einzelduellen, von denen der Ausgang der Schlacht abhing. Allerdings gab es in diesem Tumult mitten im Dickicht des Waldes keine Möglichkeit abzuschätzen, welche Armee bereits nach dem Sieg griff.

In einem Augenblick des Innehaltens, während die Schlacht um sie tobte, versuchte Teres festzustellen, wie es um ihre Armee stand. Der ständige Druck, der aus dem Wald nachkam, war der Beweis, dass Dribeck im Schutz der Nacht seine Hauptarmee hergebracht hatte. Doch wie viele Soldaten er in Reserve hielt, das konnte man nicht wissen. Es fiel auf, dass bisher jede Spur der selonarischen Kavallerie fehlte. Als Teres zum Brückenkopf zurückspähte, sah sie, dass die Soldaten des Wolfs die Brücke freigeräumt hatten und jetzt nach und nach herüberkamen. Sobald ihr Vorrücken die Bogenschützen außer Reichweite der Brücke gedrängt hatte – und es wurden schon kaum mehr Pfeile abgeschossen –, würde Malchions Armee zur

Gänze herüberströmen. Dann mochte Dribeck seine gesamten Reserven in den Kampf schleudern, aber er würde die Invasoren kaum zurückwerfen können. Da sich ihm genau jetzt die einzige Gelegenheit bot, ihren Vorstoß zu brechen, nahm Teres an, dass er den größten Teil seiner Armee bereits im Einsatz hatte. Nun, Selonari war nicht stark genug. Mit Teres' Vorhut mochten sie vielleicht, wenn überhaupt, gleichauf sein. Blieb ihr also die Aufgabe durchzuhalten, bis Malchions Hauptstreitmacht herübergekommen war und sie unterstützen konnte, und dann würden sie Dribeck bis nach Selonari zurückjagen! Er konnte froh sein, wenn genügend Männer aus seiner Armee überlebten, um die Tore zu verrammeln.

Sie sah einen Reiter heranpreschen, einen der wenigen, mit denen Dribeck bisher angerückt war – und erkannte Kane. Für den Kampf gerüstet wirkte er noch massiger als in seinem Priesterumhang. Wie ein alter Kriegsgott kämpfte er, sein Gesicht von einem bösen Lachen verzerrt, und in seinen Augen glomm blaues Feuer. Als wären es schwächliche Sklaven, machte er ihre Soldaten nieder.

Verblüfft stellte Teres fest, dass er keinen Schild trug. Stattdessen schwang er einen schweren Streitkolben mit der Rechten, mit dem er parierte und zuschlug, als wäre er mit beiden Armen gleich gut. Für einen winzigen Augenblick begegneten sich ihre Blicke, und selbst auf diese Entfernung fühlte sich Teres durch das kalte Lohen seiner Augen wie gelähmt.

Kane trieb sein Pferd herum und wandte sich einem anderen Teil des Schlachtfelds zu. Teres fragte sich, aus welchen Gründen er seine Maskerade aufrechterhielt ... Vermutlich, um Dribecks Vertrauen zu behalten, aber nach dieser Schlacht würde der Herr von Selonari seine Geheimnisse höchstwahrscheinlich mit den Raben teilen. Vielleicht hatte Kane keine Gelegenheit zum Desertieren gefunden, obwohl er jetzt unter Dribecks Banner auftrat, als sei er der Vorkämpfer dieses Intriganten. Teres kam der Gedanke, dass ihre eigenen Männer Kane gut und gerne niederstrecken könnten, ohne jemals von seiner Rolle als Mittelsmann des Wolfs zu erfahren. Dies allerdings war, wie sie entschied, das Risiko, das Kane zu tragen hatte, und sie fragte sich, ob eine solche Wendung nicht ein Glück wäre.

Noch war jedoch nicht alles Blut vergossen. Sie schob die Gedanken an Kane beiseite und trieb Gwellines nach vorne, wo ihre Soldaten langsam zurückfielen. Männer beider Armeen stoben unter ihrem Ansturm auseinander.

Lord Dribeck saß im Sattel und beobachtete die hin- und herwogende Schlacht mit Besorgnis. Crempras Bogenschützen waren unter dem Vorstoß der Breimener eingebrochen. Er hatte sie zurückgezogen, doch nun fragte er sich, ob er wohl gezwungen sein würde, sie wieder einzusetzen. Er hatte gehofft, sie für eine bessere Gelegenheit zurückhalten zu können. Nahezu die ganze Reserve war jedoch schon im Kampf, nur seine persönliche Leibwache hatte er an seiner Seite gehalten. Wenn noch viele von Malchions Soldaten den Fluss überquerten, würde er Crempras Schützen in der Infanterie einsetzen und auch seine eigene Wache in den Kampf schicken müssen, um zu versuchen, die Invasoren zum Fluss zurückzutreiben. Das wäre dann der letzte Schachzug, der ihm noch blieb, doch wenn seine erste Strategie nicht bald aufging, war es die einzige noch verbleibende Möglichkeit.

Dann weitete sich sein banger Blick, der das gegenüberliegende Ufer hoffnungsvoll absuchte. Verwirrung ergriff Malchions rechten Flügel, der darauf wartete, den Macewen überqueren zu können. Über die kiesbedeckte Aue preschte eine Reiterkompanie heran. Stahl glänzte im morgendlichen Sonnenlicht. Malchions ungedeckte Flanke wurde angegriffen!

Über dem Gebrüll seiner Männer schwang Dribeck sein Schwert und rief triumphierend: »Ristkons Kavallerie! Wir haben es geschafft! Jetzt wird der Wolf merken, dass er mit einem Bein in ein Fangeisen geraten ist! Wenn er entkommen will, wird er es sich abbeißen müssen! Für Selonari, Leute! Unser Stahl kann das Beißen für seine stumpfen Zähne übernehmen! Wir werden diesen gelbbärtigen Räubern zeigen, wie Selonari Diebesgesindel willkommen heißt!«

Er warf den Rest seiner Streitmacht in die Schlacht und setzte damit kühn auf seine Strategie. Denn nachdem festgestanden hatte, wo Malchion den Fluss überqueren würde, hatte Dribeck seine gesamte Kavallerie unter Ristkons Befehl fortgeschickt, um an der nächsten Furt über den Macewen zu setzen. Es war ein Risiko gewesen – ein wahnwitziger Ritt den Fluss hinab, durch die Furt und auf der anderen Seite wieder zurück –, bei dem nur hier und da ein Stück Straße schnelleres Vorankommen gewährte. Seine Bogenschützen hatten das Übersetzen der Soldaten aus Breimen so lange aufgehalten, wie es möglich gewesen war, ohne Malchion über die wahre Größe ihrer Streitmacht in Kenntnis zu setzen. Es war knapp gewesen, aber der erste Teil des Spiels war gewonnen. Den Gewinn aber musste er erst noch einstreichen, und die ungeheure Bestie, die sich in seiner Falle gefangen hatte, mochte sich noch immer als zu groß erweisen.

Doch Malchion, der sich allein mit der Überquerung des Flusses befasst hatte, wurde vom Angriff der selonarischen Reiter völlig überrascht. Verwirrt liefen seine Soldaten am Ufer umher und kamen unter Ristkons

Angriff ins Wanken. Männer schrien und fielen übereinander, stürzten in die Fluten, versuchten, den mörderischen Hufen und den rotgefärbten Klingen zu entgehen. Chaos wogte über das breimenischen Ufer hinweg. Ristkons Männer spalteten die breimenische Armee, die zur Brücke drängte, wie ein Keil einen verfaulten Baumstamm.

Malchion brüllte Befehle, doch niemand hörte darauf. Panik breitete sich aus, sodass die dichten Reihen der Männer sich selbst im Weg standen und seine Überzahl dem Wolf nichts nutzte. Trotzdem wusste er, dass er den feindlichen Reitern zahlenmäßig weit überlegen war. Er konnte sie zerschmettern und die Selonari in den Fluss werfen. Aber zuerst mussten sich seine Leute vom Schock des Angriffs erholen, und Ristkon war nicht auf einer Selbstmordmission.

Unter Ristkons Ansturm prallte die Armee zurück. Die selonarischen Reiter stießen nach und kämpften sich zur Brücke durch. Dort wichen die breimenischen Soldaten erschrocken zurück, unsicher, ob sie sich gegen den Feind an diesem oder am anderen Ufer wenden sollten. Ristkons Männer ritten entschlossen voran und führten einen gewagten Kavallerieangriff auf die Schwimmbrücke aus.

Unter dem Vorstoß seiner Reserveinfanterie hatte Dribeck zwischenzeitlich seine Bogenschützen erneut aufmarschieren lassen. Pfeile bestrichen die hiesige Seite der Brücke und trieben jene breimenischen Soldaten zurück, die ihren Kameraden zu Hilfe zu eilen versuchten. Von Pfeilen niedergemacht, von Hufen zermalmt, die furchterregender waren als die Klingen der Reiter, wurden Malchions Soldaten von der Brücke gefegt. Der Macewen schien gestaut zu werden von reglosen oder ums nackte Überleben kämpfenden Leibern von Menschen und Pferden.

Der Wolf führte seine Armee, um Ristkon über die Brücke zu folgen, als er Dribecks List plötzlich voller Zorn durchschaute. Er und die Seinen würden nicht weit kommen.

Die Nachhut der selonarischen Kavallerie hielt die Verfolger lange genug zurück, und nur wenige Lidschläge darauf waren die mit Öl gefüllten Schläuche aufgeschlitzt, die sie bei sich führten. Minuten später stand die Brücke in Flammen, während an anderer Stelle Selonari auf die Pontons einhackten, auf Schwimmer und Tauwerk. Von einem Atemzug zum nächsten schien die Brücke auseinanderzufallen. Große Teile lösten sich von den Pfeilern und trieben davon, einige versanken, von anderen stiegen Rauchfahnen auf – während auf den Planken eines der Stücke noch etliche Soldaten standen.

Malchions Armee war gespalten, und dem Wolf blieb nur, vor Zorn aufzuheulen. Zu tief war der Macewen an dieser Stelle, um ihn durchwaten zu können. Todesmutige Männer, die ihre Rüstung abgeworfen hatten und hinüberzuschwimmen versuchten, wurden von der Strömung fortgerissen oder erschossen, sobald sie in Reichweite der Bogenschützen kamen. Auch die schnellsten breimenischen Reiter – von denen nicht mehr viele lebten – würden Stunden brauchen, um die Furt zu erreichen und zum Schlachtfeld zurückzukehren, und bis dahin wäre die Sache längst entschieden. Die Brücke erneut aufzubauen, dauerte ebenfalls zu lange, selbst wenn die nötigen Vorräte zur Hand gewesen wären. Verzweifelt schickte Malchion Männer in den wenigen Ruderbooten hinüber, die er dabeihatte, doch sie gerieten sofort unter tödlichen Beschuss, und letztlich fing Selonari alle ab und vernichtete sie.

So blieb Malchion nichts anderes übrig, als mit einem guten Drittel seiner Armee machtlos dazustehen und hilflos Zeuge jener Schlacht zu werden, die sich am gegenüberliegenden Ufer entschied. Es war eine Tortur, die mehr als nur ein paar Männer dazu brachte, sich in den Fluss zu stürzen und ihrem Zorn in dem vergeblichen Bemühen hinüberzuschwimmen, Luft zu machen.

Der Waldboden wurde zu einem wilden Schlachtfeld, die Erde wurde aufgerissen, mit dunkler Nässe bespritzt, mit Tod übersät. Im Spiel der Strategie war der letzte Würfel gefallen. Jetzt tobten die Dämonen des Krieges im Wahnsinn über das Schlachtfeld. Mit der urwüchsigen Wildheit, die nur der sichere Tod entfesseln kann, stürzten sich die Gegner in die Schlacht. Nichts wurde zurückgezogen, nichts zurückgehalten – weder an Männern noch an Wut.

Und in diesem wirren Tanz der Gewalt, dem erderschütternden Getöse der Schlacht, schätzte Teres kühl ihre Lage ab. Durch die Ankunft von Ristkons Kavallerie und Dribecks Reserve waren die breimenischen Eindringlinge stark in der Unterzahl. Wenn sie über die Aue kamen, wurden sie mit Pfeilen eingedeckt, der Vorstoß tiefer in den Wald hinein wurde von Dribecks nachrückenden Truppen zurückgeschlagen, und von hinten beharkten sie die berittenen Selonari, die über die Brücke galoppiert waren.

Die Breimener waren in einem Schraubstock zwischen Wald und Fluss gefangen, und Ristkon trieb ihnen einen Keil durchs Rückgrat. Teres' Armee musste mit aller Macht versuchen, den Schraubstock zu öffnen, sonst würden sie gleich einem Dieb auf der Folterbank zerquetscht werden.

Von seiner Leibwache flankiert, rückte Dribeck vom Waldrand her vor.

Crempra hielt sich an seiner Seite und ermahnte seine Bogenschützen, keinen Pfeil zu verschwenden, die Pfeile aber auch nicht stecken zu lassen, wenn der Konflikt zu tumultartig wurde, um Freund und Feind noch unterscheiden zu können, wie es wohl bald der Fall sein würde. Die Tempelsöldner hatten sich zurückfallen lassen, um einen Wall um die Schützen zu bilden und den verzweifelten Ansturm der breimenischen Armee abzuwehren. Kane und Ovstal kämpften an der Spitze ihrer Kompanien. Sie waren tief in die breimenischen Reihen vorgedrungen. Ristkon tauchte auf – sein silberner Panzer schimmerte, als er mit seiner Kavallerie die breimenische Flanke durchbrach. Die Überlebenden aus der Kavallerie des Wolfs unternahmen den Versuch, sich zum Gegenangriff zu formieren. Nach Dribecks Zählung waren zwei weitere seiner Hauptmänner gefallen, ebenso Diab, der Befehlshaber der Tempelgarde.

Schwerter und Speerspitzen schlugen nach ihm. Die breimenischen Soldaten wollten um jeden Preis durch seine handverlesene Leibgarde an ihn herankommen. Der Tod des Herrn von Selonari konnte das Schlachtenglück noch einmal wenden, und ihre Vorstöße wurden irrsinnig, als es für Breimen immer schlechter stand.

Dribeck begegnete den Angriffen derer, die ihn erreichten, mit beiläufigen Paraden. Er war beileibe nicht der geborene Schwertkämpfer, und er besaß auch nicht die körperliche Kraft, um im Kampf überlegen zu sein. Aber er war schlank und drahtig und geschickt genug, um sich nach vielen Stunden sorgsamer Übung mit seinem Schwertarm Anerkennung zu verschaffen.

Er war sich zwar des doppelten Risikos wohl bewusst, das er einging, indem er sich in diese verzweifelte Schlacht warf. Aber seine Leute erwarteten, von ihm persönlich geführt zu werden. Einem Herrn, dessen Tapferkeit oder Tüchtigkeit im Feld zweifelhaft waren, würden sie nicht nachfolgen. Und wenn er schon sterben musste, so wollte er als Anführer sterben, anstatt sein restliches Leben als Marionette an den Schnüren des Adels zu zappeln, wie es bei seinen Vorgängern gewesen war.

Ein Speer schrammte über seinen Panzer und prallte ab. Dribeck stieß dem Angreifer seine Klinge ins Gesicht. Schreiend stürzte der Soldat auf die Knie, hielt den Speerschaft noch umklammert und stieß damit blindlings nach dem Bauch des Pferdes.

Behände schwang Dribeck sich aus dem Sattel, schlug dem Mann den Arm ab und ließ ihn zuckend am Boden zurück, während schon ein weiterer Feind heransprang. Dribeck fing die Klinge des Gegners mit seiner ab, stieß dann unerwartet vor und schlitzte ihm den Bauch auf. Gerade noch rechtzeitig richtete er sich wieder auf, um den wuchtigen Schlag des nächsten Gegners mit seinem Schild abzufangen. Nach einem schnellen Schlagabtausch rang er auch diesen Angreifer nieder.

Und so ging es weiter. Mehr und mehr wandelte sich die Schlacht zum Handgemenge, immer enger rückten die Kämpfenden zusammen, da die Invasoren aus dem Wald zurück in die Flussaue getrieben wurden. Ristkon hatte die breimenische Armee in zwei ungleiche Haufen zerteilt und in einem wilden Vorstoß den letzten der feindlichen Reiter bezwungen. Der kleinere Teil der breimenischen Krieger war in den Macewen getrieben worden, wo man die Invasoren im aufgewühlten Schlamm des Flussufers niedermachte. Viele versuchten ihre Rüstung und Waffen loszuwerden, um durch die gefährliche Strömung zurückschwimmen zu können. Einige entkamen tatsächlich auf solche Art und Weise. Doch als auch diese Abteilung der breimenischen Krieger aufgerieben war, verließ ihre Kameraden jeder Mut; jene, denen es möglich war, versuchten nun aus dem Kampfgeschehen zu fliehen und in den Wald zu gelangen, wo die Selonari sie noch eine Weile verfolgten.

Dribeck sah, wie Kanes Pferd durch die Attacke eines sterbenden Soldaten stürzte. Geschmeidig glitt der rothaarige Fremde aus dem Sattel, wich dem zusammenbrechenden Tier aus und landete auf den Füßen. Nach Blut dürstende breimenische Soldaten fielen über ihn her, und Dribeck wusste, kein gewöhnlicher Krieger konnte einen solchen Ansturm überleben. Aber Kane war bis ins Herz der feindlichen Horden vorgestoßen – es bestand keine Hoffnung, ihm rechtzeitig zu Hilfe kommen zu können.

Wie ein von Hunden umzingelter Bär stand Kane, und sein Schwert und sein Streitkolben zerschmetterten die Feinde mit verwirrender Schnelligkeit und tödlicher Präzision. Mit roher Kraft schleuderte er die Angreifer zurück, sodass ihn schon bald die Leichen der Gefallenen wie ein Wall umringten, den die übrigen Kämpfer erst einmal kletternd und rutschend überwinden mussten.

Dann schlug ein Wirbel geröteter und starrer Gesichter über Dribeck zusammen, und er konnte keinen weiteren Gedanken mehr an Kane verschwenden. Verbissen wehrte er sich seiner Haut. Seine Garde war dezimiert, die Feinde jedoch ebenfalls. Dennoch warfen sie sich rücksichtslos in den Kampf, um den gegnerischen Anführer zu Fall zu bringen.

Dribecks Schild war gekerbt, sein linker Arm taub von zahllosen Schlägen, und der Schwertarm schmerzte wegen der unausgesetzten Anstrengung. Dieser Schmerz war nicht ganz so erträglich wie die Hiebe und blauen Flecken, die man ihm beigebracht hatte. Er biss die Zähne zusammen, atmete gepresst ein und griff auf seine letzten Kraftreserven zurück, um Klinge und Schild in Bewegung zu halten. Hacken, parieren! Blocken, stoßen!

Wo waren seine Leute? Unerwartet wichen die Gegner zurück, als ein berittener Krieger durch ihre Reihen drängte. Ein Streitkolben zerschmetterte Helm und Schädel eines Breimenen, der schon drauf und dran gewesen war, Dribeck mit seiner Axt den Schild zu entreißen, dann war der Krieger an seiner Seite. Zu erschöpft, um überrascht zu sein, erkannte Dribeck Kane. Er saß auf einem wie auch immer erbeuteten Pferd. Sein muskelstarrender Körper war mit geronnenem Blut besudelt, doch offensichtlich stammte nur wenig davon aus seinen eigenen Wunden. Dribecks Vorstellungskraft scheiterte daran sich auszumalen, in was für einem fürchterlichen Blutbad sich der Mann durch die breimenischen Reihen gekämpft hatte.

Mit Kane kamen etliche selonarische Soldaten – die Schlacht war inzwischen zu einem Mahlstrom geworden, und es war unmöglich, die einzelnen Kompanien und Hauptleute voneinander zu unterscheiden. Sie warfen den breimenischen Ansturm zurück und verschafften Dribeck so Zeit, qualvoll Luft zu holen und sich beißenden Schweiß und Schmutz aus den Augen zu wischen.

Der Versuch, den selonarischen Lord zu töten, war die letzte Hoffnung der Breimener gewesen, und dieser Versuch war gescheitert. Inzwischen scharten sich Soldaten um Dribeck. Die Verluste der Verteidiger hielten sich in Grenzen, und das war größtenteils Crempras Bogenschützen zu verdanken sowie der unhaltbaren Stellung, die Dribecks Vorgehen den Invasoren aufgezwungen hatte. Die selonarische Armee beherrschte das Schlachtfeld. Der Ausgang des Kampfes stand fest.

Obwohl hoffnungslos in der Minderzahl, kämpfte ein Haufen von annähernd hundert breimenischen Kriegern verbissen weiter.

Teres hatte versucht, weiter in den Wald vorzudringen. Sie und ihre Leute waren ganz zuletzt zurückgetrieben und in die Aue gedrängt worden. Dort hatte sie entdecken müssen, dass ihr der Rückweg abgeschnitten war. Dribeck hielt das Flussufer und den Waldrand. Seine Soldaten umringten sie von allen Seiten. Und sollten sie der Falle doch entwischen, gab es auch nichts, wohin sie sich zurückziehen konnten – nur den Fluss, in dem schon zerstückelte Leichen und Ertrunkene trieben, oder die Bäume, unter denen Dribecks Kavallerie jene wenigen verfolgte, die durch das feindliche Waldland fliehen wollten.

Sie bildeten einen Wall aus Schilden und warteten auf den Tod, erschöpft, blutend und dennoch bereit für einen letzten hoffnungslosen Kampf. Schon begann die selonarische Armee gnadenlos wie ein hungriges Wolfsrudel an ihnen zu zerren und auf sie einzuschlagen.

Da befahl Lord Dribeck seinen Leuten unbegreiflicherweise den Rückzug. Nach wie vor umzingelt, nahmen die breimenischen Soldaten den Aufschub zum Anlass, ihre Waffen noch einmal fester zu packen und zu ihren Mördern hinüberzustarren.

Aber Dribeck hatte nicht die Absicht, noch mehr Krieger zu verlieren. Der Verlauf der Schlacht hatte ihm einen anderen Weg geebnet, und kurz entschlossen versuchte er, diesen zu beschreiten.

»Lady Teres!«, brüllte er dem zerzausten Mädchen zu, das auf einem schaumbefleckten Schlachtross saß. »Deine Lage ist hoffnungslos, jeder Dummkopf vermag das zu sehen! Befiehl deinen Männern, die Waffen niederzulegen und sich mir zu ergeben!«

Teres schüttelte den Kopf. Ihre Ohren dröhnten noch von einem Schlag, der ihren Helm verbeult hatte. »Warum ergeben? Haben deine feigen Schakale Angst, sich noch länger breimenischem Stahl zu stellen? Dann mach Platz, gib uns den Weg zum Fluss frei, und ich werde meinen Kriegern befehlen, deinen stolpernden Gossendreck zu verschonen!«

Ärgerliches Murmeln pflanzte sich durch die Reihen der Selonari fort. Einige drängten vor. Scharf befahl Dribeck sie zurück.

»Spar dir dein Draufgängertum, Teres!«, rief er. »Du weißt, wie es steht! Ich gebe dir die Gelegenheit, am Leben zu bleiben. Sei kein Dummkopf, oder ihr werdet alle sterben, noch bevor die Nachmittagssonne nur eine Stunde tiefer steht.«

»Wir sterben lieber mit dem Schwert in der Faust, als auf Shenans Altären oder zum Vergnügen deines feigen Adels geschlachtet zu werden!«, gab sie zurück.

»Glaubst du etwa eurer eigenen Hetze?«, knurrte Dribeck.

Menschenopfer waren seit Generationen offiziell verboten, obgleich er über Rituale, die der Tempel womöglich insgeheim vollzog, nur mutmaßen konnte.

»Ich biete euch euer Leben! Mein Wort darauf! Vor all meinen Leuten schwöre ich, dass all jene, die sich jetzt ergeben, als ehrenvoll aufgegriffene Gefangene behandelt werden! Ihr werdet zu meinen Bedingungen an Malchion ausgeliefert. Bis das so weit ist, wird euch nichts geschehen. Das sind Bedingungen, die eine Armee von Räubern nicht verdient, aber hier erkläre ich, dass dies mein Befehl sein wird! Jetzt entscheide schnell zwischen Leben und Tod, denn meine Bogenschützen werden des Wartens müde!«

Finster betrachtete Teres ihre missliche Lage. Jenseits des Macewen, grausamerweise gut sichtbar, stand der Rest der breimenischen Armee. Hätte sie sich am anderen Ufer des Westmeeres aufgehalten, sie hätte nicht weniger helfen können. Neben ihr standen die letzten ihrer Männer, erbärmlich wenige. Die meisten Offiziere waren gefallen, Lian möglicherweise geflohen. Niemand hatte gesehen, ob er gestorben war.

Teres nannte sich selbst Krieger, und in den Sagas hätten ihre Helden Dribeck ins Gesicht gespuckt und wären mit erhobenem Schwert gefallen. So starb man als Krieger.

Aber Sagas waren für den Abend, wenn die Hofsänger heroische Bilder aus den Schatten der verblichenen Vergangenheit beschworen. Der Tag war schön, klar und sonnig, und kühler Wind aus dem Wald strich ihr sanft über das schweißnasse Gesicht.

Teres wollte nicht sterben. Es wird schon noch andere Schlachten zu schlagen geben, sagte sie sich müde. Und dann gab es da auch noch Kane – ein Rätsel, aber es stand außer Frage, dass er in der Vergangenheit Malchion gedient hatte.

»Also gut, verflucht«, sagte sie mit belegter Stimme. »Ich ergebe mich dir samt meinen Männern. Ich vertraue darauf, dass du Wort hältst, und bin gespannt, ob es etwas wert ist. Gwellines ist ein zu gutes Kriegsross, um mit selonarischen Pfeilen gespickt zu werden.«

12. KAPITEL

Siegesbeute

Nach der Schlacht weinte der Himmel zwei Tage lang. Der niederprasselnde Regen kennzeichnete das Ende des kurzen Sommers der Südlande. In Selonari wurde ein Freudenfest abgehalten, mit zügellosen Ausschreitungen, die das Fest des Frühlingsmondes im Nachhinein wie den Leichenschmaus eines armen Mannes aussehen ließen.

Sieg!

Zumindest für den Augenblick. Durch die Dezimierung seiner Armee arg mitgenommen, hatte sich Lord Malchion nach Breimen zurückgezogen. Nur mehr ein Viertel seiner Männer und den größten Teil des Proviants besaß er noch. Ein erneuter Versuch, den selonarischen Kriegern zum Trotz den Macewen zu überqueren, hätte bedeutet, ein Massaker herauszufordern, denn auch wenn Dribeck Verluste hinzunehmen gehabt hatte, waren seine Kämpfer nun in der Übermacht. Verletzt und vom Verlust seiner Tochter schwerer getroffen, als er sich den Anschein gab, trat der hinkende Wolf seine bedrückende Rückkehr nach Breimen an. Dort plante er, seine Armee wiederaufzubauen und sodann eine zweite Offensive zu wagen. In der Zwischenzeit musste Breimen geschützt werden, für den Fall, dass Dribeck nach Norden zu ziehen und die Stadt anzugreifen gedachte. Das wäre zwar ein ziemlich unüberlegtes Vorgehen gewesen, aber insgeheim hoffte Malchion, dass sich sein Feind zu einer solch vorschnellen und törichten Handlung hinreißen ließ. Den Macewen allerdings würde jetzt niemand mehr überqueren. Der Fluss war angeschwollen und über seine Ufer getreten und schwemmte das Treibgut des Krieges gnädig zu seinem Mündungsdelta am Westmeer davon.

Dribecks siegreiche Armee kämpfte sich durch den Regen nach Selonari zurück. Die Wagen waren bis zum Bersten mit der Kriegsbeute behäuft: Kriegsgerät, Waffen, Ausrüstung; die Tragen mit Verwundeten. Während der Nacht hatten sie ihre toten Kameraden in großen, steinernen Grabhügeln beerdigt und die gefallenen Breimenen geplündert und anschließend dem Fluss übergeben. Auf Dribecks Befehl hin kümmerte man sich um die Verwundeten, selbst um jene des Feindes, auch wenn in einer Schlacht wie dieser Verletzungen meist entweder tödlich oder aber unbedenklich waren. Die Männer auf Patrouille wurden es leid, die wenigen verbleibenden breimenischen Flüchtlinge aufzuspüren. Als Malchions Rückzug zur Gewissheit wurde, kehrte Dribeck mit dem Großteil seiner Armee zurück, um den Sieg zu feiern.

Mit Ruhm und Beute beladen, führten die Soldaten Selonaris beinahe Malchions Drohung aus, die Stadt vollständig zu schleifen. Für jene, die dem Streich des Todes entgehen, ist es berauschend, Seite an Seite mit ihm gekämpft zu haben, sodass das Leben wie eine frisch vermählte Braut scheint, mit der man sich in vollen Zügen vergnügt, bevor der Tagesanbruch den Zauber der ersten Nacht vertreibt.

Trinksprüche auf die Gefallenen wurden ausgegeben, die trauernden Liebchen von den Überlebenden getröstet. Kummer mochte unter all der Fröhlichkeit verborgen liegen, mochte morgen zutage treten, wenn der Wein des Sieges einen herben Nachgeschmack bekam. Doch in der Nacht ihrer Heimkehr gehörte Selonari den Siegern, und völlig zügellos überfluteten sie Straßen und Kneipen.

Teres gab sich zurückhaltend und trank wenig. Die Tafel vor ihr floss über von ausgewählten Speisen, aber ihr Bauchgrimmen würde eine warme Mahlzeit nicht vertreiben. Sie und ihre Leute waren durch Selonaris Straßen geführt und neben der anderen Siegesbeute einer johlenden Bevölkerung präsentiert worden. Abgesehen von den Beleidigungen und den Abfällen, mit denen das Volk um sich geworfen hatte, waren sie jedoch nicht misshandelt worden. Teres' Männer waren irgendwo in Dribecks Kerkern gefangen. Insoweit schien der selonarische Lord gewissenhaft bemüht, sein Wort zu halten.

Ihr war sogar die zweifelhafte Ehre zuteilgeworden, bei Dribecks Siegesmahl dabei sein zu dürfen. Ihrer Waffen und ihrer Rüstung beraubt, saß sie kerzengerade an dem hohen Tisch, wo sie mit ihren von der Schlacht befleckten Kleidern unter den prächtig herausgeputzten Adligen hervorstach. Finster sann Teres darüber nach, ob die Kapitulation klug gewesen war. Wenn jemand dumm genug gewesen wäre, ein Messer in ihrer Nähe liegen zu lassen, hätte sie es an sich gerissen und Dribeck in die vor Stolz gerötete Kehle gestoßen. Aber die Wärter an ihren Seiten waren wachsam – sie übten sich in kühler Zurückhaltung, bewachten sie aber nichtsdestotrotz. Teres nippte an ihrem Wein und tröstete sich mit dem Gedanken, dass Dribeck wenigstens ihren Mut anerkannte und sie nicht als furchtsame weibliche Gefangene abtat, die durch die großzügige Herrlichkeit ihres Geiselnehmers zu demütiger Unterwerfung gedrängt wurde.

Verdammt, das würde ihr allerdings nicht zur Flucht verhelfen. Vielleicht war es besser, ihren Stolz zu schlucken und ein wenig zu winseln ... die Kerle in Sicherheit zu wiegen. Nein, sie würde sich nicht noch weiter erniedrigen. Sollten diese schmierigen Narren doch saufen und vor ihren schlaffen Huren mit ihrer Tapferkeit prahlen! Dribeck würde bald allzu selbstsicher sein, und dann sollte er erfahren, welche Furie er festhalten wollte!

Wieder überlegte Teres, wie sie mit Kane sprechen konnte, ohne Verdacht zu erregen. Der muskulöse Fremde hatte dem Wein scheinbar schon stark zugesprochen – eine grüblerische Gestalt inmitten des Gelächters und der lauten Stimmen. Dribeck hatte mit einem unbedeutenden Flittchen seines Hofes getuschelt, das dann neben Kane geglitten war, wo ihre schlüpfrigen Avancen allerdings nur gedankenlos erwidert wurden.

Teres wünschte, er möge ihr irgendein Zeichen geben, einen Hinweis darauf, dass er ihr helfen wollte. So schrecklich allein, wie sie in der Zitadelle des Feindes war, war dieser mysteriöse Mann der einzige Freund, den sie hatte.

Ihre Tischnachbarn ignorierten sie größtenteils: Dribecks Hauptmänner, die wichtigeren Adligen mit ihren Frauen und eine Dame von hochmütiger Schönheit, die, wie sie erfuhr, Gerwein war, Shenans Hohepriesterin. Sie unterhielten sich in der rauen Sprache der dunkelhaarigen Menschen der Südlande, die sich hier vor der Zuwanderung der Wollendaner niedergelassen hatten. Teres verstand sie gut genug, um dem Gespräch folgen zu können, wenn ihr der Sinn danach stand, aber der Gesprächsstoff war ihr eine Qual.

Dribeck versuchte mehrfach, sie in die Plaudereien einzubeziehen – er sprach fließend Wollendanisch –, doch sie wies ihn zurück. So gaben sich jene, die sie gefangen hatten, bis auf neugierige Blicke damit zufrieden, sie in Würde schweigen zu lassen. Wahrscheinlich betrachteten sie sie ohnehin lediglich als eine weitere Kriegstrophäe, die anlässlich der Feier zur Schau gestellt wurde.

Ein Augenpaar starrte sie in offener Feindseligkeit an: Es gehörte Ristkon, Malchions altem Feind, dem Mörder ihrer Angehörigen, dem Verräter an Breimen – heute noch mehr als früher. Als er die Macht in Breimen hatte an sich reißen wollen, war sie noch ein kleines Mädchen gewesen. Dennoch erinnerte sie sich gut an sein lächelndes Gesicht. Eine Wunde an der linken Wange war stark vernarbt und verzog seinen Mund zu einem freudlosen

Grinsen. Ristkon war ein eitler Jüngling gewesen, mit einem hübschen, mädchenhaften Gesicht und einem schlanken Körper mit der Grazie eines Panthers. Die Entstellung hatte mehr als nur sein Lächeln verschandelt. Nach der missglückten Rebellion hatte man in Breimen angenommen, er sei nach Norden geflohen, um Malchions Zorn zu entgehen. Dribeck musste ihn in einem der berüchtigten Häfen der Nordküste aufgetrieben haben. Voller Abscheu kam Teres zu dem Schluss, dass es ein Zeichen der selonarischen Durchtriebenheit war, wenn sich der Herr der Stadt dazu herabließ, solchen Abschaum anzuheuern.

Im Laufe des Abends wurde Ristkons Blick zusehends kühner und kehrte immer öfter zu ihr zurück. Ein paar Mal hatte er sie spöttisch angesprochen, und sie hatte vorgegeben, seine Beleidigungen nicht zu hören. Immer wieder flüsterte er mit seinen Gefährten, woraufhin diese kicherten oder schallend lachten und ihr nachdenkliche Blicke zuwarfen. Teres sah absichtlich in eine andere Richtung, auch wenn sie sich darum bemühte, etwas von ihrem Geraune aufzuschnappen.

»Teres!«, rief er nach einem dieser geheimen Scherze laut zu ihr herüber. »In all diesen Jahren hörte ich immer wieder die Geschichten von der wilden Teres, dem gefährlichen Wolfswelpen. Als ich dich zum letzten Mal gesehen habe, warst du eine dürre kleine Göre, die sich gern mit den Pagen geprügelt hat und bei Festmählern unter den Tischen herumgekrochen ist, wie ein Hund, der ein paar Bissen ergattern will. Damals konnte ich es also nicht erkennen, und auch jetzt, wo ich dich wiedersehe, bin ich mir nicht ganz sicher: Ich meine, dein Gesicht ist eine hässliche Soldatenfratze, und du bist stämmig genug, um einen Gaunertrupp zu führen, und nach allem, was ich höre, hat man dich noch nie in Kleidung gesehen, die einer Frau auch nur annähernd angemessen wäre. Und jetzt zerbreche ich mir also den Kopf über eine Frage, die du mir hoffentlich beantworten wirst. Bist du wirklich ein Mädchen, das nicht weiß, was sie ist, oder doch nur ein bartloser, widernatürlicher Knabe?«

Teres blickte ihm ins Gesicht und schürzte die Lippen zu unausgesprochener Missachtung. Ihr höhnisches Lächeln äffte seine verzerrten Gesichtszüge nach. An der Tafel wurde es still.

Ristkon errötete, was seine Narbe in einen hellen Streifen verwandelte. »Nun, ich muss Gewissheit haben, Teres«, sagte er bemüht höflich. »Du weißt, zwischen unseren Familien herrscht Blutfehde, und wenn du nun ein Mann bist, so verlangt es die Ehre, dass wir sie mit der Klinge austragen. Stimmt es aber, dass du ein Mädchen bist ... Nun, ein Mädchen kann ich nicht töten. In diesem Fall werde ich mich damit zufriedengeben, dich mit in meine Gemächer zu nehmen und mit dir umzuspringen, wie ich es mit jeder Frau tun würde, die als Siegesbeute erobert wurde.«

Teres' Finger verkrampften sich um den Weinbecher. »Ich wusste nicht, dass du diesbezüglich einen Unterschied machst, Ristkon«, antwortete sie gut hörbar. »Es ist allgemein bekannt, dass du ein geübter Frauen- und Kindermörder bist. Ich nehme also an, dass deine zweifelhafte Ehre auch nicht klarer unterscheidet, wen du mit ins Bett nimmst.«

Die Unterhaltung verstummte endgültig. Das Gelächter an den anderen Tafeln schien Meilen entfernt. Ristkons schiefes Lächeln lag grässlich über seinen angespannten Zügen. Langsam erhob er sich, mit den Händen hielt er die Tischkante gepackt, als wären sie dort verankert.

»Bringt diese störrische Hündin in meine Gemächer!«, würgte er hervor. »Ich werde schon herausfinden, ob unter all dem Dreck und Leder eine Frau steckt!«

»Ristkon, in diesem Hause bin ich der Herr«, fuhr Dribeck dazwischen. »Ich habe mein Wort gegeben, dass den Gefangenen kein Schaden zugefügt wird.«

Der Hauptmann schien das Erste, was ihm daraufhin einfiel, hinunterzuschlucken. Steif nahm er seinen Platz wieder ein und las in den Gesichtern seiner Tischgenossen. Dann sagte er mit boshaftem Lachen: »Ich habe nicht vor, dieser Schlampe, an der wahrlich keine Frau verloren gegangen ist, etwas anzutun. Außerdem verstehe ich nicht, warum Ihr einer Feindin solche Höflichkeit erweist. Ihr wisst, wie sanft der Wolf und sein Welpe mit uns umspringen wollten! Und ich sollte Euch nicht daran erinnern müssen, dass es meine Kavallerie war, welche die Schlacht zum Vorteil wandte. Andernfalls hättet Ihr die Gnade des Wolfs aus erster Hand kennengelernt. Teres ist Kriegsbeute, genau wie jedes andere gefangene Mädchen auch, und ich glaube, dass ich aufgrund meiner Rolle bei diesem Sieg das Recht habe, mir meine Beute auszusuchen. Jedenfalls kenne ich keinen anständigen Herrn, der seinem Hauptmann nach dessen unschätzbar wertvollen Diensten ein kleines Vergnügen missgönnen würde. Es sei denn, er will sich einer feindlichen Hure unbedingt großmütiger zeigen als seinen Kameraden.«

Dribeck runzelte die Stirn. Zahlreiche Anwesende stimmten mit Ristkons Ansicht überein, und er hatte auch nicht ganz unrecht. Dribeck hegte jedoch eigene Pläne, die er nicht gefährden wollte. Andererseits galt es, vor seinen Leuten das Gesicht zu wahren – was sich als Ding der Unmöglichkeit erwies, ob er dem Verlangen seines Hauptmanns nun stattgab oder nicht.

Es war wie ein scharfes Schwert ohne Griff: entweder stand Ristkons Wille über seinem Wort, oder er zeigte sich knausrig bei der Belohnung seiner Gefolgsleute.

Doch einen Ausweg aus dem Dilemma schien es zu geben, und auf den stürzte er sich geschwind. »Ich vergesse deine tatkräftige Hilfe sicherlich nicht«, antwortete er ruhig. »Aber ein Hauptmann sollte seinerseits nicht vergessen, dass sein Herr stets als Erster aus der Beute wählt. Wie es der Zufall nun will, habe ich selbst vor, die Tochter meines Feindes ins Bett zu führen. Es gibt hübschere Weibsbilder und willigere, aber mich erheitert es, diese zähnefletschende Wölfin zu demütigen. Wähle du also eine andere für deinen Spaß, Ristkon, und sei gewiss, dass ich deine Loyalität mit ansprechenderer Beute belohnen werde. Bringt sie einstweilen in meine Gemächer!« Er gab den Wächtern einen Wink, und Teres wurde weggeführt. Im Vorbeigehen warf sie ihm einen verächtlichen Blick zu. Den Rest der grinsenden Menge beachtete sie nicht.

Ristkons höhnisches Lachen folgte ihr. »Aber Ihr lasst uns doch wissen, was für Entdeckungen Ihr macht, oder? Vielleicht solltet Ihr dieser Wölfin gar einen Maulkorb anlegen! Ihr Biss dürfte genauso giftig sein wie ihr Knurren!«

Der wollendanische Abtrünnige schien beschwichtigt, stellte Dribeck fest. Offenbar genügte ihm in diesem Augenblick Teres' Erniedrigung, um seine Rachegelüste zu befriedigen. Und, was Dribeck wichtiger war, es hatte seinen Männern gefallen, wie er die Sache geregelt hatte. Es war ein großer Witz, der zu dieser feuchtfröhlichen Nacht passte. Morgen oder am Tag danach würde der Vorfall nichts weiter als eine belustigende Anekdote sein, und er konnte seine Pläne vorantreiben, ohne dass ihn die Folgen des Abends kümmern mussten.

In einem anderen Flügel der Zitadelle schritt Teres ruhelos durch das Gemach. Zwei tüchtig aussehende Dienstmädchen hielten nervös Wache über sie, vermutlich, um sie notfalls daran zu hindern, die Tür zu verriegeln, denn Dribecks Gemächer befanden sich in den obersten Stockwerken der Burg, und tief, tief unter seinen Fenstern lagen Selonaris gepflasterte Straßen, vom festlichen Lichterschein erhellt. Vor der Tür waren zwei Wachen postiert. Teres hatte nicht die Absicht, wie eine Närrin aus dem Fenster zu springen. Erst wollte sie Dribeck ihre Krallen zeigen, falls er tatsächlich kommen sollte, um seiner Prahlerei Taten folgen zu lassen.

Wütend schaute sie sich in ihrem Gefängnis um. Ein starkes Seil oder etwas Ähnliches könnte ihr eine Flucht durch das Fenster ermöglichen, aber es war unwahrscheinlich, dass Dribeck etwas Derartiges griffbereit hielt. Die Wachen hatten bereits mehrere Waffen entfernt. Vielleicht hatten sie ja eine übersehen, und wenn sie sich insgeheim bewaffnen konnte ... Aber es gab da immer noch die streng blickenden Frauen, die sie bewachten.

Wären ihre Gedanken weniger unruhig gewesen, so hätte sie die Gemächer sicherlich interessant gefunden. Die Einrichtung war stattlich, jedoch nicht übermäßig prunkvoll. Eine männliche Note lag darin, die eine zwanglose, gemütliche Atmosphäre schuf. In einem Alkoven war ein kleines Studierzimmer eingerichtet, die Regale mit Karten und Büchern vollgestopft. Teres schaute sich die Landkarten an, besonders jene, auf der die Südlande abgebildet waren, doch konnte sie nichts von militärischer Bedeutung darauf entdecken. Die Bücher sagten ihr nichts, außer einem, aus dessen Titel sie stockend herauslas, dass es sich um eine Geschichte der wollendanischen Sippen handelte. Ihre Lektüre war weitgehend auf militärische Berichte beschränkt, und sie war der Ansicht, dass alles, was sonst von Interesse war, auch von Schreibern vorgelesen werden konnte. Dribeck war also tatsächlich der Gelehrte, für den die Leute ihn hielten. Widerwillig gab sie zu, dass der Mann auch in wichtigen Dingen nicht ungebildet war. Von seinen kämpferischen Qualitäten hatte sie einiges zu Gesicht bekommen.

Das Bett – ihr Blick kehrte trotz ihres Vorsatzes immer wieder dorthin zurück – war ein Ungeheuer mit Vorhängen, auf der Matratze lagen feine Pelze. Wenn sie nicht anfing, die zahlreichen Truhen und Schränke zu durchwühlen, standen die Aussichten schlecht, eine brauchbare Waffe zutage zu fördern. Nur bezweifelte sie, dass ihre Wächterinnen ihr dabei einfach nur zusehen würden. Auf einem Schränkchen lag eine Reihe filigraner Gegenstände zur weiblichen Körperpflege verstreut, Kleider, Schmuck.

»Das gehört Pentri, der Mätresse des Herrn«, erklärte eines der Dienstmädchen, als sie ihren spöttischen Gesichtsausdruck bemerkte. Teres zuckte mit den Schultern. Sie hatte sich entschieden, solchen Firlefanz zu meiden. Ein Spiegel lag offen da, und geistesabwesend stellte sie fest, dass sie wirklich vor Schmutz starrte. Um sich zu beschäftigen, suchte sie ein Waschbecken und säuberte sich. So unansehnlich war ihr Gesicht auch wieder nicht.

Es gab Gemurmel an der Tür, dann trat Dribeck ein. Er bedeutete den Dienerinnen, sich nach draußen zu begeben. Nach leichtem Zögern näherte er sich Teres.

»So hat der Herr von Selonari also den Mut gefunden, ›die zähnefletschende Wölfin‹ zu demütigen?«, höhnte Teres, darum bemüht, mit ruhiger Stimme zu sprechen, während sie die Entfernung zwischen sich und ihm abmaß. »Betrunkene Lümmel haben mich gelegentlich angegrapscht. Einige von ihnen hatten das Glück, danach noch einen angenehmen Posten zu finden ... als fette Eunuchen im Harem eines fremdländischen Kaisers. Oder soll ich für den verwegenen Krieger in Ohnmacht fallen? Für den prahlenden Sieger, dessen Wort nicht einmal die Luft wert ist, mit der es ausgesprochen wurde.«

Zu ihrer Überraschung ließ sich Dribeck auf einen Stuhl fallen und betrachtete sie mit einem verärgerten Stirnrunzeln. »Verdammt, wollte ich mit einem giftsprühenden Mannweib ringen, so würde ich Gerwein nachstellen. Sie trägt im Bett wenigstens keine Sporen – soweit ich weiß. Ich habe dir mein Wort gegeben, dass dir nichts geschieht, und mein Versprechen steht. Es wäre mir ein Leichtes gewesen, dich Ristkon zu überlassen. Damit hätte ich mir einen problematischen Augenblick erspart. Nun, ich habe es nicht getan, und meinetwegen kannst du heute ganz ohne mein Beisein hier übernachten. Morgen, wenn die Wogen geglättet sind, begibst du dich in die Gemächer, die ich für dich vorgesehen habe, nicht etwa in eine Kerkerzelle. Zum Teufel, hast du wirklich gedacht, ich empfände plötzlich eine überwältigende Lust auf dich? Ristkon wollte dich nur aus finsterer Bosheit, und ich habe mich mit keinem anderen Gedanken eingemischt, als dich vor seiner eigenartigen Rache zu bewahren.«

»Nun, du suchst dir deine Diener selbst aus!«, gab Teres zurück und überlegte, ob dies einer von Dribecks Tricks war, um sie in Sicherheit zu wiegen. Und irgendwoher kam der Drang, ihm seine barsche Abfuhr übel zu nehmen, ein Ansinnen, das ihr selbst widersinnig erschien. »Ich kann verkünden, dass mir der Gedanke, mit dir ins Bett zu steigen, nur minimal weniger zuwider war als die Aussicht auf die Umarmung dieses Verräters. Und am besten zeigst du mir die Heiligkeit deines Wortes, indem du deinen Arsch sofort hier hinausschwingst. Deine Pentri wird schon nach dir lechzen.«

Dribeck stutzte, die Spur eines Lächelns auf den Lippen. »Pentri? Hm. In Breimen geht das Geschwätz von gestern um ... Das kleine Biest langweilt mich inzwischen. Wahrscheinlich ist sie in diesem Moment unten bei Kane. Mein launischer Freund kam mir recht unglücklich vor ohne unmittelbar bevorstehende Schlacht, daher habe ich ihm Pentri geschickt, um seine Melancholie zu lindern.«

»Er braucht nicht lange Trübsal zu blasen«, versetzte Teres hitzig. »Es wird eine weitere Schlacht geben, und zwar bald! Oder hast du wirklich geglaubt, Malchion würde diesen Krieg aufgeben, nur weil er durch deine Heimtücke einen vorläufigen Rückschlag auf sich nehmen musste? Noch bevor der Schnee fällt, wird deine Siegesfeier als bittere Farce erscheinen!«

Dribeck legte vor seinem Gesicht die Finger aneinander, schmiegte das Kinn an die Daumen, die Ellenbogen auf die Knie gestützt. »Vielleicht aber auch nicht«, sagte er und senkte die Hände. »Das ist es, was ich mit dir zu besprechen hoffte. Es besteht wirklich kein Grund, diesen Krieg fortzusetzen. Eure Niederlage muss euch doch davon überzeugt haben, dass es ein Fehler war, Selonari anzugreifen. – Lass mich ausreden!

Breimen hat den größten Teil seiner Armee verloren. Ihr könnt eure Schatzkammer ruinieren, jeden Bauernjungen und jede Ratte aus der Gosse bewaffnen und erneut versuchen, den Macewen zu überqueren ... Dann werdet ihr eine weitere blutige Niederlage erleben. Schon gut. Sagen wir, ihr wäret wirklich siegreich, nachdem euer bester Wurf bereits danebenging. Selonari würde nicht leicht fallen. Also bliebe euch eine dezimierte Bevölkerung, eine bankrotte Regierung, Söldner, die in eurem Land Krawall machen, und euer großer Gewinn wäre ein niedergebrannter Stadtstaat. Und das ist noch das Beste, was ihr gewinnen könntet. Alles deutet aber darauf hin, dass ihr es nie schaffen werdet, den Macewen zu überqueren!

Warum also Krieg? Breimen braucht weder Selonaris Reichtum noch Selonaris Ländereien. Vielleicht ist es wollendanische Tradition, Land nach Belieben in Besitz zu nehmen, aber ihr solltet inzwischen verdammt gut gemerkt haben, dass Selonari kein verschlafenes Örtchen ist, über das ihr einfach hinwegmarschieren könnt, wie deine Landsleute dies vor ein paar Jahren bei den Städten im Norden getan haben. Wenn ihr also unbedingt meint, eure Besitztümer ausweiten zu müssen – eine zweifelhafte Notwendigkeit übrigens –, dann zieht nach Osten. Dort gibt es meilenweit nur Waldland zwischen den breimenischen Grenzen und den Hängen der Großen Ocalidad-Berge. Selonari ist nicht daran interessiert, breimenische Gebiete in Besitz zu nehmen. Wäre das nicht die Wahrheit, so stünde meine Armee noch heute Abend vor euren Toren. Welchen Sinn hat es also, den Krieg fortzusetzen?«

»Krieg ist selten sinnvoll, habe ich gehört«, entgegnete Teres. »Unter anderem steht die Ehre meines Volkes auf dem Spiel ... aber ich bezweifle, dass du überhaupt verstehst, was Ehre ist. Und Selonaris Feindseligkeit gegenüber Breimen ist eindeutig erwiesen. Wir wissen, dass du deine Herrschaft über diesen abgewirtschafteten Hof festigen willst, indem du Breimen überfällst. Warum sonst hast du dir die Mühe gemacht, zwei unserer

Anführer zu ermorden, bevor wir überhaupt daran dachten, zu unserer Verteidigung gegen Selonari zu marschieren?«

»Eure Armee war schon seit Monaten aufgestellt! Und ich schwöre dir, dass diese sogenannten Morde völlig ohne Wissen oder Mitwirkung von Selonari geschehen sind!«

Unsere Spione erzählen da aber etwas ganz anderes, dachte sie und lächelte, weil sie jetzt etwas hatte, womit sie gegen seine im Grunde genommen überzeugenden Argumente vorgehen konnte.

»Nun, ich weiß jetzt, was dein Wort wert ist«, antwortete sie doppeldeutig.

Dribeck blickte sie stirnrunzelnd an. »Gut. Du solltest eine Weile darüber nachdenken, Zeit genug wirst du dafür haben. Ob dein argwöhnischer Verstand das erkennen will oder nicht: Ich habe versucht, in gutem Willen mit dir zu sprechen. Und sollte dich dein Schicksal interessieren ... Nun, ich habe vor, dich und die anderen Gefangenen nach Breimen zurückzuschicken. Ich will dies als Geste guten Willens tun, die einen Friedensvertrag einschließen wird.«

»Zweifellos, damit du weitere Intrigen ausbrüten kannst.«

Er stand langsam auf. »Ich möchte die Nacht nicht damit verschwenden, mit einem tauben Verstand zu streiten. Aber denk darüber nach, davon droht deiner Seele keine Verderbnis. Schlafe darüber. Die beiden Mädchen werden sich um deine Bedürfnisse kümmern.«

An der Tür blickte Dribeck zurück. »Du hast wirklich ein interessantes Gesicht, wenn es sauber ist und man etwas davon sieht«, meinte er.

Teres fluchte hinter ihm her. Die Dienstmädchen stahlen sich wieder ins Zimmer.

Dribeck hatte die übliche männliche Taktik angewandt. Wirf einer Frau Schmeicheleien zu, so wird sie dir jedes Wort glauben. Manche Frauen vielleicht. Der nächste Mann, der ihr Gesicht »interessant« nannte, würde eines schrecklichen Todes sterben!

13. KAPITEL

Die Fänge der Wölfin

Nach Dribecks Aufbruch wurde es Teres leid, in den Gemächern umherzustreifen. Sie schlug die Vorhänge zurück und streckte sich – die Stiefel in die Felle vergraben, den Rücken gegen aufgehäufte Kissen gelehnt – auf Dribecks Bett aus. Trotz der quälenden Müdigkeit in diesen letzten albtraumhaften Tagen hatte sie nur wenig geschlafen. Bei all der Erschöpfung, die an ihr zehrte, waren ihre Nerven zu angespannt, ihre Lage zu ungewiss, um ihr auch nur ein wenig Erholung zu gestatten. Außerdem brachte diese Nacht mit ihrem wüsten Siegesgelage vielleicht eine gute Gelegenheit zu entkommen, die sich später nicht mehr ergab.

Sie legte die Knie aneinander und schlang die Hände darum, um nicht zu sehr in den Kissen zu versinken. Eines der beiden Dienstmädchen ließ sich auf einem Diwan nieder. Das andere saß aufrecht auf einem Stuhl und übernahm, wie Teres bemerkte, die erste Wache. Ihre Dienstmädchen zu ködern war eine ihrer Lieblingsbeschäftigungen.

Mit festem Blick starrte Teres in die Augen des Mädchens. Einen Moment lang erwiderte diese den Blick neugierig, dann senkte sie beunruhigt den Kopf. Teres starrte ihr weiterhin ins Gesicht. Nervös hantierte das Mädchen an ihren Kleidern und suchte nach etwas, mit dem sich ihre Gedanken beschäftigen konnten. Alle paar Minuten jedoch hob sie den Blick, stellte fest, dass Teres sie nach wie vor beobachtete, und schaute wieder beiseite. Schließlich schürzte sie die Lippen und starrte kühn zurück, um das Spiel zu beenden. Teres hielt ihren Blick eine Zeitlang fest, dann schob sie die Lippen zu einem Kussmund nach vorne. Mit rotem Kopf blickte sich das Dienstmädchen hilfesuchend nach ihrer Gefährtin um, deren sanfte Atemzüge verrieten, dass sie schlief.

»Komm und leg dich zu mir«, flüsterte Teres. »Hier ist es gemütlich. Du brauchst nicht die ganze Nacht steif wie ein Wächter auf Posten zu verbringen.«

Das Mädchen errötete erneut und murmelte beunruhigt vor sich hin, jedoch zu leise, als dass Teres es hätte verstehen können. Nervös stand die Dienerin auf und suchte nach Ablenkung.

Teres lächelte schelmisch und begann, zusammenhanglos eine ordinäre Ballade zu singen, die bei den Truppen beliebt war. Dabei übertrug sie einige Verse frei auf ihre gegenwärtige Lage.

Draußen im Korridor rief die Wache jemanden an. Männerstimmen wurden laut. Jemand beharrte auf seinen Befehlen. Ein anderer Mann erklärte, sie sollten ihre Wache beenden, dies gebe ihnen immerhin die Gelegenheit, an der Siegesfeier teilzunehmen. Teres, die mit angehaltenem Atem lauschte, urteilte den gedämpften Geräuschen nach, dass soeben die Wachablösung eingetroffen war. Sie erinnerte sich, dass nur zwei Soldaten im Flur postiert waren, doch mit diesen neuen, ausgeruhten Wächtern standen die Aussichten, an ihnen vorbeischlüpfen zu können, wahrscheinlich weit schlechter.

Verstohlene Schritte kamen näher. Stimmen murmelten vor der Tür. Teres erschauerte nervös, gab ihre Lockversuche auf und erhob sich. Jemand rüttelte an der Tür, und schon schwang sie auf. Teres stockte der Atem!

Drei Männer traten eilig in das Gemach herein: Zwei grobschlächtige Söldner – und Ristkon, dessen verzerrtes Lächeln so garstig war wie die aufgerollte Peitsche, die er über seiner Schulter trug.

Ristkons Helfer zogen Messer.

»Keinen Mucks!«, zischte er den erschrockenen Dienstmädchen zu. »Schreit, und meine Männer werden euch ein Lächeln in die Kehlen ritzen!« Sein erregter Blick wandte sich Teres zu.

Rasch fesselten und knebelten seine Männer die Mädchen und stießen sie in einen Schrank. Dann verließen sie – zögernd, wie es schien – das Gemach.

Aufreizend langsam legte Ristkon sein Schwert und seinen Dolch auf einer kleinen Kommode neben der Tür ab, außer Reichweite der Gefangenen. Schlangenhaft wie die sich abrollende Peitschenschnur schritt er durch den Raum auf Teres zu.

»Vorhin sagte ich, dass ich erfahren will, was für eine Missgeburt das Wolfsjunge wohl ist«, feixte er. »Und ich habe die Erfahrung gemacht, dass eine Peitsche das Zähnefletschen gar mancher Hündin in ein Winseln verwandelt.«

»Hättest du mich nicht besser zuerst von deinen Handlangern fesseln lassen sollen?« Wie Gift spuckte Teres ihm ihre Verachtung entgegen. »Es entspricht doch ganz und gar nicht deinem Ruf, ein derartiges persönliches Risiko einzugehen!«

Die Peitsche züngelte träge zu ihren Stiefeln hin.

»Du wirst sehen, dass meine Peitsche genauso scharf ist wie deine Zunge«, kündigte er gelassen an. »Bald wirst du winseln und vor mir kriechen wie eine gut erzogene Hündin vor ihrem Herrn.«

»Und Dribeck wird über einen Speichellecker, der sich über die Versprechungen seines Herrn hinwegsetzt, ein strenges Urteil fällen«, drohte sie und würgte ihre Panik hinunter, während sie zum Bett zurückwich.

Ristkon stieß ein höhnisches Gelächter aus. »Was kann mein edler Herr schon tun? Meine Leute haben seine Wachen ersetzt. Er und sein hirnloser Vetter sind in die Nacht hinausgegangen, um mit den Soldaten anzustoßen. So wollen sie ihre Gunst gewinnen. Die anderen sind berauscht vom Saufen und Feiern. Es gibt niemanden, der auch nur einen Gedanken an dich verschwendet, und wenn du bald für mich stöhnst, wird das vom Tumult der Nacht verschluckt werden. Und falls der Stolz von Dribecks verhätscheltem Siegespreis morgen ein wenig gebrochen ist, was kann er dann schon zu seinem wichtigsten Hauptmann sagen? Der Narr ist schlau genug, um zu wissen, dass er in diesem Krieg auf meine Reiter angewiesen ist. Glaubst du, er wird sich über das Wohlergehen einer Gefangenen den Kopf zerbrechen oder sich ihretwegen gar mit seinem mächtigsten Verbündeten streiten? Ich sage dir: Er wird lachen und die ganze Angelegenheit vergessen.«

Er trat näher. Sein Gesicht war bleich vor Hass. »Weißt du, dass dieser Schwächling plant, mit deinem Vater Frieden zu schließen? Nachdem er mir für meine Unterstützung den Posten des Statthalters in Breimen versprochen hat! Wie ein Hund wurde ich aus dieser Stadt vertrieben, und wie ein Eroberer werde ich zurückkehren! Und der Wolf und seine großkotzige Familie werden vor meinen Füßen liegen und winseln!«

Die Peitsche zuckte vor und wickelte sich um Teres' Hüften. Der Hieb drang nicht durch das eisenbesetzte Lederwams, dennoch stockte ihr erneut der Atem. Lachend zerrte Ristkon an der Peitsche, sodass sie herumgewirbelt wurde. »Wirst du wohl aus deiner männlichen Lederkleidung steigen, Wölfin? Oder soll ich sie dir von den Flanken schälen?«

Wieder schlug er zu. Teres riss die Arme hoch, um ihr Gesicht zu schützen, und spürte, wie ihre Beine sich ans Bett drückten. Zorn kämpfte gegen ihre Furcht an. Verbissen versuchte sie, ihre Gedanken zu ordnen.

Ristkon kam noch näher und zog dabei an der Peitsche. Teres wehrte sich nicht, als sie stolpernd nach vorn in seine Arme gezogen wurde.

Sein Lächeln wurde lüstern. Er presste sie an seine Brust, seine Rechte hielt noch immer die Peitsche. Sie spürte seinen Atem in ihrem Haar, fühlte, wie rasend sein Herz schlug. »So schnell schon befriedet?«, keuchte er.

Sie legte ihm die Hände um den Rücken. Seine Tänzerstatur war im Lauf der Jahre nicht feister geworden. »Für gewöhnlich braucht ein Herr solch eine Waffe nicht, um eine Dame ihrer Kleider zu entledigen«, murmelte sie verhalten und wagte nicht, in sein Gesicht zu schauen.

»So schnell wandelst du dich zur Dirne?«, fragte er heiser und drückte seine Lippen auf die ihren. Ihre rasche Kapitulation schmeichelte seiner Eitelkeit. Teres schloss die Augen und erwiderte zögernd den groben Kuss. »Meine Wölfin hat ihre Krallen eingezogen ... Oder, was wahrscheinlicher ist, sie malt sich eine List aus! Fürchtest du meine Peitsche? Du hast erst einen Vorgeschmack bekommen.«

»Kein Mann hat mich je gezähmt«, flüsterte Teres. »Die Verschlüsse sind auf dem Rücken.« Sie schmiegte sich an ihn. Die Peitschenschlingen lösten sich von ihren Hüften.

Von Ristkons nach Wein stinkendem Atem wurde ihr schwindlig. In seinem spöttisch verzogenen Gesicht lag selbstgefällige Überheblichkeit. »Vielleicht steckt unter diesen spitzen eisernen Brüsten ja tatsächlich eine Frau«, murmelte er heiser, während er an den Verschlüssen des ledernen Wamses fummelte. »Wir werden es bald wissen. Sei mir schön zu Diensten, Weibsstück. Wenn du mir gefällst, wirst du vielleicht den nächsten Tag erleben, ohne dass man deine Rippen durch den Rücken sehen kann.«

Im Nacken löste sich der letzte Verschluss des Wamses. Gefügig hob Teres die Arme und ließ zu, dass er es ihr über den Kopf zerrte. Darunter trug sie nur ein dünnes Hemd, das ihr in kaltem Schweiß auf der Haut klebte.

»Also doch kein Junge«, stellte Ristkon mit belegter Stimme fest. Seine dünnen Finger strichen ihr über die festen Brüste, doch bevor er sie drücken konnte, schlang sie ihm die Arme um den Hals und zog ihn eng an sich. Er ließ die Peitsche fallen; auf ihrem abgeworfenen Wams kam sie zu liegen. Grob zerrte Ristkon an Teres' Hemd und ließ seine Hände daruntergleiten. Sie seufzte kehlig an seinem Ohr und spürte das Pulsieren seiner Halsschlagader.

Das Hemd wurde ihr über den Kopf gerissen, und während er sie dreist begaffte, nestelten ihre Finger bereits an den Bändern seines Hemdes.

»Bleib einen Schritt zurück«, herrschte er sie an.

Teres nickte demütig. Mit einem Brummen zog er sich rasch das Hemd selbst über den Kopf, argwöhnisch darauf bedacht, dass sie keine Bewegung machte, während ihm das Kleidungsstück kurz die Sicht verdeckte.

Verführerisch lehnte sich Teres gegen den Bettpfosten und öffnete ihre Stiefel. »Nun? Bin ich wirklich eine solche Beleidigung für deine Augen?«, flüsterte sie.

Ristkon machte eine ungeduldige Geste. Ihre Finger fummelten am Hosenbund. Aus halbgeschlossenen Augen beobachtete sie sein Gesicht, ließ die lederne Hose von ihren schlanken Hüften gleiten und trat aus dem zerknüllten Haufen am Boden heraus. Nur noch mit einem kurzen Untergewand bekleidet, bewegte sie sich mit wiegenden Hüften durch das Zimmer. Ristkons Blicke brannten auf ihrem Körper, doch sie behielt ihr Lächeln bei.

Er versuchte, sie zu umarmen, sie lachte nur und berührte ihn am Gürtel. Ihre Finger strichen über seinen straffen Bauch, dann öffneten sie den Verschluss. Mit einem plötzlichen Ruck riss sie ihm die Hose bis zu den Knien herunter.

»Deine Stiefel«, keuchte sie schwer atmend.

Ungeduldig fingerte Ristkon an seiner Kleidung herum. »Bleib zurück!«, murmelte er und mühte sich hektisch mit Stiefeln und Hose ab.

Dieses Mal jedoch wich Teres nur einen halben Schritt weit zurück. Sie hakte die Finger in den Bund ihres Untergewands und begann, den dünnen Stoff abzustreifen. Lüstern beobachtete Ristkon, wie sie ihre Scham entblößte. Unbeholfen beugte er sich vor, halb in der Hocke und noch immer blindwütig mit der hinderlichen Hose beschäftigt, die sich widerspenstig um die Stiefel geschlungen hatte. Ohne einen Gedanken an die Folgen zu verschwenden, riss Teres ihr Knie nach oben und schmetterte es ihm mitten ins vorgereckte Gesicht, rammte brechende Zähne tief hinein in weiches Fleisch.

Viel zu überrascht, um seinem Schmerz und seiner Wut mit mehr als nur einem erstickten Aufschrei Luft zu machen, kippte Ristkon nach hinten, die Beine noch immer in den Kleidern verstrickt. Sein Schädel krachte auf den Fußboden. Bevor er sich von dem betäubenden Aufprall erholen konnte, war Teres über ihm.

Sie riss die am Boden liegende Peitsche hoch – Zeit, Ristkons Schwert zu erreichen, blieb ihr nicht. Sie rammte ihm die Knie in die Brust; blutroter Schaum blubberte zwischen den zerschlagenen Lippen des Mannes. Mit einem Ruck schlang sie ihm die Peitsche um den Hals und würgte sein wütendes Gebrüll ab.

Ristkon wand sich verzweifelt und versuchte, sie abzuwerfen. Aber in Teres' gertenschlankem Körper steckte unverwüstliche Kraft. Hinzu kam, dass sie in den Feinheiten des Nahkampfes geübt war. Verbissen kämpfte sie, um sich auf ihm zu halten, und jeder Funke von Scham und Wut verstärkte ihren Würgegriff noch. Tief grub sich der Peitschenriemen in seinen fleckigen Hals, während sie gnadenlos die improvisierte Garotte enger zog. Mit den Knien hielt sie Ristkons Schultern am Boden, aber seine Beine schlugen wild um sich, immer noch mit der Hose an den Knöcheln. Dadurch wurde das Trommeln seiner Fersen gedämpft, und bald ließ das verzweifelte Hämmern nach.

Teres' Hände bebten, als sie von ihm abließ. Ekel wallte in ihr empor, während sie einen Augenblick sein violett angelaufenes Gesicht betrachtete. Sie erhob sich. Der Raum um sie herum flimmerte, obgleich ihr Verstand mit kühler Klarheit arbeitete.

Der Kampf war größtenteils still abgelaufen, und sollten doch irgendwelche Geräusche durch die Tür gedrungen sein, mussten Ristkons Wachen angenommen haben, ihr Anführer sei nunmehr zum Liebesspiel übergegangen.

Vielleicht war es möglich, die Tür zu versperren ...?

Und was dann? Dribeck konnte in jeder nur erdenklichen Art auf den Tod seines Hauptmanns reagieren. Bestenfalls würde sie weiterhin seine Gefangene bleiben. Teres sackte auf dem Bett zusammen und nagte, während sie ihre Lage überdachte, an ihrem bevorzugten Knöchel. Ristkons Auftreten hatte alles völlig verändert. Falsche Wächter standen draußen vor der Tür. Ristkons Waffen lagen in greifbarer Nähe, die beiden Aufpasserinnen waren gefesselt und hilflos. Und die ganze Stadt war heute Nacht außer Rand und Band. Ristkons Worten zufolge war die Zitadelle betrunkenen Zechbrüdern überlassen. Ihre Chancen würden niemals besser stehen ... falls sie lebend an Ristkons Schergen vorbeizukommen vermochte.

Ein Plan nahm Gestalt an. Er war riskant, doch sie war es leid, Dribecks Siegesbeute zu sein. Eine Verkleidung mochte ihr bei ihrer Flucht behilflich sein.

Rasch trat sie an den Schrank, in dem Pentris Sachen aufbewahrt wurden, und wühlte eifrig darin herum. Wenn die Selonari sie nur als grobschlächtigen Jüngling in fleckiger Kämpferkluft kannten, mochte es vielleicht ganz sinnvoll sein, die Kleidung zu wechseln. Unglücklicherweise hatte Pentri nur wenige brauchbare Kleidungsstücke zurückgelassen, und Teres wagte nicht, eines der Dienstmädchen zu befreien, um sich deren Gewänder zu borgen. Jeden Moment, beim geringsten Anzeichen, dass etwas nicht stimmte, konnte einer der Wächter die Tür aufreißen, um nach dem Rechten zu sehen.

Mit flinken Bewegungen wischte sie sich Schweiß und Schmutz vom Körper und bemerkte dabei die roten Striemen, die ihr die Peitsche beschert hatte, sowie die halb verheilten Kratzer und blauen Flecken, die sie bei der Schlacht am Macewen davongetragen hatte. Nun, heute Nacht würden sie niemandem auffallen. Schließlich fand sie ein Kleidchen und einen Gürtel, die locker an ihrem dünnen Körper hingen – extravagante Stücke aus Silberdraht und flammend rot getönter Seide, in denen sie sich wie eine Tänzerin in einer Schenke fühlte. Ein grünes, mit Pelz besetztes Seidenneglige darüber kam normaler Straßenkleidung noch am nächsten. Teres ließ es über ihre Schultern gleiten, dann schaute sie in den Spiegel. Sie runzelte die Stirn. Eine Kriegstracht war dies auf gar keinen Fall.

Ihr Haar mochte sie verraten, aber dagegen konnte sie wenig tun. Immerhin hatte sie einige blonde Frauen unter den dunkelhaarigen Selonari bemerkt. Sie löste ihren Zopf, bürstete die hellen Strähnen und hielt sie sich mit einem juwelenbesetzten Stirnband aus dem Gesicht. Auf jener Seite, auf der ihre Wange von der Narbe verunziert wurde, ließ sie das Haar nach vorne fallen. Nur die wenigsten würden ihr Gesicht erkennen – es sei denn, sie bemerkten die gebrochene Nase und sahen genauer hin. Einen Hauch Farbe auf die Lippen ... So könnte es gehen.

Bald würde sie es wissen. Teres wischte sich die Handflächen ab, zog Ristkons Schwert und verbarg es in den Falten ihres Gewandes. Entschlossen öffnete sie die Tür.

»Wir veranstalten eine Orgie. Komm mit nach drinnen«, lud sie den Wächter ein, der ihr entgegentrat.

Sie stand im Schatten, die Klinge hinter ihrem Rücken verborgen. Das seidige Gewand war vorne nicht geschlossen. Es war eine verlockende Einladung.

Allerhöchstens kurz würde der Soldat stehen bleiben und nachdenken. Aber das unerwartete Erscheinen eines verführerischen Mädchens ließ ihn wie mechanisch reagieren, ohne dass er Verdacht schöpfte. Mit einem Lächeln, das ihm langsam aufs Gesicht trat, kam er herein. Seine Hände streckten sich nach Teres aus.

Ohne ihm auch nur einen Wimpernschlag lang Zeit zu geben, stieß Teres zu. Die Schwertspitze drang ins Herz des Wächters, und schon brach er mit heiserem Stöhnen zusammen.

Es waren zwei Männer gewesen. Der andere Bursche hatte ein Stück entfernt von der halb geöffneten Tür gestanden. Er tauchte in dem Moment im Eingang auf, als Teres ihre Klinge zurückriss und ihr Opfer sterbend zu Boden sacken ließ.

»Was zum Teufel?«, platzte es aus dem Schergen heraus. »Was zum Teufel …?«

Sein Blick erfasste die beiden Leichen, die rachsüchtige Sirene. Eine Sekunde lang zögerte er betäubt. Kaum merklich nur hob sich sein Schwert. Seine Kehle holte Luft, um einen Schrei auszustoßen.

Teres' Klinge schlug grausam zu. Sein Schädel war halb von den Schultern getrennt, als der Mann quer im Eingang liegen blieb. Sie stieg über die niedergestreckten Gestalten hinweg und trat vorsichtig in den Korridor hinaus, wodurch sie dem Ansturm des dritten Wächters entging.

Der Kerl musste weiter entfernt im Gang gewartet haben, um Dribeck – sollte er vorzeitig zurückkehren – unter einem Vorwand aufzuhalten. Ihre Klingen kreuzten sich mit einem Klirren, das normalerweise die gesamte Besatzung der Zitadelle hätte alarmieren müssen.

Verzweifelt wehrte Teres den Angriff ab, dann schlug sie nach seinem Gesicht. Er parierte und wich unentschlossen zurück. Teres ahnte, dass er schon im nächsten Moment um Hilfe schreien würde, und stieß, als er den Mund öffnete, hervor: »Schrei nur … Aber wie wird Dribeck dir deine Rolle bei Ristkons eigenmächtigem Vorgehen danken? Du kanntest die Befehle deines Herrn. Aufhängen lassen wird er dich, sobald er von Ristkons Verrat erfährt.«

»Schätze, er wird nichts davon erfahren«, knurrte der Söldner. »Soeben hast du deinen Tod besiegelt, Hündin! Ich brauche keine Hilfe, um mit einem Weib fertigzuwerden!« Er sprang nach vorne.

Durch das wogende Negligé behindert, wich Teres nur knapp seinem Ansturm aus. Die ungewohnten Kleider umschlangen ihre Beine und schränkten ihre Bewegungsfreiheit ein. Und wie lange mochte es dauern, bis jemand auf das Klirren des Stahls aufmerksam wurde? Verwegen drang sie vor und trieb den Wächter ein paar Schritte zurück. Seine Klinge schlug nach ihrem fast nackten Körper, zupfte jedoch nur an einer seidenen Stofffalte.

Da taumelte der Wächter, krümmte den Rücken vor Schmerz. Als sein Schwert wankte, durchbohrte Teres ihn wie im Reflex, aber der Dolch, der im Rücken des Söldners steckte, hatte ihn längst schon tödlich verwundet. Als der Söldner nach vorne kippte, starrte Teres verwundert auf den Griff der Waffe.

»Hübsch«, bemerkte Kane und trat barfuß aus dem tiefen Schatten einer Säule. »Oh, wirklich sehr hübsch. Was hast du noch alles angestellt?«

Grob ergriff er die Leiche des Wächters und schleifte ihn in Dribecks Gemächer. Mit hochgezogenen Augenbrauen überblickte er die Situation. »Verdammt! Da hattest du wirklich was zu tun heute Nacht! Sorgen wir dafür, dass alles unbemerkt bleibt, solange wir das noch können. Ich wische das Blut im Gang auf. Du schüttest Wein über die verbleibenden Flecken, und vielleicht schaut niemand genauer hin. Du kannst doch Wein holen, oder?«

»Wo kommst du her?«, erkundigte sich Teres, als sie den Wein brachte.

»Meine Gemächer liegen auch in diesem Flügel. Danke deinem feurigen Gott, dass sonst niemand in der Nähe ist. Ich hatte vor, nach dir zu sehen, sobald sich eine Gelegenheit ergab. Ristkon verließ das Bankett viel zu gelassen. Also habe ich überlegt, wie ich nach dem Rechten sehen könnte, und dann beim Betreten des Gangs auch schon Blut gerochen und dich hier wüten sehen. Es wäre Unsinn gewesen, den Zweikampf noch länger andauern zu lassen, also habe ich ihn beendet. Heb uns einen Schluck Wein auf, ja? So, und jetzt rasch in meine Gemächer. Hier entdeckt zu werden wäre unangenehm.«

»Wo ist Pentri?«, fragte Teres unbehaglich, als sie die frischen Kratzspuren auf Kanes nacktem Rücken bemerkte. Sie trug ihre Kleider und Ristkons Waffen zusammengerafft auf den Armen.

»Tritt ein. Du bist gut informiert, Teres. Pentri schläft in meinem Bett, ein Lächeln auf den hungrigen Lippen. Ich habe ihren Wein mit Drogen versetzt. Sie wird noch stundenlang durch fröhliche Träume tollen. Morgen wird sie glauben, sie hätte dem Wein allzu sehr zugesprochen. Sie wird mit all der Inbrunst ihrer Eitelkeit schwören, dass wir uns die ganze Nacht lang miteinander vergnügt haben. Übrigens, du zeigst dich da in einer eindrucksvollen Aufmachung. Aber nun berichte. Was zum Teufel ist passiert?«

Teres erzählte es ihm in knappen Worten. »Kane, du musst mir helfen, von hier wegzukommen«, schloss sie. »Dribeck sagte, er wäre die ganze Nacht über fort. Aber es werden neue Wächter kommen. Gewiss wird sich jemand fragen, warum die Tür nicht mehr bewacht ist. Man wird nachsehen, und Dribeck wird das Schloss auf den Kopf stellen, um meiner wieder habhaft zu werden.«

»Ich glaube schon, dass ich dich hinausschaffen kann«, überlegte Kane. »Das ist alles sehr kurzfristig, aber wir können jetzt nicht anders. Wie du schon erwähnt hast: Die Disziplin ist heute Nacht auf einen Tiefpunkt gesunken. Und dein Leben ist auf jeden Fall in Gefahr, bis du auf breimenischem Gebiet angelangt bist.«

»Was hat es mit Dribecks Friedensgeschwätz auf sich?«

»Eine weitere List, mehr nicht. Seine Verluste beim Fluss waren größer, als er zugibt. Er weiß, dass Malchions Armee wesentlich schneller neu gerüstet und kampfbereit ist als die seine und dass der nächste Marsch des Wolfs gen Süden nicht so überstürzt geplant werden wird. Deshalb trachtet er danach, Zeit zu schinden. Während des Waffenstillstands will er seine Armee erneut aufstellen. Dann, wenn Breimen sich in Sicherheit wiegt und nicht mehr mit einem Angriff rechnet, wird er ohne Warnung zuschlagen. Diese Vergeltungsinvasion wird seine Position in Selonari festigen. Die Ausbeute aus Breimen wird der Lohn für seine Anhänger.«

»Ich habe mir schon gedacht, dass er eine Teufelei ausbrütet«, stieß Teres bitter hervor. »Ich brauche ein gutes Pferd, um aus der Stadt fliehen zu können. Aber du bist auch in Gefahr! Wirst du mit mir kommen?«

Kane schüttelte den Kopf. »Meine Stellung hier ist einigermaßen sicher. In der Schlacht habe ich Dribecks Leben gerettet, habe tapfer gekämpft, um ihn zum Sieg zu führen – so glaubt er. Berichte Malchion, dass ich an Dribecks Seite bleibe und sämtliche Informationen weitergebe, derer ich habhaft werden kann. Und sag ihm, dass ich darauf vertraue, dass die Großzügigkeit des Wolfs grenzenloser ist als die seines Feindes.

Aber zu Pferde wirst du zweifellos selonarischen Patrouillen begegnen. Trotz seines Siegestaumels hat Dribeck seine Grenze nicht unbewacht gelassen, vergiss das nicht. Sobald er von deiner Flucht erfährt, wird er seine Wachtposten verstärken. Aber ich glaube, es gibt einen weniger gefährlichen Weg. Wie gut bist du mit der Karte der Südlande vertraut?«

»So gut, wie jeder Anführer es sein sollte.« Die Frage ärgerte Teres.

»Nichts für ungut. Also ... Wie du weißt, fließt der Neltoben durch Selonari, wendet sich weiter gen Westen und vereint sich mit dem Macewen, knapp zwanzig Meilen flussaufwärts von jener Stelle, an der sich die Fluten des von Breimen kommenden Clasten in den Macewen ergießen. Der Fluss führt Hochwasser, trotzdem ist es nicht unmöglich, ihn zu befahren. Sagen wir, wir stehlen ein kleines Boot und setzen dich hinein ... Bei der schnellen Strömung wirst du bis zum Tagesanbruch weit außerhalb der selonarischen Stadtmauern sein, und bei diesem Regen wird niemand auf ein kleines Boot achten. Du lässt dich einfach mit der Strömung treiben. Nur an einer einzigen Stelle musst du aufpassen: dort, wo der südliche Arm des Neltoben

Richtung Kranor-Rill abfließt. Aber das ist nur ein schlammiger Bach, du kannst ihn nicht verwechseln. Fahr weiter in den Macewen, und wenn du die Einmündung des Clasten erreichst, dann weißt du, dass du nicht mehr auf selonarischem Gebiet bist. Dort landest du an, es gibt da auch eine Siedlung, wo du ein Pferd bekommen kannst. Dann reitest du nordwärts und folgst dem Clasten bis nach Breimen.«

»Klingt gut. Aber – wie komme ich aus der Zitadelle hinaus?«

Kane musterte sie nachdenklich. »Verlass dich auf die bereits gewählte Verkleidung. In diesem Seidending siehst du wirklich nicht wie die berüchtigte Teres aus. Ich werde dich tragen. Halte dein Gesicht und dein blondes Haar unter meinem Umhang versteckt. Wenn uns jemand begegnet, behaupte ich, du seist Pentri und ich würde dich gern mit etwas frischer Luft wiederbeleben. Heute Nacht denkt niemand allzu klar, und halbbekleidete Mädchen sind nichts Bemerkenswertes bei dieser Orgie. Draußen regnet es zu stark, als dass jemandem etwas auffallen könnte.

Los jetzt. Wir haben schon genug Zeit verloren.« Kane steckte die Füße in die Stiefel, warf sich einen Umhang über die nackten Schultern und gürtete sein Schwert. Teres nahm ein paar Münzen und ein Stück Fleisch von Kane entgegen und wickelte alles mit ihren eigenen Kleidern und Waffen zu einem Bündel zusammen. Kane fügte eine Flasche Wein hinzu und musterte das Paket kritisch.

»Deine Stiefel auch?«, fragte er und verzog das Gesicht. »Das solltest du am besten alles unter meinem Umhang verborgen halten. Ich möchte lieber nicht in die Lage geraten, das erklären zu müssen.«

Er hob sie auf und ließ seinen Umhang über ihren Kopf und ihre Schulter fallen. Ihre Beine ragten auf der anderen Seite nackt heraus, sodass es für jeden neugierigen Gaffer offensichtlich war, dass seine Last eine Privatangelegenheit darstellte. Ihr Gesicht barg Teres weit unten an Kanes Schulter unter dem Umhang, und sie stützte sich ab, indem sie die Spitze der Schwertscheide in seinen Gürtel steckte und den Kopf an das Leder drückte. Nachdem sie sich dort eingerichtet hatte, spürte sie, wie Kane die Tür öffnete und unerschrocken durch den Gang schritt.

Offensives Handeln entsprach eher Teres' Temperament. Diese Täuschung zehrte an ihren ohnehin strapazierten Nerven. Sie brauchte ihr ganzes Durchhaltevermögen, um schlaff in Kanes Armen zu liegen. Da sie nicht sehen konnte, was um sie her geschah, wurde ihre Vorstellung von den fernen Geräuschen gepeinigt, die durch die Dunkelheit an ihre Ohren drangen. *Ich werde ganz ruhig sein,* befahl sie sich. Das Schwert, auf das sie den Kopf bettete, war ihr ein Trost. Wenn die Selonari Verdacht schöpften, dann konnten sie und Kane hundert von diesen betrunkenen Idioten umbringen, bevor sie selbst fielen.

Die Stärke und Größe dieses Mannes strahlten eine gewisse Sicherheit aus; zu fühlen, wie sich die breiten Muskelstränge unter ihrer Wange bewegten, war seltsam beruhigend. Sein Rumpf wie auch seine Gliedmaßen waren von rötlichem Haar überzogen, in ihrer derben Wildheit haftete seiner Statur, seinen Gesichtszügen etwas beinahe Tierhaftes an. Dennoch war der Fremde kein affenartiger Barbar; eher bekam man den Eindruck eines unbarmherzigen Verstandes vermittelt – wie er redete, wie er auftrat, das alles war von einer gewissen Kultiviertheit geprägt, kündete von einem Mann, der sowohl nach Wissen als auch nach Macht strebte. Sie fragte sich, wo seine Grenzen lagen.

Kane trug sie mühelos, obwohl er kein feingliedriges Mädchen in den Armen barg. Seine Schritte zeugten von gemächlicher Zuversicht, und Teres gelobte sich, dass sie die Nerven behalten und eine nicht minder mutige Gesinnung zur Schau stellen würde.

Dribecks Zitadelle war größer als die Festung ihres Vaters, und jetzt, da sie nichts sehen konnte, kam es ihr vor, als wollten die Korridore kein Ende nehmen. Ein paar Stimmen lallten in der Dunkelheit, und gelegentlich brummte Kane eine Antwort. Niemand schien sie aufzuhalten oder ihnen übermäßige Aufmerksamkeit zu zollen. Nun, warum sollte man einen Mann seines Ranges auch ansprechen, ihn fragen, was er mache, wenn es doch eindeutig privat war? Soweit sprach der Verstand; trotzdem beschworen ihre überreizten Nerven farbenprächtige Bilder einer Katastrophe herauf. Was, wenn eine Gruppe von Trunkenbolden zufällig ...

Aber da spürte sie den feuchtkalten Atem des Windes, der mit ihrem seidenen Gewand spielte. Gleich darauf wurde Kane ganz aus der Nähe mit einer schwer verständlichen Frage angesprochen. Sie spürte das Grollen von Kanes Stimme an der Wange, er sprach mit trunkener Schwerfälligkeit. »Diese gezierten Weibsbilder sind zu zart für eine richtige Orgie. Ein bisschen Regen auf dem Gesicht wird sie aufwecken, hoffe ich. Andernfalls suche ich mir etwas Lebhafteres in den Wirtshäusern.«

Wissendes Kichern. Mitfühlende Ausrufe. Der Rat, es in der Schänke *Zur tänzelnden Stute* zu versuchen, wo es Dinge zu sehen gab, bei denen einer edlen Dame die Schenkel bebten.

»Ich nehme den Laden auseinander«, murmelte Kane und ging an den Männern vorbei.

Regen spritzte auf Teres' nackte Beine und prasselte auf Kanes Umhang, sodass ihr nun auch noch das Gehör abhandenkam. Sie lockerte die Kiefermuskeln. Mit dem Regen ergoss sich auch Erleichterung über sie. Sie waren aus der Zitadelle entkommen.

Kane ging noch ein paar Schritte, dann setzte er sie ab. Sie blickte sich um. Eine dunkle Gasse. Die Nacht war neblig, beharrlich fiel kalter Nieselregen. Schemenhafte Gestalten stolperten durchs Dunkel, strebten danach, einen warmen Unterschlupf zu erreichen. Andere waren viel zu betrunken, um noch zu wissen, was sie taten oder wohin sie gingen.

»Von jetzt an läufst du selbst«, raunte Kane. »Für ein wohlgeformtes Mädchen bist du schwer wie ein Ringer. Jetzt erkenne ich, warum Ristkon die Partie verloren hat.«

Teres ließ sich nicht zu einer Antwort herab, weil ihr nicht klar war, ob dies als Kompliment gemeint war oder nicht. »Was jetzt?«, fragte sie stattdessen.

»Geh mit mir zum Fluss hinab. Halt die Augen offen, ob du irgendwo ein Boot entdeckst. Und komm mal hier drunter.« Er zog sie an seine Seite und schlug seinen Umhang über sie. »Niemand wird zwei Nachtschwärmern, die trocken zu bleiben versuchen, einen zweiten Blick gönnen.«

Es wurde eng unter dem Regenschutz – Teres war fast genauso groß wie Kane. Er legte den rechten Arm um sie, zog sie dicht an seine breite Brust und hielt den Umhang über seinen und ihren Kopf gezogen. Sie presste ihr Bündel gegen die Brust und schaffte es, ihn bei jedem Schritt mit der Schwertscheide zu pieksen.

Wasser breitete sich in großen Pfützen auf den gepflasterten Straßen aus, spritzte, während sie durch die Nacht eilten, an ihren Waden empor und leckte eisig kalt an Teres' bloßen Füßen. Kane hielt sich in den Schatten, obwohl die zischenden Flammenzungen der Laternen, die gelben Rechtecke der Fenster und die rauchigen Eingänge nur nebelhafte Helligkeit auf die Straße warfen. Wie er vorhergesagt hatte, verschwendeten die wenigen anderen, die ebenfalls durch die nasse Finsternis hasteten, keine Aufmerksamkeit an sie. Schnell huschten sie durch die feiernde Stadt. Nur einmal hielten sie an, um einem besinnungslosen Betrunkenen den Mantel abzunehmen.

Abseits vom Lärm der Wirtshäuser lag das Flussufer verlassen da. Das Flusstor stand offen. Die Wächter waren betrunken und würfelten im Schutz ihrer Baracke. Spätankömmlinge platschten unbemerkt an ihnen vorbei, um auch ihren Teil der Vergnügungen zu kosten, die man innerhalb der Mauern

Selonaris suchte oder in den raueren Spelunken, die sich am Wasser und dem äußeren Stadtrand jenseits des Tores verstreut finden mochten.

Verstohlen schoben sich Teres und Kane am Kai entlang, wobei sie diese vereinzelten Zentren lärmender Fröhlichkeit mieden.

»Das sieht gut aus«, meinte Kane und deutete auf ein kieloben am Ufer liegendes Ruderboot. »Wir brauchen es nicht einmal leerzuschöpfen.«

Das Boot war etwa achtzehn Fuß lang, ein gewöhnliches Flussboot mit hochgezogenem Bug und breitem Heck, das bereits Zeichen von Verfall aufwies. Frische Vertiefungen im Schlamm ließen jedoch erahnen, dass es regelmäßig benutzt wurde und daher wahrscheinlich seetüchtig war. Abgenutzte Ruder lagen darunter, und mit einer Rollenkette war es an einem Baum befestigt. Ganz in der Nähe stand eine Hütte. Die Fenster waren dunkel – jene, die hier wohnten, feierten in dieser Nacht also wohl ebenfalls.

Kane beschäftigte sich kurz mit dem Schloss und knackte es geschickt mit einem Metallspan, den er aus seinem Stiefel gezogen hatte. Einen Augenblick später löste sich die Kette. Kane drehte das Boot um und hob das Heck mühelos an. »Nimm du den Bug, damit das Ding nicht über die Steine schabt«, wies er sie an. Teres musste alle Kräfte zusammennehmen, um den vorderen Teil des Boots über dem Schlamm zu halten, während Kane das Gefährt ans Ufer trug. Der Stapellauf geschah in aller Stille.

»Gut. Deinen Weg kennst du. Achte darauf, dass du in der Dunkelheit nicht gegen einen Baumstumpf stößt, mehr musst du nicht tun«, sagte er. »Lass dich von der Strömung treiben. Die Mündung des Clasten dürftest du etwa gegen Mittag erreichen. Benutze die Ruder, wenn deine Schultern das mitmachen ... mit der Ruderpinne zu steuern wird wahrscheinlich besser sein. In ein paar Stunden graut der Morgen, dann kannst du die Strömung sehen.«

Teres murmelte zustimmend. Sie warf ihr Bündel ins Boot und stieg hinterher. Kane reichte ihr den gestohlenen Mantel. »Der wird dich warm halten. Gib mir das Negligé. Die Leute haben gesehen, wie ich mit einem Mädchen auf den Armen herausgekommen bin, und genauso werden sie mich zurückkehren sehen. Ich suche mir eine Kneipendirne. Sie wird nichts ahnen, wenn sie morgen in Dribecks Burg erwacht.«

Während Teres ihm das Kleidchen gab, bedeckte sie ihre Blöße mit dem Mantel und kauerte sich neben die Ruderpinne. »Du gehst jetzt das größte Risiko ein, Kane«, sagte sie. »Vielleicht wurde Ristkons Leiche bereits entdeckt und Pentri betäubt in deinem Bett gefunden statt hier draußen bei dir. Du könntest in eine Falle zurückkehren.«

»Daran habe ich auch schon gedacht«, gab Kane zu. »Nun, der Einsatz lohnt das Risiko. Viel Glück.«

»Viel Glück auch dir«, erwiderte sie. Ihr Lächeln verriet, dass sie sich um ihn sorgte. »Kane – ich danke dir für das, was du getan hast.«

Er zuckte mit den Schultern, brummte etwas Unverständliches. Mit einem kraftvollen Stoß schob er das Boot in die Strömung hinaus. Einen Moment lang sah sie noch, wie er ihr hinterherstarrte, dann verschlang ihn die Dunkelheit.

14. KAPITEL

Flucht in den Albtraum

Der Regen war kalt und der über dem Wasser treibende Nebel noch kälter. Teres kauerte unter den klammen Falten des Umhangs und rollte sich frierend zusammen. Der Mantel war durchnässt, hielt den Regen aber noch einigermaßen ab. Darunter trug sie nur das kurze Unterhemd und den Lendengürtel, und durch den dünnen Stoff drückten die zarten Drahtketten und Perlen eiskalt auf ihre Haut. Sie betrachtete ihr Kleiderbündel, beließ es jedoch unter dem Bugaufbau im Trockenen. Nässer, als sie schon war, konnte sie nicht mehr werden, und sollte das Boot kentern, dann war das Schwimmen umso leichter.

Der Fluss trug sie mit sich durch die Nacht. In der Dunkelheit war es unmöglich, die Geschwindigkeit zu schätzen, aber das Boot schien durch den Regen zu sausen. Holzstämme und anderes Treibgut, das der Neltoben vom Ufer losgerissen hatte, wirbelten vorbei. Anfangs setzte Teres' Herzschlag jedes Mal aus, wenn ein klobiges Stück Treibgut den Rumpf des Bootes streifte. Aber ihre Richtung und Geschwindigkeit stimmten in etwa überein, und kurze Zeit später ignorierte sie die anderen Passagiere auf dem Fluss. Gelegentlich wurde sie nahe genug ans Ufer getrieben, um schemenhaft dunkel ansteigendes Land, Büsche und Bäume ausmachen zu können. Dann beeilte sie sich jedes Mal, das Boot wieder in die Flussmitte zurückzusteuern. Ein paar Baumstümpfe ragten aus den Fluten, allerdings nur vereinzelt, denn der Fluss war um mehrere Fuß gestiegen, und die schnell fließende Strömung trug sie an solchen Hindernissen vorbei.

Unablässig nieselte der Regen eintönig vom Himmel. Das Morgengrauen nahte bereits, im Osten hellte es auf. Das Ufer wurde zu einer dunklen Mauer, die wie im Traum an ihrem Boot vorüberglitt, und mit dem Nahen des Tages wurde der Nebel dichter und heller. Im Augenblick gab es wenig zu tun, um das Ruderboot in Fahrt zu halten. Der Fluss schien gewillt, Teres ohne eigenes Bemühen in ihre Heimat zurückzutragen. Es regnete jetzt nicht einmal mehr so heftig, dass sie noch Wasser aus dem Boot schöpfen musste.

Müde sackte Teres im Heck zusammen. Ihr Haar war klatschnass und bildete ein feuchtes Kissen unter ihrem Kopf, als sie sich ausstreckte und es sich bequem zu machen versuchte. Das Plätschern des Regens und das Gemurmel des Flusses waren besänftigend, hypnotisierend.

Wann hatte sie zuletzt geschlafen?

Vor einer Ewigkeit, wie ihr schien. Durch die Zerreißprobe, die sie während der zurückliegenden Tage hatte bestehen müssen, war sie an ihre körperlichen und seelischen Grenzen gestoßen. Wie angenehm war es da, hier zu liegen, allein mit dem Fluss und dem Regen und dem heraufziehenden Morgengrauen.

Teres schlief.

Träume suchten sie heim, strömten wie der Fluss durch ihren Geist. Tumultartige Kampfszenen, blitzende Klingen, die nach ihr schlugen. Sie kämpfte verbissen, doch ihre Bewegungen waren langsam und behäbig. Sie warf sich heranstürmenden, unverwundbaren Angreifern entgegen, denen sie nichts anzuhaben vermochte, ganz gleich, wie sie auf ihre unbeugsamen Körper einhackte. Schwerter stachen auf sie ein, zerfetzten sie. Teres schien den Schmerz wirklich zu spüren, sie stöhnte und wälzte sich herum, unfähig, richtig aufzuwachen.

Gesichter trieben durch ihr Bewusstsein wie Treibgut auf der Strömung. Bekannte, deren Namen sie auf Anhieb wusste, und Unbekannte, die in der Hitze der Schlacht vorbeigehuscht waren. Malchion, wie immer voller Hohn, lachte sie aus und ermutigte sie im gleichen Augenblick. Ristkon, mit scheußlich violett verfärbter Fratze und dem verzerrten, lüsternen Grinsen. Sein Peitschenhieb riss ihr die Wange auf. Seine Hände griffen nach ihr, kratzten, verwandelten sich in Spinnen, die über ihren Körper krabbelten. Dribeck, stolz und so über alle Maßen von sich eingenommen – er holte nicht einmal Luft, ohne seine Verschlagenheit zurate zu ziehen, wie selbst dabei noch der größte Vorteil zu erzielen war. Seine Worte waren überzeugend, sein Herz jedoch schwarz vor Lügen. Kane – sein Gesicht lag unter einer Maske verborgen. Geheimnisvoll. Immer zugegen, wenn eine Wendung des Schicksals bevorstand, und darüber hinaus war er nichts als ein Phantom. Stets ließen sich seine Handlungen prompt erklären. Hinter der Maske ... welche Motive mochten sich dort verbergen, worüber lachte er insgeheim?

Der seltsame Ring, den er trug. Das geheimnisvolle Juwel glühte vor Teres' geistigem Auge, unwahrscheinlich groß, unerträglich strahlend, unvorstellbar böse. Sein Lohen drang unter Kanes Maske hervor, sein böswilliger Glanz trat an die Stelle der eisig-blauen Mordlust, die sonst seine Augen beherrschte.

Nun war das Grauen des Albtraums über ihr, und tobende Angst schlug ihre Krallen in sie. Riesenhaft groß wie die Sonne war der Blutstein angeschwollen. Kane verschwand in seinen Tiefen. Der böse Glanz umhüllte sie, zerrte an ihrem Verstand, saugte mit vampirischer Begierde an ihrer Seele, sinnlos kämpfte sie dagegen an. Auch andere Dinge waren im höllischen Leuchten des Blutsteins zu sehen: gekrümmte Gestalten, menschlich, menschenähnlich und dennoch vollkommen fremd. Sie waren die Sklaven des Blutsteins, ihre Seelen nährten sein Feuer in einer endlosen Qual. Der Stein lebte, er hatte ein Bewusstsein! Seine Aura kroch über das Land, bestrich die gesamte Erde mit seinen pulsierenden Flammen. Da erblickte er sie, er wollte sie und streckte seine glühenden Tentakel nach ihr aus, seine Berührung drang tief in ihren Verstand ein!

Teres schrie auf, ruckte hoch und brachte das Boot fast zum Kentern. In ihrem Mund breitete sich der Geschmack der Furcht aus. Unwohl und schaudernd sank sie im Heck wieder zurück und sammelte sich benommen. Ihre verkrampften Muskeln brannten wie Feuer. Licht. Die Sonne stand hoch am Himmel. Der Regen war versiegt, der Nebel hielt sich nach wie vor. Sie trieb auf dem Fluss.

Sie trieb nicht mehr auf dem Fluss!

Verwirrt blickte Teres sich um. Das Boot jagte nicht mehr mit der Strömung dahin. Das Flussufer hob sich nicht mehr vor dem Himmel ab. Stattdessen trieb das Gefährt langsam durch feuchtwarmen Sumpf. Ringsum erhob sich eine chaotische Wildnis aus schleimigem Erdreich und Bäumen, die von übermächtigen Ranken erstickt wurden.

Kanes Warnung! Die Dunkelheit, ihr Schlaf!

Der Neltoben war mit der Flut gestiegen, und auch durch seinen mit Schlamm verstopften Südarm floss daher Wasser ab. Während sie geschlafen hatte, war ihr Boot von dieser unerwarteten Strömung erfasst worden.

Sie war nach Kranor-Rill abgetrieben!

Dunkel erinnerte sie sich an die finsteren Geschichten über diesen unheimlichen Pfuhl, an die tödlichen Kreaturen, die über seine Irrwege krochen, die trügerischen Flächen aus unsichtbarem Morast, seine Ruinenstadt, von der es hieß, sie sei in der vergessenen Frühzeit der Erde erbaut worden. Und sie erinnerte sich an die grässlichen Rillyti, die im Dickicht des Sumpfes abscheuliche Riten mit gefangenen Menschen vollführten. Sie schauderte. Sumpfnebel verdüsterten die Sonne, die fast schon die Mittagsstunde zeigte.

Jetzt ist nicht die Zeit, in Panik zu verfallen, rief Teres sich zur Ordnung, noch erschüttert von den Schrecken ihres Traumes. Mit einem Schulterzucken warf sie den Umhang ab und band ihr widerspenstiges Haar zurück. Während sie geschlafen hatte, musste ein tiefhängender Ast über ihr Gesicht gefegt sein. Sie blutete aus einem Kratzer an der Stirn. Bei Ommem, wie weit mochte das Boot schon nach Kranor-Rill hineingetrieben sein?

Ziemlich weit, wie es den Anschein hatte. Es gab kaum mehr eine Strömung. Als Teres sich umsah, erblickte sie nur ein Gewirr von Lagunen. Wer konnte wissen, wohin sie führten? Die Flut hatte die meisten Schlammbänke, Bäume und Sträucher überschwemmt. Treibender Schlamm umgab das Wurzelwerk der Sykomorendickichte. Eine Unzahl von Wegen mochte sie hierhergeführt haben.

Eisern beherrscht ließ Teres die Ruder ins Wasser gleiten und begann in der schaumigen Brühe zu pullen. Solange sie gegen die Strömung ruderte, musste ihr Kurs aus dem Sumpf hinausführen. Unglücklicherweise aber war hier die Strömung so schwach, dass sie sich ihrer Richtung keineswegs gewiss sein konnte – sie war nicht einmal sicher, ob es sie überhaupt gab.

Ihre Müdigkeit hatte der unruhige Schlaf kaum gemindert. Teres' Rücken und Schultern begannen rasch zu schmerzen. Es war ein schweres Boot, und sie war ans Rudern nicht gewohnt. Doch hier war es hochgefährlich, und so zwang sie ihren streikenden Körper zu rudern, zu rudern und zu rudern.

Eine Lagune erwies sich als Sackgasse, und sie fluchte inbrünstig, während sie den Rückweg antrat. Ihre vom Regen aufgeweichten Hände scheuerten am Ruderholz, Blasen begannen sich zu bilden. Sie riss lange Streifen aus ihrem Seidengürtel und umwickelte die Rudergriffe damit. Es half nur wenig, aber immerhin.

Dann stieß der Bug gegen ein im Wasser verborgenes Hindernis, und ein Ruck ging hindurch. Mit geweiteten Augen suchte Teres die Planken ab und stellte erleichtert fest, dass kein Baumstumpf durchgestoßen war. Aber das Ruderboot schien an etwas festzuhängen. Wie? Sie war jedenfalls nicht auf eine Schlammbank aufgelaufen, das stand fest.

Trotz ihrer Selbstbeherrschung schrie Teres auf, als die mit Schwimmhäuten bespannten Klauenhände über den Bootsrand klatschten. Wie durch Zauberei heraufbeschworene Dämonen stiegen die Rillyti aus den Tiefen des Sumpfes herauf.

Wie viele?

Zehn, fünfzehn ... welche Rolle spielte das schon? Schwimmend umringten sie ihr Boot, zogen schaumige Spuren hinter sich her. Sie kletterten hinter dem Wirrwarr von Zypressenwurzeln hervor, glitten aus nasskalten Dickichten, die sich auf Schlammflächen hielten.

Das Boot schaukelte heftig. Teres ließ die Ruder fallen und warf sich in den Bug, um ihr Schwert hervorzuholen. Ein unerwarteter Stoß hätte das Boot beinahe zum Kentern gebracht, sie stürzte auf die Planken. Benommen rappelte sie sich wieder auf, doch ein weiteres Schlingern ließ sie beinahe über Bord gehen.

Eine Klauenhand zuckte aus dem Wasser und schloss sich um ihren Arm. Teres knurrte voller animalischer Abscheu, drosch Schlag um Schlag auf die Hand ein, die sie umklammert hielt, schlug die Zähne in die verdreckte Schuppenhaut. Der Griff wurde noch fester, hornig-derbe Klauen kratzten über ihre Haut. Das Boot schwankte stark, und es wäre umgekippt, hätten es die Rillyti nicht festgehalten. Mit ekelhaftem Plumpsen kletterte eines der Krötenungetüme an Bord. Aus hässlich hervortretenden Augen starrte es Teres an.

Wie im Irrsinn riss sie an den Klauen und renkte sich beinahe die Schulter aus, als sie verzweifelt das Schwert in die Hand zu bekommen versuchte. Es lag nur wenige Zoll von ihren gestreckten Fingern entfernt. Jetzt griff auch der andere Rillyti nach ihr. Sie trat mit nackten Füßen wild um sich, kratzte und biss wie ein Tier, wehrte sich hartnäckig. Doch gegen die gepanzerte Schuppenhaut konnten ihre Fäuste nichts ausrichten. Ein drittes Krötenwesen kroch ins Boot und warf sich auf sie. Ohne die reihum im Wasser gedrängten Rillyti, die stützend zugriffen, wäre das Boot schon hundertmal gekentert.

Eines der Krötenwesen wurde Teres' Widerstand überdrüssig und versetzte ihr eine Ohrfeige, die ihr fast den Kiefer brach. Ihr Körper erschlaffte, der Schlag hatte sie beinahe bis zur Bewusstlosigkeit betäubt. Ihr Mund füllte sich mit dem Geschmack von Blut. Die Ungeheuer schlangen Lederriemen um ihre Arm- und Fußgelenke. Die Knoten waren plump, doch sie hielten. Die Rillyti sprangen wieder über den Bootsrand und ließen Teres zusammengekrümmt auf den feuchten Planken liegen.

Als sich der Nebel in ihren Gedanken lichtete, spürte sie, dass sich das Boot bewegte. Die Rillyti zogen es noch tiefer nach Kranor-Rill hinein.

Eine Zeitlang lag Teres reglos, vor Angst unfähig, sich zu bewegen. Ihre Gedanken drehten sich schwindelerregend, waren betäubt von Müdigkeit und Schrecken und malten sich in einem fort Bilder des nackten Grauens aus.

Die Rillyti hatten sie nicht gleich getötet, sie hatten sie gefesselt wie ein Lamm. Lebhaft schrillten die geflüsterten Legenden über Kranor-Rill durch ihren Kopf. Die abscheulichen Riten, die die Rillyti mit gefangenen Menschen vollführten, wenn sie in mondlosen Nächten ihrem namenlosen, uralten Gott des Bösen Opfer brachten. Die düsteren Berichte von Rillyti-Überfällen auf abseits gelegene Grenzsiedlungen fielen ihr ein, die von der verderbten Grausamkeit sprachen, mit der die Sumpfbewohner jene behandelten, die zu ihrem eigenen Pech nicht sofort getötet wurden, von den unsagbaren Gräueltaten, von denen die verstümmelten Leichen Zeugnis ablegten, und dem fürchterlichen Toben jener armen Seelen, die überlebt und den Verstand verloren hatten. Voller Furcht dachte Teres daran, dass der Mond in den letzten paar Nächten abnahm, und der Wahnsinn rückte näher, als sie sich überlegte, wie sie sterben würde.

So starb man nicht als Wölfin, in tiefster Furcht auf dem Bauch zusammengekrümmt. Teres' unnachgiebiger, stählerner Wille erzitterte unter dem Ansturm dämonischer Panik, doch er würde nicht unter dem furchtbaren Druck zerbrechen! Obwohl sie fast daran erstickte, unterdrückte sie den ächzenden Schrei, der nie mehr aufhören würde, wenn sie einmal damit anfing.

Kriegerin nannte sie sich, nicht zitternde Hofdame; und wenn dies also ihr grässliches Schicksal sein sollte, so wollte sie auch im Tode jenem Wesen treu bleiben, das sie gewählt hatte.

Sie hob den Kopf, zwang ihre Augen, die Umgebung wahrzunehmen, vertrieb die angstvollen Bilder aus ihren Gedanken. *Ihr Schwert!* Die Ungeheuer hatten ihrem Bündel keine Aufmerksamkeit geschenkt. Es lag nach wie vor unter dem Bug, das Bündel mit Kleidung, Proviant ... und ihrem Schwert.

Teres wand sich auf dem Boden des Bootes. Sie war im Heck zusammengekrümmt, das Schwert lag mehrere Fuß entfernt. Vielleicht konnte sie es dennoch erreichen, es heimlich aus seiner Scheide lösen, ihre Fesseln zerschneiden. Es gab keine Hoffnung, den Rillyti zu entkommen, das wusste sie nur allzu gut. Doch mit dem Schwert in der Hand würde sie das Blut dieser Albtraumwesen über den Sumpf verspritzen. Sie würde kämpfen, bis sie gezwungen waren, sie zu töten ... einen sauberen Tod sterben, bei dem ihre Klinge vom Blut des Feindes dampfte.

Doch zuerst musste sie das Schwert erreichen.

Vorsichtig verlagerte sie ihr Körpergewicht. Ihre Bewacher schwammen neben dem Ruderboot her, hielten sich an dessen Rändern fest. Teres' Bewegungen im Innern des Bootes blieben dadurch vor ihnen verborgen. Langsam zog sie die Knie unter sich und schob sich nach vorn. Ihr Herz hämmerte wild. Reglos wartete sie und betete, dass ihre Anstrengungen keinen Verdacht erregt hatten.

Sie schlängelte sich ein kleines Stück weiter vor, erreichte den Mittelsitz. Bestimmt konnten die Rillyti die erneute Verlagerung ihres Gewichts spüren. Wie lange mochte es dauern, bis sie nach ihr sahen? Teres drückte sich an den Boden, wand sich unter dem Sitz hindurch. Ihre Handgelenke waren auf den Rücken gefesselt, sodass sie ihren ungeschützten Körper über die abgenutzten Bretter schieben musste. Schmutz und Holzsplitter schürften ihre Haut auf, die kleinen Stiche jedoch blieben unbemerkt in der nervenzerreißenden Anspannung.

Teres kroch unter dem Sitz hervor. Die Hälfte des Wegs war geschafft. Was würde geschehen, wenn ihr Gewicht den Bug ins Wasser drückte? Zoll um Zoll schob sie sich unter Schmerzen zum Bug voran, kroch ein Stück weit und verharrte dann wieder reglos, um die Neugier der Ungeheuer nicht übermäßig herauszufordern. Sie konnte das Schwert jetzt fast berühren, und an dieser Stelle wurde es am gefährlichsten.

Sie hatte das Bündel weit unter den Vordersitz geschoben, damit es trocken blieb. Da ihre Hände auf den Rücken gebunden waren, musste sie sich aufsetzen, um unter den Sitz greifen zu können. Dadurch würde ihr Kopf ins Blickfeld der Rillyti geraten. Es war zu viel verlangt, darauf zu hoffen, dass dies keine Aufmerksamkeit erregte.

Vielleicht konnte sie die Klinge zu sich heranziehen. Vorsichtig drehte sich Teres um und streckte ihre Füße zum Bug aus. Sie krümmte sich, um die Waffe zu erreichen. Ihre Zehen glitten unter den Sitz, berührten das Bündel. Noch ein Stück! Jetzt konnte sie das Leder an den nackten Füßen spüren. Ihre Knöchel waren fest zusammengebunden, aber sie schaffte es, einen Zeh in den Gürtel zu haken, der das Bündel zusammenhielt.

Teres zog ihre Füße zurück und versuchte das Bündel möglichst hoch zu heben. Das Schwert kratzte über die Planken. Teres grub die Zähne in ihre Unterlippe und erwartete, schon im nächsten Moment ein Krötengesicht über den Bootsrand glotzen zu sehen. Nichts.

War es tatsächlich möglich, dass die Kreaturen das Schwert bei ihrer Gefangennahme nicht gesehen hatten?

Sie hob die Füße hoch und zog sie weiter zurück. Dieses Mal versuchte sie jedes Geräusch zu vermeiden. Die Scheide blieb quer an den Bugstreben hängen, eingeklemmt! Schweiß brannte in Teres' Augen. Vorsichtig schob sie das Bündel unter den Bugsitz zurück, drehte die Füße, um die Scheide frei zu bekommen, und zog sie abermals zu sich heran. Die Scheide löste sich, das Bündel kam langsam unter dem Sitz hervor. Teres beugte die Knie und zog die Füße zu den Hüften hoch.

Jählings plätscherte es. Amphibische Schultern und Leiber wurden langsam über dem Wasser sichtbar. Sie schoben das Boot über eine flache Sandbank. Feindselige Gesichter wandten sich Teres zu, froschhafte Augen glotzten auf sie herab und erblickten das Schwert, das nur ein kleines Stück von ihren Fingern entfernt lag.

Teres warf sich nach vorn, aber sie hatte keine Chance. Erbarmungslose Hände hoben sie aus dem Bug und zerrten sie grob zum Heck. Das Schwert blieb liegen, wo sie es fallen gelassen hatte. Ohne den Schmerz zu beachten, der sie peinigte, während sie über die unregelmäßigen Planken geschleift wurde, behielt Teres in hoffnungslosem Verlangen die gefallene Waffe starr im Blick. Ein Rillyti warf ihr eine lederne Schlinge über den Kopf, zog sie um ihre Kehle zusammen und band das andere Ende an die Ruderpinne. Dröhnendes Quaken stürmte auf Teres ein – ärgerlich, höhnisch –, doch sie war zu benommen, um es zu bemerken.

Die Stunden schleppten sich dahin, das Boot ebenso. Teres kauerte im Heck, seelisch und körperlich taub. Das Schwert war ihre letzte Hoffnung gewesen. Jetzt konnte sie nur noch den Tod auf einem unheiligen Altar oder ein noch grässlicheres Schicksal erwarten. Wenigstens würde kein Mensch Zeuge ihres Sterbens werden. Und vielleicht mochte ein solch geheimnisvoller Tod den Legenden, um deren Entstehen sie bemüht gewesen war, einen passenden Höhepunkt setzen. Dichter und Krieger kommender Zeitalter konnten spekulieren, was wohl aus Teres, der Wölfin von Breimen, geworden war. Das war ein geringer Trost, aber jeder andere Gedanken, den ihr Verstand fasste, führte nur in den Irrsinn.

Die Sonne ging unter, aber Teres war sich dessen nur schwach bewusst. Unter ihrer nachlassenden Wärme trockneten die ledernen Fesseln, zogen sich zusammen, gruben sich in ihr Fleisch. Wasser schwappte im Innern des Bootes umher, und als der Schmerz Teres aus ihrer Benommenheit riss, spritzte sie etwas davon über die Riemen.

Einmal kam sie auf den Gedanken, die Fesseln einzuweichen. Vielleicht quollen sie dann auf und lockerten sich. Aber das Leder war schon nass gewesen, bevor sie gefesselt worden war. Es würde sich nicht weiter dehnen. Nach einer Weile gab sie den Versuch auf.

Irgendwann erklang ein Schmerzensschrei, gefolgt von gewaltigem Platschen. Teres blickte auf und sah, dass einer ihrer Bewacher in den Schlingen einer riesigen Schlange kämpfte, deren Kiefer sich in seine Schulter gegraben hatten. Andere Rillyti drängten heran, ihre goldenen Schwerter hackten auf das Reptil ein, sodass es an einigen Stellen beinahe entzweigehauen wurde. Dunkles Blut spritzte aus den Wunden, und schließlich ließ die Schlange von ihrem Opfer ab und verschwand in den Tiefen des Wassers. Unter ihren Zuckungen schäumte der Morast. Der angefallene Rillyti trieb im Wasser, seine Beine traten in wilden Krämpfen aus. Zwei der Krötenwesen zogen den Körper des Verletzten hinter sich her – die Horde setzte ihre Reise fort. Teres hoffte, dass die Wunden der Schlange nicht tödlich waren.

Stunden vergingen in ermüdendem Elend. Irgendwie fanden die Rillyti einen Weg durch das faulige Labyrinth. Hin und wieder mussten sie das Boot über Schlammbänke ziehen, doch im Allgemeinen führten sie es einfach im Schlepptau. Einmal umgingen sie weiträumig einen Bereich, in dem Teres einen endlosen Morast sah, der wohl selbst den Sumpfkreaturen zu gefährlich war.

Durch das Gewirr der Vegetation erhaschte sie vereinzelte Blicke auf höher liegendes Land. Der schattige Umriss begleitete sie weiter, bis sie schließlich eine Insel ausmachen konnte, die sich aus dem Sumpf erhob. Mancherorts glaubte sie jetzt, eine große Mauer aus rötlichem Gestein über die Bäume ragen zu sehen. Ihr Verstand arbeitete fieberhaft. Vielleicht würde sie durch die legendären Straßen des untergegangenen Arellarti gehen, bevor der Tod sie ereilte.

Der Kiel knirschte auf Stein, stieß gegen einen moosüberwucherten Kai. Die Rillyti krochen aus dem Wasser, machten das Ruderboot fest und stiegen das steile Ufer zur Insel empor. Einer warf sich Teres unsanft über die Schulter und folgte den anderen.

Sie drehte sich, um zumindest ein auf dem Kopf stehendes Bild des Ufers und eines steinigen Damms zu erhaschen. Hunderte Rillyti eilten umher und kamen herbei, um die Gefangene anzuglotzen. Ihre gutturalen Schreie hallten von den Wänden wider – dumpfes Brüllen, heiseres Gequake, kratzendes Zischen –, leicht verständliche Laute für ihre nur aus Vertiefungen bestehenden Ohren. Ihrer Zahl nach zu urteilen, mussten sie diese Ruinenstadt zu ihrem Lager gemacht haben.

Ruinenstadt? Teres blickte sich voll Verwunderung um, ihr Verstand schüttelte den Schleier der Verzweiflung ab. Die Legenden von der Existenz dieser versunkenen vormenschlichen Stadt entsprachen der Wahrheit. Doch es war mehr als ein Wunder mit uralten Mauern aus unbekanntem Gestein, mehr als die präzise, fremdartige Geometrie der strahlenförmig verlaufenden Straßen und fensterlosen Gebäude, mehr als die grässlichen Wesen, die durch dieses Meisterwerk eines seit unvorstellbaren Zeiten toten Schöpfers watschelten ... es war weit mehr als die Gesamtheit all dessen, was ihren Atem vor Erstaunen stocken ließ.

Denn Arellarti war keine tote Ruine, wie in den Legenden dargestellt. Arellarti befand sich im Wiederaufbau. Wo sie auch vorbeikamen, überall gewahrte sie Anzeichen umfassender Wiederherstellung. Die Straßen waren geräumt. Es gab kein erstickendes Vordringen der Sumpfgewächse mehr, obgleich kärgliche Spuren von Kranor-Rills Eindringen durchaus noch zu sehen waren: Ranken- und Lianenfetzen hingen vergessenen Wimpeln gleich in den Mauerrissen, geisterhafte Spuren von Saugfüßen hatten sich in den Stein geprägt, wo sie einst in die Höhe geklettert waren. Und stellenweise lagen noch vertrocknete Gestrüppreste auf den Straßen, flüchtige Überbleibsel jener gewaltigen Haufen, die man bereits fortgeschafft hatte.

Die Stadt wurde wiederaufgebaut. Geschäftig arbeiteten die Rillyti daran, die Narben der Zeit zu entfernen. Riesige Blöcke des merkwürdigen Gesteins wurden auf die Mauer gehievt. Einst zerbrochene Säulen ragten wieder stolz empor. Gezackte Risse wurden ausgefüllt und geglättet. An vielen Gebäuden wuchsen Gerüste empor, brüchiges oder sich neigendes Mauerwerk wurde abgetragen und der Zerfall mit neuen Steinen gemindert. Dort, wo Wind und Wetter die grotesken Mauergravuren getilgt und bestimmte eigenartige Schnitzwerke und Verzierungen zum Abbröckeln gebracht hatten, waren ungeschlachte Arbeiter damit beschäftigt, die ursprünglichen Muster mit peinlicher Genauigkeit wiederherzustellen. Eine ganze Armee von Sumpfwesen arbeitete mit zielstrebigem Eifer daran, die von Jahrtausenden eingegrabenen Zeichen der Verwitterung ungeschehen zu machen. Arellarti erstand neu aus seinem langen Todesschlaf, erhob sich aus seinem sumpfigen Grab, schüttelte Friedhofserde und Spinngewebe ab.

Aber das Wunder dieses wiedererwachenden Titans der alten Erde konnte den Schrecken von Teres' Lage nicht verbannen. Hilflos über die Schulter ihres schrecklichen Wärters geworfen, fühlte sie die gigantische Präsenz, noch bevor sie imstande war, sie zu sehen. Ihr Schatten fiel über sie ... überhaupt erfüllten Schatten nun ganz Arellarti, da sich die Sonne fortstahl. Über den zentralen Platz ging es, einen Hang hinab, und dann trugen sie sie in das Innere einer riesigen Kuppel.

Teres erhaschte schwankende Blicke auf die gewaltigen Mauern, die hoch empor in die Dunkelheit ragten, auf einen scheinbar grenzenlosen Raum, der von ihnen umzirkelt war, Säulen von bizarrer Gestalt, schimmernde Blöcke aus Stein, Kristall und Metall, bedrohliche Bänder aus unbekannten Metalllegierungen. Ein phantastischer Bau von unvorstellbarer Vielfalt, mit der Aura eines Tempels für einen düsteren, namenlosen Gott.

Die Rillyti legten sie auf einem Altar nieder – es musste ein Altar sein, denn jetzt erblickte sie den Gott. Eine Halbkugel aus Blutstein, unermesslich groß wie der Himmel, brütete im Zentrum der vormenschlichen Kuppel. Mit der Faszination des Grauens starrte Teres hinauf und wehrte sich nur schwach, als man ihr die Fesseln durchschnitt und sie mit gespreizten Armen und Beinen an den eigenartig angeordneten Stangen befestigte, die aus dem halbrunden, auf schrecklich verräterische Weise befleckten Altarstein ragten.

Der Blutstein lebte.

Grauenerfüllt erinnerte Teres sich ihres Albtraums und wusste nun, dass ihr Unterbewusstsein den bösen Einfluss dieses denkenden Kristalls verspürt hatte, als sie in dessen vergiftetes Reich hineingetrieben war. Vielleicht hatte der Blutstein seinerseits ihr Eindringen wahrgenommen und daraufhin seine Diener ausgesandt, um sie in seinen Tempel holen zu lassen? Teres wand sich in ihren Fesseln, mechanisch, ohne echte Hoffnung darauf, sich befreien zu können. Die eigenartigen Knöpfe und Vorsprünge auf der Oberfläche des Altars stachen ihr in den Rücken, sodass sie sich über deren ungewöhnliche Form wunderte.

Der Kristall war zum Bersten mit Energie gefüllt. Ein grünes Leuchten machte seine Tiefen durchscheinend, scharlachrotes Feuer pulsierte durch die Adern. Die gesamte Kuppel war vom bösen Glosen des Kristalls erhellt, und durch seine glühenden Tentakel aus vielfarbigen Metallen schien Energie wie unter einem beständigen Puls zu wogen. Es summte und pochte in den aufragenden Säulen der Maschinerie. Und der Blutstein kauerte wie das ungeheure Auge eines zyklopischen Gottes in seiner Einfassung und betrachtete seine schlurfenden Anbeter sowie das verängstigte Opfer, das auf seinen Altar gebunden war.

Aus welcher fremden Dimension, aus welchem nachterfüllten Zeitalter war dieser Kristall aus bösartiger Energie auf diese Welt gekommen?

Zahllose Rillyti sammelten sich in den Schatten. Als Teres ihren Blick von dem Blutstein abwandte, sah sie die Gestalt, die sich ihr näherte – ein Krötenwesen von beeindruckender Statur in einer Robe. Seine Finger waren um ein Messer aus weißem Metall geschlossen, und das flackernde

Glühen des Blutsteins spiegelte sich darauf, während die Gestalt über ihr aufragte.

Der Priester – dieser Rillyti konnte nur ein Priester sein – stimmte einen grölenden Gesang an. Und die anderen Albtraumkreaturen antworteten wie ein obszöner Chor, krächzten eine rhythmische Litanei, die unaufhörlich durch die Kuppel hallte. Teres vernahm die für sie unverständlichen Worte nur schwach. Ihre ganze Aufmerksamkeit wurde von dem glitzernden Messer in Anspruch genommen, als es sich hob und wieder senkte und über ihrem gefesselten Körper flimmerte. Die Anbetung schwoll zu einem wilden Crescendo an. Jetzt schwebte die Klinge über ihrem Bauch. Teres widmete Ommem ein hingehauchtes letztes Gebet – auch wenn ihr Gott sie offenbar vergessen hatte – und biss die Zähne zusammen. Jeden Muskel bis zum Äußersten gespannt, beobachtete sie die schimmernde Klinge, die rituelle Linien in die Luft über ihrem Fleisch zeichnete. Es würde schlimmer werden, als sie es sich ausgemalt hatte.

Der Gesang verhallte jäh. Teres schloss die Augen, hielt unbewusst den Atem an, erwartete den Messerstoß. Er kam nicht, und sie hob die Lider, um herauszufinden, was für eine Verderbtheit ihr als Nächstes bevorstand. Der Rillyti-Priester war zurückgetreten, und so erschlich sie sich einen weiteren Atemzug, einen, den sie nicht mehr für möglich gehalten hätte. Das Messer hatte sich an der Seite des Priesters gesenkt, statt in ihren Bauch zu dringen. Der Rillyti schien sich vor Furcht zu krümmen.

Knisterndes Licht strich über Teres' Gesicht, und sie wagte endlich, von dem Opfermesser aufzuschauen und den Blicken der Betenden zu folgen.

In der Luft über dem Blutstein entstand ein Wesen aus Feuer. *Gott oder Dämon?*, fragte sich Teres, ohne zu ahnen, was die ehrfürchtige Reaktion der Rillyti bedeuten mochte. Der Körper des Flammenwesens war menschenähnlich und tanzte wie ein Hexenfeuer über dem Scheitelpunkt des lebenden Kristalls. Ein Mensch aus Licht, aus Energie, aus der funkelnden Lebenskraft, die im Innern des Blutsteins glomm. Geschmeidig flossen seine Umrisse zusammen, zu einem Menschen aus smaragdener und rubingeäderter Energie, einer dreidimensionalen Silhouette. Während die flackernden Umrisse deutlicher wurden, kühlte die vibrierende Energie ab und verfestigte sich. Die Gestalt schwebte herab, glitt an den fugenlosen Seiten des Blutsteins entlang und kam vor dem Altar zum Stillstand. Einer Maske gleich löste sich der schillernde Energiefilm von der Gestalt und enthüllte den Mann, der aus der fremdartigen Kraft des Kristalls erstanden war. Die Rillyti stahlen sich in die Nacht hinaus.

Aber Teres hatte bereits erkannt, dass die Silhouette ihren Augen vertraut war. Sie kannte die Substanz dieses Kristalls, der kein richtiger irdischer Blutstein war, obwohl er diesem Edelstein ähnlich sah. Nur zu gut erinnerte sie sich daran, wo sie solch einen Kristall schon einmal gesehen hatte. Und so war Teres keinesfalls bestürzt, als sie den Mann erkannte, der vor ihr stand.

Es war der Fremde namens Kane.

15. KAPITEL

Der Herr des Blutsteins

Kanes Blick erfasste die in Ehrfurcht erstarrten Rillyti, seine Haltung wirkte überlegen und alles beherrschend. Ein stummes Zwiegespräch zwischen Mensch und Krötenwesen schien stattzufinden, und Teres fühlte die unausgesprochene Angst, die die Kreaturen voller Groll, jedoch unterwürfig, in die Nacht zurücktrieb.

»Was bist du, Kane ... Mensch oder Dämon?«, rief Teres.

Kane musterte sie einen Lidschlag lang wie in Gedanken versunken, in seinem Stirnrunzeln mischte sich Ärger mit Unentschlossenheit. »Man hat mich schon das eine wie das andere geheißen«, antwortete er schließlich zerstreut, »obwohl beide Rassen mich oft genug verflucht haben. Ich bestehe weder auf die eine noch die andere Zugehörigkeit, allerdings haben mich die Menschen einst als Bruder bezeichnet. Mit der Zeit magst du dir deine Frage selbst beantworten. Vorerst genügt es, dass die Rillyti meinem Wort gehorchen.«

Er schnitt ihre Fesseln durch. Teres stöhnte und glitt von dem Altar herunter. Sie massierte sich die Hand- und Fußgelenke, und dort, wo sie auf den vorstehenden Stäben gelegen hatte, bildeten sich blaue Flecken.

»Dies ist natürlich kein Altar«, fasste Kane murmelnd zusammen und beobachtete jede ihrer Regungen. »Es ist ein Steuerpult für Blutstein. Seit Arellartis großen Tagen sind die Rillyti in elende Degeneration gefallen, und ihre abergläubischen Riten ersetzen, was sie einst an Wissen über Blutstein besessen haben mögen. Ich hatte diese sinnlosen Opfer verboten. Es ist ein Beweis für die krelranische Ingenieurskunst, dass die Steuerung nach all den Jahrhunderten solchen Missbrauchs nicht völlig blockiert ist. Doch alte Sitten sind schwer auszumerzen, ganz wie man sagt. Du warst den Rillyti ein zu verführerisches Opfer, was, wie ich annehme, auch etwas über die Degeneration der Kröten aussagt, wenn man die evolutionäre Kluft zwischen Rillyti und Menschen betrachtet.

Nun, augenblicklich stellst du eine Komplikation für mich dar. Aber es gibt immer noch Möglichkeiten, wie ich diese Schicksalswendung zu meinem Vorteil nutzen kann. Vermutlich bist du mit deinem Boot, ohne es zu merken, in den Südarm des Neltoben geraten. Ich hätte bedenken sollen, dass das Hochwasser auch diesen Fluss ansteigen lässt. Doch andererseits hast du behauptet, du seist dir deiner geographischen Kenntnisse sicher.«

Ihre Beine bebten, aber darauf nahm sie keine Rücksicht. Ärgerlich fuhr sie ihn an: »Deine Ränke, Kane, scheinen mir weit raffinierter als die eines ehrgeizigen Abenteurers, für den ich dich anfangs gehalten habe! Hier ist Zauberei am Werk, und offenbar bin ich nur eine Schachfigur in einem rätselhaften Spiel. Und jetzt war ich so töricht, eine Phase deiner Verschwörung durcheinanderzubringen. Was für eine Teufelei heckst du aus, Kane? Mit welchem Zauber bist du aus den Strahlen des Blutsteins gestiegen? Und da ich bezweifle, dass du nur zufällig gekommen bist: Warum hast du deine Günstlinge um ihr Vergnügen betrogen? Wenn alles vorbei gewesen wäre, hätte ein wenig Wasser alles wieder in Ordnung gebracht, und du hättest nicht ihren Unmut hervorgerufen!«

»Die Kröten gehorchen mir, oder sie sterben. Aus ihrer Zuneigung könnte ich mir beileibe nicht weniger machen. Und was mein Kommen betrifft ... Ich sehe, was Blutstein sieht, und Blutstein sieht alles in Arellarti.« Kane hielt inne und fügte dann hinzu: »Ich bin dazwischengegangen, weil ... weil mir dein Tod nichts gebracht hätte ... vielleicht interessierst du mich auch. Und mein Spiel – wie du es richtig nennst – ist ein Abenteuer, dessen Zielsetzung du bald verstehen wirst. Wenn du mich allerdings der Hexerei beschuldigst, dann irrst du. Doch die wahre Natur meiner Macht widersetzt sich auch jeglichem menschlichen Verstehen, sodass Menschen nichts anderes bleibt, als sie Magie zu nennen.

Aber um dich zu beruhigen: Ich habe nichts Böses mit dir im Sinn. Natürlich wirst du Arellarti nicht eher verlassen, als bis meine Pläne ein gewisses Stadium erreicht haben. Danach ...? Nun, danach wirst du nicht mehr in der Lage sein, mir in die Quere zu kommen, und so kannst du selber entscheiden, ob du bleiben willst oder nicht.

Ich habe den Rillyti befohlen, dich unbehelligt zu lassen, solange du nicht Arellartis Mauern zu verlassen suchst. Solltest du es doch riskieren, dürftest du wissen, was dich erwartet. Und du wärst gut beraten, wenn du dich nicht in der Nähe von Blutstein aufhalten würdest, dir ist gewiss klar, weshalb.«

Teres funkelte ihn verbittert an. Sie hasste Kane wegen seines Verrats, aber sie konnte trotzdem nicht vergessen, was sie ihm verdankte.

Seine Worte wurden undeutlich, vor ihren Augen flirrte Nebel. Sie wankte benommen, dann fing sie ihren drohenden Sturz an dem Steuerpult ab. Ihre Kräfte waren von der endlosen Quälerei buchstäblich ausgebrannt.

»Kannst du noch ein Stück gehen?«, fragte Kane mit einer Spur von Besorgnis in der Stimme. »Ich bringe dich an einen Ort, wo du dich ausruhen kannst.«

»Ich kann gehen ... ich bin darin sogar verdammt nochmal besser als kriechende Schlangen, die sich das Aussehen von Menschen verleihen«, knurrte Teres, leugnete ihre Erschöpfung jedoch nicht.

Kane grinste. »Sicher kannst du das«, entgegnete er. »Also, komm mit mir ... Und wenn du umfällst, werde ich dich schlafen lassen, wo du liegen bleibst.«

Die folgenden Tage waren so unwirklich wie ein phantastischer Traum, aus dem sie nicht erwachen konnte. Und wie im Traum wurden ihrem Verstand bestimmte Augenblicke mit unauslöschlicher Klarheit eingebrannt, andere wiederum überhaupt nicht, sodass sie sich manchmal kaum erinnern konnte, was eine Stunde zuvor geschehen war.

Kane erklärte ihr, ein Fieber habe sie überwältigt, und er verabreichte ihr seltsame bittere Pulver, die ihre Gedanken jedoch nur noch mehr zu vernebeln schienen. Ihrer Meinung nach war es eher das fremdartige Böse dieser altweltlichen Stadt, das ihre Gedanken verzerrte und ihren Kopf mit bizarren Bildern füllte.

Es war später Nachmittag, als Teres schließlich aus einem längeren und glücklicherweise traumlosen Schlaf erwachte. Einen Moment lag sie still, die Augen noch geschlossen, und betastete die Steine unter ihrem Lager aus Fellen. Als sie die Lider hob, wusste sie sogleich, wo sie sich befand, obwohl sie am Abend zuvor, ohne ihrer Umgebung noch einen Blick zu widmen, auf das einfache Bett gesunken war. Die völlige Erschöpfung hatte die Oberhand über ihre gequälten Nerven behalten, und sie war beinahe ohne Übergang in einen tiefen Schlummer gefallen.

Dies musste Kanes Gemach sein, entschied sie, denn er war offenbar das einzige menschliche Wesen in Arellarti. Abgesehen von einigen merkwürdigen Relikten, die er zu Studienzwecken aus den Ruinen herangeschafft haben musste, war die Einrichtung primitiv. Zu ihrer Beruhigung erblickte Teres ihr Bündel aus dem Boot, und nachdem sie sich flüchtig gewaschen hatte, legte sie ihr schmutziges Haremskostüm ab und zog die gewohnte Kleidung an. Das Schwert war selbstverständlich nicht dabei, aber sie nahm etwas vom Wein und vom Fleisch zu sich, die sie mehrere Welten entfernt eingepackt hatte. Allmählich folgte ihre Gemütsverfassung auch wieder dem Leitsatz »Nach mir die Sintflut« – was konnte ihr schließlich sonst noch zustoßen? –, und so stupste sie versuchsweise gegen die Tür des Raumes. Sie schwang einfach auf, und Teres blickte in den Gang hinaus. Zwei Rillyti kauerten dort und erwiderten ihren Blick. Ihre Haltung ließ keine Feindseligkeit erkennen.

Es war an der Zeit, Kanes Wort auf die Probe zu stellen, entschied sie und trat in den Korridor hinaus. Die Wächter bedeuteten ihr, ihnen zu folgen. Teres gehorchte gleichgültig. Unbeeindruckt flocht sie ihren Zopf fertig.

Die Rillyti führten sie eine steile, spiralförmige Treppenflucht hinab, deren große Stufen, so erinnerte sie sich, ihr gestern Abend einige Schwierigkeiten bereitet hatten. Kane hatte sich in Arellarti einen Turm als Wohnstatt erwählt. Ein Hang zu großen Höhen schien für ihn charakteristisch zu sein.

Sie fand ihn auf dem Boden der Kuppel kniend, mit einer Reihe von gravierten Platten aus Bronzelegierung beschäftigt, die er unmittelbar neben einer der glühenden Säulen ausgebreitet hatte. Er sah auf, um sie zu begrüßen. Inmitten dieser von fremdartigen Hexereien erfüllten Stadt benahm er sich völlig zwanglos.

»Teres ... Endlich aufgewacht?« Er lächelte, als er ihre Kleidung sah. »Sollte ich wohl sagen, dass du wieder frisch wie ein Mann aussiehst?«

Ihr Lächeln war giftig. »Ein Dieb hat sich mit meinem Schwert davongemacht.«

»So viele Kröten habe ich nicht, dass ich dich unter ihnen wüten lassen kann. In Arellartis Mauern bist du außerdem auch ohne Waffe sicher.« Ohne ihre Erwiderung abzuwarten, entließ er die Wachen und fuhr fort: »Ich glaube, du wirst daran interessiert sein, Arellarti zu besichtigen. Schließlich bist du neben mir eines der wenigen menschlichen Wesen, die je einen Fuß in diese Stadt der Kröten gesetzt haben. Ich glaube, den anderen blieb keine Zeit, um die krelranische Architektur zu betrachten.«

Er griff nach ihrem Arm, doch Teres entzog sich ihm. Mit einem Schulterzucken nahm Kane es hin und ging voraus; das Mädchen holte ihn ein. Während sie durch die Stadt schritten, erzählte Kane aus Arellartis Geschichte, davon, wie er mit diesem Geheimnis in Verbindung gekommen war, und von den Gründen seines Vorgehens. Manchmal sprach er zurückhaltend, manchmal überschwänglich, wie ein Herrscher, der einen neu eroberten

Besitz rühmt. Teres hörte ihm meist schweigend zu; es gelang ihr nicht, ihm etwas über jene Dinge zu entlocken, die er hinter einem geheimnisvollen Schleier ließ. Trotz ihres Unbehagens und ihrer Wut merkte sie, dass sie von seiner Erzählung und von der unheimlichen Pracht Arellartis fasziniert war.

Neben den hoch aufragenden Obelisken, dort, wo Arellartis schwergewichtige Bronzeportale – die man in den zischenden Schmelzöfen der Stadt neu gegossen hatte – in alte Scharniere gehoben wurden, hielt er an. Von hier oben hatten sie einen einmaligen Ausblick über die Stadt. Staunend sah Teres auf die spinnennetzartige Konstruktion von Arellarti hinab. Deutlich war der rasend voranschreitende Wiederaufbau überall in der kreisförmig angelegten Metropole zu sehen. Wie sie erfuhr, wurde die Arbeit auch während der Nachtstunden fortgesetzt, und zwar im Licht von strahlenden Fackeln, die von Blutsteins Energie genährt wurden.

Teres machte sich Kanes Gewohnheit zu eigen, den geheimnisvollen Kristall mit seinem Eigennamen, Blutstein, anzureden. Kane hatte ihr versichert, dass das Juwel ein denkendes Geschöpf war, eine Wesenheit mit gottähnlicher Macht.

In der Tiefe konnte sie die unermüdlichen Rillyti arbeiten sehen, ob sie nun riesige Steinblöcke schleppten oder sorgfältig die Gravur eines feinen Spiralmusters erneuerten. Im einsetzenden Zwielicht warfen Arellartis Schmelzöfen schlangenhaft züngelndes, unheimliches Licht auf die Straßen. Von den beängstigenden Energien des Kristalls genährt, gebaren diese Öfen in Wehen weißglühenden Ungestüms die unbekannten Legierungen und das obsidianartige Gestein, aus denen Arellarti nach Jahrtausenden des Zerfalls neu errichtet wurde. Die Rohmaterialien stammten von eingesammelten Trümmern und jenem vielfarbigen Schlamm, den die Krötenwesen aus dem Sumpf herbeischafften.

»Seltsam, dass diese plumpen Schlammbewohner eine so organisierte und komplizierte Arbeit ausführen können«, sann Kane. »Und kaum zu glauben, dass ein so großartiges Volk, wie die Krelran es in jenem vergangenen Zeitalter gewesen sein müssen, zu diesen unförmigen Kröten degeneriert sein soll. Ich möchte wissen, wie es der Menschheit erginge, würde eine kosmische Katastrophe unsere Zivilisation zu Schutt und Asche zerbersten lassen. Vielleicht würden wir auf die Bäume und in die Höhlen unserer tierischen Vorfahren zurückkehren ... als versteckt lebende Affenmenschen, die ein wahnsinniger Schöpfer in seiner Torheit in Menschen verwandelte. Nicht einmal die Legende würde sich an die verblichene Pracht unserer Art erinnern.«

»Wie können die Rillyti dieses Vorhaben nur umsetzen? Und weshalb machen sie sich überhaupt die Mühe?«, wollte Teres wissen. »Nach allem, was du sagst, müssen sie zufrieden in ihren primitiven Dörfern gelebt haben, bis du dieses schlafende Böse befreit hast.«

»Arellarti war ihre alte Heimat«, erwiderte Kane. »Jetzt bauen sie sie wieder auf. Blutstein ist ihr Gott. Seinen Befehlen gehorchen sie. Für den Kristall aber sind sie nichts als Sklaven, ein Heer arbeitender Körper, deren Gehirn Blutstein ist. Sie beten ihn an, und wie ein wirklicher Gott nutzt er die Herrschaft über seine Diener, um seine eigenen Ziele zu verwirklichen. Blutstein befiehlt, die Kröten setzen seinen Willen in die Tat um. Ich bezweifle, dass es ihnen möglich wäre, sich seinen telepathischen Anweisungen zu widersetzen. Nun, einst hatten sie die Herrschaft über Blutstein; heute sind sie seine Diener. Auch daran sieht man, wie tief diese Rasse gesunken ist. Jetzt bin ich Blutsteins Herr, und durch diesen meinen Diener sind die Rillyti auch meine Sklaven.«

Teres lachte verächtlich. »Bist du das wirklich, Kane … Blutsteins Herr? Durch welche Macht bindest du seine Treue? Wie kann sich ein Mensch für den Herrn dieses Dämons halten, dessen Kräfte du gottgleich nennst? Für jeden gesunden Verstand ist er eine Macht des kosmischen Bösen!«

Kane blickte finster drein und war über ihre Äußerungen ärgerlicher, als er zeigen wollte. Teres lachte in sich hinein – es freute sie, dass es ihr gelungen war, die abgeklärte Ruhe zu stören, mit der er sich gab.

»Dieser Ring macht mich zum Herrn des Blutsteins«, sagte er nachdrücklich. Er ballte die Faust, um ihr das finstere Juwel zu zeigen.

Sie blickte es gleichgültig an. »Ich sah zerlumpte Narren, die darauf schworen, ungeheure Zauberkräfte in den Siegeln mit sich zu führen, die sie an ihren schmutzigen Fingern trugen«, spottete sie. »Und ich weiß von einigen solchen Talismanen, denen wahrhaftig ein gewisses Maß an magischen Kräften innewohnte. Aber deine Prahlereien widersprechen den Naturgesetzen, weil du behauptest, Blutstein sei kein Zauberwerk. Wie kann dich also ein winziger Juwelensplitter zum Herrn eines Kristallgiganten machen, dessen Kräfte von jenseits der Sterne stammen?«

»Größe spielt nicht einmal bei den Naturgesetzen eine Rolle«, schnaubte Kane. »Ein Funke kann eine Stadt in Flammen aufgehen lassen, ein Rad einen Felsblock bewegen, ein Eisenspan einen Drachen töten. Und erdreiste dich nicht, von diesen Gesetzen auf die Gesetze außerweltlicher Wissenschaft zu schließen.

Vieles von dem, was Blutstein betrifft, verstehe nicht einmal ich. In meinem Wissen gibt es Lücken, beträchtliche Lücken, das gestehe ich ein – Rätsel, die über mein Verständnis gehen. Manchmal gibt es für Blutsteins Weisheiten keine Ausdrucksmöglichkeit im menschlichen Begriffsvermögen. Andere Male weiß ich, dass der Kristall seine Gedanken und Erinnerungen vor mir verbirgt.

Meine Bindung an Blutstein ist symbiotischer Natur. Ich kann auf seine Macht zurückgreifen, doch ohne mich – oder genauer gesagt: ohne den Herrn dieses Ringes – ist er nur ein lebloser Kristall. Aus Gründen, die ich nicht völlig verstehen kann, entspringt seine Lebenskraft einem Zusammenspiel zweier Quellen. Irgendwie nährt er sich von jenem kosmischen Energiestrom, der unser Universum räumlich und dimensional im Gleichgewicht hält. Doch braucht er auch organische Lebensenergie, und die erhält er durch ...«

Kane zögerte, hustete, als hätte er einen Frosch im Hals, und fuhr dann mit einem anderen Gedanken fort: »Daher ist das Bündnis zwischen Blutstein und dem Träger dieses Ringes überaus wichtig. Der Ring selbst ist nur eine bequeme Möglichkeit, den körperlichen Kontakt aufrechtzuerhalten. Der in den Ring eingearbeitete Kristall ist der entscheidende Faktor. Blutstein ist, wie auch das Juwel des Ringes, eine Halbkugel. Auch wenn es unseren ›Naturgesetzen‹ entgegenzustehen scheint, sind die beiden Kristalle doch gleiche Hälften eines einzigen Organismus. Der Kristall in der Kuppel ernährt sich von kosmischer Energie. Der Kristall in diesem Ring überträgt organische Lebenskraft. Diese beiden Kräfte – diese beiden Hälften – machen die denkende Wesenheit Blutstein aus. Durch diese Kette sind mein und Blutsteins Geist miteinander verbunden, und beide erhalten wir Macht durch den anderen.«

»Dann bist du der Sklave dieses zweifältigen Vampirs!«, fasste Teres es mit blankem Hohn zusammen.

»Nein!«, platzte Kane der Kragen, und Teres glaubte schon, er würde sie schlagen. »Nein! Unsere Geister sind nach wie vor getrennt und unabhängig voneinander! Ich vermag jene Gedanken Blutsteins, die er unter einem geheimen Schleier verborgen hält, nicht zu durchdringen, und er kann seinerseits meinen Willen nicht regieren. Mein Geist gehört mir allein, und ich bin der Meister unseres Paktes! Und das nicht nur, weil ich für seine Existenz unerlässlich bin. Die Krelran, die Blutstein schufen – oder ihn zumindest nutzbar machten –, haben äußere Steuerelemente an dem Kristallwesen angebracht. Dieser ›Altar‹, auf dem meine Krötenfreunde dich letzte Nacht opfern wollten, ist ein zentrales Steuerorgan für das gesamte kristalline Sternengeschöpf. Wer Blutsteins Natur kennt, kann es bedienen und dadurch die Energie in seinem Innersten kontrollieren. Für die Krelran war Blutstein nur eine komplizierte und mächtige Maschine, und keine Maschine kann sich selbst kontrollieren. Wenn ich es wollte, könnte ich Blutstein die Energie abdrehen ... ihn wieder in jenen Schlummerzustand zurückbefördern, in dem ich ihn vorgefunden habe.«

Er bemerkte ihren Blick und fügte betont beiläufig hinzu: »Ich brauche dir wohl nicht zu sagen, dass es auch gewisse Vorrichtungen gibt, die die Steuerung vor unwissendem Gepfusche oder mutwilliger Zerstörung schützen. Sollte Blutstein dazu gezwungen werden, könnte er jeden, der sich mit einer derartig feindlichen Absicht nähert, vernichten. Es sei denn, er wird durch diesen Ring geschützt.«

»Der Kristall hätte also weitergeschlafen, bis Kranor-Rill irgendwann diese vergessenen Ruinen völlig verschluckt hätte!«, rief Teres verwundert aus. »Welcher Irrsinn hat dich dazu getrieben, dieses Relikt eines Übels der alten Welt zu erwecken?«

Kane antwortete mit sarkastischem Lachen. »Ein Übel nennst du ihn? Blutstein existiert jenseits der menschlichen Begriffe von Gut und Böse. Er ist ein Brennpunkt kosmischer Energie und als solcher der Schlüssel zu einer Macht, die menschliches Begriffsvermögen übersteigt. Ich habe vor, diese Macht zu erschließen und sie für meine Zwecke zu nutzen. Dieser Ehrgeiz macht mich ebenso wenig zu einem ›Meister des Bösen‹ wie jeden anderen Eroberer, der für seine Feinde stets ein Teufel, für sein Gefolge aber ein Gott ist.«

»Wer wird dir schon folgen, Kane?« Ihre Stimme war voller Abscheu.

Er blieb zuversichtlich. »Starke Männer folgen einem starken Anführer. Wenn Blutsteins Macht sich über die Südlande ausdehnt, wird es viele Leute geben, die eine siegreiche Sache zu ihrer eigenen machen werden. Es ist weit besser, sich der Armee eines Eroberers anzuschließen, als unter seinen Füßen zertreten zu werden. Und meine Macht wird an den Küsten der Südlande nicht haltmachen!«

»Eindrucksvolle Pläne für einen einsamen Abenteurer, der sich auf einem faulenden Flecken Land bei seinen Kröten versteckt!«, erwiderte sie mit tödlicher Verachtung. »Einen zweifachen Verräter, der davon träumt, einen Kontinent zu beherrschen!«

Ihr Spott traf ihn. Kane versteifte sich. »Ich warte nur auf den rechten Augenblick. Bisher ist Blutsteins Macht noch ein winziger Bruchteil dessen, was möglich ist. Meine Sklaven sind damit beschäftigt, den Schaden von

Jahrhunderten zu reparieren, aber auch das wird seine Macht nur bis zum alten Stand wiederherstellen. Arellarti konnte von den Krelran nie vollendet werden – ihre Feinde haben die Stadt vorher vernichtet. Wäre das Werk vollbracht worden und hätte der alte Meister des Blutsteins nicht auf irgendeine Weise den Kristall deaktiviert – wie ich mir aus den verhüllten Gedanken von Blutstein zusammenreime –, die Stadt hätte niemals fallen können, nicht einmal unter den vernichtenden Waffen der alten Erde.

Ich beabsichtige, dieses Vorhaben aus vergangenen Äonen zu vollenden. Ich werde Blutstein auf den Gipfel seiner Macht führen. Heute bin ich noch verwundbar, das gebe ich freimütig zu. Würde mein Spiel durchschaut, könnte mich ein vereinter Angriff schlagen. Doch solch ein vereintes Bemühen wird es niemals geben. Meine Nachbarstaaten bekriegen sich. Sie werden ihre Kraft weiterhin verschwenden, bis mein erster Vorstoß sie schließlich leicht überwältigt ... denn sie werden nichts ahnen und erschöpft von ihren unbedeutenden Schlachten sein! Ich werde hier in den Südlanden die Grundlage meines Imperiums schaffen, und unter den Überlebenden werde ich treue Untertanen finden. Und bald wird es kein Mensch mehr wagen, sich zu meinem Feind zu erklären, denn sobald Arellarti in seiner geplanten Gestalt vollendet ist, wird Blutsteins Macht gleichbedeutend mit der des Kosmos sein! Keine Armee, keine Stadt, keine dem Menschen bekannte Macht gibt es, die mich dann noch aufzuhalten vermag.«

»So haben schon andere geprahlt!«, fauchte Teres.

In seinen Augen stand wieder das altbekannte kalte Glühen. »Ja«, erwiderte er. »Und einige von ihnen haben Reiche gegründet, die noch heute bestehen.«

In dieser Nacht wurde Teres' Schlaf von seltsamen und unangenehmen Träumen vergiftet, und als sie aus dem unbeständigen Schlummer aufschreckte, bemerkte sie, dass der Bann des Albtraums sie noch immer umfangen hielt. Gespenstergleiche Schatten schielten aus der Dunkelheit heraus nach ihr und verblassten langsam, während sie mit fiebrigen Augen in die Nacht starrte, während ihre Faust den Schrei erstickte, der ihr auf der Lippen lag. Ihre Haut war schweißbedeckt; ihre Stirn war heiß unter ihren kühlen Fingern, obwohl die Felldecken nicht genügten, um ihr eisiges Zittern zu mildern. Bis zum Tagesanbruch lag sie abwechselnd wach und in nebelhaftem Schlaf, zu schwach, um das Wasser zu suchen, nach dem es sie dürstete.

Als Teres am späten Vormittag noch nicht erschienen war, beschloss Kane, sie zu wecken. Er trat ein, nachdem sie mit heiserer Stimme auf sein behutsames Klopfen geantwortet hatte. Ein Hauch von Sorge huschte über seine Züge, als er ihren Zustand erkannte.

»Geh zu deinen Kröten und deiner Hexenkunst zurück und lass mich in Frieden sterben!«, knurrte Teres wehleidig. Ihre feuchten Hände stießen ihn kraftlos zurück.

»Du glühst ja wie ein gekochtes Ei«, merkte Kane an und zog die Hand von ihrer Stirn zurück. Er stellte ihr besorgte Fragen, bekam jedoch nur undeutliche Antworten.

»Verdammt, Kane! Lass mich in Ruhe!«, keuchte sie wütend und schlug schwach nach ihm, als er die Felldecken zurückzog und seine Wange an ihren nackten Rücken presste.

»Halt still, Teufel nochmal! Ich versuche, eine Vorstellung davon zu bekommen, was dir fehlt.« Er begann, ihr vorsichtig mit beiden Händen auf den Rücken zu klopfen.

»Du bist kein Arzt ... Auch wenn nur Thoem der Verfluchte weiß, was du in Wirklichkeit bist!«

»Woher weißt du, was ich bin und was nicht! Ich bin älter, als du dir vorstellst, und man lernt, was man lernen muss, wenn man Tod und Langeweile zugleich trotzen will.«

Teres fühlte sich im Augenblick zu elend, um sich noch weiter zur Wehr zu setzen. Seine Berührungen waren sanft, seine Miene besorgt, und obwohl sie argwöhnte, dass Kane nur ihr Vertrauen gewinnen wollte, empfand sie seine Aufmerksamkeit nicht als unangenehm. Inzwischen bezweifelte sie, dass ihr Elend in dieser fieberhaften Benommenheit noch irgendwie vergrößert werden könnte.

»Deine Lunge hört sich hinreichend frei an«, erklärte er. »Ich glaube nicht, dass sie entzündet ist, wenigstens noch nicht. Wahrscheinlich hast du dir eine kolossale Erkältung eingefangen, während du dich in deinem übermüdeten Zustand der Nässe ausgesetzt hast. Oder vielleicht hast du schädliche Sumpfgase eingeatmet. Kranor-Rills Atem ist vielerorts giftig.«

Er durchsuchte murmelnd die karge Einrichtung des Gemachs. »Ich habe nur minimale Vorräte nach Arellarti mitgenommen«, verriet er. »Aber ein paar nützliche Arzneimittel habe ich glücklicherweise zur Hand.« Er maß ein graugelbes Pulver ab und verrührte es in einem Becher mit Wein.

»Wenn ich wählen darf, ziehe ich das Schwert dem Gift vor!«

»So langsam kann ich verstehen, warum Malchion zehn Jahre älter aussieht, als er tatsächlich ist«, stellte Kane verärgert fest. »Dein Urteil ist ebenso übereilt, wie deine Schlussfolgerungen falsch sind. Ich kenne

Gifte, die dich in der Agonie nicht zu überbietender Ekstase zur Hölle fahren lassen würden. Nur die Gefallenen wissen, wie schmerzhaft der Biss kalten Stahls ist. Aber diese Arznei wird lediglich dein Fieber senken. Es ist eine feine Mischung aus Rinden, Flechten, Wurzeln und anderen Heilmitteln, und ich bezweifle, dass eure rückständigen wollendanischen Ärzte damit vertraut sind. Lächle und trink es, oder vergehe in diesem Fieber. Im Augenblick kann ich nur sehr begrenzt einige Stunden fern von Selonari verbringen, und ein phantasierendes Mädchen lasse ich nicht gern allein in Krötinhall zurück.«

Der Trank war bitter und enthielt vermutlich ein Schlafmittel. Noch während Teres über Kanes Wissen um geheimnisvolle Arzneien nachdachte, wurde sie von bleischwerer Müdigkeit übermannt.

Im Verlauf des Nachmittags, in der Nacht und am folgenden Tag sah Kane einige Male nach ihr. Das Heilmittel wirkte. Ihr Fieber ging zurück, und das Hämmern in ihrem Kopf verstummte.

Teres schlief lange, noch heimgesucht von bizarren Träumen, die sich in ihre erwachenden Gedanken mischten. Verschwommen war sie sich Kanes kühlender Berührung auf ihrer fiebrigen Haut bewusst ... Als wäre sie nicht Teil ihrer selbst, sondern als beobachtete sie ein vom Fieber gequältes Mädchen, das in seinen starken Armen geborgen war, während er der Fremden einen Becher an die bleichen Lippen hielt. Er sprach zu ihr, obwohl sie wenig erwiderte, hielt einen abschweifenden Monolog, dem ihr vom Fieberwahn umnebelter Verstand nicht folgte. Nur ein Eindruck von Namen, Ländern und Städten ferner Kontinente und vergangener Zeitalter blieb zurück. Wie viele jener Erinnerungsbruchstücke, die ihr später wieder in den Sinn kamen, aus seinen Worten stammten und wie viele ihrer Einbildung entsprangen, fand Teres niemals sicher heraus.

Eines Morgens wich das Fieber, wenigstens für eine Weile. Kraft kehrte in ihre Glieder zurück und vertrieb die träge Mattigkeit, die sie so lange in ihrer vampirhaften Umarmung gehalten hatte. Ihre Niedergeschlagenheit folgte dem Niedergang der Körpertemperatur auf dem Fuß, eine leichte Schwäche blieb jedoch bestehen. Das Turmzimmer engte sie ein. Teres beschloss, die Morgenluft zu genießen. Trotz der gemischten Gefühle, die sie Kane entgegenbrachte, bot er interessante Gesellschaft, also machte sie sich auf, ihn zu suchen.

Die schwerfälligen Rillyti-Wächter errieten ihre Absicht offenbar, oder sie handelten auf Kanes Befehl, denn als sie den Raum verließ, wiesen sie ihr den Weg zu ihm. Teres hielt sicheren Abstand zu den grotesken Wesen und folgte ihnen zu einem niedrigen Bau, dessen Vorderseite am zentralen Platz aufragte.

Kane hielt sich im Innern des Gebäudes auf. Er kauerte neben einem tiefen Riss, der sowohl in der Wand als auch im schuttübersäten Fußboden klaffte. Zwielicht herrschte, sodass Teres nicht sofort erkannte, was er tat. Als sie näher kam, fragte sie sich, ob ihr Verstand nicht möglicherweise immer noch vom Fieber verdreht wurde.

Von der Bruchkante am Boden ragte ein geneigtes, riesiges, unförmiges Spinnengewebe über einem Haufen eigenartiger Trümmer auf. Eine monströse Spinne lauerte darin, größer als jede Tarantel Kranor-Rills, und die dicken schwarzen Beine übertrafen sogar noch Kanes übergroße Hände an Größe. Der aufgeblähte Leib wirkte sonderbar proportioniert, massig wie die aneinandergehaltenen Fäuste eines Mannes, und das dünn mit Borsten besetzte Chitin schimmerte wie ein Tropfen schwarzen Blutes.

Kane war so sehr mit der Kreatur beschäftigt, dass er bei Teres' Eintreten nicht aufblickte. Er kniete auf dem Boden und schien etwas in Richtung der Spinne zu schieben. Teres gewann den unheimlichen Eindruck, dass er mit diesem Ding flüsterte, aber die Art, wie Geräusche in diesem Raum widerhallten, mochte ihrem Verstand einen Streich spielen, da sie zwei dünne, zwitschernde Stimmen zu hören glaubte .

Sie berührte Kane fast schon an der Schulter, als er sie endlich bemerkte. Die Spinne stieß einen ärgerlich krächzenden Laut aus und huschte auf ihren kurzen Beinen in den Spalt im steinernen Boden. Ihre irisierenden Augen hatten sich Teres sekundenlang mit einem Blick böswilliger Intelligenz zugewandt. Teres schrie auf und umklammerte Kanes Arm.

»Er mochte dich nicht«, murmelte Kane und öffnete eine Hand. »Er ist weggelaufen, bevor er damit fertig war.« Auf der Handfläche lagen Melonenstückchen.

»Spinnen fressen keine Melonen«, stellte Teres bebend klar. Sie war nicht in der Lage festzustellen, ob dies nicht ein weiteres Überbleibsel des Deliriums war.

»Diese hier schon«, lachte Kane. »Besonders, wenn die Melonenstückchen nach ihrem Geschmack gewürzt sind.« Blut sickerte aus einem Längsschnitt an seinem Daumen.

Verfolgt vom Schatten des Wahnsinns, der sich um sie zu schlingen drohte, floh Teres aus der Ruine.

Draußen streifte sie ziellos umher, sie konnte nicht sagen, wie lange.

Irgendwann spürte sie, dass Kane wieder bei ihr war. Sein Gesicht war zwar merkwürdig gerötet, doch ansonsten stellte er seine gewöhnliche höfliche Art zur Schau, und sie fragte sich, wie viel von dem Gesehenen einem Fiebertraum entsprungen war oder ob ein unberechenbarer Wahnsinn hinter der kalten Mordlust in seinen unheimlichen Augen lauerte. Sie bemerkte, dass er sich nach ihrer Gesundheit erkundigte, eine profane Frage, die zum finsteren Nimbus Arellartis in völligem Kontrast zu stehen schien. Sie gab eine gedankenlose Antwort.

»Dann wollen wir hoffen, dass deine Genesung von Dauer ist«, fuhr Kane fort. »Ich werde dich für einige Zeit verlassen müssen. Es fällt manchmal recht schwer, Dribeck meine Abwesenheit zu erklären, und dieses Mal bin ich schon zu lange fortgeblieben. Aber ich wollte dich nicht verlassen, bevor du nicht wieder du selber bist. So werde ich also bald nach Selonari zurückkehren, obwohl ich viel lieber in Krötinhall herumfaulenzen und den Sonnenschein genießen würde.«

»Verdammt rücksichtsvoll von dir, dass du deine finsteren Pläne in Gefahr bringst, nur um mir über die Stirn zu wischen«, murmelte Teres. »Wie kommen deine Teufeleien voran?«

»Ziemlich gut«, grinste Kane. »Malchion glaubt, seine Tochter sei insgeheim ermordet worden, und Dribeck denkt, du hieltest dich noch irgendwo innerhalb der selonarischen Grenzen versteckt, und die Bemühungen, den Konflikt wieder aufleben zu lassen, finden überall ein begeistertes Echo. Bis Blutsteins Macht ihren Gipfel erreicht hat, wird das Land in ein solches Chaos verstrickt sein, dass ich es mit hundert guten Leuten einnehmen könnte.«

»Ich bin tief beeindruckt!«

Kane beobachtete sie scharf. »Wie lange wird dir diese Verbitterung noch die Laune vergällen, Teres? Bin ich so viel verachtenswerter als irgendein anderer Eroberer?«

»Dich verdüstern das Böse, das du beherrschen willst, und die Treulosigkeit deines Vorgehens«, antwortete sie schnell.

Er starrte sie mit ungeduldig verzogenem Gesicht an. »Ein Mann führt die Waffen, mit denen er umzugehen versteht. Die Macht einer Armee, die Macht Blutsteins ... es sind Werkzeuge der Zerstörung. Werkzeuge des Herrschens. Durch ein Schwert stirbt ein Mensch genauso gewiss wie durch ... Blutstein.

Du bist ein ungewöhnliches Mädchen, Teres, und ich habe viele Frauen gekannt. Du würdest mich für verrückt halten, würde ich dir mehr erzählen, aber du bist anders als jede, der ich in all den Jahren meiner Wanderschaft begegnet bin. Es ist überflüssig zu sagen, dass ich dich faszinierend finde. Du bist eine starke Frau … und jemand, der Stärke in anderen bewundert. Vielleicht sind wir uns ähnlich.

Blutstein gibt mir die Macht, ein Imperium über die ganze Erde zu spannen, ein Imperium, das nur von meinem eigenen Interesse an diesem Spiel begrenzt sein wird! Mein Triumph muss nicht abermals den Makel der Einsamkeit tragen. Ich wäre bereit, meine Macht mit jemandem zu teilen, der stark genug ist.«

»Du bist verrückt, wenn du glaubst, ich würde dir meine Seele verkaufen.«

»Bin ich das?« Kane suchte ihren Blick. »Da ist etwas in deinen Augen ... Ich kann es sehen, wenn du mich anschaust. Du versuchst, es zurückzudrängen ... Denk darüber nach, Teres. Für diese Narren bist du eine Missgeburt. Bestenfalls wirst du ein paar Jahre über deinen rückständigen Stadtstaat regieren, für deine Untertanen eine Außenseiterin, dir selbst eine Fremde. Ist das ein hehres Ziel? Mein wird eine Macht sein, wie sie noch nie zuvor ein Mensch in Händen gehalten hat, nicht nur das laue Vergnügen, über die eroberten Länder der Menschen zu herrschen. Ich biete dir an, dich an meine Seite zu setzen, und du nennst mich verrückt. Was für eine armselige, romantische Dummheit!«

»Deine hohe Meinung von der Ethik anderer zeugt deutlich vom Fehlen jedweden eigenen Gewissens«, erwiderte Teres frostig.

»Ethik! Deine moralischen Skrupel sind ein sinnloses Brachland voller Widersprüche und Dummheiten!«, platzte er heraus. »Ich diene Kane, und keinen anderen Göttern oder obskuren Werten!«

»Offensichtlich!«

»Wo waren deine hohen Prinzipien, als du freudig an der Spitze einer Invasionsarmee geritten bist, um Selonari zu zerstören?«, entgegnete er.

Sie hielt ihre Antwort schon bereit. »Dribeck hat sich gegen uns verschworen. Wir haben uns gewehrt, mit ehrbarem Stahl und Muskelkraft, wie es sein sollte, nicht mit außerweltlicher Zauberei!«

»Die Soldaten, die gefallen sind, haben ohne Zweifel über die Rechtmäßigkeit ihres Todes gelächelt.« Kanes Sarkasmus war ätzend. »Tot ist tot. Sieg ist Sieg. Der Unterschied liegt in der Stärke, der Stärke der Männer, der Waffen, der Strategie – was auch immer. Blutstein ist meine Stärke, eine Stärke, die größer ist als die jeder Armee. Und die Moral des Krieges wird immer vom Sieg bestimmt – nachdem Fakten geschaffen wurden.«

Teres gab ein entrüstetes Geräusch von sich. Aber nachdem ihre Empörung gewichen war, in den Stunden, in denen sie allein in der fremdartigen Stadt weilte, verfolgten Kanes Worte sie und quälten ihre Gedanken.

»Blutstein wird mit jedem Tag mächtiger«, sagte Kane eines Nachmittags. Nach einer Abwesenheit von mehreren Tagen war er zurückgekehrt, und Teres empfand seine Gegenwart als willkommene Erleichterung. Die Rillyti kümmerten sich nicht um sie, solange sie den Stadtmauern nicht zu nahe kam. Doch die nagende Sorge, dass sie Kanes Befehle doch missachten könnten, plagte sie, und die Vertrautheit mit den Krötenwesen hatte ihre Abscheu nicht gemindert.

»Ich verstehe nicht, wie dieser besessene Wiederaufbau Arellartis irgendeine Bedeutung für deinen Kristalldämon haben kann«, stichelte Teres. »Zugegeben, die Wälle sollten gegen Belagerung gesichert sein, und der Damm muss freigelegt werden, damit du deine Armee aus dem Sumpf führen kannst. Aber warum soll man, wie du es tust, auf die Wiederherstellung bedeutungsloser Verzierungen Mühe verschwenden? Warum reparierst du diese nutzlosen Gebäude? Es gibt weit mehr Bauwerke, als du und diese Kreaturen in Besitz nehmen könnten, und viele davon scheinen keinen Zweck zu erfüllen ... es gibt darin nicht einmal Fenster oder Türen.«

»Die Krelran waren keine verschwenderisch veranlagte Rasse«, meinte Kane ausweichend. »Und Blutstein verfügt nicht über einen poetischen Geist. Arellarti wurde als funktionelle Einheit konstruiert. Blutstein leitet den Aufbau nach den ursprünglichen Plänen. Was für den Menschen überflüssig ist, mag für ihn bedeutsam sein.«

Teres fröstelte. »Wenn ich nachts aus dem Turmfenster blicke, kann ich seinen böswilligen Nimbus über der Kuppel schweben sehen.«

»Der Glanz strahlt immer heller, je mehr Energie er zurückgewinnt«, erläuterte Kane. »Arellartis Puls schlägt stärker. Meide diesen Stadtbezirk, Teres, besonders in mondlosen Nächten.«

Eine scharfe Entgegnung erstarb ihr noch in der Kehle. Stattdessen blieb sie stumm an seiner Seite und blickte über die in Flammen gebadete Stadt. »Warum verfolgst du diesen wahnsinnigen Plan, Kane?«, fragte sie schließlich. »Malchion oder auch Dribeck würden dich mit Reichtum und Ehre überhäufen, wärst du ihr treuer Diener. Was kannst du mehr gewinnen, wenn du diese ungeheuerliche Macht auf die Menschheit loslässt? Ich will nicht bestreiten, dass Macht und Reichtum den Kampf wert sind, den man um sie führen muss. Aber wie viele jener Männer, die Pläne geschmiedet und Kriege geführt haben, um die Imperien der Vergangenheit zu errichten, haben einen Preis gewonnen, der die Sache wert war? Jeder wollendanische Lord kennt größeres Glück und nennt mehr Reichtum und Macht sein Eigen, als er braucht, und muss sich nicht mit der Sorge um undankbare und rebellische Nationen belasten.

Ich will meine Zuneigung zu dir nicht leugnen, Kane. Du hast die Wahrheit ausgesprochen, als du sagtest, wir seien uns sehr ähnlich. Wir sind Außenseiter bei den Leuten, über die wir herrschen wollen. Auch ich bewundere Stärke, und trotz des unbarmherzigen Dämons, als der du dich erwiesen hast, bist du stärker als jeder Mann, den ich gekannt habe.

Kane, gib dieses verhängnisvolle Unterfangen auf! Vernichte Blutstein, wenn du das wirklich kannst. Kehre mit mir nach Breimen zurück. Wenn du das tust, so schwöre ich dir, niemals von deinem Verrat zu sprechen oder von deinen magischen Plänen. Ich werde Malchion nur sagen, dass du mir geholfen hast, Dribeck zu entkommen, und dass du mich, als deine Stellung in Selonari unsicher geworden ist, aus dem Versteck geholt und mit mir nach Breimen geflohen bist. Niemand wird daran zweifeln. Wenn du uns treu dienst, wird Malchion dir jeden Wunsch erfüllen. Auch mein Vater wird nicht ewig herrschen, und mit einem starken Mann an meiner Seite wird meine Herrschaft über Breimen gesichert sein. Verlassen wir diese verfluchte Stadt gemeinsam. Kane, komm mit mir. Wir werden zusammen herrschen, über Breimen, Selonari oder jeden anderen Stadtstaat, gegen den wir unsere Klingen erheben .«

Ihre Hände berührten sich auf dem Sims. Kanes Stimme war leise. »Fast höre ich mich deinen Worten beipflichten, Teres. Und wären meine Beweggründe tatsächlich so einfach und geradlinig, wie du sie darstellst, dann könnte ich diese Macht, die ich hier entfesselt habe, mühelos zerstören und Arellarti verlassen, um an deiner Seite ein Königreich aus dem Boden zu stampfen.«

Auf ihrem Gesicht zeigte sich Ärger, in ihrer Stimme lag jedoch bitterer Schmerz. »Aber du tust es natürlich nicht! Deine Gier nach Macht ist deinem schwarzen Herzen weit näher als alle Liebe, die du für mich zu empfinden behauptest!«

»Jetzt fängst du an, wie eine Frau zu reden. Versuche zu verstehen, dass in meinem Streben mehr als nur bloße Machtgier liegt.«

»Und du redest wie ein Mann! Du verteidigst deine Selbstsucht, indem du mir vorwirfst, ich sei nicht klug genug, dich zu verstehen.«

»Ich bin mir nicht sicher, ob überhaupt ein menschliches Wesen meine

Gedanken begreifen kann! Anfangs war ich für dich der ehrgeizige Abenteurer. Später sahst du mich als verräterischen Dämon. Thoem mag wissen, was du in diesem Augenblick über mich denkst. Teres, du begreifst nur einen schwachen Abglanz meiner Gedanken und Motive!«

»Ich fühle mich heute Abend ganz waghalsig! Also komm, erleuchte doch die Finsternis meiner armen Beschränktheit!«

Er schwieg lange Zeit. Der Abend verdichtete sich über Arellarti, wo im Herzen der Stadt ein dunkler Stern leuchtete. Teres kratzte mit dem Finger über den steinernen Sims des Turmfensters und rang mit dem quälenden Zwiespalt aus Wut und Liebe, den sie für Kane empfand.

»Wie alt bin ich, Teres?«, wollte Kane unvermittelt von ihr wissen.

Die Frage schien ihr unsinnig zu sein. »Äußerlich siehst du zehn Jahre älter aus als ich. Aber dein Verhalten deutet größere Erfahrung an, und da du so geheimnisvoll fragst, lass mich noch weitere zehn Jahre der Niedertracht auf deine Schultern laden.«

»Und wenn ich dir nun sagen würde, dass sich mein Körper äußerlich mehr als zehnmal so lang nicht verändert hat, wie du mir zugestehst?«

Teres starrte ihn ungläubig an und fragte sich, was für ein Spiel er dieses Mal wohl mit ihr trieb. Die Südlande befanden sich an der Grenze der aufstrebenden Zivilisation der Menschheit. Hier war die Zauberei nicht jene alltägliche Kraft, die sie auf den größeren Kontinenten sein mochte. Teres hatte unzählige finstere Geschichten gehört, doch von Magie wusste sie rechtschaffen wenig, abgesehen von den banalen Vorführungen fahrender Zauberer und den ehrfurchtgebietenden Mysterien, die Ommems Priester vorgeblich hüteten.

»Du siehst mir nicht aus wie diese knorrigen alten Zauberer, die angeblich jahrzehntelang in ihren Türmen hocken, ihre bösen Gesänge murmeln und ihre verkommenen Gehirne mit geheimem und abscheulichem Wissen füllen. Obwohl in deinen Augen Wahnsinn steht, finde ich dich ziemlich menschlich. Dein Blut floss in der Schlacht am Macewen und war so rot wie das jedes anderen Mannes.«

Kanes Geste war ungeduldig. Er hatte sich angeschickt, ihr etwas über seine Seele zu enthüllen, und sie war nicht weiter daran interessiert. »Du bist nicht groß mit okkulten Mächten vertraut, da stimmst du mir wohl zu. Ein Mensch kann so weit unsterblich sein, dass der zerstörerische Hauch der Zeit seine körperliche Substanz nicht verblühen lässt. Solange solch ein Mensch dem gewaltsamen Tod entgeht, könnte er leben und durch die Jahrhunderte streifen ... beobachten, wie Gegenwart zur Geschichte wird,

Geschichte zu Legende, und die Legende schließlich aus dem Gedächtnis der Menschheit schwindet. Jede Verwundung seines Körpers würde heilen, ohne eine Narbe zurückzulassen. Er würde endlos in jenem Zustand verharren, in dem er sich in dem Augenblick befand, als ein wahnsinniger Gott ihn verfluchte.«

»Unsterblichkeit wird gemeinhin nicht als Fluch angesehen.«

»Was wissen Sterbliche schon? Das Fleisch kann heilen, doch auf der Seele bleiben Narben! Wenn man dazu verdammt ist, durch die Ewigkeit zu wandern, als Ausgestoßener gebrandmarkt, kein Land, das man Heimat, keinen Menschen, den man Freund nennen kann. Was man auch lieben, ergreifen möchte, es gleitet einem unvermeidlich aus den Armen. Das Alter verzehrt die Gebeine der Hoffnung. Die Einsamkeit! Nur Erinnerungen, kalte Geister, die einen in Träumen foltern. Und die fürchterliche, dumpfe Langeweile, die mit jedem Jahrzehnt drückender wird, während die wilden Freuden des Lebens und vergänglicher Interessen langsam einen faden Geschmack annehmen. Es ist ein Fluch, und mit jedem vergehenden Jahr wird er weniger erträglich. Wenn du dazu imstande bist, dann stell dir vor, wie unendlich wertvoll für einen solchen Mann die Gelegenheit wäre, neue Abenteuer zu entdecken.«

»Selbstmord ist bei Verzweiflung kein seltenes Ende«, antwortete sie zynisch.

»Und Selbstmord wäre die endgültige Unterwerfung unter den bösen Willen jenes Gottes, der ihn verdammte!«, erklärte er heftig.

»Warum wurde dieser Mann zu einer solchen Existenz verdammt?«, fragte Teres unsicher, da sie nicht wusste, wie viel Glauben sie seiner ausschweifenden Rede schenken sollte.

Aber Kane wahrte noch eine Weile sein Schweigen – offenbar bedauerte er seinen Gefühlsausbruch. »Vielleicht schwelt etwas vom Geist dieses Mannes in mir«, gestand er vage ein. »Von Blutstein verspreche ich mir mehr als den Ruhm des Herrschens, der oft mit Giftzähnen zurückschlägt, obwohl ich nicht leugne, dass mich das Spiel der Imperien interessiert.

Blutsteins Macht ist so grenzenlos wie die Energie, die den Kosmos antreibt und die Dimensionen anderer Universen auf ihren verschiedenen Ebenen hält. Es gibt unzählige Kanäle, in die ich diese Macht leiten und mir nutzbar machen kann. Du hast gesehen, wie seine Kraft Rohmaterialien in erstaunliche Substanzen verwandelt hat. Seine Schmelzöfen könnten so mühelos Gold oder Diamanten ausspucken, wie sie Schlamm in stahlharte Bronze verwandeln. Blutstein könnte ein Reich vernichten oder neues Land aus den Tiefen des Meeres emporsteigen lassen. Du bist Zeuge, wie er eine tote Stadt wiederauferstehen lässt. Bald wirst du die Vernichtung von Armeen sehen.

Ein weiterer Aspekt von Blutsteins Macht bietet aber größere Verheißung und Faszination. Im Gefüge der zwischendimensionalen Ebenen existieren gewisse Risse und Falten ... Punkte, an denen Linien des kosmischen Gitternetzes aufeinandertreffen. Blutstein jagt durch den Kosmos wie ein Schiff über die Wogen eines phantastischen Meeres. Seine Schöpfer machten seine Energien nutzbar, sodass der Kristall jene ›Tore‹ des Universums zu beherrschen vermochte. So kann ich ihn durch die Kraft dieses Ringes anweisen, meinen Körper durch sein Energiefeld zu projizieren, durch diese zwischendimensionalen Durchgänge und in jenen Brennpunkt, in dem sich diese Durchgänge auf unsere Welt öffnen. Durch dieselbe Kraft kann ich nach Arellarti zurückkehren, wenn ich es wünsche.

Du hast mich dabei bereits gesehen – in jener Nacht, als ich zurückkam, um dein Leben zu retten, und die anderen Male, wenn ich diesen Ort verlassen habe oder wieder zu ihm zurückgekehrt bin. In den Südlanden gibt es nur acht derartige Brennpunkte, und drei sind noch zu weit entfernt, als dass Blutstein mich dorthin transportieren könnte. Glücklicherweise existiert einer davon im Keller eines verlassenen Palastes in Selonari. Ein weiterer in einer Höhle, nur wenige Reitstunden von Breimen entfernt. Es mag nicht verwundern, dass sich um all jene Orte, an denen es solche Brennpunkte gibt, grausame Legenden ranken.

Wenn Blutstein seine volle Kraft erlangt hat, kann ich durch jedes dieser Tore treten, wo immer auf der Erde sie auch liegen mögen. In den ersten Tagen seiner Wiedergeburt hätte Blutstein meinen Körper nicht einmal auf die andere Seite dieser Mauern versetzen können. Aber die Zeit ist nicht mehr fern, da ich zu den sagenhaften Kontinenten jenseits des Westmeeres reisen kann, in Länder, auf die der Mensch gerade erst begonnen hat, einen ersten Schatten zu werfen. Und wenn ich die Hinweise, die durch Blutsteins geheime Gedanken flackern, nicht falsch deute, dann kann mich seine Kraft auch zu den Sternen und noch weiter befördern!

Blutstein ist ein Schlüssel zu jenem grenzenlosen Kosmos, aus dem er Energie bezieht. Ist dieser Schlüssel fertiggeschmiedet, werden sich mit ihm die Tore der Unendlichkeit aufschließen lassen, und ich werde der Herr seiner Geheimnisse sein. Welchen Einfluss wird das Gespenst der Langeweile dann noch auf mich haben können, wenn sich die Geheimnisse des Kosmos meinem Zugriff öffnen!

Der volle Umfang von Blutsteins Macht ist unermesslich. Selbst eine so übersättigte Vorstellungskraft wie meine zögert ungläubig angesichts der Bilder, die wie sterbende Sterne in der Schwärze seines Geistes aufleuchten. Und ich kann nur jene Zusammenhänge in seinem Denken verstehen, die für den menschlichen Verstand Bedeutung haben! Die anderen Geheimnisse, die in seinen kristallenen Tiefen pulsieren, trotzen jedem Verständnis!

Bedenke all das, Teres. Bin ich verrückt oder ein Verräter, weil ich den Schlüssel zu solch unvorstellbarer Macht besitze und ihn zu benutzen wage? Könnte dir je ein Mensch anbieten, an einer solchen Vision wie der meinen teilzuhaben?«

Unter dem Druck von Kanes Begeisterung, die auf ihre Gedanken eindrang, wirkten ihre finsteren Vorahnungen weniger greifbar. Seine Argumente waren heimtückisch. Instinktiv erkannte Teres, dass sie der Logik des seelenlosen Bösen entsprungen waren, und trotzdem vermochte der Verstand ihren vernünftigen Aufbau nicht durchweg abzustreiten.

»Ich weiß nicht, Kane«, antwortete sie verunsichert. »Klar bin ich mir nur darüber, dass deine Gedanken schleichendes Gift sind, voller Hass auf alles, woran ich glaube.«

»Und wodurch sind deine geschätzten Werte so geheiligt, dass sie in dieser Flut herausfordernder Gedanken ganz unverfälscht bestehen bleiben?«, fuhr er sie zynisch an.

»Lass mich nachdenken, Kane. Lass mich in Ruhe nachdenken.«

Als es so weit war, geschah es einfach. Vielleicht war es schon lange da gewesen, und sie hatte es lediglich geleugnet. Vielleicht war es auch nach und nach über sie gekommen. Teres wusste seit jenem Augenblick, in dem sie es gemerkt hatte, nur, dass es vorhanden und nicht mehr zu unterdrücken war.

Kane war in der Nacht zurückgekommen. Offenbar stahl er sich aus Selonari fort, sooft es ihm möglich war, obwohl seine Abwesenheit, sollte sie bemerkt werden, katastrophale Folgen mit sich bringen konnte. Und Teres wusste, dass die oberflächliche Aufmerksamkeit, die er den Entwicklungen in Arellarti schenkte, die Risiken nicht rechtfertigen konnte, die er einging, indem er so oft hierherkam.

Er hatte Wein mitgebracht, dazu einige Vorräte, um die wenig schmackhafte Kost aufzuwerten, die ihnen von den Rillyti serviert wurde. Sie saßen dicht beieinander und spürten die berauschende Wirkung des Weines. Kane machte eine beiläufige Bemerkung, die Teres auflachen ließ.

Wie lange ist es her, seit ich zuletzt gelacht habe?, überlegte sie verwirrt und wunderte sich, dass in dieser merkwürdigen Stadt ein so menschliches Geräusch erklingen konnte. In der Stille, die ihrem Lachen folgte, trafen sich ihre Blicke.

Kane beugte sich vor, legte ihr eine Hand um den Kopf. Teres' erster Gedanke war zurückzuweichen, doch in ihrer Brust regte sich etwas, und sie hielt still. Ihre Lippen trafen sich zaghaft, und sie schloss die Augen, als sie sich küssten. Sie spürte, wie seine Gegenwart sie umfing, und ihre Gedanken wirbelten in einen Strudel sich widersprechender Empfindungen.

Eine Hälfte trug den Sieg davon, und Teres erwiderte Kanes Kuss eindringlich. In diesem Augenblick wusste sie, dass sie seiner Berührung nicht mehr ausweichen und auch die Gefühle nicht mehr zurückhalten würde, die sie durchströmten. Sie schlang die Arme um seine Schultern und hielt sich an ihrer Stärke fest, als der lange verleugnete Gefühlssturm sie beide umfing.

In jener ersten Nacht liebten sie sich mit einer wilden Ungeschicktheit, erforschten sich, als seien sie erstaunt über das Neue, das sie in ihrem Gegenüber und in sich selbst fanden. Der anstürmenden Macht, die sie überwältigte, wohnte eine beinahe brutale Heftigkeit inne, und ihre Körper warfen sich wie im Kampf auf den Felldecken umher. Hinterher ließ die Leidenschaft, die sie miteinander geteilt hatten, sie mitgenommen zurück, entleert und erfüllt gleichermaßen.

Eine seltsam träge Zufriedenheit wärmte Teres, als sie an Kanes Brust geschmiegt dalag, den Kopf unter seinem Kinn. Ihr gelöstes Haar ergoss sich über ihren Körper wie gestohlenes Sonnenlicht, das durch Kanes Finger floss, während er ihre wirren Locken glattstrich.

Vergessen lag Kanes Dolch auf einem Haufen zusammengeknüllter Kleider. Es wäre so leicht gewesen, ihn zu ergreifen und seine Spitze durch das nichtsahnende Herz dieses übersättigten Rohlings zu treiben.

Aber Teres wusste, dass sie es nicht tun würde. Welche Schurkerei Kane für morgen auch plante, heute waren sie zwei Liebende. *Liebe?*, überlegte sie. Ein widerwärtiges Wort, ein Synonym für Schwäche, hatte sie bisher gedacht. Das, was sie mit Kane teilte, konnte unmöglich Liebe sein, denn es war Stärke, keine Träumerei eines flatternden Herzens.

Kane betrachtete sie. Sie wusste, dass sein Blick dem ihren zu dem nahen Dolch gefolgt war, dass seine Gedanken die ihren begleitet hatten. Ein Lächeln spielte um seine Lippen, als er fühlte, dass sie die Versuchung zurückwies, die die Waffe darstellte.

Und als Teres dieses Lächeln sah, richtete sie sich auf ihm auf, die Knie auf seinen Hüften, und beugte sich vor, als wolle sie ihn an den Schultern festhalten. »Schnurrst du nun, großer, feixender Kater?«, zischte sie ihm ins Gesicht. »Nur weil ich mit dir geschlafen habe, brauchst du dir in deiner selbstgefälligen Zufriedenheit nicht einzubilden, du wärst jetzt mein Herr. Ich habe vor, dich beim Wort zu nehmen, Kane, all das gleichberechtigt mit dir zu teilen, was uns das Schicksal beschert. Aber an dem Tag, da du von Teres Unterwerfung erwartest ... für einen solchen hämischen Dünkel würde ich dich mit bloßen Händen umbringen!«

»Ich werde mir deine Warnung zu Herzen nehmen!«, lachte Kane und schloss ihre Lippen mit den seinen. Als Teres dann ihre Leidenschaft von neuem aufflammen fühlte, umhüllte sie ihn mit ihrer samtweichen Umarmung und raubte ihm mit der stählernen Kraft, die darin lag, den Atem.

Der Herbst verging, und die Nacht senkte sich nun früher herab als zu jener Zeit, da Teres mit einer Armee aus Breimens Stadttoren hinausgeritten war. *Erst ein paar Wochen ist das her,* überlegte sie, während sie wach an Kanes Seite lag. Zu was für einem Durcheinander ihr Dasein geworden war. Es hätte länger dauern müssen, das Muster aufzutrennen, das sie ein Leben lang gewoben hatte.

Grün tastete sich bösartiges Licht durch das Turmfenster herein. *Er beobachtet uns,* dachte Teres. Kane hatte gelacht, als sie die Öffnung verhängt hatte, aber ihrer Ansicht nach entweihte das unheilvolle Glühen ihren Liebesakt. Blutsteins Licht reichte jetzt bis in den Himmel, als wäre ein wahnsinniger Mond auf die Erde gestürzt, der noch immer sein widerliches Leuchten verbreitete. An den Grenzen, so hatte Kane es erzählt, unterhielten sich die Menschen voll Unbehagen über den unheimlichen Glanz, der die nächtlichen Nebel Kranor-Rills durchbrach. Dass sie es bemerkten, machte ihm jedoch wenig Sorgen, denn er rechnete damit, dass seine Pläne bis zum Wintereinbruch gelingen würden. Der zerstörerische Krieg zwischen Breimen und Selonari war nicht mehr fern, und es würden auch nicht mehr viele Wochen vergehen, bis Arellarti, ganz wie von seinen äonenlang verschwundenen krelranischen Begründern vorgesehen, fertiggestellt war.

Mit jedem Tag, der verstrich, wurde Teres' Stimmung jedoch bedrückter. Kanes Vorhaben konnte nur Böses auf die Erde niederbringen, davon war sie überzeugt. Und obwohl seine lebhaften Träume von unermesslicher Macht für sie eine schreckliche Versuchung darstellten, widerstrebte es ihr, ihm bei diesem Bemühen zu helfen. Sie konnte sich der Erkenntnis nicht mehr länger entziehen, dass Kane die Welt, die sie kannte, umstürzen wollte, um die Menschen zu Sklaven dieses Schreckens aus der wilden Frühzeit der Erde zu machen.

Sie liebte Kane, und wenn es keine Liebe war, dann wollte sie gar nicht erfahren, was Liebe sein könnte. Eine Zeit lang hatte sie sich eingeredet, dass es in ihrer Macht lag, ihn von dem Bösen, das er vorhatte, abzubringen, ihn davon zu überzeugen, diesen Wahnsinn aufzugeben und mit ihr fortzugehen. Auch wenn sie es mit jeder List und Raffinesse versuchte, über die sie verfügte, war seine Besessenheit unerschütterlich. Verbittert akzeptierte Teres ihre Niederlage in dieser Schlacht, und das Wissen um ihr Versagen quälte sie. Unentschlossenheit breitete sich in ihr aus.

Verstohlen stand sie auf, um die wehenden Vorhänge zusammenzuziehen. Durch den Spalt hindurch sah sie die leuchtende Kuppel. Drohend stand ihr funkelnder Glanz über Arellarti, umspülte wie Meeresfluten ihren Turm.

Kane bewegte sich im Schlaf, als sie die Felle hob, um sich wieder an ihn zu schmiegen. Ihr finsterer Blick fiel auf den unheilvollen Ring an seiner Hand. Auch er strahlte weichen Glanz aus, der jedoch in der Finsternis drohend wirkte. Für gewöhnlich mied ihr Blick den Stein, der, wie Kane behauptete, der Bruder des riesenhaften Kristalls in der Kuppel war. Jetzt betrachtete sie ihn eingehend. Mit wachsendem Schrecken stellte sie fest, dass das Pulsieren des Lichts in den scharlachroten Adern des Juwels an den Herzschlag angepasst war, den sie in Kanes Brust spürte.

Kane lag heute Nacht in tiefen Träumen gefangen, daher kam Teres ein verwegener Gedanke. Vorsichtig berührte sie den Ring, fragte sich, ob sie ihn von Kanes Finger ziehen konnte, ohne ihn zu wecken. Der Ring schien ziemlich fest zu sitzen. Aber vielleicht gelang es doch, und sie konnte ihn mit einem Schlag zerschmettern, bevor Kane bemerkte, was sie vorhatte. Der Stein wies ihre Berührung mit unirdischer Kälte ab. Probeweise versuchte sie, ihn zu lösen, indem sie daran drehte.

Teres biss sich auf die Lippe, um ihren Schrei zu ersticken. Das silberweiße Metall des Ringes war mit Kanes Finger verwachsen.

16. KAPITEL

Der demaskierte Tod

Ihr Gesicht war erhitzt und blass, ihre Augen gerötet, als Kane erwachte und sie im Morgenlicht küsste. »Was ist los?«, fragte er sie besorgt, denn ihre Lippen hatten die seinen nur mit ungewohnter Flüchtigkeit gestreift. »Hast du nicht geschlafen?«

»Nein, ich bin lange wachgelegen«, antwortete sie. »Ich glaube, das Fieber kehrt zurück.«

»Warum hast du mich nicht geweckt? Mein Schlaf war ruhelos und voller Träume, an die ich mich nicht erinnern möchte.« Seine Finger streichelten sanft ihr verstörtes Gesicht und wischten die herabhängenden blonden Locken beiseite. Sie schreckte vor der kalten Berührung des Ringes zurück.

»Dein Gesicht fühlt sich heiß und angespannt an, dein Herz schlägt schnell. Verdammt! Ich hatte gehofft, dieses elende Fieber wäre endgültig besiegt, auch wenn mir aufgefallen ist, dass dein sonst lebhaftes Wesen in letzter Zeit ein wenig gedämpft wirkte. Warte, ich werde dir etwas holen.« Er erhob sich und ging zu der Truhe hinüber, in der er seine Habe aufbewahrte.

»Ich will deine merkwürdigen Arzneien nicht mehr«, wehrte Teres ab. »Ich bin es satt, in dieser verderbten Stadt gefangen zu sein, wo selbst die Luft vom stinkenden Odem Kranor-Rills vergiftet ist! Kane, kannst du mich nicht durch Blutstein mit dir nehmen?«

Schwacher Argwohn zeigte sich in seinem Gesicht, als er von der Truhe aufblickte. »Ich habe schon andere Gegenstände durch Blutstein mitgenommen, die ich dicht bei mir hielt. Er ist inzwischen stark genug, dass ich noch jemanden durch den Kristall mitnehmen könnte, vorausgesetzt, wir klammern uns wie Abschied nehmende Liebende aneinander.« Er musterte sie prüfend.

»Dann nimm mich mit dir!«, bat Teres. »Oder betrachtest du mich nur als deine Leibeigene? Die Luft dieses ungesunden Orts erstickt jeden meiner Atemzüge und saugt wie ein schmausender Blutegel an meiner Lebenskraft. Nimm mich mit dir in den Wald, Kane. Lass mich frische Luft atmen, warmes Sonnenlicht spüren, einen Nachmittag dort verbringen, wo es diese Schreckensaura nicht gibt. Bitte, Kane, ich habe zu lange im Schatten der alten Welt verbracht!«

Kane schien den kurz gehegten Argwohn zu bedauern. »Natürlich, Teres«, pflichtete er bei. »Arellartis Atmosphäre ist in der Tat bedrückend. Es war gedankenlos von mir, dir nicht schon früher Erholung von diesem ungesunden Sumpf zu verschaffen. Kein Wunder, dass deine Gesundheit unbeständig ist, da ich dich schon so lange hier gefangen halte. Im Wald nordwärts von hier gibt es einen Brennpunkt kosmischer Spannung. Blutsteins Kraft müsste ausreichen, um uns beide dorthin zu schaffen.«

Wenig später betraten sie die schattige Kuppel, und einen Augenblick lang regte sich die Furcht in Teres. Smaragdenes Licht umspielte sie und färbte ihre Haut wie totenbleiches Leichenfleisch. Doch sie schluckte Abscheu und Angst hinunter und umklammerte Kanes Arm, während er selbstsicher auf den bösartigen Kristall zuschritt.

Seine Hände huschten über die Kristallknöpfe des Steuerpults, sodass sie ihnen mit ihrem Blick nicht folgen konnte. Mit einem ermutigenden Lächeln, das von diesem tückischen Zwielicht zu einem gemeinen Grinsen verfälscht wurde, führte er sie an den leuchtenden Kristall heran. »Immer noch fest entschlossen?«, wollte er von ihr wissen.

Teres nahm Anstoß an seinem leichtfertigen Tonfall. »Ich kann alles ertragen, was du erträgst!«, raunte sie.

»Dann stell dich dicht neben mich«, riet er. »Wir müssen uns das Kraftfeld des Ringes teilen.«

Bereitwillig presste Teres ihren Körper an seine massige Gestalt, warf die Arme um ihn, als sei dies tatsächlich die letzte Umarmung. Von Blutstein dröhnte ein hohes, energetisches Brummen herab, das sie nur im Kopf wahrnahm, nicht mit den Ohren. Dann ging ein vibrierendes, elektrisches Kribbeln durch ihren Körper, und voller Furcht erblickte sie ein tanzendes Gespinst aus grünem Feuer, das sie und Kane umhüllte. In einem letzten Zusammenkrampfen ihrer Muskeln klammerte sie sich noch fester an ihn. Im nächsten Augenblick brach der Energiestrudel über sie beide herein und saugte sie in die Tiefe ... in die Tiefe ...

Schrecklicher Schwindel. Schwärze. Ein Sturz für alle Ewigkeit. Durch alle Ewigkeit.

Gleißend weißes Licht. Teres taumelte, als ihre Stiefelsohlen auf etwas Festes trafen. Dann fiel sie wirklich und brachte damit auch Kane aus dem Gleichgewicht; sie rangen und zappelten auf dem mit Blättern bedeckten

Steinboden miteinander. Blutstein, Arellarti, Kranor-Rill ... alles war verschwunden. Ringsum erhob sich der lichte und goldene Herbstwald. Hier drang das Sonnenlicht warm und vertraut durch die buntgefärbten Blätter.

Eine gewundene, graue Steinformation – deren schrägstehende, eigenartig verwitterte Säulen andeuteten, dass hier nicht nur die Kräfte der Natur am Werke gewesen waren – kennzeichnete diesen Brennpunkt zwischendimensionaler Strömung. Als Teres nach Kane tastete, um sich an ihm zu stützen, strauchelte er über einen zerbrochenen Sockel, und das erschrockene Mädchen fiel auf ihn. Panisch hielt sie sich an seinen Armen fest, mit denen er den Sturz eigentlich abfangen wollte, und warf ihn mit der Schulter nach hinten, sodass sein Schädel gegen eine zersplitterte Säule krachte. In einem Nebel aus schwarzem Schmerz verlor er das Bewusstsein.

Ängstlich untersuchte sie ihn. Blut klebte in seinem dichten roten Haar, aber seine Brust hob und senkte sich regelmäßig. Es ist beinahe zufällig geschehen, überlegte sich Teres, obwohl das, was sie getan hatte, keinesfalls das Werk eines von Panik ergriffenen Mädchens gewesen war.

Sie hatte Kane nicht mit einem vorgefassten Plan oder gar einer gewissen Absicht überredet, sie aus Arellarti fortzubringen. Sicher, sie hatte fliehen, dem bösen Glanz Blutsteins und auch Kane entkommen wollen, da er sich weigerte, von diesem unheiligen Bündnis abzulassen. Doch hatte sie nur im Sinn gehabt, die Welt jenseits des nebelverhüllten Pfuhls zu erreichen, die Welt der Menschen, des redlichen Sonnenlichts und des festen Bodens. Dorthin hatte sie zurückkehren wollen, wo vor einem ganzen Leben ein wildes Mädchen versucht hatte, die Kriegskunst zu meistern, wie man es schon in den Balladen der Sänger gehört hatte, und sich niemals hätte träumen lassen, dass sie in das finstere Reich der alten Erde stürzen würde, deren Legenden man nur in düsteren Versen gedachte. Sie hatte sich von Kane in jene Welt bringen lassen wollen, die ihr noch blieb, in der Hoffnung, diesem Schreckensgeschwür zu entfliehen. Es gab keine andere Möglichkeit, Arellarti und seinen tierischen Wächtern zu entkommen, und Kranor-Rill, der es wie ein Burggraben voller Gift umgab.

Aber wie konnte sie Kane entgehen? Hundert wilde Möglichkeiten waren durch ihre Gedanken gewirbelt; über dieses alles verzehrende Bedürfnis zu fliehen hinaus hatte sie allerdings keine Lösung gewusst.

In dem Schwindel, der sie beide befallen hatte, während sie die Ebenen von Zeit und Raum durchquerten – ausgespien auf diesem schroffen Hügel, vom erschütternden Aufprall noch wankend und blinzelnd –, hatte Teres die Gelegenheit ergriffen. Sie hatte sich beinahe instinktiv bewegt, so sehr drängte es sie zur Flucht. Sie brachte Kane ins Stolpern, während sie wankend dastanden, und sorgte dafür, dass sein Kopf auf den schrägen Stein prallte. *Und jetzt?*

Ihre Hand zitterte, als sie Kanes Dolch an sich nahm. Kalt lag der Griff in ihren Händen, die Klinge ein weißglühender Splitter aus Licht. Jetzt könnte sie ihn töten, während er noch ohnmächtig war. Eine feige Art, einen so mächtigen Krieger umzubringen, aber sie konnte nicht darauf hoffen, es in ebenbürtigem Kampf mit ihm aufzunehmen. Er musste auf jeden Fall sterben. Was sie auch für diesen Menschen empfand – ja, er war ein Mensch, obgleich seine Gedanken und Beweggründe unmenschlich erscheinen mochten –, sie konnte nicht über sein verräterisches Tun hinwegsehen, genauso wenig wie über diesen außerweltlichen Schrecken, den er aus der Frühzeit der Erde zurückholen wollte. Er musste sterben, wenn dieses Böse abgewendet werden sollte. Zugegeben, er hatte ihr mehrmals das Leben gerettet. Zugegeben, sie glaubte, dass sie ihn liebte, glaubte, dass er ihre Liebe erwiderte. Aber verglichen mit dem maßlosen Leid, das seine Wahnsinnsträume über die Menschheit bringen würde ... Er musste sterben, und ihre Hand konnte es vollbringen. Die Helden, denen sie nachzueifern suchte, hätten nicht gezögert. Ommem mochte wissen, welche Verbrechen dieser Mann verübt hatte, sollten seine Hinweise auf die Unsterblichkeit der Wahrheit entsprechen. Besser, eine liebende Hand stieß ihm das Messer ins Herz und bescherte ihm so einen sauberen, schnellen Tod, bevor er erwachte. Widerstreitende Gedanken und Gefühle tosten in ihr. Obwohl das unerträgliche Gewicht des Dolchs ihren Arm schmerzen ließ, als hielte sie ihn schon eine Ewigkeit, vergingen nur Sekunden, bis sie ihn sinken ließ. Beinahe verachtete sie ihre Schwäche. Sie konnte Kane nicht töten. Nicht so.

Der Blutsteinring an seiner Hand leuchtete in finsterem, unnatürlichem Glanz im Sonnenlicht. Er schien sie zu beobachten. Vielleicht tat er das wirklich. Mit einem Ausbruch freudlosen Lachens sah Teres plötzlich die Lösung ihres Problems. Ohne den Ring konnte Kane überhaupt nichts tun. Wenn sie ihn zerstörte, war seine Macht gebrochen, und seine dunklen Pläne mussten zerbröckeln wie Sand. Vermutlich würde er ihr niemals verzeihen, aber es war besser, mit dem Fluch seines Hasses zu leben als mit dem Makel seines Blutes.

Mit unwilligen Fingern, aber festem Griff nahm sie den Ring, als würde sie eine Viper am Kopf packen. Wie erwartet, gelang es ihr nicht, ihn zu drehen. Der Ring war mit Kanes Mittelfinger verwachsen. Sie hatte sich letzte Nacht nicht getäuscht. Egal. Wenn der Ring sich nicht vom Finger lösen ließ, dann blieb immer noch, den Finger von der Hand zu lösen. Eine grausige Aufgabe, doch unter diesen furchtbaren Umständen war ein Finger ein kleines Opfer. Schnell, bevor Kane sein Bewusstsein wiedererlangte.

Teres riss sich zusammen, schob sich Kanes linke Hand unters Knie und streckte seinen Mittelfinger aus. Der Edelstein schimmerte wie ein unvorstellbares, in den Tiefen eines grünen Meeres gefangenes Feuer. Teres setzte die rasiermesserscharfe Klinge an den Ansatz des Fingers und drückte nach unten. Sie schrie auf. Qualmend flog der Dolch aus ihrer betäubten Hand. Die Klinge war schwarz und geschmolzen, wo sie in Kanes Haut gedrungen war.

Im selben Augenblick war ein Schub nicht zu überbietender Pein durch die Klinge hindurch in ihren Arm geschossen. Teres taumelte, benommen und schwindlig von dem entsetzlichen Schmerz.

»Was zum Teufel ...«, grollte Kane, der plötzlich aus seiner Ohnmacht gerissen wurde. Er blickte sich verwirrt um, bemerkte die oberflächliche Schnittwunde an seinem Finger, die versengte Klinge, das benommene Mädchen. Mit erschreckender Plötzlichkeit reimte er sich zusammen, was vorgefallen war. Er rappelte sich auf. In seinen Mörderaugen flammte tödlicher Zorn.

Teres war schneller auf den Beinen. Es war kein gutes Omen, wie auf Kanes Gesicht Wut und Schmerz im Widerstreit lagen. Flucht war alles, was ihr blieb. Sie hetzte über die skurrilen Steinhaufen, stürmte in den Wald hinein und gewann einen beachtlichen Vorsprung, bis Kane seinen schmerzpochenden Kopf so weit freibekommen hatte, um die Verfolgung aufzunehmen. Seine schweren Schritte stampften dumpf auf dem Waldboden, während er ihr nachsetzte. Einmal brüllte er etwas, dann verschwendete er ebenfalls keinen Atem mehr.

Teres war schnell wie eine Füchsin. Mit ihren langen Gliedern war sie ausdauernd, und bei ihrem Vorsprung glaubte sie zuversichtlich, Kane rasch abhängen zu können. Seine stämmige Gestalt schien viel zu massig für einen derartigen Wettlauf. Sie hatte die plötzliche Schnelligkeit seiner Bewegungen wohl bemerkt, doch wusste sie, dass sie zu Fuß schneller war als die meisten Männer. Im dichten Gehölz hoffte sie, ihren Verfolger abzuschütteln, noch bevor sie sonderlich weit gekommen waren.

Nur wenig später zerschlug sich ihre Hoffnung. Wie ein angreifender Bulle sprang er von den Felsen herab und stürmte hinter ihr her. Mit einem Spurt verkürzte er ihren Vorsprung, und als er dann einsah, dass er sie nicht sofort einholen konnte, verfiel er in ausdauernden Wolfstrott und folgte ihr in kurzem Abstand. Seine stämmigen Beine waren stark, und mit seiner ausladenden Brust kam er nicht außer Atem. Wie ein großer, schweigsamer Bärenhund hängte er sich an ihre Spur.

Teres rannte, so schnell sie es wagen konnte, und konzentrierte sich ganz darauf, diese Laufgeschwindigkeit zu halten. Riesengroße Baumstämme flitzten als graue Flecken an ihr vorbei oder ragten manchmal vor ihr auf, als habe Zauberei sie plötzlich entstehen lassen. Wurzeln und tote Zweige zerrten an ihren Knöcheln, doch irgendwie schaffte sie es, nicht zu straucheln. Die Dunkelheit des Waldes hielt den Boden von Unterholz frei und sorgte dafür, dass keine niedrig hängenden Äste an den schlanken Stämmen waren, sonst hätte ihr Wettlauf anders verlaufen müssen. Teres wäre es unmöglich gewesen, so mühelos wie ihr unermüdlicher Verfolger durchs Gebüsch zu pflügen.

Wie Kinder, die in einem phantastischen Tempel voller endlos aufeinander folgender Säulen Fangen spielten, stürmten sie durch den tiefen Wald. Laub dämpfte ihre Schritte, sodass sich ihr keuchender Atem und ihr hämmernder Herzschlag übernatürlich laut anhörten.

Düster stellte Teres fest, dass sie Kane so nicht abhängen konnte. Mit nicht nachlassender Kraft hetzte er hinter ihr her, manchmal holte er ein wenig auf, dann wieder fiel er zurück. Doch niemals verlor er seine Beute aus den Augen, und je länger die Jagd andauerte, desto deutlicher wurde, dass er die Entfernung zwischen ihnen langsam verringerte. Das Fieber und die Wochen des Nichtstuns hatten an Teres' Ausdauer gezehrt. Keuchend rang sie inzwischen nach Atem. Sie hatte ihren toten Punkt erreicht. Schmerzhafte Ermüdung bescherte ihr Muskelkrämpfe, sodass sie längst nicht mehr anmutig wie ein Reh dahinlief.

Einer von ihnen würde bald auf den Waldboden stürzen, das war ihr klar, und aller Wahrscheinlichkeit nach würde sie es sein, wenn nicht bald ein Wunder geschah. Kurz hatte sie etwas Mühe darauf verwendet, sich durch ein Wirrwarr von Stämmen zu ducken, um so außer Sicht zu geraten und sich vielleicht im Wald vor ihm verstecken zu können. Doch für diesen Schachzug war Kane ihr inzwischen zu nahe, und sie hatte auch nicht mehr genug Luft und Wendigkeit übrig, um Hindernissen so gezielt auszuweichen.

Unerwartet öffnete sich der Wald zu einem breiten Weg. Teres konnte schon nicht mehr denken, so sehr hämmerte ihr Herz, aber sie nutzte die festere Oberfläche, um ein paar Schritte an Boden gutzumachen. Allein die

Furcht verlieh ihren gemarterten Gliedern jetzt noch genügend Kraft, und ihre Brust schmerzte zu fürchterlich, um Atem zu schöpfen. Strauchelnden Schrittes folgte sie der Straße.

Mit der unbarmherzigen Geduld eines zornigen Rachegottes setzte Kane ihr nach, und fast schien es ihr, als könne sie seinen rasselnden Atem auf ihrem Rücken spüren. Obwohl es keine Hoffnung gab, ihn hier loszuwerden, machte die Straße das Laufen ein klein wenig einfacher, sodass ihr vielleicht noch weitere zweihundert Schritte blieben, bevor sie zusammenbrach und Kanes Zorn erwarten musste. Und wenn die Götter des Glücks ihr diesen Wunsch gewähren wollten, lag vielleicht hinter den Bäumen dort drüben ein Dorf versteckt.

Die Bäume, deren Zweige sich wie ein Baldachin über die Straße neigten, zeichneten ein blendendes, verwirrendes Mosaik aus Licht und Schatten auf den Boden. Den schwankenden Boden.

Ein Pferd wieherte und stieg. Männer brüllten erschrockene Flüche. Blindlings war Teres um eine Kurve gebogen und auf einen Trupp Bewaffneter gestoßen. *Soldaten!* Teres' Blick war zu getrübt, als dass sie hätte erkennen können, wessen Leute es waren, und tödlich erschöpft, wie sie war, konnte es ihr auch gleichgültig sein.

Vor dem tänzelnden Pferd brach sie in die Knie und sog schluchzend Luft in ihre keuchende Lunge.

»Was zum Teufel geht hier vor?«, wollte eine vertraute Stimme wissen. Lord Dribeck beruhigte seinen tänzelnden Hengst und blickte auf die keuchende Gestalt hinab, die ihm im Weg war. »Bei Shenans Titten! Es ist Teres! Nie würde ich ihr Gesicht vergessen! Bis auf die Knochen verängstigt, wie mir scheint! Und Kane! Noch ein Gesicht, das mir nicht aus dem Sinn geht! Was machst du hier, Kane? Was geht hier vor?«

Kane ließ sich nicht anmerken, ob er aus der Fassung gebracht war. »Ich habe eine Flüchtige für Euch aufgespürt, mein Herr.« Er sprach langsam, um zu Atem zu kommen, und ärgerte sich insgeheim, weil er die Jagd nicht schnellstmöglich beendet, sondern Teres' hoffnungslose Flucht im Gegenteil genossen hatte. Dabei hätte er sie bereits auf der letzten Meile oder gar noch früher einholen können. Vielleicht hätte er ihre Flucht auf andere Art und Weise beendet, aber trotz seiner Wut hatte er sie nicht töten wollen.

»Ich dachte, du bist als Späher an der Grenze unterwegs«, sagte Dribeck.

»Das war ich auch, bis ich den Hinweis erhielt, dass Teres sich in den Ausläufern von Kranor-Rill versteckt hält. Ich wollte ihr keine Möglichkeit geben, Verdacht zu schöpfen und erneut zu entwischen, deshalb bin ich sofort nach Süden geeilt. Ich habe mein Pferd zuschanden geritten, um die verlassene Bleibe zu erreichen, in der sie hauste, bevor sie etwas ahnte. Sie versuchte, mir im Wald davonzulaufen. Wie es weiterging, seht Ihr ja selbst.

Aber Ihr habt wohl ebenfalls von ihrem Versteck erfahren, sehe ich, da Ihr eine Kompanie Soldaten anführt, um sie zu fangen.« Kane fragte sich unbehaglich, ob seine zungenfertige Geschichte einer Überprüfung wohl standhalten würde.

»Nein, ich führe meine Leute in Richtung Kranor-Rill, um mir die zunehmende Unruhe an der Südgrenze anzusehen und, hoffentlich, beizulegen. Hartnäckig halten sich Gerüchte von unheimlichen Lichtern, die des Nachts durch die Nebel des Sumpfes dringen. Die Rillyti sollen eine Art Straße über den Morast bauen ... Nun, du hast das alles selbst gehört.« Dribeck blickte Kane forschend an. So, wie Kane aussah, wurde seine Geschichte auf jeden Fall glaubhaft.

»Dribeck, wenn du die Lügen dieses Schurken noch länger hinnimmst, dann verdienst du den Tod, den er für uns alle plant!«, knurrte Teres, die wieder zu Atem gekommen war.

Ein schmerzliches Zucken glitt über Kanes Gesicht, ehe er seine Maske wieder aufsetzen konnte. Dribeck entging es nicht. Im Augenblick darauf aber drückte Kanes Gesicht wohlkalkulierte Belustigung aus.

»Was soll diese Phantasterei?«, wollte Dribeck wissen.

»Ihre Zunge verspritzt Gift, wie immer«, sagte Kane leichthin. »Und nachdem sie wochenlang einsam herumgeschlichen ist, hat sich gewiss einiges Gift angesammelt.«

Teres meldete sich hartnäckig erneut zu Wort. »Du glaubst, dass Kane dein vertrauter Hauptmann ist, nicht wahr, Dribeck? Nun, da bist du nicht der einzige Narr in den Südlanden! Malchion hält ihn für seinen erfolgreichsten Spion. Beide sind wir von dieser Schlange in unserer Mitte gebissen worden. Während wir von Kane gegeneinander ausgespielt wurden, hat er sein eigenes Spiel aufgezogen! In Arellarti hat er eine ungeheure Macht entdeckt, über die er die Herrschaft erlangen will – eine böse Macht, die die ganze Menschheit versklaven wird, wenn es ihm gelingt, sie freizusetzen! Und wir sollen die ersten Opfer seines Eroberungszuges sein!«

»Das ist ja mal ein amüsanter Einfall«, stieß Kane zynisch aus. »Willst du deine Feinde gegeneinander aufhetzen, Teres? Deine Lügen zeugen von großer Phantasie, aber sie kamen viel zu schnell und überspannt, als dass man sie glauben könnte. Es wäre besser, wenn du die Ausgeburten deines intriganten Verstandes einfach halten würdest und weniger bombastisch.« Zweifel keimte in ihm. Wenn dies noch lange weiterging ...

»Es überrascht mich schon, dass das Mädchen eine so unglaubhafte Geschichte zum Besten gibt«, bemerkte Dribeck spitz. »Vielleicht steckt ja ein Körnchen Wahrheit in diesen wirren Anschuldigungen.«

»Nur Verzweiflung und eine rasche Vorstellungsgabe«, warf Kane eifrig ein. »Eure Geschichte von den geisterhaften grünen Lichtern hat das Skelett für diese vorschnelle Lügengeschichte abgegeben!«

»Ich werde den verzweifelten Lügner demaskieren«, fluchte Teres und erhob sich auf unsicheren Beinen. »Dieser bemerkenswerte Ring, den er trägt ... ihn benutzt er, um, wie er glaubt, Blutstein zu kontrollieren. Aber der Ring ist mit seinem Fleisch verwachsen, so wie seine Seele an Blutstein geschmiedet ist! Gib Kane den Befehl, den Blutsteinring abzunehmen und ihn dir zu reichen! Dann werden wir sehen, wie gewandt seine Zunge sein kann!«

»Damit ist die Sache gleich entschieden. Kane, gib mir diesen seltsamen Ring!«

Kane nickte zustimmend und zog an dem Ring. »Verdammt! Er sitzt allzu fest, seit ich ihn vom Juwelier auf die richtige Größe schneiden ließ. Deswegen nehme ich das Ding so selten ab. Nun, wie Ihr seht, ist es nichts weiter als ein seltsam geformter Ring, der meinen Gefallen gefunden hat.« Er streckte seine Faust vor, um den Edelstein herzuzeigen. »Wenn wir den Lügenmärchen unserer Gefangenen also nun lange genug freien Lauf gelassen haben, dann ...«

»Er kann den Ring nicht abnehmen!«, beharrte Teres. »Der Ring ist mit seinem Finger verwachsen! Er soll es dir zeigen!«

»Lass mich den Ring sehen, Kane! Reich mir deine Hand, wenn er nicht über deinen Knöchel rutscht!« Entschlossenheit lag in Dribecks Befehl.

»Mein Herr«, begann Kane, der spürte, dass er dieses Duell verlor, »es scheint sinnlos, die böse Verleumdung Eurer Gefangenen weiter hinzunehmen. Ihr werdet Euch erinnern, wie locker dieser Ring saß, bevor ich einen Juwelier mit der Verkleinerung beauftragte. Der Bursche war übereifrig, wie sich herausstellt.«

Dribecks Blick schwankte nicht. Hinter ihm ließen nicht wenige seiner Soldaten die Hände auf den Schwertgriffen ruhen. Jetzt kam ihm die bedeutsame Tatsache in den Sinn, dass die Änderung des Ringes während der Zeit vorgenommen worden war, als Kane in Kranor-Rill verschollen gewesen war.

Kane zeigte ein dünnes Lächeln und gestand damit möglicherweise sogar die Niederlage ein. Dann verzerrte sich sein Gesicht, als eine andere Empfindung die Oberhand gewann. »Da Ihr es fordert, sollt Ihr meinen Ring haben!«, sagte er aufgebracht und stieß seine linke, zur Faust geballte Hand vor; der Blutstein glotzte sie wie ein rachsüchtiges Auge an.

Ein Fetzen aus ihrer Erinnerung, ein plötzlicher Instinkt warnte Teres. Sie schrie, warf sich zur Seite und streifte dabei Dribecks Pferd. Es scheute und tänzelte ebenfalls seitwärts.

Ein gleißender Energiestrahl brach aus dem Blutstein hervor, smaragdenes, scharlachgeädertes Licht, das an jener Stelle vorbeigleißte, an der die beiden eben noch gestanden hatten.

Hinter ihnen gellte ein gequälter Schrei, Männer heulten vor Furcht. Ein Soldat stürzte vom Pferd, sein Fleisch geschwärzt, als hätte ihn ein Blitz getroffen. Der Gestank von Ozon und verkohltem Gewebe verdarb die Luft. Kane fluchte wütend. Danach ging alles blitzschnell.

Kane fuhr zu Dribeck und Teres herum. Zwei berittene Söldner preschten mit erhobenen Schwertern vor und zogen Kanes Aufmerksamkeit auf sich. Wieder flammte ein Energieblitz aus dem Ring, und die Wachen sanken zu einem schwelenden, zappelnden Durcheinander zusammen. Der vorderste von Dribecks Schwertkämpfern sprang auf Kane zu und starb durch die gleißende Energielanze einen schrecklichen Tod.

Dribeck war nicht so dumm, sich etwas entgegenzustellen, das er nicht bekämpfen konnte. In den Sekunden, während derer Kane abgelenkt war, hob er Teres zu sich in den Sattel und trieb den Hengst in den Wald. Noch während sie die Straße hinter sich ließen, jagte ein Feuerstoß an ihren Köpfen vorbei und verwandelte einen Baum in glühende Splitter. Das Pferd raste panikerfüllt unter herabprasselnden Zweigen hindurch.

»Unten bleiben!«, brüllte Dribeck überflüssigerweise. Der Hengst wich den vor ihnen auftauchenden Baumstämmen nur knapp aus. Ein weiterer Energiestrahl bohrte sich hinter ihnen durch den Wald und verwüstete weitere Bäume. Er war nicht richtig gezielt. Kane hatte sie aus den Augen verloren.

Auf der Straße jedoch tobte der außerweltliche Tod gnadenlos. Die Selonari lösten sich auf und flohen, nachdem ein tollkühner Angriff, mit dem sie diesen einsamen Dämon der Zerstörung zu überwältigen trachteten, die Hälfte von ihnen in verkohlte Leichen verwandelt hatte. Kane deckte den Wald mit seinen mörderischen Strahlen ein und brachte chaotische

Unordnung in den Rückzug der Söldner. Männer starben in den schrecklichen Lichtern.

Als sie verschwunden waren, war seine Mordlust gestillt. Plötzlich fühlte er sich schwach. Er kehrte zu dem verwitterten Steinkreis zurück, um sich von Blutstein nach Arellarti zurückversetzen zu lassen.

Allein.

Die Maske war zerbrochen. Ein ganzes Land wandte sich gegen Kane. Gegen einen Mann und das dunkle Vermächtnis der alten Erde.

17. KAPITEL

Was für ein Mensch …

Glücklicherweise hatte Kane keinen Bogen zur Hand«, bemerkte Lord Dribeck mit vorgetäuschter Lässigkeit. »Damit hätte er uns nie verfehlt.«

»Und wenn deine Männer nicht die Nerven verloren hätten, wie es sich für disziplinierte Truppen gehört, dann hätten die Bogenschützen sein verräterisches Herz durchbohren können!«, hob Crempra hervor.

»Das ist leicht gesagt, wenn man selbst nicht dabei war«, erwiderte Teres mit triefendem Hohn. »Wenn du die Leichen siehst … Er hat aus dem Ring dämonische Blitze geschleudert! Da spielt es keine Rolle, wie geübt oder wie tapfer deine Leute sind – im offenen Gelände, mit einer unbekannten Waffe, die alles verbrennt und vernichtet, was sie trifft! Teufel auch, jeder würde da rennen, um seinen Hintern zu retten!«

Ein wilder Ritt hatte Dribeck und Teres an jenem Abend nach Selonari zurückgebracht. Unterwegs hatte sie ihm atemlos von allem berichtet, was seit ihrem Verschwinden aus seinen Gemächern geschehen war. Ristkons Rolle bei dieser blutigen Flucht hatte Dribeck bereits vermutet, und er trug ihr den Aufruhr, den sein Tod verursacht hatte, nicht nach. Im Hinblick auf die veränderten Umstände, die sich aus Kanes Verrat ergaben, nahm sie jetzt die Rolle der vorläufigen Verbündeten ein.

In Selonari angekommen, brach sie zusammen und schlief die ganze Nacht hindurch tief, während Dribeck die bruchstückhaften Informationen, die dieser Umschwung mit sich gebracht hatte, zusammensetzte.

Mit dem Morgen kam eine höfliche Vorladung zu einem von Dribeck einberufenen Kriegsrat. Die neue Bedrohung durch Kanes Verrat sollte erörtert werden. Einigermaßen erfrischt, zog Teres sich das Hemd mit den losen Ärmeln aus tiefblauer Seide und die Weste und die Hose aus burgunderfarbenem Wildleder an, die ihr ein Dienstmädchen gebracht hatte. Die neuen Kleider gefielen ihr, und sie verwandte mehr Sorgfalt als gewöhnlich darauf, ihren Zopf zu flechten. Sie fragte sich, wie solche irdischen Dinge nach dem Entsetzen, das sie erfahren hatte, möglich waren.

Eine Eskorte geleitete sie in das Ratszimmer. Lord Dribeck, Crempra, Asbraln, Ovstal und mehrere andere Offiziere und Berater, an deren Namen sie sich nicht mehr erinnern konnte, erwarteten sie bereits nervös. Zusätzlich zu Teres' Erzählungen stellte Dribeck sämtliche Informationen zur Verfügung, die er sonst noch gesammelt hatte.

»Verspätete Einsicht nützt uns wenig«, bemerkte er, um Teres und Crempra von einem sich anbahnenden Streit abzuhalten. »Und diese Einsicht ist momentan leider alles, was wir haben. Fügt man die Tatsachen zusammen, so wird deutlich, dass Kane in der Tat Breimen gegen Selonari ausspielte. Er provozierte Malchions Invasion – die früher oder später vielleicht trotzdem erfolgt wäre oder auch nicht –, indem er ihn mit den Befürchtungen, Lügen und Gerüchten bearbeitete, denen der Wolf nur zu gerne gelauscht hat. Um die Dinge auf die Spitze zu treiben, gab er vor, Malchion vor einem Mordplan warnen zu wollen. Dann vergiftete er Ossvalt schamlos und versuchte, dasselbe mit Lutwion zu tun. Teres hat uns berichtet, dass er sich mit merkwürdigen Kräutern auskennt. Als sie das Netz zerstörte, das er für Lutwion ausgeworfen hatte, machte er sich in der Nacht an ihn heran und brachte ihn und seine Leute mit der Kraft seines Ringes um.«

»Man hat noch einen anderen Leichnam gefunden, der auf diese Weise getötet wurde«, warf Teres ein. »Doch gelang es uns nicht, ihn zu identifizieren. Die Leichenfledderer und der Fluss haben ganze Arbeit geleistet.«

Dribeck nickte. »Ich glaube, ich kann eine diesbezügliche Vermutung wagen. Du hast erwähnt, dass einer von Lutwions Dienern in jener Nacht verschwunden ist. Ihr habt angenommen, er sei der Mörder. Ich hatte aber tatsächlich einen Spion in Lutwions Haushalt eingeschleust, und jener Mann ist etwa zu dieser Zeit verschwunden. Vielleicht hat er Kane erkannt, allerdings nicht ohne dass Kane es bemerkte. Er wollte wohl mit seinem Wissen entkommen, ehe Kane sich seiner entledigen konnte, aber dieser Teufel folgte ihm von Lutwions Anwesen aus, und der Ring mit dem Blutstein hat in dieser Nacht ein weiteres Leben gefordert.«

»Aber warum kämpfte er dann in der Schlacht am Macewen auf unserer Seite?«, wollte Ovstal wissen. »Mit seinem Schwert und seiner Führung hat er genauso zum Sieg von Selonari beigetragen wie jeder von uns.«

»Er hat mir sogar das Leben gerettet«, fügte Dribeck hinzu. »Vielleicht ein Schachzug, um mein Vertrauen in ihn zu festigen.« Einen Augenblick lang lag ein seltsamer Klang in seiner Stimme. »Und natürlich erlaubte ihm seine Position, Malchion kleine Hinweise – meist nutzlose – zukommen zu lassen.

Aber wir müssen berücksichtigen, dass Kane ein Mann von genialer Verschlagenheit ist. Das zeigt sich in seiner gesamten Strategie – in der Leichtigkeit, mit der er uns alle von dem Augenblick an manipulierte, in dem er mich überredete, ihm die Expedition nach Arellarti auszurüsten. Er könnte dieses Buch über Staatskunst geschrieben haben, das er mir bei unserer ersten Begegnung schenkte. Nein, Kanes Motive waren weit doppelzüngiger, und wenn ich einige gewagte Behauptungen aufstellen darf, so glaube ich, dass ich seiner Logik folgen kann.

Wahrscheinlich hat er damit gerechnet, dass Breimen, wenn es um reines Schlachtenglück geht, Selonari erobern würde, und diese Vermutung dürfte nicht unbegründet gewesen sein. In einem derartigen Sieg jedoch sah er keinen sonderlichen Nutzen für sich. Er wünschte sich einen teuren und lange andauernden Krieg, der beide Gegner erschöpfte, sodass sie für ihn keine Bedrohung mehr darstellten. Schlicht gesagt: Kane kämpfte für Selonari, um einen Ausgleich herbeizuführen. Das war ein großes persönliches Risiko, aber gerechtfertigt, wie der Ausgang bewies. Deshalb gab er Malchion die falsche Information, unsere Armee würde an den Furten des Macewen lagern, und verleitete damit den Wolf zu dem katastrophalen Brückenschlag. Und auch die List mit den berittenen Soldaten, dank derer die Schlacht zu unseren Gunsten gewendet wurde, war im Grunde genommen Kanes Idee, obschon sich sowohl Ristkon als auch ich damit brüsteten. Damals hielt ich seine diesbezügliche Bescheidenheit für äußerst selbstlos. Ristkons Ungehorsam nach der Schlacht spielte Kane in die Hände. Ich hatte vertraulich meine Hoffnung geäußert, den Krieg gegen Breimen beenden zu können. Kanes Reaktion darauf fiel entsprechend aus; er hatte schließlich eine Verlängerung des Krieges im Sinn. Teres war der Schlüssel zu dem von mir vorgeschlagenen Waffenstillstand. Vermutlich hätte er auf jeden Fall versucht, sie zu befreien. So aber bereitete Ristkon unwissentlich alles für ihn vor. Er brauchte die Sache nur noch zu Ende zu bringen. Kane verhalf Teres zur Flucht, schickte sie zurück nach Breimen und versicherte ihr, dass mein Friedensangebot nur meine eigenen Absichten verschleiern sollte, Breimen zu erobern. Mir hat er den kühnen Rat gegeben, dass ihre Flucht eine offensichtliche Ablehnung jedes Vertrags bedeutete. Die beiden Dienstmägde bestätigten Ristkons versuchte Vergewaltigung, aber sie steckten in einem Schrank, als Kane eintraf. Seine Rolle bei der Flucht wurde also nie bekannt, und ich nahm einfach an, Teres sei in den Wirren jener Nacht irgendwie an unseren Wachen vorbeigeschlüpft, und genau so war es ja auch. Allerdings mit Kanes Beistand.

Kane hatte nur die Tücken des Flusses nicht bedacht. Teres geriet in seinen Unterschlupf in Arellarti, und aus Gründen, die noch nicht ganz klar sind, ließ er sie am Leben. Zwischenzeitlich muss er Malchion die Information zugespielt haben, ich hätte seine Tochter heimlich hinrichten lassen. So setzte er sein Spiel fort, die Feuer des Krieges zwischen uns zu schüren. Teres hat uns von der Bedrohung erzählt, die in Arellarti wächst. Hätte sie nicht den Mut zur Flucht aufgebracht, so würden wir sehr wahrscheinlich noch immer wie Marionetten für diesen Puppenspieler tanzen – bis er die Zeit für reif hielte, seine uralte Hexerei auf unsere widerstandslosen und von der Schlacht ausgezehrten Länder loszulassen.«

»Dieser Mann ist fürwahr unglaublich!«, rief Asbraln aus. »Für sich allein genommen, ist seine Verschwörung ein Meisterstück skrupelloser Verschlagenheit, das Werk eines Genies! Aber außer seinen politischen Ränken hegt er noch diesen wahnsinnigen Plan, einen seit Jahrhunderten begrabenen außerweltlichen Zauber wiederaufleben zu lassen! Gegen was für einen Menschen kämpfen wir hier bloß?«

»Dieses Geheimnis mag tiefer gehen, als wir vermuten«, spekulierte Dribeck. »Einige von Kanes rätselhaften Anspielungen, scheinbar verrückte Behauptungen, die Teres zitiert hat, haben einige quälende Schatten in meinem Gedächtnis aufgerüttelt. So verbrachte ich einen Teil der Nacht in meiner Bibliothek und habe etwas aufgespürt, das möglicherweise weit unheimlicher sein mag als bloßer Zufall. Ich wüsste gern, ob einer von euch in den Werken Kethrids gelesen hat?«,

Crempra schnitt eine Grimasse. »Vetter, jetzt ist nicht die Zeit, uns vorzuführen, was ...«

»Aber ja doch!«, unterbrach Dribeck heftig. »Vielleicht hätte uns eine bessere Geschichtskenntnis gut gedient und einiges erspart. Also rasch, bevor ich euch langweile: Kethrid dürfte der größte Geist seines Zeitalters gewesen sein. Mehr als jeder andere Mensch beeinflusste er den Aufstieg Carsultyals, der ersten großen Stadt der Menschheit. Es waren die Männer Carsultyals und besonders Kethrid, die aus den Ruinen der Zivilisationen der alten Erde jene phantastischen Wissensbestände retteten, die über Nacht unsere junge Rasse aus der Halbbarbarei, die dem Niedergang des Goldenen Zeitalters folgte, auf den fortgeschrittenen Stand der Zivilisation hob, dessen wir uns gegenwärtig erfreuen. Ohne derer jemals zu gedenken oder ihnen zu danken, die uns diese Gelehrsamkeit geschenkt haben, wenn ich das hinzufügen darf.

Kethrid segelte über die fremden Meere, denen der Mensch entstieg, erforschte unbekannte Küsten, neue Länder ... und dort entdeckte er die gefallenen Städte der alten Erde. Seine Abenteuer sind Legende. Das Wissen, das er mit sich nach Carsultyal brachte, bildete den Kern jener Zivilisation, und von dort ausgehend verbreitete sich dieses wiederentdeckte Wissen über die ganze Menschheit. Über Kethrids letzte Reise wissen wir nichts, denn weder er noch seine Mannschaft oder sein großes Schiff, die *Yhosal-Monyr,* wurden jemals wiedergesehen.« Dribeck deutete auf ein prachtvoll gebundenes Buch. »Kethrid hatte einen engen Freund, einen Berater, Begleiter, Waffenbruder – einen Fremden, der mit ihm reiste und bei seinen Entdeckungen offensichtlich eine größere Rolle spielte. Dieser Freund trug den Namen Kane. Man beschreibt ihn als riesenhaften Krieger, der über seltsame Mysterien Bescheid wusste, als Linkshänder, als Mann mit schönem, aber hartem Gesicht, mit rotem Haar und kalten blauen Augen, deren Blick das mörderische Ungestüm in Erinnerung ruft, welches er im Kampfe zeigt. Über seine Vergangenheit wusste Kethrid nichts, zumindest erwähnte er nichts davon. Nur in einer Passage geht er auf diesen Kane ein: ›Mir kam jener berüchtigte Mann namens Kane in den Sinn, dessen Seele der Dunkelheit der alten Erde entstammte und nach dem Wissen der älteren Wesenheiten strebte, die noch kühn und nicht im Schatten einhergingen, Götter und Dämonen, deren Glanz nun verblasst ist. Er, der in jenem vergangenen Zeitalter des Paradieses unserem Schöpfer trotzte. Er, der verdammt wurde, ewig durch die wilde Welt zu ziehen, die er durch seinen Frevel verantwortet hatte, getrieben von seinem Fluch, als Geächteter gebrandmarkt durch das Zeichen des Todes, das in seinen Augen leuchtet.‹

Dieser Kane begleitete Kethrid auf jener letzten Reise, von der kein Mensch zurückkehrte. Und jener Abschnitt, den ich übersetzt habe, wurde von Kethrid vor mehr als vier Jahrhunderten niedergeschrieben. Wie du sagtest, Asbraln ... Gegen was für einen Menschen kämpfen wir bloß?«

Ovstal brach das Schweigen. »Interessant, mein Herr. Sogar unheilvoll. Aber von zweifelhaftem praktischen Wert für uns. Diese krelranische Waffe, die Kane gegen uns verwenden will, bereitet mir mehr Sorgen. Sagen Eure Bücher auch darüber etwas?«

Dribeck schüttelte den Kopf. »Nein. Solches Wissen betrifft eher das Gebiet der Zauberkunst, und so weit reicht mein Interesse nicht. Ich hoffe aber, dass uns der Tempel etwas über Arellarti zu sagen vermag. Shenans Priesterinnen prahlen mit ihrem Geheimwissen, obwohl sie ihre Talente eher im politischen Intrigenspiel und mit der Anhäufung von Reichtum beweisen. Ich habe versucht, Gerwein heute Morgen herzuholen, bekam aber nur die schroffe Antwort, dass die Hohepriesterin Audienzen gewährt, jedoch nicht zu ihnen gerufen wird. Sagt mir, was da zu tun ist ...

Um es kurz zu machen – Ihr habt Teres gehört, unser Wissen über Kanes Pläne, seine Macht und seine Verteidigungsanlagen haben wir zur Gänze aus ihrer Geschichte. Demnach wissen wir, dass Kane eine Festung im Herzen Kranor-Rills wiederaufgebaut hat. Er befehligt eine Armee von etwa tausend Rillyti. Zusätzlich kontrolliert er eine Waffe von unbekannter, jedoch offensichtlich gewaltiger Macht, die gegenwärtig aber nur über einen Bruchteil ihrer möglichen Schlagkraft verfügt. Kane plant, die Südlande zu erobern, und Shenan allein mag wissen, zu welch größeren Unternehmungen ihn sein dunkler Ehrgeiz noch führen wird.

Was können wir also daraus schließen? Kanes Macht ist begrenzt, wenigstens im Augenblick, deshalb fürchtet er Breimens und Selonaris vereinte Kampfesstärke. Deswegen hat er sich auch bemüht, unsere Schlagkraft auf ein Maß zurechtzustutzen, das er mit seinem ersten Angriff überrollen kann.

Unser Vorgehen, meine Herren, ist uns allen klar. Wir müssen sämtliche Kräfte, derer wir habhaft werden können, sammeln und in Kranor-Rill einfallen. Wir müssen Kane und Blutstein vernichten, bevor sie mächtig genug sind, dass ihnen weder Magie noch Stahl etwas anhaben können.«

»Die Belagerung wird sich schwierig gestalten«, vermutete Ovstal. »Die Rillyti sind fürchterliche Gegner. Darüber hinaus müssen wir einen undurchdringlichen Sumpf durchqueren, um zu ihnen vorzustoßen. Sobald wir das geschafft haben, wird sich uns Arellarti als höchst eindrucksvolle Festung darbieten. Eine längere Belagerung kommt nicht infrage. Shenan weiß, was für teuflische Verteidigungswaffen Kane zur Verfügung stehen.«

»Ja, es ist klar, dass uns ein kostspieliger Kampf bevorsteht. Aber Kane muss verwundbar sein, sonst hätte er nicht derart listig intrigiert, um einen solchen Angriff zu verhüten. Wir können auf der Dammstraße vorstoßen, die seine Kreaturen wiederaufgebaut haben. Also werden wir in der Lage sein, Belagerungsgerät mitzuführen. Wir haben keine Wahl. Lasst Kane die Zeit, die er braucht, um sein Werk in Arellarti zu vollenden, dann wird es keine Armee geben, die ihn mehr aufhalten kann. Jede Stunde, die wir zögern, bringt Kane dem Sieg näher!«

»Und Breimen?«, gemahnte Asbraln.

»Wir kämpfen für eine gemeinsame Sache. Vermutlich kämpfen wir sogar für die Freiheit der Menschheit! Unser Streit ist nun sinnlos geworden. Kane hat uns zum Krieg angestiftet. Ich verlasse mich auf Teres. Sie wird Malchion überzeugen. Wenn er die Wahrheit über Kane erfährt und die Bedrohung erkennt, die er für beide Länder darstellt, bleibt ihm nur, den Waffenstillstand zu akzeptieren und sich mit uns zu vereinigen, um Arellarti zu zerstören. Unsere vereinigte Streitmacht ist genau das, was Kane die ganze Zeit gefürchtet hat. Bleibt nur zu hoffen, dass seine Befürchtungen begründet waren!«

Später an diesem Nachmittag zog Teres kritisch das Zaumzeug ihres Hengstes fester. Dribeck hatte ihn satteln lassen, obwohl sie es vorzog, sich dieser Aufgabe selbst anzunehmen. Das Streitross wieherte erfreut. Teres' Augen leuchteten, und sie warf einen Arm um Gwellines' grauen Hals.

Ihr Schwert und die übrige Ausrüstung, die man ihr abgenommen hatte, waren am Sattel befestigt. Dieser Augenblick war mehr als ein Wiedersehen für sie. Es war eine Rückkehr zu jenem vertrauten Dasein, das sie gekannt hatte, bevor sie in Kanes Schattenwelt gezogen worden war.

Als sie sich in den Sattel schwang, bemerkte sie, dass Dribeck angesetzt hatte, ihr hinaufzuhelfen, es sich dann jedoch anders überlegt hatte.

»Dribeck«, erklärte sie feierlich, »sollte ich nie einen besseren Grund haben, so werde ich immer in Freundschaft an dich denken, weil du dich um Gwellines gekümmert hast. Ich habe ihn selbst ausgebildet, und er ist das verdammt beste Schlachtross, das dieses Land je hervorgebracht hat.«

»Er ist wirklich ein großartiges Tier«, stimmte Dribeck zu. Insgeheim stellte er fest, dass das die ersten höflichen Worte gewesen waren, die sich Teres ihm gegenüber erlaubt hatte. »Ich hätte ihn selbst geritten, aber er hätte beinahe den ersten meiner Leute umgebracht, der aufzusteigen versuchte.«

»Mein Schwert habe ich auch zurückbekommen«, murmelte Teres. Es war genau für sie ausbalanciert und nach ihren Vorgaben mit einem kleineren Griff versehen. »Teufel auch, und gestern Abend hast du sogar meine Stiefel herrichten lassen! Weißt du, wie lange es dauert, bis man ein Paar Stiefel bekommt, das genau passt? Wenn man sie richtig eingelaufen hat, sind sie einem die besten Freunde. Dribeck ... Danke!«

Fast hätte er sich sein Erstaunen anmerken lassen. Er hatte gehofft, ihr Vertrauen zu gewinnen. Warum fand er ihre unerwartete Wärme nun so beunruhigend? Er murmelte eine abschätzige Floskel. »Ich hoffe, dir dieses Mal bessere Erinnerungen an die selonarische Gastfreundschaft mitgeben zu können, obwohl es schlimme Tage sind, die wir nun durchmachen. Ich lasse dich nicht gerne gehen, wo du dich doch kaum ausgeruht hast. Aber im Hinblick auf diese Krise kann ich deine Ausdauer nur bewundern!

Haben dir diese Kleider zugesagt? Du gibst damit auf diesem Hengst ein ziemlich hübsches Bild ab.« Diese Bemerkung war völlig unnötig gewesen.

Teres runzelte die Stirn. »Ich habe mir sagen lassen, dass ich ein einprägsames Gesicht habe«, erwiderte sie schroffer als beabsichtigt. Wieder dachte sie an Kane, schob das Bild jedoch grob zur Seite. Sie hatte ihren Entschluss gefasst.

Dribeck zuckte mit den Schultern, merkwürdig enttäuscht durch ihre Zurückweisung. »Nun gut«, sagte er dann. »Meine Leute werden dich zur Grenze geleiten. Von da an sollten die anderen breimenischen Gefangenen, die ich freigelassen habe, ausreichen, dich zu schützen und wohlbehalten nach Breimen zu bringen. An den wenigen Toren von Kane, über die wir Bescheid wissen, habe ich Bogenschützen postiert ... Aber es gibt natürlich die Möglichkeit, dass er an anderer Stelle durchbricht, um dir aufzulauern. Ich bezweifle, dass er es versuchen wird, doch andererseits bin ich durchaus bereit, bei diesem Mann das Unerwartete zu erwarten.

Viel Glück bei Malchion. Ich verlasse mich darauf, dass deine Aussagen den Waffenstillstand in die Tat umsetzen. Lass mich wissen, inwiefern uns der Wolf unterstützen wird. Ein Angriff auf Arellarti erfordert alles, was wir gegen Kane ins Feld werfen können. Du weißt besser als jeder andere von uns, was eine Niederlage bedeutet.«

»Ja, ich weiß es«, flüsterte Teres. Dann drückte sie dem Hengst die Hacken in die Flanken.

18. KAPITEL

Der Wolf schmiedet Pläne

Teres staunte sprachlos und fragte sich, ob ihre Ohren sie trogen oder ihr Vater zwischenzeitlich den Verstand verloren hatte.

Sie hatte sich nicht verhört. Malchion leerte seinen Krug, knallte ihn auf den Tisch und wiederholte: »Wir unternehmen nichts.« Cosmallen füllte Wein nach und lächelte Teres unsicher zu, die darauf ihre Hand über ihren eigenen Becher legte.

»Ich verstehe dich nicht«, gestand Teres verwirrt.

Es war ein anstrengender Tag gewesen. Nach ihrer unerwarteten Ankunft in Breimen hatte ihr Malchion, der liederlicher aussah, als sie ihn in Erinnerung behalten hatte, bei der Willkommensumarmung fast die Rippen gebrochen. Auf Kanes Wort hin hatte er tatsächlich angenommen, seine Tochter sei tot, und als er sie lebendig und sicher vor sich stehen sah ... nun, das war zweifellos ein Grund zum Feiern. Teres hatte ihm unter großen Schwierigkeiten die Wichtigkeit ihrer Erkenntnisse verdeutlicht, und schließlich war es ihr gelungen, sich mit ihrem Vater vertraulich zu beraten.

Sobald sie sich seiner Aufmerksamkeit gewiss sein konnte, bedurfte es einer noch größeren Nervenprobe, ihren Bericht in Ruhe vorzubringen. Bei jeder neuen Enthüllung brachen wütende Verwünschungen aus Malchion hervor, und er brüllte Embrom übereilte Befehle zu. Mehr als einmal musste ihm Teres zuvorkommen, damit sie erst einmal die folgenden Ereignisse berichten konnte. Malchion unterbrach sie ständig, ihm entgingen wichtige Einzelheiten, er ließ sie andauernd wiederholen, griff ihrer Erzählung voraus, warf sinnlose Fragen ein. Und als sich der Wolf einfach weigerte, bestimmte Teile ihrer Geschichte zu glauben, war sie es, die in helle Wut geriet.

Irgendwie vollbrachte sie es dann aber doch, ihren Bericht zu beenden und die Dinge so weit zu entwirren, dass sogar Malchion alles verstehen konnte, was sich ereignet hatte. Sie war der Ansicht, dass ihr Vater ihr sogar glaubte, wenigstens dahingehend, dass er die tatsächliche Bedrohung seiner

Herrschaft erkannte. Doch dann folgte seine scheinbar völlig unlogische Antwort: »Wir unternehmen nichts.«

»Du glaubst mir also nicht?«, zweifelte sie.

Malchion brummte und wischte sich seinen Schnauzbart mit dem Handrücken ab. »Nein, ich glaube dir ... Jedenfalls glaube ich, dass Kane in dieser zerfallenen Stadt irgendeinen schlimmen Zauber ausheckt und Dribeck bereit ist, sich vor lauter Angst in die Stiefel zu pissen, weil diese Kröten es auf seine Armee abgesehen haben. Ich habe Kane sowieso nie vertraut, im Gegenteil, ich habe ihn nur benutzt, soweit es mir möglich war. Nein, ich glaube dir, Teres. Es ist nur so, dass du dir von diesem selonarischen Schwächling dein Urteilsvermögen hast verdrehen lassen, und zwar so gewaltig, dass es jetzt seinen Intrigen zupass kommt.«

Er beugte sich vor. »Sieh mal, Teres. Du sagst, Kane habe diesen Krieg zwischen uns und Selonari angezettelt. Gut, vielleicht hat er mich dazu angestachelt, früher anzugreifen, als ich das eigentlich getan hätte. Vielleicht hat er wirklich sowohl Breimen als auch Selonari in diesen Krieg getrieben. Der springende Punkt ist jedoch, dass ich ohnehin vorhatte, Selonari früher oder später zu erobern. Du weißt das, und wie ich mich erinnere, warst du unermüdlich in deinem Bestreben, die Sache voranzutreiben. Selonari hat Länder und Reichtümer, die unser Volk braucht, und diese schwarzhaarigen Zwerge werden immer eine Bedrohung für unsere Grenze darstellen. Wenn Wollendan die beherrschende Macht in den Südlanden sein will, können wir keine unabhängigen Stadtstaaten wie Selonari in unserer Mitte dulden, so ist es doch. Das Ganze ist ein kultureller Konflikt, und früher oder später wird ihre Kultur von der unseren geschluckt werden.«

»Aber Kane hat vor, den ganzen Kontinent zu erobern, und Thoem allein weiß, was er darüber hinaus noch plant!«, wandte Teres ein, die nicht auf die Feststellungen ihres Vaters eingehen wollte.

»Ja, nun, vielleicht gelingt es ihm, vielleicht auch nicht. Ich will dir dein Urteilsvermögen nicht absprechen, Teres, aber all dieses Gerede über Kanes unbesiegbare Zauberkräfte ... wir haben nur deine Aussage darüber, wie groß diese Macht wirklich ist. Nun schrei deinen Erzeuger nicht an! Sag mir lieber, wie viel du im Grunde genommen über Rassen, Städte, Waffen und Magie der alten Welt weißt? Hmmm? In Ordnung, du hast also nichts als Kanes Wort darauf, wie groß und mächtig seine Kräfte sein werden, und Kanes Wort ist nicht einmal die Spucke wert, die er braucht, um es auszusprechen. Und welcher Mann würde unter den Umständen nicht prahlen, um ein leichtgläubiges Mädchen zu beeindrucken?«

»Zum Teufel mit deinem Dickschädel! Ich habe gesehen, was er allein mit diesem Ring anzustellen vermochte! Verdammt, fast fünfzig Männer hat er damit abgeschlachtet!«

»Weil kein Selonari Mumm oder Hirn genug hatte, um in Deckung zu gehen, einen Pfeil auf die Sehne zu legen und diesen Hundesohn totzuschießen, sodass er nicht mehr aufsteht. Ich behaupte wahrlich nicht, Kane sei ungefährlich. Die Rillyti allein geben, nach allem, was ich höre, schon einen rauen Haufen ab, wenn man im offenen Kampf auf sie trifft. Tatsache ist jedoch: Wir wissen nicht sicher, ob Kane für Breimen oder das restliche Wollendan überhaupt eine Bedrohung darstellt.

Wir wissen nur, dass er es auf Selonari abgesehen hat, und so kommt Dribeck und bettelt uns an, ihm beizustehen. Ja, Schwachsinn! Natürlich redet er dir ein, die Menschheit schwebe in höchster Gefahr. Er will, dass unsere Soldaten seine Schlachten schlagen. Danach dürfen wir dann erfahren, wie aufrichtig Selonaris Gerede vom Frieden wirklich ist. Nun, der Wolf hat nicht so lange regiert, um sich von diesem schlecht bewaffneten Intriganten zum Narren halten zu lassen. Kane und Dribeck mögen die Sache miteinander austragen. Selbst Dribeck sollte in der Lage sein, einen einzelnen Mann und eine Meute schlammfressender Kröten zu schlagen. Schlachten sie sich gegenseitig ab – umso besser. Ich werde Kane ein Denkmal errichten. Wenn er sich ordentlich zur Wehr setzt, wird Selonari anschließend nicht viel mehr tun können, als sich die Wunden zu lecken. Und bei einer solch glücklichen Fügung bezweifle ich, dass unsere Armee auf nennenswerten Widerstand stoßen wird, wenn sie nach Süden marschiert, um unsere Niederlage am Macewen zu rächen. Siehst du nun die Logik des Wolfs, Kleines?«

»Ganz deutlich. Und was geschieht, wenn Kane Dribeck schlägt und Selonari einnimmt?«, fragte Teres finster.

Malchion winkte nach einem weiteren Krug Wein, seine Stimmung war wieder übermütig. »Das ist Dribecks Sorge, nicht meine. Aber in diesem Fall werden wir Kane Selonari einfach wieder abnehmen, das ist alles. Meiner Ansicht nach wird er jedoch – trotz seiner angeblich so gefährlichen Waffe – von Selonari Prügel beziehen, noch bevor er aus seinem Sumpf hervorkriechen kann. Geographisch sieht es doch so aus: Es ist ein langer Marsch von Kranor-Rill nach Breimen, und Selonari liegt dazwischen. Also wird er Dribecks Stadt einnehmen müssen, bevor er nach Norden zieht, oder er riskiert, zwischen zwei Fronten zu geraten und sich vom Nachschub abschneiden zu lassen. Wenn er an Selonari vorbeikommt, ist es für eine kampfesmüde Krötenarmee ein langer, trockener Marsch bis nach Breimen. Bis sie vor unseren Mauern stehen, können wir bereit sein. Und wenn sich herausstellt, dass Kane eine echte Bedrohung für Wollendan ist … Nun, dann gibt es eine Menge Schwerter und kräftige Burschen dazu, die nur darauf warten, diesem Höllenbastard zu zeigen, wie richtige Männer kämpfen.«

»Dann wirst du also nicht einmal einem Waffenstillstand mit Dribeck zustimmen?«, fasste Teres düster zusammen.

Der Wolf machte eine gezierte Geste. »Sicher werde ich Dribecks Waffenstillstand akzeptieren, da es dir gefällt. Warum auch nicht? Ich bin nicht darauf vorbereitet, den Krieg gerade jetzt wieder aufleben zu lassen. Kane mag das Kämpfen für uns besorgen. Danach … Nun, danach werden wir wissen, wie die Würfel für die anderen gefallen sind, und dementsprechend werden wir unseren Einsatz machen. Es hat niemals einen Waffenstillstand gegeben, der nicht dazu geschaffen war, irgendwann gebrochen zu werden.«

»Dann werde ich Dribeck deine Antwort überbringen. Du stimmst einer Waffenruhe zu, kannst jedoch keine Truppen erübrigen, um Arellarti anzugreifen, da du damit beschäftigt bist, Breimens Verteidigung aufzubauen.« Hoffnungsvoll fügte sie hinzu: »Soll ich ihm ausrichten, dass wir bereit sind, gegen Kane zu kämpfen, falls er unsere Grenzen bedroht?«

»Ach, sag, was du willst. Verdammt, wenn deine Zeit bei diesen arglistigen Hundesöhnen dir nicht die Zunge geglättet hat! Aber es gibt keinen Grund, warum du Dribeck überhaupt etwas sagen solltest! Ich könnte irgendeinen tattrigen Botschafter schicken.« Er schlug auf Cosmallens nackten Schenkel, sodass das Mädchen Wein auf dem Tisch verschüttete.

»Ich werde lieber selbst gehen«, erwiderte Teres matt.

»Nun, ich bin kein Vater, der seinem Welpen seine Launen nicht gönnt, selbst dann nicht, wenn sie eindeutig sinnlos sind. Und da diese ›schwere Krise‹ damit beigelegt ist – wie steht's mit einem feierlichen Umtrunk? Nach deinen Abenteuern ist der Wolf der Ansicht, dass Breimen die Rückkehr des Welpen angemessen feiern sollte.«

»Danke, nein«, entschuldigte sich Teres. »Die vergangenen Tage waren eine ziemliche Tortur, und ich will mich jetzt einfach nur auf meinem eigenen Bett ausstrecken und ein paar Tage lang schlafen.«

Er blickte sie überrascht an. »Wie du willst«, brummte er. »Aber ich sehe es nicht gern, dass du dich von einer zünftigen Festnacht verabschiedest … Wohlan, dann werde ich für uns beide feiern!«

»Dessen bin ich mir sicher«, bestätigte Teres und erhob sich. Cosmallen wartete an der Tür auf sie.

»Das ist ein schönes Hemd, meine Dame. Darf ich die Seide berühren?« Ihre schlanken Finger streichelten über Teres' Schulter.

Teres entschied, dass sie sich zu viele quälende Gedanken machte und zu vielen Erinnerungen nachhing, die sie die ganze Nacht über wachhalten würden.

»Hol etwas Wein und komm mit, Cosmallen. Vielleicht lasse ich dich mein Hemd sogar anprobieren.«

19. KAPITEL

Träume in Arellarti

Schwer lasteten Nacht und Nebel auf Arellarti, der Mond und die Sterne glommen schwach und fern am düsteren Firmament. Die rötlichen Mauern der Stadt ragten in geometrischer Vollkommenheit in den Himmel, eine fremdartige Schönheit in diesem Land der Fäulnis. Unter dem erschrockenen Auge des Mondes wirkte Arellarti wie eine ungeheure, tödliche Spinne, deren unförmige Gestalt von der schillernden Blase aus Blut, in der sie hing, hinter einem roten Vorhang verborgen wurde. Der Damm erstreckte sich einer Spinnwebe gleich zum Wald hinüber und hielt Arellarti über dem giftigen Sumpf in der Schwebe. Langsam stieg die Spinne an ihrem Netz empor und tastete nach dem schlafenden Land dahinter.

Der strahlende Glanz Blutsteins erleuchtete die gesamte Stadt, floss darüber hinweg und hinaus auf den trüben Schlamm des Sumpfes. Seine smaragdenen Strahlen verliehen dem gesprenkelten roten Gestein einen kränklichen Farbton, denn nun wurde offenkundig, dass es im Inneren grüne Einschlüsse besaß. In dieser Finsternis wirkten selbst die Steine durchsichtig, als scheine Blutsteins Licht nicht auf die Stadt, sondern *durch* sie hindurch. Die Wände der ungeheuren Kuppel vibrierten von dem Glanz, der sie durchdrang, und waren beinahe so durchscheinend, dass der lebende Kristall darin als dunkler Schatten durch die Wände hindurch erkennbar war. Wie ein blutroter Stern funkelte er, ein Stern, der in einer Nova aus giftigem Licht erstarb.

In dieses unheimliche Licht gebadet, ließ Kane sich müde auf das Steuerpult sinken. Hinter ihm in einem grauen Aschehaufen lag eine Pfeife, die noch warm war. Schwer waren Kanes Gedanken, sein Gemüt so dunkel wie die wolkenschwangere Nacht jenseits von Blutsteins düsterem Schimmer.

Dies alles begann als Abenteuer, wenigstens glaubte ich das. Eine Eroberungsarmee wollte ich ausheben, nicht mehr – meine mächtigste Waffe sollte außerweltlicher Wissenschaft entspringen anstatt vorzeitlicher Zauberei, meine Soldaten sollten tierische Sumpfbewohner sein anstatt menschliche Krieger. In der Vergangenheit haben Menschen bereits für Zauberer und Eroberer gekämpft. Also folgerte ich, sie würden genauso willig unter meinem Banner kämpfen, sobald sie meine Macht einmal erkannt hatten. Doch nun kriecht jener Schrecken, auf den ich mich eingelassen habe, durch die Dunkelheit meines Geistes, sodass selbst ich die Macht des Grauens spüre, die von dir ausstrahlt. Könnte es sein, dass ich dieses Mal zu weit gegangen bin? Dass der Abscheu, den die Menschen vor meiner Macht empfinden, sich als größer erweist als ihre Lust, an der Siegesbeute teilzuhaben? Werde ich noch einsamer sein als zuvor, während meine ganze Rasse die Waffen gegen mich erhebt und den Namen Kane schmäht?

Wäre das so viel anders als dein jetziges Schicksal? Deinem Fluch konntest du nur durch unablässige Wanderschaft entrinnen, in Ländern, in denen dein Name aus dem kurzen Gedächtnis der Menschen verschwunden war. Und ein ums andere Mal musstest du weiterziehen, wenn sie neue Gründe fanden, sich deiner zu erinnern. Man wird dich immer schmähen, Kane, aber meine Macht wird sie Furcht vor dir lehren. Nie wieder wird man dich wie einen Wolf hetzen. Und so, wie ich deine erbärmliche Rasse kenne, wird es viele geben, deren Seelen man mit dem gelben Metall zu gewinnen vermag, das euresgleichen so hoch schätzt, oder indem man ihnen die Gelegenheit verschafft, sich die Besitztümer ihrer Nachbarn anzueignen, ohne Strafe fürchten zu müssen.

Ich glaubte, sie zu verstehen ... Einen Augenblick lang hat sie mich geliebt. Dann begann sie, mich zu hassen. Einem Eroberer hätte sie ihr Herz geschenkt, aber sie suchte nicht nur Stärke allein. Als sie das fremde Böse erkannte, das ich mit meiner Seele verbunden hatte, zog sie sich voll Abscheu von mir zurück, betrog mich, schloss sich ihrem Feind an, um mich zu vernichten. Und es gab eine Zeit, da hätte ich dieses unselige Abenteuer aufgeben, mit ihr in ihre Welt zurückkehren und an ihrer Seite Glück finden können.

Wie lange denn, Unsterblicher? Bis sie alt und faltig geworden wäre, während du bleibst, wie du jetzt bist? Bis es dich erneut langweilt, für diese stumpfsinnigen Geschöpfe den Kriegsherrn zu spielen, den unbedeutenden Herrscher eines Grenzlandes?

In deinem Geist sehe ich, dass du dich in vergangenen Zeiten zu solcher Dummheit herabgelassen hast und es seitdem mit bitteren Erinnerungen bedauerst. So hast du dich also entschlossen, die Lektionen deines verfluchten Daseins zu vergessen? Hast dich entschlossen, dich mit jener verhüllenden Feigheit, jenen winselnden Selbstzweifeln zu entmannen, die sich deine Rasse stolz als Gewissen schönredet? Das sind nicht deine eigenen Gedanken, Kane! Es war die Frau, die dich vergiftete, verleitete ... verriet! Kannst du noch leugnen, dass Liebe von allen menschlichen Schwächen am meisten wuchert wie ein Geschwür? Eine Rasse, deren Gefühle über vernünftiges Denken gebieten, sollte diesen Makel ausgleichen, indem sie die stärkeren Gefühle nutzbar macht! Hass und Furcht sind Grundsätze mit deutlich größerer Triebkraft als Liebe. Hass errichtet Imperien. Liebe wirft sie weg.

Ich könnte dich noch immer zerstören.

Und würdest du das tun?

Nein. Ich habe alles für die Macht aufs Spiel gesetzt, die du mir geben sollst. Und obwohl mir der Lohn inzwischen weniger großartig erscheint als zuvor, bleibt es mein Ziel, ein unsterbliches Imperium zu schaffen!

Die gesamte Menschheit soll den Ausgestoßenen Kane als ihren Herrn anerkennen. Wenn ich Erfolg habe, wird mich dieses Spiel wahrscheinlich ebenso langweilen, wie es bei allen anderen der Fall war. Vielleicht werden sogar die neuen Welten, die du mir zu eröffnen versprichst, mit der Zeit ihre Neuheit verlieren. Und in jener fernen Zeit genieße ich hoffentlich die Zerstörung all dessen, was ich geschaffen habe, genauso sehr, wie ich heute hoffe, mich an dem Streben zu erfreuen, es zu gewinnen!

Wenn also solches Vergnügen dich aus diesem verzagenden Grübeln reißen wird, so fasse Mut! Unsere Feinde sammeln sich, uns zu zerstören, aber meine Macht ist bereits dermaßen angewachsen, dass wir sie nicht zu fürchten brauchen. Bald wird das Gitterwerk vollendet sein, und ich werde kein verkrüppeltes, unvollendetes Dasein mehr führen müssen. Dann vermag ich auf die grenzenlosen kosmischen Energien zurückzugreifen, diese Welt der Herrschaft ihrer kränkelnden Sonne zu entreißen, dieses neue Universum nach den anderen zu durchsuchen.

Welchen anderen?

Den anderen von meiner Art, die jenseits der Sterne leben. Auch ich kenne Einsamkeit, jahrtausendelang in diesem fauligen Brachland gefangen, wie es mein Schicksal war. Wenn ich endlich vollendet bin, kann ich mich mit meinen Brüdern in Verbindung setzen, wo auch immer im Gefüge des Kosmos sie warten. Wir waren so wenige, vor so langer Zeit. Es wird guttun, wieder mit meinesgleichen zu sprechen.

So sind also auch in all diesen verschlossenen Schlupfwinkeln deines Bewusstseins menschliche Gefühle verborgen? Schattenhafte Gedanken, die du meiner Kenntnis zu entziehen suchst? Um deinen Spott zu erwidern: Erlaube deinen schwachen Gefühlen nicht, sich in den Kampf einzumischen, den wir jetzt auszufechten haben.

Das smaragdene Licht pulsierte und schwand wie tanzendes Feuer – Kane hatte den Kontakt mit dem lebenden Kristall abgebrochen und lauschte seinen wispernden Gedanken nicht mehr. Der Rauch der Pfeife wiegte seinen gequälten Geist in den Schlaf. In seinen glühenden Träumen fühlte er, wie ein weithin hallendes Lachen ihn umtanzte ...

20. KAPITEL

Die Nacht des Blutsteins

Wollte Kane bei einem Angriff aus Arellarti den ersten Schritt tun, so musste er Kranor-Rill über den wiederaufgebauten Damm verlassen. Eingedenk dessen hatte Lord Dribeck eine kleine Kompanie Soldaten in der Nähe dieses Ausgangspunkts postiert. Bis er über genügend Streitkräfte verfügte, um die verschollene Stadt belagern zu können, gedachte er auf diesen vorgeschobenen Posten zu vertrauen, damit er von Kanes Bewegungen Kenntnis erhielt. Ob die Männer die Waldseite des Dammes gegen einen etwaigen Vorstoß aus Arellarti zu halten vermochten, war allerdings zweifelhaft.

Als dann die Erde unter ihren Füßen bebte und die Luft trotz des wolkenlosen Mittagshimmels von langgezogenem Donnergrollen widerhallte, war es daher kein Wunder, dass die Soldaten unbehaglich auf ihre Waffen schauten und ein paar Gebete murmelten, damit die Götter ihnen auf dieser selbstmörderischen Mission gnädig waren. Als aber das Grollen erstarb und sich der Boden beruhigte und wieder sicher schien, folgten darauf keine bedrohlicheren Geräusche als ein gedämpftes Wispern, wie das Rauschen fernen Wassers. Der quälende Druck des Wartens war vorbei, und daher entspannten sich die Männer und stellten Spekulationen darüber an, was das wohl für eine merkwürdige Erscheinung gewesen sei, und sie lachten nervös über die Angst, die sich auf sie gelegt hatte.

Schließlich befahl der Hauptmann einem Spähtrupp, das Sumpfland in jener Richtung zu umgehen, von der der Lärm ausgegangen zu sein schien.

Die Männer wurden von der Nacht überrascht, bevor sie zurückkehren konnten, und so erstatteten sie ihren Bericht erst am folgenden Tag. Auf wundersame Weise war ein breiter Kanal entstanden, eine gerade Wasserstraße durch Kranor-Rill, bis zum Südarm des Neltoben und weiter zum Hauptstrom. Flusswasser mischte sich mit dem Brackwasser des Sumpfes und füllte den tiefen Kanal bis mitten hinein nach Kranor-Rill.

Der Hauptmann überdachte diese Nachricht lange, unsicher, wie er sie interpretieren sollte. Pflichtgemäß schickte er jedoch einen Kurier nach

Selonari, um Lord Dribeck über dieses rätselhafte Zauberwerk in Kenntnis zu setzen.

Bis der Bote seinen Bericht überbracht hatte, war der Grund für den unerwarteten Bau des Kanals bereits kein Geheimnis mehr.

In der grauen Stunde vor Tagesanbruch gab es für Breimen ein grauenvolles Erwachen.

Im Schutz der alles verschleiernden Nebel des Zwielichts legte eine unheimliche Flotte von Arellartis wiederaufgebauten Kais ab, deren steinerne Fundamente zum ersten Mal seit Jahrhunderten wieder von tiefem Wasser umspült wurden. Vorbei an den glitzernden Sandbänken aus angehäuftem Schleim und Schlick, zerstörter Vegetation und dampfendem Schlamm glitt die Flotte durch die frische, triefende Wunde in Kranor-Rills Eingeweiden, durch den jüngst aufgerissenen Kanal, der in die stehenden Gewässer des Neltoben-Südarms mündete und von dort in den noch von der verheerenden Umleitung seiner Strömung aufgewirbelten tieferen Nordarm.

Dort endlich schwärmten die seltsamen Schiffe in die klaren Wasser hinaus und eilten mit phantastischer Geschwindigkeit durch die gewaltsam veränderten Fluten. Ihre Schnelligkeit verringerte sich kaum, als sie den Lauf des Neltoben und Macewen hinter sich ließen und dem Clasten stromaufwärts folgten.

Die Gegend ringsum war eine unwirtliche Wildnis, nur vereinzelt von winzigen Siedlungen durchbrochen, die wie sich ablösender Schorf an den Ufern klebten. Schwere Nebel verhüllten das Flussbett. Der abnehmende Mond lag hinter dickbäuchigen Wolken verborgen. Außer jenen Wesen, denen die Nacht gehörte, schlief alles und jeder.

So kam es, dass es fast keine Zeugen gab, die jene Dämonenschiffe durch den wabernden Nebel gleiten sahen. Nur vage Umrisse waren zu erblicken, ein schwaches Aufblitzen dort, wo der Nachtwind die Nebelschwaden in leichten Böen auseinandertrieb. Doch das, was man sehen konnte, reichte aus, um die Gaffer in panischer Flucht vom Flussufer fortzujagen.

Eine gespenstische Flotte fuhr über den Fluss, und Teufel bemannten die Decks der Schiffe. Langgezogene Rümpfe aus silbrigem Metall waren zu gewaltigen Rammspornen geformt, sodass die Boote wie riesige Speerspitzen wirkten, deren messerscharfer Bug über das Wasser glitt. Schaum strömte an den Bugfinnen vorbei und wurde von den aufgewühlten Wirbeln verschluckt, die sich hinter dem Heck ausbreiteten, wo leise Turbinen zwei unsichtbare Schrauben antrieben. Die Decks der Geisterschiffe waren offen. Die Planken trugen das Gewicht von dreißig oder mehr monströsen Passagieren: massige Rillyti-Krieger in voller Kampfausrüstung. Fast zwanzig dieser bizarren Schiffe jagten mit einer Geschwindigkeit durch die Nacht, die den Galopp des schnellsten Pferdes übertraf. In einer langen Reihe folgten sie dem Schiff ihres Anführers, das ungehindert von Dunkelheit und Nebel vorauspflügte. An seinem Bug war flüchtig die gewaltige Silhouette eines Mannes in wehendem Umhang zu sehen.

Und so kam das Verhängnis über Breimen.

Bei den ahnungslosen Wächtern, die verschlafen auf Breimens Wällen Wache standen, wich die Überraschung schnell der blanken Angst. Aus den wirbelnden Nebeln tauchte die Dämonenflotte auf, die silbernen Flossen zogen sich in den Bug zurück, sobald die seltsamen Gefährte langsamer wurden und mit ihren fremdartigen Vorderschiffen ans Flussufer stießen. Von den Decks ergossen sich Rillyti-Horden, und die frühmorgendliche Stille wurde von wildem Gebrüll und donnerndem Klatschen durchbrochen, als die Geschöpfe über die Reling sprangen. Schwach glitzerten ihre Bronzeschwerter, während sich die Armee der Krötenwesen der verdunkelten Stadt näherte. Der erste Alarmschrei riss die Menschen aus ihren Träumen in den Albtraum des Erwachens.

Ein furchtbarer Anblick erwartete die unbeugsamen Soldaten, die eilends die Stadtmauern bemannten. In Nebel gehüllt, wie Gespenster aus Fieberträumen, schlurften die lurchartigen Invasoren auf das Flusstor zu. Ein mächtiger Riegel glitt vor die Portale – die dicken Baumstämme würden jedem Angriff standhalten, bei dem kein schweres Belagerungsgerät zum Einsatz kam, über das die Angreifer nicht verfügten. Bogenschützen spähten in die Dunkelheit und nahmen gelegentlich die vordringenden Reihen unter Beschuss. Die Sumpfwesen trugen schwere Rüstung auf ihren warzigen Körpern, und die Pfeile zeigten nur wenig Wirkung. Ein paar Speere mit vergifteten Spitzen flogen in hohem Bogen zu den Mauern herauf und ließen die Verteidiger in Deckung gehen. Doch waren diese Waffen eher zum Zustoßen als zum gezielten Werfen geeignet.

Auch wenn die Breimener nicht mit Kanes Angriff gerechnet hatten, hatte die Nachricht von seinem verräterischen Plan in den letzten Tagen den Großteil der Unterhaltung bestritten, und man gab lebhafte Berichte über sein Gemetzel unter Dribecks Leuten und den erschreckenden Umfang seiner Zauberkraft weiter. Daher bereiteten sich Breimens Soldaten trotz ihres ersten Schreckens darauf vor, dieser nichtmenschlichen Invasion zu begegnen. Aufmerksam, mit schussbereiten Pfeilen, hielten die Bogenschützen Ausschau nach Kane. Sein Tod würde dem Ansturm der Rillyti das Rückgrat brechen.

Trotz aller beängstigender Gerüchte war jedoch kein Mensch auf Kanes Anblick vorbereitet. An der Spitze der angreifenden Amphibien war eine leuchtende Gestalt auszumachen, ein menschenähnliches Gespenst aus lebender Energie ... oder war es vielmehr von einer Rüstung aus unheilvollem grünem Feuer umhüllt?

Wie ein rächender Dämon schritt die schimmernde Gestalt auf das Flusstor zu, eine Armee blutrünstiger Unholde im Rücken. Die Schützen schossen einen Pfeil nach dem anderen auf die glühende Silhouette ab, ein nicht zu verfehlendes Ziel in der Dunkelheit. Aber sie rückte bedrohlich weiter vor, obwohl mancher Pfeil sein Ziel gefunden hatte, wie die knisternden Blitze bewiesen, die auf den Energieschirm prasselten. Die Soldaten musterten ihre Waffen, spähten zur Beruhigung nach dem schweren hölzernen Portal und warteten darauf, dass die Krötenwesen die Mauern erstürmten. Sie mussten sich nicht lange gedulden.

Kaum waren die alarmierten Wächter aus ihren Kasernen auf die Wälle gestürmt, als auch schon der eisige Schrecken nach ihnen griff. Die dämonische Gestalt verharrte vor dem Wachturm und streckte den linken Arm aus. Aus dem strahlenden Kreis an ihrer Faust raste funkelnde Energie hervor, eine Lanze aus schimmerndem, smaragdfarbenem, scharlachrot geflecktem Licht. Der unheimliche Feuerstoß traf den Wachturm, der furchtbare Aufschlag ließ die ganze Mauer erbeben. Das Tor stürzte in sich zusammen, die Holzstämme waren verkohlt und geborsten, die eisernen Riegel wurden zu rotglühender Schlacke. Soldaten, die sich in der Nähe des zerstörten Portals aufgehalten hatten, wurden von der Druckwelle davongeschleudert.

Die Rillyti stürmten durch die schwelende Lücke, fielen mit großen, federnden Schritten über die gelähmten Verteidiger her. Bevor die benommenen, vom Grauen erfassten Soldaten auch nur daran dachten, den Ansturm aufzuhalten, wüteten die Krötenwesen schon mitten unter ihnen. Goldene Klingen forderten mörderischen Tribut, vergiftete Speerspitzen lichteten die wirren Reihen der Verteidiger. Die Plötzlichkeit dieses Angriffs hatte Breimen nahezu völlig unvorbereitet getroffen, und nun hatten sich die kampfwütigen Rillyti gewaltsam Zugang zur Stadt verschafft. Die Grausamkeit, mit der sie über die Männer herfielen, trieb die Verteidiger beinahe in wilder Flucht zurück.

Wenn es den Sumpfkreaturen gelang, ungehindert nach Breimen hineinzukommen, dann gab es keine Hoffnung mehr, und mit dieser finsteren Erkenntnis kämpften die Soldaten verzweifelt, um den Vormarsch des Feindes aufzuhalten. Entschlossen schlugen sie auf die Rillyti ein, deren Größe und Stärke sie zu tödlichen Gegnern gemacht hätte, selbst wenn sie nicht mit ihren großen Schwertern und Bronzerüstungen gewappnet gewesen wären. Reservetruppen stürmten heran, dann sogar die Stadtbewohner, und derart verstärkt, sammelten sich die Breimener, um die lurchartigen Invasoren zurückzuwerfen. Der Kampf tobte immer heftiger. Männer fielen mit offensichtlicher Todesverachtung über die Rillyti her, schlugen vereint auf sie ein und rissen sie durch schiere Übermacht nieder.

Einen Augenblick lang schien es, als könnte es den Verteidigern gelingen, den Vorstoß der Rillyti zurückzuwerfen. Dann erschien Kane im qualmenden Schutt des Tores. Der Tod flammte aus seiner Faust, fuhr durch die dichten Reihen der Verteidiger wie ein Blitz aus der Hölle. Dies war ein Schrecken, gegen den kein Mut bestehen konnte. Männer wurden zerfetzt und als verkohlte Fleischklumpen auf die Steine geschmettert, die Waffen mit leblosen Händen verschmolzen. Immer wieder spürten die mörderischen Strahlen alles auf, was lebte, zersprengten es mit vernichtender Liebkosung. Der Schrecken, der in die Gesichter der Toten eingegraben war, erschütterte die Verteidiger zutiefst, und auch die Schreie der tapferen Männer, die voll Grausen starben, waren nicht sehr ermutigend. Die Masse der Soldaten brach ein und zerfiel, wurde in panikerfüllter Flucht vor den vernichtenden Strahlen auseinandergetrieben.

Ein Krieger, der durch das Grauen, das sich an sie heranpirschte, den Verstand verloren hatte, kroch an den gemarterten Leichen vorbei und sprang Kane von hinten an. Sein ausgestrecktes Schwert stieß nach Kanes Rücken, berührte das flimmernde, energetische Gespinst, das ihn umgab, und drang doch nicht hinein. Binnen eines einzigen knisternden Augenblicks verwandelte sich die Klinge in Schlacke, und der Mann, der sie führte, in glühende, zerfallende Asche. Im Angesicht des unverwundbaren Wesens, das sie mit seiner teuflischen Waffe jagte, wandten sich die neu formierten Verteidiger um und ergriffen endgültig die Flucht. Die blutrünstigen Rillyti hetzten ihnen nach und schlugen sie blindwütig nieder. Ihrem Vorstoß ins Herz der Stadt stand nichts und niemand mehr im Wege.

Was nach dem Fall der Mauern folgte, war kein Kampf mehr, sondern ein unbarmherziges Gemetzel. Malchion hatte sich noch nicht von der Niederlage am Macewen erholt, und in seiner Gleichgültigkeit gegenüber Dribecks verzweifeltem Angebot hatte er die kriegsgemäße Wachsamkeit vernachlässigt, mit der Breimen vielleicht vorbereitet gewesen wäre, wenn überhaupt eine Möglichkeit bestand, sich auf einen solchen Ansturm urweltlicher Zauberei vorzubereiten. So aber kam es, dass die ohnehin dezimierte breimenische Armee überrascht und durch die furchtbare Macht Blutsteins und die boshafte Wildheit der Rillyti in Unordnung gebracht wurde. Ihre besten Kämpfer waren schon vor dem Flusstor gefallen. Nun trafen die Eindringlinge nur noch gelegentlich auf Widerstand – schlecht organisierte Verstärkung aus anderen Kasernen, aufgeschreckte Stadtbewohner mit Schwertern in schlaftrunkenen Händen. Zornige Männer, die gegen den Strom der panischen Flüchtenden ankämpften, um sich den nichtmenschlichen Plünderern entgegenzustellen, starben unter deren schrecklichen Waffen oder wandten sich um und schlossen sich den Flüchtenden an.

Das langsam heraufdämmernde Morgengrauen wurde von den Flammen des Massakers erhellt. Kane gab den Energieschirm auf. Er musste Blutsteins Energiereserven schonen, die durch die Schaffung des Kanals durch den Sumpf und den Antrieb für die Invasionsflotte, außerdem auch durch seinen eigenen Einsatz bereits ziemlich ausgelaugt waren. Von seinen massigen Kriegern umgeben, stand er nun offen in einer Bronzerüstung da. Die Dunkelheit und der Aufruhr boten ihm zusätzlichen Schutz, auch wenn hin und wieder ein hastig gezielter Pfeil ganz in seiner Nähe einschlug oder an den unnachgiebigen Metallplatten abglitt. Wie eine phantastische Statue aus lebender Bronze leitete er den gnadenlosen Angriff der Rillyti, trieb sie durch den Tumult der Stadt, und auf seiner glänzenden Rüstung spiegelten sich Feuer und Blut in vielen Farben, immer wieder von einem bösen Grünton durchzuckt.

Seine dämonische Armee brandete durch die frühmorgendlichen Straßen. Jedes Lebewesen, das ihnen vor die Klingen kam, gleich ob es nun kämpfen oder hoffnungslos fliehen wollte, wurde abgeschlachtet. Doch auch die Rillyti blieben nicht unversehrt. Trotz des herrschenden Chaos scharten sich immer wieder Männer zu verwegenen Haufen zusammen und versuchten, in den Straßen Barrikaden zu errichten. Ihre Schwerter fingen tapfer die größeren Klingen ihrer Feinde ab. Mit Knüppeln und Äxten hieben und schlugen sie auf die Brut ein, und aus unmittelbarer Nähe trafen ihre Speere und Pfeile mit tödlicher Kraft. Immer wieder auch wurde eines der riesigen Krötenwesen zu Boden gezerrt, vom wilden Mob in Stücke gerissen, bewegungsunfähig gemacht oder durch einen guten Treffer mit dem Schwert aufgeschlitzt, manchmal auch von der riesigen

Klinge eines erbeuteten Speers aufgespießt. Doch es gab Hunderte der bestialischen Invasoren, und der Preis für einen von ihnen war häufig ein Haufen menschlicher Leichen. Kanes Angriff verhinderte, dass die Verteidiger ihre überlegene Zahl wirksam einzusetzen vermochten, und überall dort, wo der Widerstand stärker wurde, wandelte die tödliche Macht des Ringes ihre Entschlossenheit zu einer erschreckten Flucht.

Breimen war eine junge Stadt und bestand daher hauptsächlich aus Holz. Jetzt brausten an unzähligen Stellen Flammen empor, von Kanes Energiestrahlen und den Fackeln der Rillyti entzündet, um den Tagesanbruch zu grüßen. Entsetzte Städter suchten in ihren Häusern Zuflucht, aber es blieb nur ein jämmerlicher Versuch, Schutz zu finden. In rasender Zerstörungslust verschafften sich die Sumpfwesen Zugang und töteten alle, die sich darin aufhielten, den freien Mann ebenso wie den Sklaven, Frauen wie Kinder. Sie machten sich nicht die Mühe, ihre Beute wegzuschleppen; nur ein loderndes Schlachtfeld ließen sie zurück. Von der Morgenbrise geschürt, sprangen die Flammen von einem Gebäude zum anderen über, und es gab keinen Menschen, der ihrem Hunger Einhalt gebieten konnte. Grölendes und quakendes Chaos marschierte durch Breimens Straßen und hinterließ eine zerschmetterte, leuchtend rote Spur.

Fast in der Mitte von Breimen ragte Malchions Burg auf, ein geduckter, unschöner Bau aus Stein und Holz, umgeben von einer Palisade und einem trockenen Graben, in dessen Grund scharfe Spieße getrieben waren. Hier fanden die Fliehenden Zuflucht, und der Widerstand fand einen Kern, um den herum er sich aufbauen konnte.

Aus seinem weinberauschten Schlaf geweckt, hörte sich der Wolf die Schreckensberichte jener an, die vor dem unaufhaltsamen Vorstoß des Feindes geflüchtet waren. Hastig bellte Malchion Befehle. Alle einsatzfähigen Männer sollten in die Burg gebracht werden, wo sie für die Verteidigung bewaffnet wurden, bis Kanes Vordringen sie dazu zwang, die Zugbrücke hochzuziehen. Während die Mauern und der mit Spießen bewehrte Graben ihren Ansturm aufhielten, bekam die restliche Bevölkerung der geschlagenen Stadt Zeit, sich neu zu gruppieren und aus den umliegenden Kasernen Verstärkung heranzuziehen. Läufer wurden entsandt, um Malchions Befehle zu verbreiten. Sobald Kanes Nachhut von einem geballten Angriff bedroht würde, wollte der Wolf einen Ausfall anführen. Dann hätten sie Kane mit zwei geordneten Angriffen in die Zange genommen, und die Stadt, der er bereits den Bauch aufgeschlitzt zu haben glaubte, würde sich wie eine Falle um ihn und seine nichtmenschliche Armee schließen.

Doch Kane hatte einen blitzartigen Überfall und keine längere Belagerung geplant. Er war nicht gekommen, um zu erobern, sondern um zu zerstören, und als sich in Malchions Burg die Verteidigung zusammenzog, trat er vor, um die Festung des Feindes mit jener Macht zu bearbeiten, über die er gebot. Der Pfeilhagel zwang ihn, den schützenden Energieschirm zu reaktivieren. Geschosse zerspritzten wie Speichel auf glühendem Stahl, sobald sie die schimmernde Gestalt trafen, dieses Gespenst aus smaragdenem Feuer, das durch die rauchverklumpte Morgendämmerung schritt.

Ein dämonischer Blitz, mächtiger als jeder andere, den er bisher entfesselt hatte, fuhr aus seiner flammenumhüllten Faust und fraß sich tief in den Palisadenwall. Holz loderte in verzehrender Weißglut auf, Steine zerschmolzen oder explodierten zu silbrig lohenden Splittern. Jene, die noch dazu in der Lage waren, zogen sich in blindem Entsetzen von den brennenden Mauern zurück. Die weniger Glücklichen zuckten und tanzten auf dem knisternden Scheiterhaufen. Innerhalb weniger Sekunden hatte Kanes Energiestrahl die Festungsmauern verwüstet und die Überlebenden in Deckung getrieben.

Kein Rillyti drängte an den schwelenden Trümmern der gesprengten Palisaden vorbei, obwohl es niemanden mehr gab, der sich einem Sturm auf die Burg entgegenstellte. Kanes Aufmerksamkeit verlagerte sich schnell zur umkämpften Festung. Wieder stürzte Blutsteins Energie sich aus seinem Ring hervor. Leuchtender als je zuvor schlug die Feuerlanze in die Grundmauern ein. Die fürchterlichen Gewalten ließen die gesamte Festung erbeben. Die Verteidiger lagen ausgestreckt auf dem schwankenden Boden oder stürzten von ihren Posten herab. Wie ein Hammer der Hölle zertrümmerte der vernichtende Strahl die Grundfesten, hieb wie eine weiß flammende Klinge durch splitternden Fels, als wäre er der weiche Bauch einer Frau. Kane stand wie zu Stein geworden, ein Fluss sternengeborener Energie entströmte seiner vorgestreckten Faust. Hinter ihm quakten die Rillyti angsterfüllt und duckten sich vor den zerspringenden Fragmenten, die durch die grüngefärbte Hitze der Mauern stoben.

Die Steine selbst schienen in Todesqual zu schreien, eine Oberstimme zum Klagelied der donnernden Explosionen, der knisternden Energie, des schreckerfüllten Geheuls. Die Festung von Breimen, die auf halber Länge brannte und deren Grundmauern aufgerissen waren, neigte sich über ihrer Wunde nach vorne. Mit anschwellendem Brausen sackte die Burg auf ihrem Scheiterhaufen zusammen und krachte in die glutflüssige Erde. Ihr Todesgebrüll erinnerte an das letzte Donnergrollen nach einem heftigen Sturm. Die Korridore waren mit Hunderten angsterfüllter Seelen vollgestopft, die hoffnungslos vor den verzehrenden Strahlen flohen. Alle außer den wenigen, die sich ihren Weg zu den Ausgängen freikämpften und aus einstürzenden Fenstern sprangen, um sodann durch die schreckerfüllte Dämmerung zu fliehen, wurden in tosendem Untergang zermalmt, als die Festung qualmend in sich zusammenbrach. Die Sicherheit, die sie versprochen hatte, schloss sich jetzt als Todesfalle um die schreienden Menschen. Düsterer Qualm verdunkelte den Morgenhimmel, färbte die nahende Sonne vor dem flammengeäderten Horizont zu einer rötlichen Sichel.

Der wabernde Energieschirm zerfaserte in dem Augenblick, in dem der Todesstrahl versiegte. Die Festung existierte nicht mehr. Kane sackte müde in sich zusammen und fühlte sich kaum mehr imstande, das Gewicht seiner Rüstung zu tragen. Die Zerstörung von Malchions Burg hatte Blutsteins Energiereserven bis auf einen gefährlichen Tiefstand entleert. Falls er auch nur einmal noch auf die Kraft des Kristalls zurückgreifen musste, war ihre Rückkehr nach Arellarti gefährdet.

Doch sein Ziel war erreicht. Breimen war nun gebrochen und verkrüppelt. Die Macht, die er zur Schau gestellt hatte, würde jeden veranlassen, den Entschluss, ihn aufhalten zu wollen, sehr genau zu überdenken. Kane rief seine plündernden Rillyti-Krieger zurück und beorderte sie zu den Schiffen.

Ringsum stand Breimen in Flammen, und das Feuer breitete sich in der ganzen Stadt aus. Kane und seine Horde mussten sich einen anderen Weg zurück zum Fluss suchen. Mühelos kämpften sie sich ihn frei – die Zerstörung der Festung und des Großteils der Armee hatte jeglichem Widerstand das Rückgrat gebrochen. Jene selbstmörderischen Attacken, die sie aufhalten wollten, wurden schnell zurückgeworfen. Kein einziges Mal sahen die Invasoren sich so hart bedrängt, dass der Einsatz der letzten Reserven von Blutsteins Energie – jener Energie, die sie benötigten, um die Maschinen ihrer wartenden Schiffe anzutreiben – erforderlich wurde.

Die Armee, die die sterbende Stadt verließ, war um fast die Hälfte ihrer Zahl dezimiert. Breimens Macht aber verging in jener Rauchwolke, die den Morgenhimmel verschleierte.

21. KAPITEL

Keine Tränen in Selonari

Jemand klopfte an ihrer Tür. »Teres?«

Sie zuckte zusammen, verwirrt von der ungewohnten Umgebung, und einen Augenblick lang glaubte sie, in Kanes Turm erwacht zu sein. Nein, sie war allein. Sie weilte in Dribecks Zitadelle, schon seit ein paar Tagen, seit sie mit der Botschaft des Wolfs und einer Eskorte von fünfundzwanzig ihrer eigenen Männer nach Selonari zurückgekehrt war. Dribeck hatte zwischen den Zeilen von Malchions Antwort gelesen und natürlich auch Teres' Gefolge bemerkt. Doch er behielt seine Gedanken für sich. Schuldbewusst wünschte sich Teres, ihr Vater hätte ihr erlaubt, weitere loyale Männer mitzubringen, aber der Wolf hatte ihre Motive halb durchschaut. Nun, wenigstens gab es eine Handvoll Schwerter, um diesen Schatten auf Breimens Ehre auszugleichen.

»Teres?« Wieder klopfte es. »Teres! Ich bin's, Dribeck. Ich muss mit dir sprechen.«

Sie erkannte seine Stimme. »Nur einen Augenblick«, rief sie unsicher. Das Licht der Sterne schimmerte hell durch die Fenster, demnach konnte sie erst ein paar Stunden geschlafen haben. Beunruhigt setzte sie sich im Bett auf, nackt im fahlen Flackern einer einzelnen Lampe. Sie zog eine der dunklen Felldecken hoch, in der noch ihre Körperwärme spürbar war, wickelte sich darin ein und trottete zur Tür.

»Was ist los?«, murmelte sie und spürte bereits, während sie den Riegel zurückzog, Unbehagen in sich aufsteigen.

Dribecks hageres Gesicht zeigte Besorgnis. »Ich komme besser herein«, schlug er vor. »Ich habe soeben schlimme Nachrichten erhalten.«

Teres runzelte die Stirn, als er an ihr vorbeidrängte, ohne darauf zu achten, dass sie kaum etwas am Leibe trug. Er war bedrückt und wie betäubt von einer überwältigenden Katastrophe.

»Kane ...?«, begann sie mit gespannter Stimme.

»Ja.« Dribeck starrte sie mit benommenem Gesichtsausdruck an. Sie hat das Herz eines Kriegers, raunte er sich in Gedanken selbst zu, sag es ihr also unumwunden und bring es hinter dich. »Soeben erreichte uns die Nachricht, während allmählich die ersten Überlebenden eintreffen. Vor zwei Tagen hat Kane Breimen mit einer Rillyti-Armee angegriffen. Es gab ein wildes Gemetzel, und Malchions Burg wurde zerstört. Als Kane abzog, stand die halbe Stadt in Flammen. Breimen liegt in Trümmern. Zwischenzeitlich hat Kane sich ohne größere Verluste wieder nach Arellarti zurückgezogen.«

Teres' Knie gaben nach, und sie sackte gegen die Wand. Ihr Gesicht wurde aschgrau, und die Knöchel jener Hand, mit der sie ihre Decke festhielt, färbten sich vor Anstrengung weiß. Einen Augenblick lang verharrte sie ungläubig. Ihre Lippen bebten und vermochten endlich doch, Worte zu formen. »Wie?«, brachte sie hervor.

Finster gab Dribeck die entsetzten Berichte wieder, die von den ersten Flüchtlingen stammten, die Selonari erreicht hatten. Teres lauschte kommentarlos, blass, unbeweglich wie eine fellbehängte Statue. Es schien, als müsse die Wand jeden Moment unter dem ungeheuren Gewicht nachgeben, das an ihr lehnte.

»Mein Vater?«, fragte sie schwach.

Dribecks Stimme war voller Mitgefühl. »Er hielt sich in der Festung auf, als die Mauern zerbarsten. Es – es ist zweifelhaft, ob er ...« Er beendete die Aussage nicht, und es war auch nicht notwendig.

In ihren Augen und ihrer Stimme stand Schmerz, dennoch blieb ihr Gesicht ausdruckslos. »Der Wolf hat einen besseren Tod verdient«, flüsterte sie. Nach einer Pause fügte sie hinzu: »Aber vielleicht bist du der Ansicht, dass sein Schicksal wohlverdient war. Schließlich weigerte er sich, dir zu helfen – er wollte, dass Selonari und Kane sich bis zum Tod bekämpfen, sodass Breimen anschließend nur noch die Rolle des Geiers hätte spielen müssen ...«

Dribeck hatte tatsächlich so gedacht, aber nun leugnete er es und erwiderte lediglich: »Ein Mann kämpft nach den Regeln, die er kennt. Ein Krieger sollte seinen Tod im offenen Kampf finden, nicht als Beute schwarzer Hexerei!«

»Warum Breimen?«, wollte Teres niedergeschlagen wissen. Dann, nachdenklich, setzte sie hinzu: »Ob es Rache war?«

»Das glaube ich nicht«, versicherte Dribeck. »Kanes Verstand ist zu rational, um für die Befriedigung seiner Gefühle alles zu riskieren. Es ist zweifelhaft, ob er von Malchions Neutralität wusste. Wahrscheinlich glaubte er, Breimen habe sich mit Selonari verbündet, und dieser Bedrohung gedachte er zuvorzukommen, bevor Malchion nach Süden marschieren konnte. Seinen bisherigen Taktiken zufolge scheint es ebenso offensichtlich, dass er seine zukünftigen Feinde mit dieser Zurschaustellung verheerender Macht einschüchtern wollte.«

»Vielleicht«, murmelte Teres und dachte daran, dass Dribeck nur einen Aspekt von Kanes krankhafter Psyche kannte.

Sie wirkte gefasst, sodass Dribeck – wenn auch ein wenig schuldbewusst – auf einen anderen Punkt zu sprechen kam. »Wir sammeln natürlich Hinweise, so schnell sie hereinkommen. Im Augenblick werden meine Berater geweckt. Ich habe eine Notsitzung einberufen. Deine Anwesenheit wäre von großem Wert, doch unter den gegebenen Umständen verstehe ich deinen Wunsch, dich zu ...«

»Mich zu Boden zu werfen und hysterisch zu heulen?«, brach es heftig aus Teres hervor, und ihre gefletschten Zähne zeigten sich in einem kreideweißen Gesicht, auf dem in Höhe der Wangenknochen zwei rote Punkte glühten wie bei einer Dämonenmaske. »So würde vielleicht ein dummes Mädchen den Untergang ihrer Stadt und ihres Geschlechts ehren! Ein Krieger jedoch schärft sein Racheschwert! Ich werde an deiner verfluchten Ratssitzung teilnehmen!«

»Wie du wünschst!«, lobte Dribeck, der auf diese Antwort gehofft hatte. »Komm einfach, wenn du fertig bist ... Du weißt ja inzwischen gut genug, wo du das Ratszimmer findest.« Asbraln rief nach ihm, aber er hielt lange genug inne, um hinzuzufügen: »Teres, ich weiß, dass meine Aufrichtigkeit manchmal zweifelhaft gewesen ist. Aber heute Abend ... Du hast mein ehrliches Mitgefühl – und meine Hochachtung.«

Teres bemerkte kaum, dass er ging. Lange Zeit blieb sie an die Wand gelehnt stehen; ihre Arme drückten das Fell an ihren Körper. Schließlich ließ sie sich auf das Bett fallen, als die Erkenntnis, was geschehen war, sich an der Abwehr ihres Unglaubens vorbeistahl. Und dann wurde in dem einsamen Zimmer ein Geräusch hörbar ... ein einzelner schluchzender Atemzug, leise und rau. Doch in Teres' Augen standen keine Tränen, also musste es sich bei dem erstickten Laut um einen Fluch gehandelt haben.

Mechanisch zog sie sich an. Eine alltägliche Tätigkeit, wie immer. Konnte es tatsächlich sein, dass sich sonst gar nichts in ihrem Leben verändert hatte?

Sie hörte Dribecks ärgerliche Stimme bereits, als sie sich dem Ratszimmer näherte. Also war mit der Besprechung schon begonnen worden. Sie hatte länger nachgedacht, als ihr bewusst gewesen war. Die inzwischen vertrauten Gesichter wandten sich ihr zu, und ernste Augen betrachteten sie, als sie eintrat. Dem äußeren Anschein nach war Teres jedoch bemerkenswert gefasst. Furcht hing wie dichter Nebel über dem Kreis blasser Gesichter. Rasch unterrichtete Dribeck sie von den neuesten bruchstückhaften Erkenntnissen. Während sie mit der Beratung fortfuhren, hatte Teres das Gefühl, als habe das Thema gewechselt.

»Der wesentliche Punkt ist – und nachfolgende Hinweise werden daran nichts ändern –, dass Kane in der Lage war, Breimen innerhalb weniger Stunden in Schutt und Asche zu legen und sich dann mit verhältnismäßig geringen Verlusten in seine Festung zurückzuziehen. Zugegeben, Malchion war auf den Angriff nicht vorbereitet. Dennoch war Breimen eine ebenso gut befestigte Stadt wie Selonari, und die Armee des Wolfs war, wenn auch überrumpelt und nicht organisiert, zahlenmäßig vermutlich so stark wie die unsere.

Offen gesagt – die Macht, die Kane in Händen hält, lässt jene Kriegsführung, die wir kennen, zur tödlichen Farce werden. Wir sind Narren, wenn wir glauben, dass es uns gegen diese außerweltliche Zauberei besser ergehen wird, falls – oder besser wenn – Kane gegen Selonari marschiert. Wir dürfen ihm keine Gelegenheit geben, sich den Zeitpunkt seines Angriffs auszusuchen. Ich sage euch – wir müssen Arellarti sofort angreifen!«

»Das wäre Selbstmord!«, rief Ovstal.

»Du weißt, was geschehen wird, wenn wir abwarten, bis Kane vor unseren Mauern steht«, entgegnete Dribeck. »Ihn anzugreifen ist unsere größte Chance. Verdammt, wir haben das doch schon besprochen!«

»Aber da haben wir noch mit Breimens Unterstützung gerechnet«, erinnerte Ovstal.

»Wir können den Kanal durch den Sumpf blockieren«, schlug Ainon vor, einer von Dribecks mächtigeren adligen Fürsprechern. »Wir verbarrikadieren den Kanal mit Baumstämmen, dann kann er seine Invasionsarmee nicht herausbringen. Diese Kröten werden nach einem langen Marsch durch den Wald nicht mehr allzu viel ausrichten!«

»Zum Teufel, Ainon, gebrauche deinen Kopf!«, verlangte Dribeck gereizt. »Kane hat diesen Kanal quer durch Kranor-Rill in einer kürzeren Zeit geschaffen, als man braucht, um hinüberzuschwimmen! Was für eine Barriere könnte ihn da aufhalten?«

»Wir würden zumindest ein paar Tage herausschinden«, beharrte Ovstal. »Wenn es zu einer Belagerung kommt, brauchen wir jeden Mann, den wir aufbieten können. Malchion wollte uns nicht helfen, aber vielleicht werden sich jetzt einige von den breimenischen Flüchtlingen unserer Sache anschließen?«

»Was glaubst du wohl, wie viele Männer das sein werden?«, meinte Crempra und zuckte unter Teres' Blick zusammen.

»Unhöflich, aber zutreffend, Vetter«, gestand Dribeck. »Wir können keine Zeit dafür erübrigen abzuwarten, bis verwirrte Flüchtlingsscharen eintrudeln. Kane benötigt diese Zeit dringender als wir. Ich vermute, dass er bei dem Überfall auf Breimen seine Kräfte gefährlich überbeansprucht hat. Sonst hätte er seinem Feind nicht nur zugesetzt und sich dann zurückgezogen. Er hätte die Stadt vernichtet oder womöglich besetzt. Wir schlagen jetzt zu, und vielleicht können wir ihn empfindlich treffen, bevor er seine Stärke wiedererlangt hat. Zumindest greifen wir an, bevor Blutsteins Macht zu jenem Höhepunkt angewachsen ist, den dieser Kristall erreichen kann.«

»Meine Männer und ich werden uns deinem Angriff anschließen«, knurrte Teres, die bisher geschwiegen hatte, mit rauem Unterton. »Und mit uns wird jeder Breimene marschieren, der noch Rückgrat genug hat, eine Klinge zu halten!«

»Ich bezweifle nicht, dass wir alle den Gedanken zu schätzen wissen, der hinter diesem Angebot steht«, erwiderte Ovstal doppeldeutig. »Aber da gibt es doch noch ein weiteres Problem. Mut und Stahl können gegen jene Waffen, über die Kane verfügt, keine Schlacht schlagen. Unsere Armee marschiert gegen eine nicht einmal andeutungsweise abschätzbare Macht, und die Männer wissen dies. Nun, es mag vielleicht gegen Eure berühmte Logik gehen, doch entspricht es der menschlichen Natur, auf dicke Mauern und althergebrachte Waffen zu vertrauen.«

»Du meinst ...?«

»Ich meine, die Männer könnten meutern, wenn Ihr gerade jetzt versucht, gegen Arellarti zu marschieren. Es sind tapfere Männer, aber man kann sie auch zu weit drängen ... Hier in Selonari können sie auf sicherem Boden kämpfen.«

»Vielleicht können wir mit Kane einen Handel schließen«, warf Arclec eilig ein.

Dribecks Gesicht verfärbte sich vor Ärger rot. Er wandte sich seinem reichsten Berater zu. »Nach dem, was Kane mit Breimen gemacht hat, und in dem Wissen, mit welchen Kräften er sich verbündet hat ... kannst du da ernsthaft in Erwägung ziehen, mit Kane handeln zu wollen?«

Über die zusammengepressten Lippen der Anwesenden kam keine Antwort.

»Da wir kämpfen müssen, lasst uns die Schlacht dort schlagen, wo wir eine kleine Aussicht auf einen Sieg haben«, fuhr Dribeck fort. »Wir können nicht leugnen, dass wir Verluste wie nie zuvor hinnehmen werden. Doch ein Mann, der im Sterben auf das Schwert seines Feindes gespießt ist, entwaffnet seinen Feind – und kann so von seinen Kameraden gerächt werden. Mir wird übel bei dem Vorschlag, dass wir, um die Schlange zu töten, so lange ihre Bisse ertragen müssen, bis ihre Zähne vom Gift entleert sind! Aber wenn niemand eine bessere Strategie vorzubringen hat, so bleibt uns nur diese unbarmherzige Taktik!

Was die Meuterei anbelangt, so glaube ich, dass die Männer begreifen werden, wie nutzlos ihr Vertrauen in Selonaris Mauern ist, wenn sich die Berichte vom Massaker in Breimen verbreitet haben. Kane hat einmal gesagt, dass Tapferkeit und Verzweiflung gelegentlich unzertrennlich sind. Was meint ihr?«

»Dann können wir ebenso gut bei einem Angriff draufgehen wie bei der Verteidigung«, schlussfolgerte Ovstal düster. »Mit Vorbedacht, mit Glück ... vielleicht können wir damit Kanes Vorteil teilweise ausgleichen. Unsere Soldaten breit streuen, um ihn zu veranlassen, seine Kraft mit Attacken auf kleine Ziele zu verschwenden. Noch besser, wir rücken seinen Lakaien auf den Pelz, sodass er sein Feuer einstellt. Diese Energiestöße sind – soweit wir wissen – seine tödlichste Waffe. Ohne diesen Ring und im offenen Kampf wären wir stark genug, seine Armee kurz und klein zu hauen. Am besten wäre es, wenn wir ihn aus seiner Festung locken könnten. Ihn ins Freie ziehen und dann mit allem, was wir aufbieten können, angreifen. Eine gute List wäre das – aber Kane ist selbst ein verdammt guter Stratege, das gestehe ich ihm zu.«

»Wäre es uns nicht möglich, einen wirksamen Gegenzauber zu finden, um die Männer vor Kanes Hexerei zu schützen?«, fragte Arclec, der an seine Position in der Vorhut der Armee dachte.

»Vielleicht gibt es eine Hoffnung«, verkündete Dribeck. »Ich werde noch einmal mit Gerwein sprechen. Im Verlauf unserer letzten Unterhaltung deutete sie an, dass der Tempel möglicherweise Zugang zu magischen Kräften hat, die so mächtig sind wie Kanes schlafender Dämon. Sie drückte sich ungenau aus. Ob sie einfach Zeit schinden wollte oder wirklich unsicher war, wie sie uns unterstützen könnte, das vermag ich nicht zu sagen. Jedenfalls blieb ihr nun Zeit genug, um die muffigen Tempelgewölbe nach vergessenen Geheimnissen zu durchsuchen. Und das Massaker in Breimen mag ihr Herz für unsere haarsträubenden politischen Bestrebungen erwärmen.«

Asbraln schüttelte verdrießlich den Kopf. »Frag im Tempel um Hilfe, und es wird dich einiges kosten. Es war ein harter Kampf, Gerweins Ambitionen so weit zu durchkreuzen, wie wir es getan haben.«

Dribeck verzog das Gesicht. »Wie schon gesagt, uns stehen schlimme Zeiten bevor. Wenn Gerwein gegen Kane von Nutzen sein kann, so können wir es uns nicht leisten, ihre Hilfe nicht anzunehmen. Ich hoffe nur, der Preis dafür wird nicht zu hoch sein. Andererseits – es zeichnet sich eine noch schwärzere Niederlage ab ...«

22. KAPITEL

Die Tempelgewölbe

Gerwein war trotz des frühen Morgens ein Muster an gebieterischer Würde – geheimnisvoll in einem langen Gewand aus burgunderfarbener Seide, das mit Besätzen aus hellbraunem Leder gemustert und raffiniert durchbrochen war, um die Schönheit, die es verhüllte, anzudeuten. Ihr rabenschwarzes Haar war zu langen, sanft gewellten Locken gekämmt, und in ihren dunklen Augen lag der unergründlich berechnende Blick einer Katze in einem schwach beleuchteten Raum. Teres mochte die kalte Unpersönlichkeit ihrer feinen Gesichtszüge nicht.

»Die wilde Wölfin«, stellte Gerwein fest, während sie das robust gekleidete Mädchen musterte. Teres trotzte ihrem starren Blick. Gerwein konnte nicht mehr als fünf Jahre älter sein als sie. »Bringt Ihr sie als Eure Leibwache mit, Lord Dribeck ... oder glaubt Ihr, meine Zuneigung gewinnen zu können, wenn Ihr Unterstützung durch jemanden vom Geschlecht der Göttin dabei habt?«

»Findet Ihr es nicht angebracht, mit der einzigen Person zu sprechen, die aus erster Hand von Kanes grausiger Macht Kenntnis hat?«, erwiderte Dribeck, dem es nach einer schlaflosen Nacht schwerfiel, Gleichmut zu bewahren.

»Vielleicht. Ja, vielleicht haben wir uns einiges zu sagen. Aber heute Morgen stelle ich fest, dass ein unruhiges Drängen Eure sonst so höfliche Art überschattet, mein Herr, und das Geschrei auf den Straßen gibt uns Kunde von Kanes jüngstem niederträchtigen Werk. Ist der Verrückte, den Ihr bei uns willkommen geheißen habt, so früh an unsere Tore zurückgekehrt?«

Dribeck erstattete ihr einen lebhaften Bericht dessen, was er über Breimens Schicksal erfahren hatte. Während er sprach, suchte er in Gerweins Gesicht nach einem Zeichen von Unbehagen. Er wurde enttäuscht. Die Miene spöttischer Blasiertheit bekam keine Risse. Nachdem Dribeck geendet hatte, stellte sie jedoch sowohl ihm als auch Teres einige Fragen, dann schwieg sie nachdenklich. In ihrem schönen Gesicht hatte sich nichts geändert, aber sie schien zu einem Entschluss gekommen zu sein.

»Folgt mir bitte«, sagte sie huldvoll und erhob sich. »Es kommt selten vor, dass Außenstehende weiter als bis zu den Gebetshallen des Tempels vordringen, aber ich bin mir darüber im Klaren, dass wir eigenartige Zeiten erleben.«

Sie folgten ihr in die geheimen Bereiche des Tempels, durch gewundene Gänge und an Räumen vorbei, deren Luft von Räucherwerk geschwängert war. Zahlreiche Mädchen in hellen Tuniken waren hier beim Studium oder unbeschäftigt, verrichteten bedeutungslose Rituale oder weltliche Alltagsarbeiten. Der Korridor führte über Treppenfluchten in die Tiefe hinab und wurde, nachdem die Bogenfenster hinter ihnen zurückblieben, von Fackeln beleuchtet. Jetzt waren die Zimmer öfter verschlossen und verriegelt, manche mit Türen, die aus ausgesprochen massivem Holz zu bestehen schienen. Hinter einer solchen Tür war gedämpftes Weinen zu hören, und Teres meinte, ganz kurz ein grausames Lächeln auf Gerweins Lippen zu sehen.

Sie befanden sich tief unter der Erde, als die Priesterin unvermittelt vor einem eisenbewehrten Portal stehen blieb.

»Klopft!«, forderte sie Dribeck auf.

Er gehorchte.

An einem Guckloch tauchte ein spitzes Antlitz auf, verschwand wieder, und dann scharrte ein Riegel, und die Tür wurde geöffnet. Der Raum dahinter war überraschend groß. Dribecks gequälter Gesichtsausdruck hellte sich voller Bewunderung auf beim Anblick des großen Reichtums an Büchern und Schriftrollen, die in weitläufigen Regalen aufbewahrt wurden. Drei Priesterinnen mittleren bis fortgeschrittenen Alters studierten eine Anzahl verstaubter Bände, die auf einem massiven Tisch ausgebreitet lagen. Eine silbergraue Scheibe, knapp fünf Fuß im Durchmesser, war flach in der Mitte des Tisches abgelegt.

Ein Spiegel, vermutete Dribeck. Doch als er sich vorbeugte, stellte er fest, dass das polierte Rund kein Bild zurückwarf.

»Die Tempelarchive«, ließ Gerwein sich zu einer Erklärung hinreißen. »Verwahrungsort für ermüdende Aufzeichnungen und geheimes Wissen vergangener Jahrhunderte. In diesen Zeiten des Niedergangs haben die Töchter Shenans beinahe die Fähigkeit verloren, zwischen den Bagatellen des Alltags und dem unschätzbaren Wissensschatz zu unterscheiden, dessen Geheimnisse unser Kult dereinst beherrschte. In den vergangenen Tagen jedoch haben meine Schwestern unaufhörlich gearbeitet, in dem Bemühen, diesem vermodernden Haufen alten Pergaments Informationen über die Rasse der Krelran und ihren Dämon Blutstein zu entreißen.

Selonari hat Glück, und die übrige Welt auch, wie es scheint. Unsere Suche war nicht völlig vergebens.«

»Was wisst Ihr über Arellarti?«, platzte Dribeck heraus.

»Vieles. Und wir hoffen, noch mehr in Erfahrung zu bringen, wenn es uns gelingt, ein ganz bestimmtes altes Manuskript zu finden, das aus den frühesten Tagen unserer Stadt stammt. Bisher fehlt uns dieser Band noch.« Ihr Lächeln war kalt und triumphierend. »Doch wir haben schon genug aus den Hinweisen in den anderen Schriftstücken erfahren, um das Wesen dieses kristallenen Teufels namens Blutstein zu erkennen. Und was noch wichtiger ist: Nachdem wir ihn durchschauten, entdeckten wir ein Mittel, seine Macht zu bekämpfen. Voraussichtlich werden wir in der Lage sein, die tödlichen Energiestöße aufzulösen, die Kane durch seinen Ring steuert ... Oh, ich sehe, mein Herr Dribeck zeigt höfliches Interesse!«

»Wenn Ihr dieser Waffe entgegenwirken könnt, dann wird es uns gelingen, Kane zu vernichten!«, schwor Dribeck, zu gespannt, um sich mit der Hohepriesterin auf ein Geplänkel einzulassen.

»Vorausgesetzt, Blutstein nennt nicht noch andere, tödlichere Kräfte sein Eigen. Doch ich glaube, dass wir genug in Erfahrung bringen, um Kane unter gleichen Voraussetzungen bekämpfen zu können. Aus deinen Bemerkungen, Teres, entnehme ich, dass Kane bei einer Gelegenheit einen bedeutsamen Aspekt krelranischer Macht enthüllte, wobei dein ungebildeter Verstand allerdings nicht begriff, was er meinte. Du sprachst von Blutsteins Zaubermacht, und Kane erwiderte, dass das nicht stimmte. Ob absichtlich oder weil er auf dein Unwissen herabsah – jedenfalls machte er sich nie die Mühe, den Unterschied zu erklären.

Kanes Kräfte sind wissenschaftlicher, nicht magischer Natur, obwohl diese Unterscheidung bei der Wissenschaft der alten Welt schwierig wird. Andererseits ist der Unterschied für ungeübte Geister allgemein schwerlich greifbar, denn er ist bedingt durch die Kräfte, die am Werke sind, und den Gesetzen, denen sie gehorchen. Um ein tödliches Schwert herzustellen, beispielsweise, wird ein Meisterschmied sämtliche Geheimnisse seines Handwerks nutzen. Er wird vorzügliches Eisen zu Stahl schmelzen, den Stahl zur gehärteten Klinge schmieden, diese sodann nach bester Kunst ausbalancieren, feinschleifen und mit einem Heft versehen. Ähnlich mag ein Zauberer die Geheimnisse seines Handwerks gebrauchen, um ein Schwert aus Sternenfeuer und Beschwörungen zu formen. Beide Waffen erscheinen jenem keulenschwingenden Affenmenschen als Magie, der den Legenden zufolge Länder durchstreift, die unserer Zivilisation unbekannt sind, aber das eine Schwert ist eindeutig wissenschaftlich hergestellt, das andere aus Zauberei hervorgegangen. Ich überlasse es Euch zu urteilen, welche Waffe sich als mächtiger erweisen würde.«

»Ich vertraue auf ehrlichen Stahl«, stieß Teres hervor. Gerweins Spott verärgerte sie. »Ich kenne die Legenden über eure magischen Schwerter, und am Ende der Saga sieht es immer so aus, als würden sie ihren Herren letztlich einen schlechten Dienst erweisen!«

»Sie hat mich doch tatsächlich beim Wort genommen«, hauchte Gerwein in höflichem Erstaunen.

»Ich betrachte mich nicht als ungebildet«, fiel Dribeck, ebenfalls verärgert, ein. »Jetzt, da Ihr uns Eure Sache dargelegt habt ... wohin führt sie uns?«

»Vergebung, mein Lord. Sie führt zu einem Krieg – Wissenschaft gegen Zauberei, und zu unserem Vorteil verstehen wir etwas von den Grundsätzen krelranischer Wissenschaft, während ich bezweifle, dass Kane sonderlich mit den Zauberkräften Shenans vertraut ist.«

»Darauf möchte ich beileibe nicht mein Leben verwetten«, warnte Dribeck.

»Aber Ihr werdet es tun müssen. Ausschlaggebend ist, dass die krelranische Wissenschaft an Bereiche grenzt, die wir Menschen für Zauberei halten. Mein Vergleich mit dem Wilden bleibt bestehen. Wissenschaft unterliegt Gesetzen. Magie gehorcht Gesetzen. Die Quellen der Macht, auf der beide beruhen, sind verschieden – oder auch nicht, wenn wir weit genug forschen? Aber das führt für heute zu weit. Was wir jedoch von Blutsteins Macht wissen, überzeugt uns davon, dass sie eng mit den Gesetzen der Zauberei verwandt ist, und weil dem so ist, liegt es in *unserer* Macht, Kane mit Shenans Magie zu bekämpfen.

Diese Scheibe, die, wie Ihr bereits bemerkt habt, kein Spiegel ist, wurde vor Jahrhunderten in den Tempelgewölben eingelagert. Ihr Nutzen geriet nahezu in Vergessenheit, wie bei vielen anderen Gerätschaften unserer verlorenen Glanzzeit. Sie könnte das Abwehrmittel sein, das Ihr gegen Kanes Todesstrahlen sucht.«

Dribeck betrachtete die Metallscheibe voller Skepsis.

»Hebt sie hoch«, schlug Gerwein vor.

Er berührte sie. Eisig kalt war sie – wie kalt, das bemerkte er erst, als seine Fingerspitzen sich mit brennenden weißen Malen davon lösten. Mit quälender Anstrengung versuchte er, sie anzuheben. Sie hätte eigentlich nicht mehr als einige Pfund wiegen dürfen, und doch schien sie mindestens so schwer zu sein wie der massive Eichentisch.

Gerweins Lachen war noch kälter als das unbekannte Metall der Scheibe. »Ein Simulakrum, wie es scheint. Wir haben ihr Geheimnis wiederentdeckt, und bald dürfte Kane feststellen, dass Blutsteins Macht nicht unbesiegbar ist. Und wir haben noch viel mehr erfahren, wie er zu seinem Missfallen erkennen wird, wenn die Schlacht beginnt. Natürlich gestalten sich die Rituale kompliziert, denn die darin verwickelten Kräfte sind von höherem Rang. Wir werden Zeit benötigen und auch viele Zutaten. Doch wir wissen, wo sie zu finden sind ...

Wenn Ihr Kane also nicht mit Schwertern allein bekämpfen wollt, werdet Ihr wohl oder übel das Verbot von Menschenopfern widerrufen müssen, Dribeck. Oh, zieht kein so grimmiges Gesicht. Wir wissen, wo wir unsere Jungfrauen herbekommen – zerbrechliche Blümchen, die wir von Geburt an aufgezogen haben. Die Einzelheiten werden Euch nicht kümmern; es reicht, dass kein Kind sterben wird, das jemand jenseits dieser Mauern kennt.«

Grimmig überlegte Dribeck, aus welchen Gründen der Tempel sich eine derartige unaussprechliche Reserve bewahrte. Menschenopfer waren schon seit Langem verboten ... Noch unangenehmer war es, über die Bezahlung nachzudenken, die der Tempel für sein Eingreifen verlangen würde. Diese Gedanken ekelten ihn an und verdarben die Hoffnung, die sich bei ihm breitgemacht hatte. *Aber welche Wahl blieb ihm schon?*

»Ich möchte gerne wissen, was Ihr damit gewinnen wollt, Gerwein«, gab er sich trübselig geschlagen. »Uneigennützigkeit ist nicht gerade charakteristisch für den Tempel. Ich weiß, dass Ihr mir nicht aus Liebe zu Selonari helft.«

Gerwein hätte genauso gut das Decken einer festlichen Tafel besprechen können. »Auch ich bin nicht naiv, Dribeck. Natürlich erwarte ich, dass Ihr Eure lästigen Versuche, den Tempel zu besteuern, einstellt. Darüber hinaus verlange ich keine weiteren politischen Zugeständnisse oder Versprechungen, von denen ich ohnehin weiß, dass Ihr sie widerruft, sobald die Gefahr gebannt ist.

Die Magie der Töchter Shenans soll unser Land vor dem furchtbaren Schicksal bewahren, das Kane für uns vorsieht. Ich glaube, dass sich das Volk gut daran erinnern wird, durch wessen Hände es gerettet wurde. Und ich glaube, anschließend werden Eure berechnenden Angriffe auf unsere Rückkehr an die Macht weniger Begeisterung hervorrufen. Bei diesem unserem Spiel geht es also, wie Ihr wohl wisst, mein Herr, vor allem um Prestige ...«

23. KAPITEL

Riesen am finsteren Himmel

»Tod liegt in der Luft, und die Männer spüren seinen Atem«, bemerkte Dribeck düster. »So war es noch vor keiner Schlacht, in der ich je gekämpft habe.«

Der Herr von Selonari stand an den abfallenden Ufern Kranor-Rills, während das letzte Licht des Tages schwand. Die vertrauten Echos von Axthieben und Schaufeln und das Rumoren, das davon zeugte, dass ein Lager errichtet wurde, waren beruhigende Geräusche, obwohl die für gewöhnlich rauen Rufe von schleichender Furcht gedämpft und ernüchtert schienen.

Dribeck hatte jeden Mann, der eine Waffe tragen konnte, eingezogen und war im Morgengrauen des Tages nach seiner Besprechung mit Gerwein zum Marsch nach Süden aufgebrochen. Die letzten Vorbereitungen hatten wenig Zeit in Anspruch genommen, da er seine Armee bereits um sich versammelt und die Männer kampfbereit gehalten hatte. Am Abend des dritten Tages war ihr Lager aufgeschlagen und solide befestigt, ein großer Keil, dessen Spitze zum Damm hin zeigte.

»An einer Schlacht, in der Schwarze Magie und außerweltliche Wissenschaft wie Riesen am finsteren Himmel kämpfen und tapfere Männer, zu trippelnden Ameisen degradiert, unbemerkt unter ihren Füßen sterben, gibt es nicht viel Schönes«, antwortete Teres. In letzter Zeit suchte sie öfter Dribecks Gesellschaft, genauso, wie er die ihre suchte. In ihrer Freundschaft fanden sie Trost. Eine unausgesprochene Bewunderung war zwischen ihnen entstanden. So verschieden ihre Temperamente auch waren, so teilten sie doch eine Gemeinsamkeit: Beide waren sie Außenseiter des gesellschaftlichen Gefüges.

Teres betrachtete sich nun als Regentin von Breimen, und die hundert oder mehr Flüchtlinge, die sich ihrem Banner angeschlossen hatten, machten ihr die Führung keinesfalls streitig. Trotzdem war es fraglich, ob ihr Erbe überhaupt mehr als einige Trümmerhaufen umfasste. Wenn sie diese Schlacht überlebte, wenn Blutstein zerstört war – dann wollte sie sich um Breimen kümmern. Aber zuerst musste sie Rache für seine Zerstörung nehmen.

»Unsere Aussichten auf den Sieg können davon abhängen, dass Kane uns hier angreift«, wiederholte Dribeck. »Hier vermag uns Gerweins Zauberei möglicherweise Schutz vor seinen Energiestößen zu bieten. Nun, zumindest sind die Männer gewillt, es zu riskieren. Wenn wir Arellarti belagern müssen, dürfte die Hilfe der Hohepriesterin höchst zweifelhaft sein.«

Er ließ einen erschöpften Blick über das Lager gleiten, über die Zeltreihen, die umherwimmelnden Soldaten. Kochfeuer flackerten im dunkler werdenden Schatten unter den Bäumen auf.

»Ich bezweifle, dass Kane verlässliche Möglichkeiten hat, mehr über uns zu erfahren, als dass wir hier sind. Seine Kröten können sich nicht unter die Männer mischen, und ich will doch annehmen, dass kein Mensch so tief gesunken ist, für ihn zu spionieren. Abgesehen von ihrem militärischen Nutzen wird ihm diese Keilformation lediglich eine ungenaue Übersicht über unsere wahre Stärke gewähren. Gelingt es uns, sein Vertrauen in seine Kraft auszunutzen, dann kann es sein, dass er sich zu einem Angriff hinreißen lässt, um zu vermeiden, dass eine mögliche Belagerung die Stadt ins Chaos stürzt, die er so mühevoll wiederaufgebaut hat.«

»Und glaubst du, er wird heute Nacht angreifen?«, erkundigte sich Crempra, der sich mit Asbraln zu ihnen gesellt hatte. Letzterer war ein stolzer und betagter Adler in einer Kampfrüstung, die ihre letzte Schlacht vor zehn Jahren gesehen hatte.

»Zumindest ist es eine berechtigte Erwartung. Wenn er überhaupt angreift«, schloss Dribeck. »Je länger er wartet, desto massiver können wir unsere Befestigungen ausbauen. Außerdem ist er ein Nachtwesen, und die Dunkelheit begünstigt die Rillyti. Obwohl ich bezweifle, dass sie uns in unserer Position vom Flügel her angreifen können, ziehen diese Sumpfbestien Heimlichkeiten der unmittelbaren Konfrontation vor. Und bedenkt, dass er Breimen ebenfalls vor Tagesanbruch überfiel.«

»In der Nacht, wenn Ommems Macht ihren Tiefpunkt erreicht hat«, flüsterte Teres. »Die okkulte Welt ist Kane nicht fremd. Vielleicht wollte er einer Anrufung des leuchtenden Gottes von Wollendan zuvorkommen. Nun, heute steht uns eine Neumondnacht bevor ... die Zeit, in der Blutsteins Macht am größten ist, wie Kane andeutete. Wie wird euch eure Mondgöttin Shenan da wohl dienen?«

»Gerwein hat uns gewarnt. Die Zeit ist nicht günstig, aber das können wir nicht beeinflussen. Allerdings glaubt sie immer noch, dass ihre Magie mächtig genug sein wird.« Dribeck schaute zu den Zelten der Priesterinnen hinüber.

Teres folgte seinem Blick. Mit überraschender Tüchtigkeit hatten die Töchter Shenans die umfangreichen Utensilien aus- und umgeräumt, mit denen mehrere Wagen bis zum Bersten beladen gewesen waren. Jede ihrer Forderungen war auf Anordnung Lord Dribecks umgehend erfüllt worden. Man hatte einen kleinen Hügel für sie gerodet. Umgeben von geschäftigen Frauen, die in die einfachen Tuniken der Gehilfinnen bis hin zu den eleganten Gewändern der höheren Priesterinnen gekleidet waren, arbeiteten Soldaten daran, ihre Zelte und Ausrüstung aufzubauen. Arbeiter mühten sich ab, die unheimliche Metallplatte auf einen niedrigen Steinaltar zu hieven, der auf dem Hügel errichtet worden war. Der Altar aus dunklem, makellosem Stein stammte aus den Tiefen der Tempelgewölbe, und aus diesen Tiefen war auch noch anderes ans Licht gekommen, das die Sonne noch niemals gesehen hatte.

Mit einem Stirnrunzeln beobachtete Teres, wie die blasshäutigen Jungfrauen, an Fesseln geführt, die ihnen um Handgelenke und Hals lagen, von den Priesterinnen hastig in die Zelte gezerrt wurden. Schicksalsergeben ließen sie sich herumstoßen, doch in ihren blinzelnden Augen spiegelte sich Furcht.

»Und wir behaupten, unsere Sache wäre gerechter als die Kanes!«, spie Teres voller Verachtung aus. »Ich möchte wissen, ob unser Sieg seinen Preis wert sein wird.«

Dribecks Gesicht war entschlossen, obwohl auch in seinen Augen Abscheu lag. »Wie du gesagt hast: Es gibt wenig Schönes an dieser Schlacht. Unsere Waffen müssen ungeheuerlich sein, wenn wir damit ein noch größeres Übel abwenden wollen.«

Das Zwielicht wurde düsterer und ging in die Nacht über. Wachtposten patrouillierten nervös. Kein Schlaf senkte sich über das Lager, wo unruhige Soldaten miteinander flüsterten, während sie ihre Waffen schärften. Die Dämonen der Schlacht wühlten mit ledrigen Schwingen die nächtliche Brise auf, und es gab nicht einen Mann, der die aufkommende Spannung nicht verspürte.

»Er kommt!«, hauchte Gerwein, deren Augen sich vor Konzentration getrübt hatten. Niemand stellte ihr Wissen infrage.

»Angezogen vom Geruch deiner Zauberei«, sprach Teres halblaut ihre Gedanken aus. Ihre Nackenhaare stellten sich bei dem unheimlichen Schauspiel auf, das sich vor ihren Augen ausbreitete.

Die Fackeln flammten und loderten. Wie Banner kräuselten sich die seidenen Gewänder der Priesterinnen in der kühlen Brise. Zeltplanen schlugen wie zornige Schwingen außerhalb des von Fackeln erhellten Lichtkreises. Teres fröstelte, und nicht vom Wind allein. Da jedoch die Schlacht unmittelbar bevorstand, verschmähte sie den warmen, aber hinderlichen Umhang. Dribeck sprach leise mit Ainon, der fortging, um das Entzünden der Brennholzstapel zu überwachen, die man an Kranor-Rills Ausläufern errichtet hatte.

Das nackte, auf dem Altar festgebundene Mädchen wand sich verzweifelt. Sie konnte nicht viel älter als fünfzehn sein – ein unschuldiges, zartes Gewächs, das in den geheimen Hallen des Tempels herangezüchet worden war, um gepflückt zu werden, sobald die Wärter der Ansicht waren, die Blüte wäre bereit. Inzwischen schien die Angst von ihr gewichen. Vom emporsteigenden Gesang der Priesterin gebannt, lag sie still.

Teres versuchte, sich mit dem Gedanken zu trösten, dass dieses Mädchen nie ein wirkliches Leben gekannt hatte, aber der Abscheu, den sie verspürte, verringerte sich nicht. Das Mädchen hatte nicht einmal geschrien.

Schriller und eindringlicher erklang die Beschwörung, inzwischen in einer Sprache, die Teres nie zuvor vernommen hatte. Gerweins schlanke Finger warfen eigenartige Substanzen ins lodernde Feuer in der Kohlenpfanne. Bittersüße Dämpfe wallten auf, ringelten sich wie Nebel über die Verrenkungen der tanzenden Priesterinnen. Das Mädchen lag still und scheinbar im Schlaf versunken – doch dafür hoben und senkten sich ihre Brüste zu schnell. Gerwein schleuderte einen letzten Pulvernebel in die Flamme. Im nächsten Moment stieß sie mit einem grellen Schrei die Faust gedankenschnell nach unten, bis knapp über die linke Brust des Mädchens. Teres hätte jedoch geschworen, dass Gerweins Hand leer gewesen war. Die Augen des Opfers traten weit aus den Höhlen, ihr Mund verzog sich zu einem stummen Schrei, ihr Körper bäumte sich gegen die Fesseln – und gleichzeitig erlosch die Flamme in der Kohlenpfanne in einem Funkenregen!

Die Metallscheibe entflammte in leuchtender Helligkeit. Ein geisterhafter Lichtstreifen, der aus ihrer hellen Oberfläche brach, fiel über das verkrampfte Opfer. Eine Sekunde lang umhüllte er die starre Gestalt, ein gespenstischer Schatten schien durch das Leuchten zu wirbeln. Dann wich das geisterhafte Licht behutsam von dem Mädchen und zog sich in den Kreis aus poliertem Metall zurück, der nun heller glühte. In goldenem, bleichem Todeslicht. *Fast wie der Mond*, dachte Teres ehrfürchtig.

Auf dem Altar lag nur mehr die leblose Hülle des Mädchens. Auf Gerweins hübschem Gesicht erschien ein eisiges, grausames Lächeln des Triumphes. Vielleicht hatte sie ihr Zauber ein wenig mitgenommen – doch dies merkte man ihr nicht an.

Die Wachtposten gaben brüllend Alarm.

»Jetzt mag uns dein Zauber beschützen, wenn er kann!«, keuchte Dribeck zwischen knirschend zusammengepressten Zähnen hervor, während er an die Spitze seiner Männer stürmte. Ein Kordon von Tempelsöldnern schloss sich schützend um den Hügel der Priesterinnen.

Arellartis Glanz war noch heller geworden, fiel Teres auf. Ein böses grünes Leuchten waberte durch die allgegenwärtigen Nebel. Wie ein Band gerinnenden Blutes erstrahlten jetzt sogar die Steine des Dammes in pulsierendem Licht. Schemenhaft konnte sie im Nebel massige Gestalten ausmachen, die den unheimlichen Weg entlangschlurften, dunkle Schatten vor dem blutig-roten Lohen.

Warnrufe wurden ganz in der Nähe laut. Die flackernden Feuer machten Dutzende der ungeheuren Krötenwesen sichtbar, wie sie aus dem Schlamm und Schlick des Sumpfes stiegen. Kane hatte einige seiner Lakaien bereits heimlich vordringen lassen. Jetzt, da sie über den Waldboden stürmten, führte er seine Hauptstreitmacht heran, um auf die anfängliche Überraschung zermalmende Kraft folgen zu lassen.

»Dort sind eure Ziele!«, brüllte Crempra mit durchdringender Stimme. »Gegen das Licht! Los! Gebt es ihnen! Jetzt!«

Ein paar erste Pfeile zischten durch die Nacht. Schmerz- und Wutgebrüll ließen die Treffsicherheit der Schützen ahnen, auch wenn die Dunkelheit die Auswirkungen des Angriffs verbarg. Die mörderischen Schwerter hoch erhoben, kamen die Rillyti in weiten Sprungschritten aus dem Sumpf gehetzt. Pfeile glitten scheppernd über ihre schimmernde Rüstung, durchschlugen sie jedoch nur bei einem direkten Treffer aus unmittelbarer Nähe, während sich andere in die zähe Haut freiliegender Glieder bohrten und diese lähmten.

»Zielt auf die Augen!«, riet Crempra, als ihm auffiel, wie sich der Feuerschein in den geweiteten Pupillen spiegelte. Sein Pfeil traf mitten ins Ziel, schleuderte einen Rillyti in den Schlamm und ließ ihn an der unerträglichen Pein zerren, die ihm ins Gehirn stach.

Die Sumpfbestien stürmten gegen die Bollwerke, ohne in ihrer Mordlust auf ihre Gefallenen zu achten. Mit wildem Geschrei trafen sie auf die Barriere und setzten in kraftvollen Sprüngen darüber hinweg. Männer starben unter ihren fürchterlichen Klingen oder stellten sich der Gefahr mit gleichermaßen tödlichem Stahl entgegen.

Schnell zog Crempra seine Schützen aus den überrannten Gräben zurück, um der schweren Infanterie Platz zu machen, die nun gegen die Rillyti anstürmte. Ein mit Gift bestrichener Speer riss an seinem Ärmel. Sein Herz stockte vor Angst, bis er sich vergewissert hatte, dass sein Arm keinen Kratzer davongetragen hatte. Sorgfältig schnitt er das betroffene Stoffstück ab und hastete dann zu seinen Schützen, um ihnen neue Anweisungen zu geben.

Die Hauptmacht der Rillyti-Horde stürmte vom Damm her in den Wald hinein. Hier stellte die Spitze des Keils sich ihnen entgegen, und ein schwerer Kampf wogte hin und her. Die Bogenschützen hielten ihr vernichtendes Feuer auf den strahlenden Damm gerichtet und forderten trotz der Bronzerüstung der Krötenwesen einen schweren Zoll. Doch als immer mehr Rillyti, unterstützt von denen, die aus dem Sumpf herbeieilten, den festen Boden erreichten, wurde der Kampf an der Keilspitze blutig. Jedes Mal, wenn die Kröten kurz davor zu sein schienen, die befestigte Linie zu überrennen, trieb eine frische Woge aus Stahl und Muskeln sie wieder zurück. In diesem schaurigen Handgemenge waren die Bogenschützen hilflos, und wenn die Rillyti weiter vordrangen, liefen sie zudem Gefahr, außer Schussweite des Dammes zu geraten.

Etwas Fremdes und Tödliches schritt über jenen Damm einher. Ein Dämon aus grünem Feuer war durch den Nebel zu sehen und jagte dreitausend Herzen Todesangst ein. Pfeile trafen die unheimliche Gestalt, ohne sie zum Stehen zu bringen. Die Rillyti brüllten einen Willkommensgruß und zogen sich von dem umzingelten Lager zurück.

Kane war gekommen.

Der Herr Blutsteins war gekommen, um jene zu vernichten, die es wagten, seine Macht herauszufordern. Und hinter ihm marschierte die Hauptmacht seiner nichtmenschlichen Armee. Sie hatte er in Reserve gehalten, während seine Vorhut Dribecks Abwehr prüfte.

Kane streckte den linken Arm aus, und den Kriegern auf den Bollwerken versagte der Mut. Verzweifelt flohen sie und überließen dem Feind jenen Boden, um den sie noch vor einem Augenblick so tapfer gekämpft hatten.

Eine Lanze vernichtender Energie sprang aus Kanes flammenumhüllter Faust. In einer gewaltigen Explosion flog Dribecks vorderste Befestigungsreihe in die Luft. Ein Hagel schwelender Bruchstücke und gebackener Erdklumpen regnete vom Nachthimmel. Jene, die nicht geflüchtet waren, kreischten noch einmal kurz gequält auf, als der smaragdgrüne Tod nach ihnen griff. Wieder streckte der Schrecken der alten Erde seine weißglühenden Krallen aus, wieder trachtete er in seiner erbarmungslosen Raserei nach den Seelen der Menschen. Im Vertrauen auf seine Macht rückte Kane vor. In dieser Nacht wollte er endgültig jeden geordneten Widerstand in dieser Region brechen und seine Schreckensherrschaft über die eroberten Stadtstaaten ausdehnen. Galt es erst einmal als Gewissheit, dass es den Tod bedeutete, sich Blutstein zu widersetzen, würde sich eine Armee von Menschen um ihn scharen und die Rillyti ersetzen: Krieger, deren Treue von der Sogwirkung des Sieges bestimmt wurde.

Blutstein raunte ihm zu, dass ihn nur noch wenige Stunden von der Erfüllung seiner Pläne trennten. Es hatte nur ein paar Tage gedauert, sein Energiepotenzial auf einen noch höheren Stand als vor Beginn des Angriffs auf Breimen zu heben. Unter diesen Umständen, auch wenn Kane die Anwesenheit von Zauberei spürte und erkannte, dass Dribecks Position hier weit stärker war, als wenn er Arellarti belagert hätte, war er in seiner Arroganz entschlossen, die selonarische Streitmacht unter den von ihr gesetzten Bedingungen zu vernichten. Dies sollte eine anschauliche Lektion sein, um zu zeigen, wie vergeblich Widerstand gegen Blutsteins unermesslich gewaltige Macht war.

Die eilig aufgeworfenen Befestigungen hatten den Vorstoß der Rillyti für den ersten Moment aufhalten können. Der Herr Blutsteins hatte nun vor, das gesamte Waldlager mit seinen versengenden Energiestößen auszulöschen und seine lechzende Krötenarmee auf die verwirrten Überlebenden zu hetzen. Eine weitere furchtbare Feuerlanze schoss aus dem Ring und ließ die Keilspitze des Bollwerks in wabernder Auflösung entflammen.

Unvermittelt aber fand er sich einer unheimlichen und unerwarteten Barriere gegenüber. In hohem Bogen hob sich die Zauberscheibe über das umkämpfte Lager, und wie die Beschwörungen der Priesterinnen es ihr geboten, strebte sie der außerweltlichen Macht entgegen. Keine sichtbare Triebkraft bewegte das leuchtende Rund. Wie ein winziges Abbild des Mondes schwang es sich durch den nächtlichen Himmel und verharrte wenige Meter über dem Boden, um Kanes weiteren Vorstoß zu verhindern.

Kane hielt inne, war für einen Augenblick unsicher geworden. Totenbleich wie der winterliche Vollmond hing der kalte Lichtkreis vor ihm in der Luft – eine eindeutige Kampfansage. Hier sah er sich Zauberei gegenüber, mächtiger Zauberei, deren Natur ihm unbekannt war. Gefahr drohte ihm, dies war nicht zu leugnen, aber die Art und den Umfang dieser Gefahr konnte er nicht ahnen.

Zerstöre es!, sickerte Blutsteins verächtliches Flüstern in seinen Geist.

Kane zögerte nicht länger und schlug zu. Ein neuer Stoß schimmernder Gewalt brach aus dem Blutsteinring hervor und fraß sich ins Zentrum der schwebenden Scheibe.

Der Lichtkreis schien zu vibrieren, einen Augenblick flammte sein Glanz noch intensiver, wie ein unvorstellbarer Silbergong, der, wenn man ihn anschlug, einen Ton weit außerhalb menschlicher Wahrnehmung abgab. Er hätte zu einer funkensprühenden Masse geschmolzenen Metalls aufflackern müssen. Stattdessen zeigte sich nicht der geringste Makel auf seiner polierten Oberfläche.

Kane prallte zurück, sein Arm hing von betäubender Kälte geschwächt herab. Sein Schutzschirm flackerte und zerfaserte beinahe. Mit der Gier eines Vampirs hatte die helle Scheibe den zerstörerischen Energiestrahl aufgesogen, den Kraftstrom eingesaugt und verlangte unersättlich nach mehr. Fast schien sie mit diesem furchtbaren Hunger nach ihm zu greifen.

Kane empfand eine erste Spur von Unruhe und griff erneut an. Abermals zuckte die Lanze aus grünem Feuer vor – heller und kräftiger noch denn je. Ein mächtiger Steinwall wäre davon pulverisiert worden, die Lichtscheibe jedoch mehrte lediglich ihren fahlen Glanz. Auf ihren ausgreifenden Hunger vorbereitet, stemmte sich Kanes schimmernder Energieschirm der blutsaugerisch-schlingenden Kraft entgegen.

Nun war er sich der Gefahr, der er gegenüberstand, bewusst und wich zurück. Die Soldaten hatten in ihrer Flucht innegehalten, da sie jählings zu hoffen wagten, dass Selonaris Magie ihnen zur Seite stand. Die Rillyti quakten nervös; es erschütterte sie, dass es ihrem Gott nicht gelungen war, diesen Zauberschild zu zerstören. Die Schlacht hielt den Atem an.

Ärgerlich gab Kane seinen Kriegern Zeichen, denn er fragte sich, ob nicht ein rascher Angriff Wirkung zeigen mochte. Speere und Keulen prallten gegen die strahlende Scheibe. Ihr Leuchten gewann noch an Tiefe, und alle Geschosse, die auf ihre Oberfläche trafen, verschwanden ohne einen Laut.

Kanes Gedanken drehten sich im Kreis. Dieser Zauberschild war ihm bisher lediglich wie eine Verteidigungswaffe vorgekommen, obgleich sie als solche gefährlich genug war. Ohne die zerstörerische Macht Blutsteins waren seine nichtmenschlichen Verbündeten Dribecks Armee zahlenmäßig stark unterlegen. Der Sieg konnte ihm durchaus entgleiten.

Der in Fackelschein getauchte Hügel zog seine Aufmerksamkeit an – die hell gemusterten Pavillons unter dem Banner des Tempels, umringt von schwerer Bewachung. Wundersam und kostbar gekleidete Priesterinnen umstanden dort einen leuchtenden Altar. Ihr Gesang war unhörbar, die beschwörende Haltung jedoch überdeutlich. Dort entsprang die Quelle der ihn bedrohenden Macht.

Kane reagierte entschlossen. Er wandte sich von der Metallscheibe ab und lenkte einen gewaltigen Energiestoß zu den Gestalten auf dem Hügel. Schneller als ein Gedanke und mit kaum wahrnehmbarem Flirren schwebte die strahlende Scheibe direkt vor ihn. Der smaragdgrüne Vernichtungsstrahl traf auf das Rund, das ihm nun im Wege stand, und wurde von diesem magischen Schild absorbiert. Durch die betäubende Sogwirkung der Kraft ein wenig ins Wanken geraten, gab Kane seinem Angriff noch einmal eine neue Richtung. Immer wieder sprang die Todeslanze aus seiner Faust. Und unbarmherzig wie ein Schatten folgte die schwebende Scheibe jeder seiner Bewegungen und sog die sengende Energie ein ums andere Mal mit der Selbstverständlichkeit eines Magneten in sich hinein.

Kane spürte Blutsteins verblüffte Wut. *Zerstöre sie! Heute Nacht wird meine Macht nahezu grenzenlos werden!*

Entschlossen, diesen toten Punkt zu überwinden, wandte Kane sich dem Lichtkreis zu. Diesmal also keine forschende Kraftprobe, kein gezügelter Stoß! Nun sollte der selonarische Zauber die geballte Macht Blutsteins zu spüren bekommen!

Ein gleißend heller, blendender Energiestrom ergoss sich aus Kanes Faust, eine Energieansammlung, die um ein Vielfaches mächtiger war als jene, die Malchions Festung zertrümmert hatte, mächtiger als jene, die einen tiefen Kanal durch die Weiten Kranor-Rills gefressen hatte. Die volle Vernichtungskraft Blutsteins fuhr in die strahlende Scheibe. Kane ging unter in der verzehrenden Flut, ein menschliches Pünktchen Weißglut, das an der Quelle dieser verheerenden Entfesselung unvorstellbarer Kraft stand.

Unglaublicherweise hielt die Metallscheibe auch diesem Ansturm stand. Sie trotzte einem Strahl zerstörerischer Kraft, dessen Durchmesser größer war als ihr eigener! Jetzt kam sie ihm wirklich wie ein verkleinertes Abbild des Mondes vor. Ihr bleiches Totenlicht schwoll heller und heller an – und breitete sich aus. *Wurde die Scheibe nicht auch größer?*

Plötzlich erkannte Kane, dass dieser Schild die Energiestöße nicht nur auffing. Er nährte sich davon! Blutsteins unermessliche Energien konnten ihn nicht überwinden, stattdessen bezog das Simulakrum aus den Strahlen noch Kraft. Wie ein unvorstellbarer Vampir sog die Scheibe Blutsteins kosmische Energien in sich hinein, wurde größer, heller, mächtiger. Hungriger.

Ihr silberweißes Leuchten kroch auf Kane zu, griff nach ihm, während die blendende Scheibe näher kam, näher und immer näher, und jene Energieflut verschlang, die ihre Begierde nährte. Schon spürte Kane ihre eisige Berührung; selbst durch den energetischen Schutzschirm hindurch fühlte er ihre tödliche, alles verschlingende Kälte. Das fahle Licht eines dämonischen Mondes ergoss sich über ihn und umhüllte ihn gnadenlos mit seinem verzehrenden Strudel.

Kane schrie auf. Blutstein erkannte die Falle, in die er geraten war, und wusste nun ebenfalls, dass sich dieses vampirhafte Phantom von der Kraft nährte, die es eigentlich zerstören sollte ...

Mit zerschmetternder Endgültigkeit brach das schrill heulende energetische Sperrfeuer ab. Die explosionsartige Stille war wie ein Schock: Von dem weißglühenden Fluten geblendete Augen gaukelten den Zuschauern schmerzhafte Phantombilder vor, Sterne aus absoluter Schwärze.

Die Mondscheibe hing allein über dem Damm. Blutsteins Herr war spurlos verschwunden.

»Was ist geschehen?«, fragte Dribeck. »Ist Kane tot?«

»Wenn nicht, dann geschlagen ... für den Augenblick wenigstens«, brachte Teres verbissen vor. »Ich glaube, Blutstein hat ihn im letzten Augenblick nach Arellarti zurückgerissen. Kane erwähnte, dass der Damm eine Verlängerung von Blutsteins Machtkreis darstellt. Wenn das so ist, dann werden wir wahrscheinlich noch etwas von Kane zu sehen bekommen, bevor die Nacht vorbei ist.«

Dribeck blickte zu der schwebenden Mondscheibe hin. »Sollte er zurückkehren, erwartet ihn unser Schild. Im Augenblick bedroht uns jedoch immer noch seine Armee.«

Die führungslosen Rillyti hatten ihr benommenes Zögern abgeschüttelt und griffen erneut an. Aus Angst, zu nahe an der leuchtenden Scheibe vorbeizukommen, die ihren scheinbar unbesiegbaren Herrn geschlagen hatte, kletterten die Lurchwesen kurz vor dem drohenden Licht vom Damm herunter und wühlten sich durch den Morast zum Festland hinüber. Zielstrebig rückten sie, Blutsteins stummem Befehl gehorchend, vor, die fürchterlichen Legionen Kranor-Rills.

Abermals wogte der Kampf ungestüm. Männer strömten zurück auf die noch rauchenden Ruinen der Bollwerke und führten ihre Klingen entschlossen wie nie. Blutsteins Macht war gebrochen, die alles bezwingenden Flammenstöße durch die Magie ihrer Göttin zerschlagen. Nach der Bannung eines derartigen Schreckens ergriff die Soldaten beinahe Hysterie. Selbst die einst furchtbaren Rillyti schienen nach dieser verheerenden Konfrontation von Wissenschaft und Zauberei nicht mehr zu sein als missgestaltete tierische Schwertkämpfer.

Sie waren kein wirrer Haufen, keine schlaftrunkenen, unvorbereiteten Soldaten, kein vor Angst wahnsinniger Mob, der durch Blutsteins unvorstellbare Macht entmutigt war. Sie waren, vom reifen Veteranen bis zum flaumwangigen Jüngling, kampfbereite Männer, vollbewaffnet und erfüllt von wildem Kämpfergeist. Die Rillyti mussten nun eine verzweifelte Schlacht schlagen. Sie standen Männern gegenüber, die um mehr als nur ihr Leben kämpften – sie kämpften, um ihr Land und ihr Volk vor Blutsteins bösem Schatten zu retten.

Die Kröten erstürmten die schwelenden Bollwerke, ihre goldenen Klingen waren im Hass auf die Menschheit entflammt. In ihren wilden Gehirnen brannte der unablässige Befehl: *Tötet die menschlichen Eindringlinge! Tötet die weichfleischigen Schwächlinge! Tötet sie alle!*

Der Kampf schwappte über die zertrümmerten Befestigungen und trieb die Selonari zurück, als immer noch mehr Rillyti aus dem Sumpf krochen. Blutrünstigen Teufeln gleich hetzten die lurchhaften Mörder heran, brachen mit ihren Rüstungen und Waffen mit größerer Reichweite als die ihrer Gegner in die Reihen der Soldaten ein. Durch den größeren Körper, die unmenschliche Stärke gepaart mit einer völligen Missachtung der eigenen Sicherheit, wog jede einzelne dieser Kreaturen vier menschliche Krieger auf.

Stahl gegen außerweltliche Bronze! Dampfendes Menschenblut gerann auf der aufgewühlten Erde in immer größer werdenden Flecken mit kühlem Krötenblut.

Die Soldaten kämpften hartnäckig, griffen die Amphibien in kleinen Gruppen an, während bei den Rillyti jeder für sich allein focht. Die Menschen hatten den Vorteil der größeren Intelligenz im Gegensatz zu den tierischen Wilden, und auch ihre größere Beweglichkeit kam ihnen zupass. Stand man ihnen unmittelbar gegenüber, waren die ungeschickten Krötenwesen nicht aufzuhalten, denn ihre mächtigen Hiebe konnten jede Deckung durchdringen und einen Mann regelrecht spalten. Doch wenn es gelang, ihren bösartigen Sprüngen auszuweichen, vermochte eine schnelle Klinge ihr Ziel zu finden, bevor die Kreatur parieren konnte. Nachdem sich diese Strategie als richtig erwiesen hatte, fielen die Soldaten die gewaltigen Ungeheuer an wie ein beißendes, knurrendes Rudel, lenkten sie ab, hielten ihre Waffen lange genug beschäftigt, sodass ein anderer Mann einen lähmenden Schlag zu führen vermochte. Lagen sie erst einmal auf dem Boden, dauerte es nicht mehr lange, bis die rächenden Klingen sie zerstückelt hatten.

In unheimlichem, verzweifeltem Kampf waren die degenerierten Überbleibsel einer älteren Rasse – einer Rasse, die einst die Sterne beherrscht hatte – mit jener jungen Rasse verschlungen, die damit prahlte, die neuen Herrscher der Erde zu sein. Sie kämpften in der Finsternis, im Schatten des Waldes, dort, wo das blasse Licht der Sterne und das rauchige Flackern der Feuer nicht hinzukriechen wagte. Chaos herrschte auf dem Schlachtfeld, denn die Gegner schlugen blindlings zu, führten wilde Hiebe, starben an unsichtbaren Wunden. Hier waren die Rillyti im Vorteil, denn ihre hervorstehenden Augen vermochten im Dunkeln weit besser zu sehen als jene der Menschen. Jedoch die großen Leiber konnte man kaum übersehen, auch wenn es so gut wie kein Licht gab. Mit blindwütiger Grausamkeit attackierten die Menschen die Bestien und töteten oder wurden getötet. Der Boden war von Gefallenen übersät, auch wenn keiner genau wusste, wie viele gestorben waren, oder hätte bezeugen können, wie es dazu gekommen war.

Crempra war rechtzeitig genug auf einen Baum geklettert, und aus dieser günstigen Stellung konnte er den wirbelnden Kampf überblicken, soweit es möglich war. Dribecks hurtiger Vetter war ein mittelmäßiger Schwertkämpfer, und der Tumult aus Einzelkämpfen war beileibe nicht nach seinem Geschmack. Mit fünf Köchern gerüstet, die allesamt in unmittelbarer Reichweite hingen, lehnte er sich gegen den Stamm und jagte seine tödlichen Pfeile mit vernichtender Wirkung zu jedem Rillyti hinunter, der so unglückselig war, ins Licht der Feuer zu geraten.

So kam es dazu, dass der Riesenlurch, dessen halb abgelenkter Hieb Teres in die Knie gezwungen hatte, in seinem Todesstoß innehielt, benommen erstarrte und vor Todesqual aufheulte. Unter einem gefiederten Schaft spritzte schwarze Wundflüssigkeit aus einem seiner Augen hervor. Teres rollte sich von dem zusammenbrechenden Ungeheuer fort und nahm sich kaum Zeit, diese Hilfe im letzten Augenblick mehr als ein wenig verwundert zur Kenntnis zu nehmen.

Noch während sie den Kopf schüttelte, um den Nebel darin zu vertreiben, und ihr Schwert wieder hochnahm, schloss sich die armselige Schar ihrer noch lebenden Soldaten von Neuem um sie. Von Teres' Klinge troff klebriges Krötenblut, und der Schild, den sie trug, war zerfurcht und zerschlagen. Nur ihre unvermutete Schnelligkeit hatte ihr bisher in zahlreichen Duellen mit den monströsen Angreifern, die gut dreimal so schwer waren wie sie, das Leben gerettet. Ohne sich von diesem weiteren knappen Stelldichein mit dem Tod einschüchtern zu lassen, fluchte sie auf ihre Männer, weil sie atemlos innehielten, während die Mörder ihres Landes noch auf den Tod warteten. Ihre Worte gaben ihnen neuen Antrieb. Von dieser rächenden Wölfin geführt, deren verzerrtes Gesicht zwar Narben, aber keine Spur von Ermüdung zeigte, stürmte die abgezehrte Handvoll Männer aus der untergegangenen breimenischen Armee erneut in den Kampf.

Dribeck kämpfte Schulter an Schulter mit Asbraln, der deutlich machte, dass er den Herrn von Selonari als unerfahrenen Grünschnabel betrachtete, der seinem Schutz anvertraut war. In den gealterten Schultern steckte noch eine verlässliche Stärke – oder vielleicht hatte Dribeck ihn ja nur für gealtert gehalten –, und der tapfere Haushofmeister schwang sein altmodisches Zweihandschwert mit größerer Fertigkeit, als Dribeck es gekonnt hätte. Er vergaß seinen Verdruss, als Asbralns schweres Schwert zweimal die Rillyti-Klinge zurückschmetterte, die ihn auseinandergerissen hätte.

Der Herr von Selonari war ins Zentrum der Schlacht vorgestoßen, und seine Leibwache hatte sich im Gebrüll und Geschepper des nächtlichen Kampfes gelichtet. Strategie? Es ging nur ums Töten – den Feind töten, bevor man an seiner statt starb. Eine andere Strategie existierte nicht; die Dunkelheit verbarg diesen Kampf auf den Tod, und da beide Armeen schon zur Gänze im Einsatz waren, lief die Auseinandersetzung auf einen Wettstreit der brutalen Wildheit hinaus. Dribeck verabscheute die primitive Barbarei der Schlacht, sie beleidigte seine Denkernatur. Doch hatte es sein Geist aufgegeben, sich mit Taktik zu befassen, sodass er mit der instinktmäßigen Logik des Überlebenswillens kämpfte.

Wer war noch am Leben? Wer war tot? Die Lebenden waren anonyme, zuckende Schatten in der Dunkelheit, bestialische Flüche und Schreie außerhalb des kleinen Lichterkreises. Die Toten – das waren die schlaffen und schlüpfrigen Körper, die unter dem Stiefel wegrollten. Nur dort, wo der Hügel der Priesterinnen in Licht gebadet war, gab es ein deutliches Bild der Schlacht. Erleichtert bemerkte Dribeck, dass der Kordon aus Soldaten, von einem Bollwerk aus Dutzenden Gefallenen umgeben, ungebrochen stand.

Vor langer Zeit hatte er diese Schlacht sorgfältig geplant, alles abgewogen, die Vorbereitungen geleitet. Damals hatte es den Eindruck gemacht, als wäre seine Armee Kanes Lakaien zahlenmäßig mühelos überlegen. Es war allein darum gegangen, Kane zu einem Angriff zu verlocken, damit die Schlacht ohne Blutstein zu menschlichen Bedingungen geführt würde. Aber in diesem nebligen Abgrund der Nacht wurde der Sieg zu einem unsichtbaren Lohn, und um zu erfahren, wessen Hand sich gerade darum schloss, hätte er Überlegungen anstellen müssen, für die keine Zeit blieb. Die kleinen Lichtpfützen waren kaum mehr als quälende Hinweise. Nach allem, was Dribeck sicher wissen konnte, kämpften er und seine Männer allein, eine Insel, die in der Flut der Rillyti verschollen war.

Asbraln taumelte und fiel unter dem Ansturm eines Krötenwesens zurück. Sein Breitschwert hielt die herabsausende Bronzeklinge ab, doch er war zu erschöpft. Mechanisch verteidigte Dribeck ihn und schlug die Bestienhand und den halben Unterarm ab. Der Rillyti heulte und blendete ihn mit seinem spritzenden Blut, und als Dribeck zögerte, glitt der Speer in der verbliebenen Hand seines Gegners an seinem Schild vorbei. Seine Spitze stieß durch das Kettenhemd und schrammte über seine Rippen, obwohl er noch ausweichen wollte.

Mit einem angstvollen Keuchen schlitzte Asbraln den Bauch des Rillyti auf. Dann, ohne sich um den Todeskampf des Ungeheuers zu kümmern, ergriff der Kammerherr die Schultern seines Herrn. Dieser hörte Asbraln den Namen seines Vaters ausrufen, einen Namen, den der ältere Mann höchst selten aussprach.

»Der Speer! Mein Herr, Ihr seid ein toter Mann!«, stöhnte er.

Dribeck wischte sich das sengende Blut aus den Augen und wartete darauf, dass das erste Stechen des Rillyti-Giftes durch seine Glieder kroch. Aber die Ermüdung war seine einzige Pein, und die flache Wunde auf seinen Rippen schien weniger zu schmerzen als seine atemlose Erschöpfung. Seine Männer betrachteten ihn, vor Mitleid gelähmt. Bevor er ohnmächtig wurde, schien es angemessen, noch etwas zu äußern, das ihn unsterblich machte, damit seine letzten Worte vielleicht zukünftige Generationen bewegten.

»Ach, verdammt«, murmelte er, unfähig, seine Gedanken zu ordnen.

Asbraln hatte den Speer aufgehoben und reckte ihn mit vor Aufregung zitternden Händen empor. Dann ließ er ein polterndes Gelächter hören. »Einer von unseren Speeren«, verkündete er und zeigte auf die eiserne Speerspitze.

Mit einem Schulterzucken tat Dribeck den Vorfall ab. Die stetige Konfrontation mit gewaltsamem Tod in dieser Nacht machte ihn jeder realistischen Gefühlsregung gegenüber taub. Rein logisch erfasste er, dass ihm der Zufall erneut einen grässlichen Tod erspart hatte, doch war er zu ausgehöhlt, um darüber besondere Erleichterung zu verspüren.

Die Kampfgeräusche verstummten mehr und mehr. Dribeck fiel auf, dass seine Kompanie mehrere Minuten lang völlig untätig geblieben war, jeder einzelne seiner Männer war erschöpft und todmüde. Sie hatten sich ihre Wunden verbunden. Kein Rillyti hatte mehr angegriffen. In der Nähe wurden die Stimmen anderer Männer laut. Fackelschein flackerte über das wüste Schlachtfeld.

»Ich glaube«, wagte Dribeck zu sagen, »dass wir, sobald es hell wird, entdecken, dass wir diese Schlacht gewonnen haben ...«

Doch es gab noch andere Augen, die den Konflikt mitverfolgt hatten, einen Blick nicht von dieser Welt, für den die Dunkelheit keine Barriere darstellte – eine böswillige Macht, die die Nacht durchdrang und das zerwühlte, mit Tod übersäte Schlachtfeld gewahrte. Sie sah, dass ihre Armee überwunden und in die Flucht geschlagen war, ihre wilden Legionen lagen auf den Leichen ihrer Bezwinger.

Die Rillyti sind geschlagen. Deiner Macht ist Einhalt geboten. Wie soll ich Arellartis Mauern verteidigen, wenn die Armee mit dem Sonnenaufgang gegen uns zieht?

Die Sonne wird nur noch die Toten vorfinden. In ein paar Stunden wird alles vollendet sein. Mich durcheilen bereits die treibenden Energien des Kosmos, sodass mir die unbedeutenden Zaubereien der Sterblichen nur für einen Augenblick in die Quere gekommen sind. Hast du dir tatsächlich eingebildet, ich hätte dir alle Macht enthüllt, über die ich verfüge? Jetzt sollst du erfahren, arroganter Sterblicher, dass es noch Geheimnisse gibt, die selbst deiner Vorstellungskraft trotzen!

Inzwischen eilten die Selonari durch den Wald. Mit Fackeln suchten sie unter den Bäumen, hielten inmitten der aufgehäuften Leichname an, um einem verwundeten Kameraden zu helfen oder ein sich abquälendes Lurchwesen zu erlösen. Hoffnungslos in der Minderzahl, stahlen sich die überlebenden Rillyti nach Kranor-Rill, wie Schaum, der von einer anrollenden Welle davongepeitscht wird. Hier und da flackerten noch Kämpfe zwischen Menschen und Rillyti auf, doch als die Selonari ihren bedrängten Gefährten zu Hilfe eilten, glitzerte Stahl in Dutzenden von Händen, und aus dem Zweikampf wurde ein Gemetzel. Trotzdem kam das Vordringen der Menschen immer wieder ins Stocken. Strudel der Gewalt bildeten sich um jene Krötenwesen, die in selbstmörderischem Blutdurst die Stellung hielten und mit ihren Klingen wild um sich schlugen, noch lange nachdem es unmöglich schien, dass ein Geschöpf mit so vielen Wunden noch kämpfen sollte. Solche Inseln des Widerstands konnten das Vordringen der Selonari jedoch nicht mehr aufhalten. Die Männer drängten dem Rand des Sumpflandes entgegen und sahen erschöpft und jubelnd die letzten Rillyti fliehen. Endlich war ihre unbeseelte Grausamkeit durch menschliche Macht gebändigt.

Dann schlug das nackte Grauen zu – ein unfassbarer Schrecken, der die angsterfüllten Seelen der Menschen in den Wahnsinn trieb.

Phantomhafte Schatten quollen aus dem Nebel, strömten über die düsteren Steine des Dammes heran, eine Armee von Maden, die über die abgestorbene Zunge einer unvorstellbaren Schlange erbrochen wurde. Gespenstische grüne Feuergestalten waren es, Schattenwesen, die aus der funkelnden Energie Blutsteins bestanden. Einem Lavastrom gleich brodelten sie über den rötlichen Stein, eine endlose Armee gefangener Seelen.

Blutsteins Schattenwesen – eine Dämonenarmee aus schimmerndem Feuer, ungeheuerliche Umrisse toter Dinge, denen jedoch die Erlösung des Zerfalls verwehrt geblieben war. Ihre halb durchscheinenden Körper nahmen seltsame und hässliche Formen an, zum Teil furchterregend, weil ihre fremdartige Gestalt aus Zeitaltern vor der Erinnerung der Menschheit stammte, zum Teil genauso abscheulich, weil ihr Anblick so grausam vertraut war.

Einige ähnelten den Rillyti, doch kamen sie größer, aufrechter daher, und ihre Gliedmaßen waren feiner ausgestaltet, die spitz zulaufenden Schädel zeugten von Intelligenz. *Echsenartige*. Dies waren die Krelran, jene seit Jahrhunderten ausgestorbenen Erbauer von Arellarti. Und sie waren nicht die einzigen Schatten untergegangener Rassen der alten Erde. Tintenfischartige Ungeheuer schlängelten heran; sechs dicke Tentakel, die aus aufgeblähten Rümpfen wuchsen, verliehen diesen Wesen, die an die schwarzen Tiefen der Ozeane gemahnten, eine eindeutig unnatürliche Fortbewegung. Aus höckerigen Schultern, über denen ein rundlicher Schädel saß, ragten zwei peitschenartige Auswüchse. Dort, wo man ein Gesicht zu sehen erwartet hätte, klaffte ein zahnloses Maul, das an eine tödliche Wunde erinnerte, und darüber waren sechs lidlose Augen angeordnet wie ein Diadem. Andere bizarre Gestalten schlossen sich den voranstürmenden Horden an, wenngleich weniger zahlreich: Spinnenartige Kreaturen, so groß wie Pferde, liefen klickend auf vier spindeldürren Gliedmaßen über die Steine. Vier weitere derartige Glieder ragten – mit rasselnden metallischen Krallen bewehrt – aus dem aufwärts gebogenen Kopfleib. Auf feurigen Mottenschwingen flatterten menschenähnliche Wesen heran, deren knochige Körper in zottige Schuppen gehüllt waren und auf deren Gesichtern große Facettenaugen wie glitzernde Mosaike saßen. Haarige Bestien, die an missgestaltete Affen erinnerten, trotteten vorwärts, ihre langen Arme pendelten knapp über dem Boden.

Wesen aus der fernen Vergangenheit, die seit dem Anbeginn Arellartis Blutsteins Schattensklaven waren. Als feurige Geister erschienen sie nun im lebenden Abbild ihres seit Jahrtausenden verlorenen Körpers.

Die Hauptmacht der wimmelnden Armee wurde jedoch von Wesen gebildet, die vom nagenden Zerfall übersät und verzerrt schienen, verformte, skelettierte Gestalten, die aus Blutsteins greller Energie gebildet wurden, wodurch sie wie von zehrenden Flammen begrenzte Umrisse wirkten. Die meisten dieser leichenhaften Kreaturen waren von krötenhafter Art. Ein unheimliches Spektrum der Degeneration präsentierte sich, das von den Krelran bis hin zu den tierischen Rillyti reichte. Doch zahlreich waren auch die Geistererscheinungen menschlicher Lamien, wozu tierische Vorfahren vom Anbeginn der Zeit wie auch Dutzende Männer und Frauen und sogar Kinder aus den heutigen Völkern der Südlande zählten.

Denn Kane hatte sich geirrt, als er die Opfer der Rillyti als sinnlosen Aberglauben abgetan hatte. Hier standen jene Bedauernswerten, deren Seelen von Blutsteins brennender Energiezunge gestohlen und jahrhundertelang versklavt worden waren, unvollendete Abbilder jener, deren Seelen die gottlosen Rillyti an den monolithischen Kristall verfüttert hatten. Und noch einmal andere Gestalten gab es in dieser Armee aus Abscheulichkeiten, und diese waren gewissermaßen die grauenerregendsten.

Schulter an Schulter mit den Albtraumkreaturen marschierten die nackten Gestalten etlicher Menschen – jener, deren Seelen Blutstein durch die zerstörerische Macht von Kanes Ring erbeutet hatte. Viele dieser Gestalten waren schrecklich vertraut, von einigen lagen sogar die verkohlten Leichen noch warm auf den geborstenen Bollwerken des Waldlagers: Breimens Tote waren darunter, ebenso die Soldaten Selonaris, die gefallen waren, als Teres Dribeck Kanes Verrat enthüllt hatte. Menschen, die unter den verzehrenden Energieblitzen des Blutsteinrings gestorben waren. Blutsteins sengender Odem war weit schrecklicher als vermutet, nährten doch jene, die unter seiner schimmernden, energetischen Berührung gestorben waren, seine unheilige Macht mit ihrer Seele. Blutstein dürstete sowohl nach organischem Leben als auch nach kosmischer Kraft ...

Teres schüttelte sich vor Ekel. In der Schreckenshorde von Blutsteins Schattensklaven hatte sie den von wabernder Energie umgebenen Umriss von Lutwion erkannt. Die ganze Erkenntnis dessen, was sie hier und jetzt bedrohte, brach nicht sofort über die Menschen herein. Doch ein erstes Ahnen flackerte auf und drohte, den erschreckten Verstand ins schützende Dunkel des Wahnsinns zu stürzen.

Durch klebrige Nebelschwaden strömten die Lamien aus flimmernder Energie, nackt, schweigsam, die Augen starre Flammenschächte. Unzählige waren es, aber sie trugen, bis auf ihre vorgereckten Gliedmaßen aus schimmerndem Feuer, keine Waffen. Dribecks Mannen schüttelten den Mantel ihrer Furcht ab und erwarteten dieses neuerliche Grauen. Tausend grimmige Gesichter verhärteten sich. Tausend Männer machten sich bereit zu erfahren, ob Stahl diesen furchtbaren Gespenstern des urtümlichen Bösen Einhalt gebieten konnte.

Wie eine Springflut brachen die Schattenkreaturen über die vom Schrecken ergriffenen Männer herein, eine groteske Gischt aus smaragdenen und blutrot geäderten Phantomen. Schwerter schlugen und stießen in die makabre Vorhut. Scheinbar ätherische Körper erwiesen sich jetzt als materiell. Die suchenden Klingen trafen auf Widerstand, jedoch keinen fleischlichen Widerstand. Der Stahl schnitt durch die geisterhaften Gestalten hindurch und vermittelte das übelkeiterregende Gefühl, man zerteile klebriges Gelee und knorpelartig verfestigten Nebel. Geister ohne Blut, deren Gliedern eine gummiartige Festigkeit innewohnte, mit Klauen und Reißzähnen wie aus geschliffenem Horn.

Die Schattenwesen starben nicht.

Sie gaben unter der zerfetzenden Macht des Stahls nach, doch sie fielen nicht. Mit unbeseelter Raserei warfen sie sich auf die Soldaten und gaben sich unter schrecklicher Missachtung des Selbsterhalts deren Klingen hin. Schwerter durchschlugen ihre Körper, und jene, die sie führten, gerieten durch den unheimlichen Widerstand, auf den sie trafen, aus dem Gleichgewicht. Schwere Wunden brachten jedoch weder Blut noch unaussprechliche Flüssigkeiten zum Vorschein. Die Bestien wankten auch nicht, ganz gleich, wie viele tödliche Wunden ihnen zugefügt wurden.

Blutsteins ungeheuer angewachsener Macht, die sich nun mit jedem vergehenden Augenblick über unmögliche Grenzen hinwegsetzte, war es gelungen, kosmische Energie in Materie umzuwandeln! Das Kristallwesen hatte den von ihm gefangenen Seelen einen Anschein von Materie verliehen, eine unbegreifliche, urtümliche Substanz. Hatte sie zu Wesenheiten gemacht, die weder Materie noch Energie waren, zu lästerlichen Karikaturen des Lebens, die nicht lebten, jedoch auch nicht sterben konnten.

Teres hatte ihre dezimierte Kompanie in die vorderste Linie dieses furchtbaren Angriffs geführt. Mit einem Schrei des Abscheus rammte sie ihr Schwert in die empfindungslose Brust eines Wesens, das noch vor Tagen ihr Landsmann gewesen war. Die Klinge fuhr hindurch und wurde auch schon zurückgerissen. Das Gespenst, das kaum unter der Wucht ihres Stoßes schwankte, griff nach ihr. Angeekelt wich Teres zurück und schlug nach den zugreifenden Händen. Die Klinge wischte hindurch und hackte einen ganzen Arm und einen Unterarm knapp jenseits des Ellenbogens ab. Die abgetrennten Glieder fielen zu Boden, der Angreifer trat jedoch unbeirrbar näher und winkte mit blutlosen Stümpfen. Teres schlug der Kreatur den Schädel vom Rumpf. Und während dieser über den Boden rollte, taumelte die enthauptete Gestalt weiterhin auf sie zu. Einen Herzschlag lang stand Teres wie gelähmt, und die Kreatur stürzte sich auf sie. Gerade noch rechtzeitig wich Teres aus und schlug auf den Oberschenkel ein. Das Bein fiel ab, und nun stürzte auch die verstümmelte Schattengestalt zu Boden. Blindlings wand sie sich bäuchlings weiter voran.

Voller Schrecken sah Teres ihre Gefährten ähnlich bedrängt. Sie wurde von einem Schlag zu Boden gefegt, als eines jener Wesen mit Mottenflügeln sie mit peitschenden Schwingen streifte. Hinter ihr stieß die Schmetterlingsbestie zu und riss einen Soldaten um. Die krallenbewehrten Hände zerfleischten ihm Gesicht und Kehle, während der Mann wirkungslos mit dem Schwert stocherte. Ein anderes Schattenwesen – eine vertrocknete Krötengestalt – griff nach Teres. Sie schlug nach den Beinen und rollte behände unter dem niederstürzenden Gewicht fort. In der Kraft dieser Ungeheuer lag, wie sie feststellte, beileibe nichts Substanzloses. Als sich die Gestalt vom Boden aus nach ihr reckte, hackte sie sie in Stücke.

Ein weiterer menschlicher Schatten näherte sich – *kam er ihr nicht bekannt vor?* Teres schwang das Schwert nach unten, und die Klinge fuhr durch Kopf und Schultern bis in Bauchhöhe, bevor das gummiartige Fleisch dem Stahl trotzte. Sie riss die Klinge los und traute ihren Augen nicht ... Die scheußliche Wunde verschloss sich wieder! Teres biss die Zähne aufeinander und schlug so lange auf das Ding ein, bis es völlig verstümmelt am Boden lag.

Die schimmernde Gestalt eines jungen Mädchens schritt auf sie zu. Teres erinnerte sich daran, wie sie selbst beinahe auf Blutsteins Altar gestorben wäre, und ihr Arm regte sich vor Entsetzen nicht. Im gleichen Moment ergriff etwas ihren Stiefel, und Teres blickte hinab. Wie ein Schraubstock hielt eine abgeschlagene Hand ihren Knöchel umfasst. Auf dem Boden wimmelte es von blindlings um sich schlagenden und weiterkriechenden abgetrennten Gliedmaßen der Schattenwesen. Teres hackte auf das widerliche Ding ein und trennte den Unterarm vom Handgelenk ab. Schon kletterte die Hand spinnengleich an ihrer Wade empor. Das Geistermädchen sprang sie an, krallenartige Finger stocherten nach ihren Augen, griffen nach ihrem Schwert. Teres bereute ihr unwillkürliches Zögern bitter und wehrte den Angriff des Mädchens nun mit aller Härte ab. Kalte Kraft lag in der Hand, die versuchte, ihr die Klinge zu entreißen, und die Krallen, die Furchen über ihre Wange zogen, waren gefährlich echt. Teres drehte sich, trat mit dem stiefelbewehrten Fuß nach dem Bauch der Angreiferin und stieß sie zurück. Die Bewegung löste auch die kletternde Hand von ihrem Oberschenkel, und einen Augenblick lang war Teres frei. Erbarmungslos stieß sie immer wieder zu, um das vom Zerfall gezeichnete Phantom Stück für Stück in den Boden zu stampfen.

Als sie sich zurückzog, um wieder Atem zu schöpfen und der Übelkeit Herr zu werden, die sie ergriffen hatte, blickte Teres über ein Schlachtfeld, das einem schrecklichen Albtraum glich. Noch immer stürmten Blutsteins Schattenkreaturen wie ein wildbewegter Strom über die glühende Dammstraße. Gewiss hatte sich bisher nur ein geringer Bruchteil seiner grausigen Legionen in den Kampf gegen die menschliche Armee geworfen, und es schien aussichtslos, dass die tausend oder wenig mehr Krieger angesichts solch überwältigender Zahl noch lange durchhalten konnten. Schon fielen sie unter dem unwiderstehlichen Druck der unablässig vordringenden Energiephantome zurück.

Pfeile und Speere waren nutzlos. Von Furcht beflügelte Schwerthiebe forderten einen grausigen Tribut von den waffenlosen Gegnern, aber was nützte das schon? Zerhackt und zerstückelt, zogen sich die Schattenwesen weiterhin vorwärts und trieben die Soldaten vor sich her. Der Waldboden war übersät mit abscheulichen wimmelnden, huschenden Dingen. Eine gehässige Intelligenz dirigierte ihren Ansturm, sodass sich selbst noch die abgetrennten Fragmente gegen die verzweifelt kämpfenden Menschen verschworen. Ein enthaupteter Schmetterlingstorso, dem Arme und Beine fehlten, flatterte über der Kampflinie und stieß die Unachtsamen in den vorgestreckten Griff ihres Feindes, bis die geköpfte Bestie mit zerrissenen Flügeln zu Boden stürzte. An anderer Stelle starb ein Soldat, dessen Kehle von den Fangzähnen eines abgetrennten Krötenschädels zerfetzt worden war. Ein verstümmelter Torso rollte unter dem zurückweichenden Schritt eines anderen Soldaten zur Seite und ließ ihn auf den von Grauen bedeckten Boden stürzen. Ein affenartiger Schatten, dessen Körper am Bauch abgetrennt war, setzte seinen Vormarsch auf haarigen Armen fort, zwischen denen sein Oberkörper baumelte, während sein Becken in eine ganz andere Richtung davonwankte.

Die Menschen starben unter dem Ansturm der Schattenkreaturen. Die glühenden Gestalten konnte man nicht töten, sondern durch mühseliges Vorgehen allenfalls verkrüppeln, wodurch man aufgehalten wurde, während weitere Kreaturen sich auf einen warfen. Die wahnsinnigen Gespenster schwärmten über die verzweifelten Krieger, kratzten, bissen, würgten das Leben aus ihnen heraus, ohne auf die Wunden zu achten, die ihr unnatürliches Fleisch zerrissen. Allein der Kampf gegen die menschlichen und krötenartigen Phantome brachte Selonaris Armee schon genug in Bedrängnis, die furchteinflößende Gegenwart der anderen Wesen aus der verlorenen Urzeit der Erde jedoch zeigte verheerende Wirkung.

Die ungeheuerlichen Tentakelwesen waren am tödlichsten. Um mehr als die Hälfte größer als ein Mensch, vor allem der kräftigen Tentakel wegen, schlugen sie blindwütig um sich, zermalmten und würgten. Abgetrennt glitschten sie – kein bisschen weniger gefährlich – wie feurige Pythons weiter, bis man sie in winzige Einzelteile zerhackt hatte. Gleichermaßen bedrohlich, wenn auch nicht so zahlreich, waren die Spinnenkreaturen mit ihrer pfeilschnellen Geschwindigkeit und den scharfen Chitinkrallen. Auch die Phantome mit den Mottenflügeln waren nicht zahlreich vertreten und dennoch beachtliche Gegner; allzu häufig brachten ihre unerwarteten Angriffe von oben, ausgeführt mit klauenbewehrten Gliedern und zustechenden Saugrüsseln, Tod und Verderben. Und der Schlaksigkeit der zottigen Affenwesen wohnte genug Kraft inne, um einen Menschen in Stücke zu reißen. So war es um den schrecklichen Kampf bestellt, der sich mit ungebrochener Wucht durch den Wald zog.

Die Soldaten wichen widerwillig, wurden aber trotzdem zurückgetrieben. Der unablässige Ansturm der Schattenwesen glitt über verstreut liegende Leichen, und obwohl der Tagesanbruch noch Stunden entfernt lag, war die Nacht vom unheimlichen, bösen Leuchten der Schattenhorden durchbrochen.

In dem smaragdgrünen Leuchten erblickte Teres Dribeck. Trotz des zu erwartenden Unterganges kämpfte der Herr von Selonari mutig. Unvermittelt wollte sie an seiner Seite sein, und so bahnte sie sich einen Weg durch Blutsteins unermüdlich angreifende Geisterkreaturen. Eine Klinge schlug nach ihr und sauste in einem so unerwarteten, schwerfälligen Streich heran, dass sie fast nicht richtig parierte. Doch ihre Überraschung schwand schnell, als sie dem Bronzeschwert ihres Gegners entgegentrat, einer Rillyti-Waffe, die jetzt von einer Hand geführt wurde, die noch vor wenigen Wochen menschlich gewesen war. Während sie wehmütig an den Schild dachte, den sie vorhin aufgegeben hatte, da er gegen die Geisterkreaturen nutzlos gewesen war, warf Teres sich vorwärts. Unbeholfen begegnete ihr Gegner ihrem Schlag – offensichtlich war die Intelligenz, die ihn lenkte, zu begrenzt für die Feinheiten des Schwertkampfes.

Instinktiv drängte sie vorwärts, rammte ihm die Schwertspitze durch die Brust ... und verlor beinahe ein Ohr, als der Gegner seiner tödlichen Verletzung zum Trotz ihren Angriff erwiderte. Teres verfluchte ihren kurzen Aussetzer – Müdigkeit trübte ihre Gedanken. Mit einem ungestümen Schlag hieb sie den vorgestreckten Schwertarm ab. Während sie das Wesen systematisch zerhackte, bemerkte sie, dass die Phantomgestalten überall am Boden liegende Rillyti-Waffen aufnahmen. Stahlwaffen ließen sie unberührt liegen. Teres verzog das Gesicht. Selbst wenn sie den Schwertkampf nur unbeholfen beherrschten, waren diese Wesen tödliche Gegner.

Dribeck fiel. Ein kriechender, von der Schulter geschlagener Arm hatte sich mit schwimmhäutigen Fingern an seinem Knöchel festgekrallt. Dribeck fluchte und hieb in wilder Verzweiflung nach dem zerrenden Gewicht, als sich plötzlich ein Phantom in Menschengestalt auf ihn warf. Da ihn der klammernde Arm behinderte, verlor er das Gleichgewicht und brach in die Knie. Die Schattenkreatur krachte auf ihn und schloss die Hände um seine Kehle. Dribecks Schwert schlug die beiden leuchtenden Arme ab, und mit einem plötzlichen Hochschnellen stieß er die Kreatur von sich. Mühsam rappelte er sich auf; die würgenden Hände lagen jedoch nach wie vor an seinem langen Hals. Nach Atem ringend säbelte er die Arme an den Handgelenken ab – ohne dass dies eine Wirkung zeigte. Da ließ er von Panik erfüllt die Klinge fallen, umklammerte die Geisterhände und versuchte, den Würgegriff zu lösen. Die gummiartige Fleischsubstanz wurde unter seinen schweißnassen Fingern schlüpfrig.

Teres erreichte ihn, als ihm schon langsam die Zunge aus dem Mund quoll. Jene, die von seiner Leibwache übrig waren, waren viel zu bedrängt, um die Notlage ihres Herrn zu bemerken. In dem verzweifelten Versuch, den Würgegriff zu lösen, setzte Teres die Dolchspitze zwischen Daumen und Zeigefinger der Mörderhand an und zerschnitt das feste Fleisch. Die zerstückelten Teile fielen ab, und mit einem Tritt schleuderte sie sie in die Dunkelheit.

Schwach, aber noch bei Bewusstsein, kam Dribeck taumelnd wieder hoch, während Teres den Angriff eines weiteren Schattensklaven niederschlug. Dribeck hob sein Schwert auf und zog sich, Seite an Seite mit Teres, vom Schlachtfeld zurück. Er musste wieder zu Kräften kommen.

»Meinen Dank, Teres«, keuchte er und massierte sich die malträtierte

Kehle. »Aber ich glaube, dass du möglicherweise ein Leben gerettet hast, das den Morgen ohnehin nicht mehr erleben wird! Die Männer kämpfen gut, doch die Erschöpfung peinigt uns jetzt allesamt. Einer nach dem anderen fallen wir unter dem unaufhörlichen Ansturm dieser Dämonenhorde ... Und wir erheben uns auch nicht mehr mit dieser unnatürlichen Lebenskraft, von der unser unsterblicher Feind zehrt!«

»Willst du zum Rückzug rufen?«, fragte sie. »Noch könnten wir entkommen.«

Müde schüttelte Dribeck den Kopf. »Eine nutzlose Flucht wäre das. Kanes Macht hat bereits meine pessimistischsten Schätzungen überstiegen. Noch eine Stunde, noch ein Tag ... wer kann sagen, was dann ist? Kane prahlte damit, dass Blutsteins Macht ins Grenzenlose gedeihen würde. Allem Anschein nach ist diese Schlacht die letzte Chance der Menschheit, Blutsteins Schatten zu entkommen. Solange noch eine Handvoll der unseren lebt, wage ich nicht, diese geringe Aussicht auf den Sieg wegzuwerfen!

Wir haben Kane hart bedrängt, ihm Boden abgerungen. Wir haben seine tödlichste Waffe ausgeschaltet, den Blutsteinring, seiner Rillyti-Armee eine blutige Niederlage beigebracht ... Und auch von den Heerscharen der Geister fordern wir unseren Tribut! Ich kann nicht mehr zählen, wie viele Männer wir verloren haben, aber noch immer hoffe ich, dass wir diese mörderischen Schemen irgendwie überdauern können. Wir müssen sie alle in wimmelnde Stücke schlagen, dann mag es uns gelingen, über den glühenden Schaum zu laufen und Arellarti vielleicht ohne weitere Wachen vorzufinden.

Und dann ist da auch noch Gerwein«, fügte er hinzu. Wie eine Bastion erhob sich der Hügel der Priesterinnen über den schwankenden selonarischen Linien. Noch war er von den vordringenden Schattenwesen nicht überrannt worden. Dribeck hatte den Hauptteil seiner Truppen um das Lager der Töchter Shenans versammelt. Ihre Zauberei mochte die einzige Möglichkeit zum Sieg darstellen. Hart bedrängt wie nie zuvor, wehrten sich die tapferen Männer, um dem gnadenlosen Ansturm standzuhalten. Dribeck konnte Gerweins hochgewachsene Gestalt erkennen. Noch immer führte sie die rasenden Priesterinnen durch unergründliche Zaubergesänge. Fahle, auf dem Boden ausgestreckte Gestalten zeugten vom schwarzen Hunger des Altars. Also hatte auch Gerwein die sich abzeichnende Niederlage noch nicht akzeptiert!

»Ich bin wieder bei Atem«, erklärte Dribeck und straffte seine schmalen Schultern. »Es hat keinen Sinn, unsere Front noch weiter halten zu wollen.

Der Weg zum Hügel darf uns nicht abgeschnitten werden. Komm – wir rufen unsere Mannen zurück und beziehen am Fuße des Hügels neue Stellung.«

Teres hörte ihm nicht zu. Ihre Augen waren in unerträglichem Schrecken geweitet.

Dribeck folgte ihrem Blick, und nun spiegelte sich auch in seinen Augen namenlose Furcht wider.

Die zerstückelten Einzelteile der Energiesubstanz wanden sich nicht länger in blinder Uneinigkeit auf dem Boden. Aus den zappelnden Fragmenten der Schattensklaven bildeten sich unmögliche Ungeheuer. Abgetrennte Gliedmaßen krochen zu verstümmelten Rümpfen, pressten sich dagegen – und waren eins! Anfangs hatte diese furchtbare Vereinigung nach einem Zufall ausgesehen, inzwischen aber lag wahnsinnige Absicht in den grauenhaften Verbindungen.

Ein einarmiger Torso richtete sich ruckartig auf nicht zusammenpassenden Beinen auf, drückte sich an den Stumpf seines Unterarms einen weiteren Arm, der am Ellbogen abgetrennt war, und schnappte sich mit diesem zweifelhaft zusammengesetzten Glied einen am Boden liegenden Kopf, den er auf seinen Halsstumpf setzte. Ähnliches spielte sich überall auf dem Schlachtfeld ab, das mit grässlichem Schutt übersät war. Es gab keine großen Bemühungen, die einzelnen Bruchteile passend zu wählen, sodass unfassbare Zerrbilder des Lebens Gestalt annahmen. Menschliche Köpfe und Gliedmaßen hingen an Krötenrümpfen und umgekehrt. Wesenheiten mit scheußlichen Schwingen flatterten über den Boden und waren nicht fähig, sich in den dunklen Himmel zu erheben. Ein affenartiges Wesen schlurfte mit Tintenfischtentakeln an den Schultern einher, eine menschliche Gestalt trug Spinnenarme. Viele der widernatürlichen Kreaturen waren des aufrechten Ganges nicht mehr mächtig, da sie blindlings zu unterschiedliche Glieder zusammengefügt oder Arme an Knie, Oberschenkel an Schultern geschweißt hatten. Sie schlugen um sich und waren nicht in der Lage, die bizarre Verbindung aufzuheben. Oder sie bemerkten die unnatürliche Fehlpaarung gar nicht.

Und noch andere Gräuel schoben sich über den Waldboden, die einen noch größeren Frevel an der natürlichen Ordnung darstellten. Eine menschliche Leiche, die von einem mächtigen Hieb von der Schulter bis zum Schritt gespalten worden war, krabbelte wie ein Hundertfüßer dahin, ein unnatürliches Durcheinander von Gliedmaßen wucherte auf dem Körper. Am schrecklichsten jedoch waren einmal mehr die Krakenwesen, die zu einem unheiligen, krabbelnden Chaos aus Tentakeln, Klauen, menschlichen und amphibischen Gliedern vereinigt waren, mit menschlichen Köpfen, die wie Krebsgeschwüre aus dem gummiartigen Gewimmel ragten. Kaum weniger grässlich erschienen die abscheulichen Neuformungen der Spinnenwesen. Und entsetzlich anzusehen waren auch die nach hinten kippenden Köpfe, die an abgehackte Arme angewachsen waren, während sie wie Krabben über die Leichen schwärmten.

Mit immer neuen und erschreckenden Gestalten krochen diese Monstrositäten unaufhaltsam nach vorne und verstärkten die wimmelnde Schattenarmee, deren Ansturm die Reihen der Krieger mit jedem vergehenden Augenblick zu überwinden drohte.

Lord Dribeck riss seinen angewiderten Blick von der krabbelnden, zuckenden, sich windenden Horde des Wahnsinns los. »Zum Lagerplatz der Priesterinnen also!«, befahl er erschüttert. »Ich fürchte, dort müssen wir unser letztes Gefecht kämpfen.«

Gemeinsam bahnten sie sich mit ihren Männern den Weg zum Hügel. Fast undurchführbar schien dieses Vorhaben. Die unerbittlich herandrängenden Reihen der Schattenwesen stürzten sich wie alles verschlingender Treibsand auf sie, hielten sich hartnäckig fest, erstickten sie mit ihrer überwältigenden Zahl. Auch wenn die Selonari ihre Reihen schlossen, ließen sie etliche zerfleischte Leiber hinter sich zurück, die sogleich in die Lawine smaragdfarbenen Grauens gehüllt wurden.

Die Hälfte des Wegs hatten sie hinter sich gebracht, als die letzte Katastrophe sie ereilte. Eine jähe Woge grässlicher Schattensklaven überrannte sie, machte einen weiteren Rückzug unmöglich. Die Reihen der kampfesmüden Soldaten lichteten sich mehr und mehr. Ihre Front war eingebrochen – jetzt war der Weg zum Hügel abgeschnitten. Blutsteins schimmernde Lakaien stießen durch die Bresche und strömten heran, um die in zwei Hälften geteilte Armee einzukesseln.

»Wir müssen den Hügel der Priesterinnen erreichen!«, brüllte Dribeck. »Versucht, euch zu den anderen durchzuschlagen!«

Die Verzweiflung verlieh ihnen neue Kraft, und die sich sammelnden Krieger schlossen den Spalt ein Stück weit. Doch unter der nicht nachlassenden Anstrengung knickte ihre Ausdauer ein. Keiner war unter ihnen, der nicht von den Krallen der Phantome zerkratzt war oder tiefe Wunden von Bronzeklingen trug. Die Reihe zog sich zusammen, stemmte sich gegen den Ansturm der Ungeheuer, der sie umschloss und in der Nachhut verheerend wütete, wo sich die Verwundeten befanden.

Den Tagesanbruch würden sie nicht mehr erleben, darüber war Teres sich im Klaren. Sie war oft davon ausgegangen, im Kampf sterben zu müssen, aber nicht in einem solchen. Mit Heldentum hatte es gewiss nichts gemein, wenn man von diesen unbeseelten Schattenwesen zerrissen wurde. Verwegen kämpfte sie jetzt, zu erschöpft, um noch zu fluchen. Wild hatte sie die Zähne gefletscht. Ach, wäre doch Gwellines da gewesen! Seine Hufe hätten inmitten dieses glühenden Unrats Verwüstungen angerichtet! Aber der Hengst war bei den anderen Reittieren angebunden, die man in dieser nächtlichen Schlacht für nutzlos gehalten hatte. Wehmütig hoffte Teres, das Pferd möge verschont bleiben. Es war der letzte Überrest ihres einst so geordneten Daseins.

Unter den zupackenden Armen eines Ungetüms ging Teres zu Boden. Dribecks Schwert zerfetzte noch die Schultern ihres Angreifers, dann war es auch um ihn geschehen. Eine missgestaltete Mensch-Kröten-Mischung sprang auf seinen Rücken. Hartnäckig wehrte er sich unter dem Gewicht des schrecklichen Wesens. Durch die nicht zusammenpassenden Körperteile der Bestie wurde der Angriff schwerfällig, aber keinen Deut weniger bösartig. Teres kam wieder hoch, durchtrennte die würgenden Finger, torkelte auf Dribeck zu, kam jedoch aus dem Gleichgewicht, als ein Torso ohne Beine die Hand um ihren Knöchel schloss. Blindwütig schlug sie mit dem Schwert zu, während das Ding sich an ihren Beinen hochziehen wollte. Dribeck war in die Knie gebrochen, und inzwischen bedrängte ihn noch ein weiterer missgestalteter Gegner, dessen Griff seinen Schwertarm niederdrückte. Ein Tentakel peitschte nach Teres, während sie noch mit den kriechenden Händen rang, die ihre Beine umklammert hielten. Im letzten Augenblick durchschnitt ihr Hieb den schlangenartigen Tentakel, der zuckend nach ihrer Kehle suchte, doch ein unerwarteter Schlag, geführt von einer neu zusammengefügten Spinne, riss ihr das Schwert aus der betäubten Faust.

Teres warf sich nach vorne, die Finger nach der Klinge ausgestreckt, doch wurde es nur ein jämmerliches Gestolper, weil nach wie vor die Hand wie ein Anker an ihren Beinen hing, und so blieb ihr nichts anderes übrig, als mit dem Kopf voran nach dem Schwert zu hechten. Rasend hieb sie nach den Klauen, die sie gepackt hielten, und konnte sich doch nicht mehr erheben. Über ihr ragte ein weiteres Tentakelungeheuer auf und tastete erneut nach ihrer Kehle. Teres schlug um sich. Ihre letzte Kraft versiegte rasend schnell, und sie erkannte in ungläubigem Schrecken, dass auf dem grotesken, mit zahllosen Gliedmaßen versehenen Spinnenleib Lutwions Schädel ruhte.

Dann ging der Mond auf.

In diesem fürchterlichen Augenblick glaubte Teres, ihre taumelnden Sinne seien vom Wahnsinn verwirrt. Unmöglich konnte der Mond plötzlich so voll geworden sein! Bleiches Leuchten strömte von der kalten, aschfahlen Kugel herab und warf Schatten auf die befleckte Erde.

Aber das war nicht der Mond, der seine Bahnen an dem natürlichen Himmel zog, wie sie voll Verwunderung merkte. Das Leuchten war viel zu intensiv. Das weiße Stechen schmerzte ihr in den Augen und traf mit furchtbarer Gewalt auf ihr nach oben gewandtes Gesicht. Allzu deutlich konnte sie die unirdische Kälte in der Berührung des Mondstrahls fühlen und wie er die Wärme aus ihrer schweißdurchtränkten Haut zu saugen schien.

Die Kugel, die über ihr schwebte, war nicht die abgestorbene Oberfläche jenes Mondes, den die Menschheit kannte. Auf dem bleichen Auge wanden sich feine Formen. Von plötzlicher Angst befallen, wandte Teres den Blick ab.

Der Angriff, das unablässige Vordringen der Schattenwesen kam zum Stillstand. Unbeseelte Gesichter verzerrten sich vor Furcht, als sie diesen unnatürlichen Glanz gewahrten.

Teres sah, wie smaragdfarbene Fleischsubstanz sich schwarz verfärbte und zu leprösem Schorf aufgelöst zu Boden rieselte.

Die Schattenarmee brach zusammen und floh – unvermittelt herrschte allgegenwärtig ein Rennen, Kriechen, Wimmeln, Schlurfen; Unaussprechliches huschte und eilte von dannen, so schnell es nur ging, und zog sich vor den fassungslosen Menschen zurück zum Damm.

Obwohl jener nicht weit entfernt war, würden sie ihn niemals erreichen.

Rächenden Lanzen gleich zuckten die gleißenden Mondstrahlen auf die flüchtende Horde herab. Das unnatürliche Fleisch verdorrte und vertrocknete unter den kalten Strahlen, wie bei Würmern, die sich unter unerträglicher Hitze wanden. Zuallererst ereilte es die zuckenden Fragmente, die wie geschwärzte Schnecken qualvoll verschrumpelten, zerfielen und in der Erde versickerten. Die größeren Teile hielten länger stand, kamen jedoch auch nicht viel weiter. Und auch jenen Wesen, die auf stolpernden Gliedmaßen flohen, erging es nicht viel besser. Unter dem erbarmungslosen Leuchten kamen ihre verkohlten Glieder ins Taumeln und brachen in sich zusammen, während brennender Zerfall sie zerfraß. Sie kullerten und zuckten durch den Wald, doch ihr Todeskampf dauerte nicht lange, ehe sie vollständig zerfielen. Ein paar von ihnen strebten noch blindlings unter die Schatten der Bäume, aber auch das nutzte ihnen nichts. Das Mondlicht spürte sie auf – jeglichem Naturgesetz zum Trotz. Einige der grässlichen Paarungen aus fremder und menschlicher Schattensubstanz erreichten beinahe den Anfang des Dammes. Dort fielen sie als formlose Klumpen verdorrenden, welkenden Fleisches nieder und gaben in stummer Qual ihre gestohlene Lebenskraft auf, wandelten sich zu zerbröckelnden Klumpen, zu dunklen Besudelungen auf der Erde, die langsam schwanden und wieder zu jenem Nichts wurden, das die Schattensklaven auch ausgespien hatte.

Am Horizont graute der Morgen, als schließlich das Licht des seltsamen Mondes langsam schwächer wurde. Benommen, blutend hielten die noch lebenden selonarischen Soldaten ungläubig Ausschau nach ihrem verschwundenen Feind.

Und wenn der Sieg den Lebenden gehörte, so gab es nur wenige Sieger nach dieser albtraumhaften Schlacht.

24. KAPITEL

Die letzte Maske fällt

In jener Nacht war Gerweins Gesicht um zehn Jahre gealtert.

Bei Tagesanbruch hatten sich die kampfesmüden Überlebenden so gut wie möglich um die Verwundeten gekümmert, dann waren sie in völliger Erschöpfung zusammengebrochen. Nachdem sie wieder zu Kräften gekommen waren, hatten sie – immer noch zu abgekämpft, um die unzähligen Toten zu begraben – das Schlachtfeld abgesucht. Von den Schattenwesen fehlte jede Spur, doch die Leichen von Menschen und Rillyti türmten sich allenthalben. Nach dieser Schlacht würde man eine ganze Reihe von Hügelgräbern errichten müssen, so groß wie die felsigen Gipfel des Schlangenschwanzes.

Das wüste Durcheinander im Lager wurde wieder in oberflächliche Ordnung gebracht, doch die Zelte, die nun unter dem flatternden Siegesbanner verstreut standen, waren nicht mehr sonderlich zahlreich. Wachen wurden aufgestellt und die weitere Strategie vorsichtig zur Sprache gebracht, obwohl die Männer in der Morgensonne nur dankbar aufatmen und ihre Wunden pflegen wollten.

Ein finster dreinblickender, tief in Gedanken versunkener Lord Dribeck saß vor seinem Zelt und ließ sich seine Verletzungen verbinden. Teres schlummerte unruhig auf einer Pritsche im Innern. Mit einem straffen Verband um den Oberschenkel ruhte Asbraln in der Sonne. Dribeck hatte befohlen, den Kammerherrn aus der Schlacht zu entfernen, nachdem jener von einer tiefen Wunde am Bein außer Gefecht gesetzt worden war. Crempra, der sich beim Sturz von einem Baum den Knöchel verstaucht hatte, lag neben ihm ausgestreckt und sonnte sich ohne sichtbare Sorge vor dem nächsten Tag in der Wärme des Sieges.

Dort suchte Gerwein ihn auf. Die Bedeutsamkeit ihres Besuchs mochte daran gemessen werden, dass sie sich genötigt fühlte, bei ihm vorzusprechen. Dribeck hatte der Hohepriesterin sogleich für die zauberische Überwältigung von Blutsteins Schattenhorde gratulieren wollen, jedoch nur erfahren, dass sie – eine Nachwirkung ihrer Beschwörung – vor Erschöpfung darniederlag. Er hatte ihr eine Nachricht hinterlassen, die seine Dankbarkeit ausdrückte, und sich vorgenommen, nach der Mittagsstunde das Lager der Tempelpriesterinnen erneut aufzusuchen, um mit Gerwein die geplante Belagerung von Arellarti zu besprechen.

Ihr stolzes Gesicht war vor Anstrengung angespannt, in ihren herrlichen Augen leuchtete etwas, das Angst sein mochte. Ihre kalte Arroganz schien unter einer überwältigenden Sorge in sich zusammengefallen zu sein, und Dribecks Dankesrede wischte sie achtlos beiseite. Dabei hätte sie einst ihre Seele für diesen Augenblick gegeben. Vielleicht hatte sie dies gar wirklich getan.

»Ich muss mit Euch sprechen«, eröffnete sie ihm mit einer ganz eigenartigen Stimme.

»Natürlich«, willigte Dribeck ein. »Gehen wir doch in mein Zelt. Nur diese Männer hier sind von all meinen Beratern am Leben geblieben, sodass wir auch gleich eine offizielle Ratssitzung daraus machen können. Wir müssen unseren nächsten Schritt gegen Kane abwägen, nun, da seine Macht durch Eure Magie zermalmt wurde.«

Gerwein schürzte spöttisch die Lippen, betrat das Zelt und ließ sich auf einen Stuhl niedersinken. Die anderen folgten ihr. Teres schreckte aus ihrem benommenen Schlaf auf und hatte ihr Schwert bereits halb gezogen, bevor sie wieder wusste, wo sie war; verlegen richtete sie sich auf. Eine Dienerin der Hohepriesterin legte ein Buch mit brüchigen Pergamentseiten in Gerweins Hände und zog sich schweigend zurück.

»Dies ist jener vermisste Band, von dem ich Euch bei Eurem Besuch in den Tempelarchiven berichtet habe«, begann Gerwein, noch bevor jeder seinen Platz eingenommen hatte. »In unseren uralten Folianten fanden sich Hinweise auf ein noch älteres Manuskript, das die gesamte Geschichte Arellartis und Blutsteins beinhalten sollte, soweit die Menschheit seine Geheimnisse überhaupt durchschaut hat. Ein Auszug dieses Wissens war in den älteren Handbüchern zur Überlieferung unseres Tempels zusammengefasst worden. Das war der Quell jenes Wissens, das wir nutzten, um Blutstein zu bekämpfen. Das Geheimnis seiner zerstörerischen Energie, die gewissermaßen sowohl mit den kosmischen Energien als auch mit denen des Lebens verwandt ist: Vernichtet sie Lebewesen, ähnelt sie vom Wesen her einem Vampir. Sie werden zu den Schattensklaven Blutsteins – geraubte Seelen, die er auf einer Ebene versklavt, auf der ältere Wissenschaft in Zauberei übergeht. Das waren tote Kreaturen, versehen mit einem widernatürlichen Scheinleben, und so waren sie durch Shenans leuchtenden Zorn verwundbar, denn solche Pervertierungen des Lebens im Tod verabscheuen den Anblick der wahren Götter.«

Sie legte den schweren Band auf Dribecks abgenutzten Feldtisch und öffnete das Buch mit einer Geste. »Meine Schwestern entdeckten ihn, als wir uns bereit machten, Selonari zu verlassen. Es handelt sich um ein Palimpsest, andernfalls hätten wir ihn früher aufgespürt. Ich vermag sein Alter nicht zu erraten, doch muss er der Besiedelung dieser Gegend durch unser Volk um mehr als fünf Jahrhunderte vorausgehen. Er ist in der Alten Sprache niedergeschrieben, der Sprache jener, die lebten, noch bevor die Menschheit zu einer Rasse herangewachsen war. Ich glaube, dass die festgehaltenen geschichtlichen Ereignisse von den Riesen stammen müssen, die weit über die frühe Erde wanderten und viele Geheimnisse der einstigen Zeiten kannten. Aufgezeichnet muss sie wohl allerdings ein anderer haben, denn die Riesen hielten wenig vom Schreiben. Eine meiner knauserigen Ahnen, die die Alte Sprache nicht lesen konnte oder diese Überlieferungen für wertlos befand, ließ die Schrift dieses Pergaments abschaben, um ihre Erinnerungen darauf niederzuschreiben. Vieles von der alten Schrift ist trotzdem noch entzifferbar ... Meine Schwestern haben sie einigermaßen wiederhergestellt, und ich konnte die letzten Seiten während unserer Reise lesen.

Von dem, was ich erfuhr, war ich beunruhigt, doch in meinem Stolz schenkte ich den verblassten Zeilen keinen vollen Glauben. Es schien, als könne meine Zauberei über den wiederauferstandenen Dämon außerweltlicher Wissenschaft triumphieren, den finsteren Anspielungen des Manuskriptes zum Trotz. Deshalb bewahrte ich Schweigen über mein neues Wissen – ich dachte, es wäre von Vorteil, die Bekanntmachung als dramatischen Schlussakkord zu setzen, nachdem Kane durch meine Magie besiegt war.

Aber die Schlacht verlief nicht so, wie ich es mir erwartet hatte. Es waren mächtigere Zauber erforderlich, als ich je geplant hatte – Ihr könnt Euch die Kräfte nicht vorstellen, die unsichtbar aufeinanderprallten, die entsetzlichen Opfer, die dieser knappe Sieg kostete! Und nun begreife ich, dass diese alte Schrift keine wilde Übertreibung ist! Dass wir vereint gegen Mächte stehen, auf die wir nur einen winzigen, fürchterlichen Blick erhascht haben! Dass der Preis, wenn wir unterliegen, weit schrecklicher ist, als wir je ahnen konnten!«

»Ihr meint, Kane könnte die Erde wirklich erobern?«, vergewisserte sich Dribeck. »Kann er die ganze Menschheit versklaven?«

Gerwein lachte bitter, ein scharfes, unangenehmes Lachen. »Kane? Der hat nicht die mindeste Ahnung, welche Macht er geweckt hat! Der Untergang, von dem ich spreche, ist ein weit finstereres Übel als ein Weltreich mit einem Tyrannen namens Kane an der Spitze ... Dies würde für die meisten Menschen doch ohnehin nur wenig mehr als einen Wechsel der Obrigkeit bedeuten.

Aber lasst mich Euch vorlesen, Lord Dribeck. Ich werde diese uralten Zeilen übersetzen, so gut ich kann, da ich bezweifle, dass selbst Ihr die Alte Sprache beherrscht:

›Und in jenem fernen Zeitalter kam Blutstein von jenseits der Sterne auf unsere Welt und in dieses Land, auf der Flucht war er, getrieben vom ungeheuren Krieg zwischen seinen Brüdern und den Sternenvölkern, welche sich gegen den furchtbaren Hunger der Kristallwesen erhoben hatten und kämpften, um die würgenden Fesseln jener abscheulichen Tyrannei zu brechen, die von dieser unnatürlichen Rasse über die Sterne verbreitet worden war. Zuflucht suchte er vor ihrem Zorn, und so fasste er den Entschluss, auf unserer Welt zu leben, und mit seinen letzten Energievorräten sprengte er eine große, brennende Wunde in das Land, und in diese Wunde flossen die Wasser des alten Meeres, und es entstand ein Binnenmeer, wohinein Blutstein eine Insel pflanzte. An diesem Zufluchtsort kam er zur Ruhe. Er leitete seine krelranischen Sklaven an, eine befestigte Stadt für ihn zu bauen, sie aus jenen eigenartigen Elementen zu errichten, die durch Blutsteins Macht aus bestimmten Stoffen transmutiert wurden, und diese wiederum entnahm er der Erde, dem Meer, der Luft und dem Feuer. Und die Stadt war auch nicht wie irgendeine andere, die es früher oder später auf der Erde gegeben hatte, denn ihr Aufbau sollte nicht dazu dienen, dem Kristall und seinen Sklaven Unterschlupf zu bieten, sondern um von den Sternen jene unerschöpflichen Energien herabzurufen, die die Lebenskraft Blutsteins waren. Deshalb arbeiteten seine Lakaien lange und mühselig und schenkten jeder noch so winzigen Einzelheit des großen Planes ihres Herrn die vollste Aufmerksamkeit, dem Winkel eines riesigen türlosen Bauwerks ebenso wie einem winzigen Stich auf bizarr geschliffenem Zierwerk. Denn sobald diese Ergänzung seines Energiegitters vollendet war, konnte Blutstein einfach von jenen unermesslichen Energien trinken, die das bekannte und das unbekannte Universum zusammenhalten und diese Existenzebene von den Dimensionen anderer Welten trennen, die außerhalb jener uns bekannten liegen und die das Lebensprinzip der ganzen Natur sind, ob Fels oder Flammen oder Lebewesen.

Darüber hinaus war es Blutsteins Absicht, seinen Brüdern jenseits der Sterne eine Botschaft zukommen zu lassen, denn sie waren dort in großer

Gefahr und dem Zorn ihrer Feinde ausgesetzt. Jene aus der Rasse der Kristallwesen, die überlebt hatten, wollte er herbeirufen, auf dass sie auf diese Welt kommen und den furchtbaren Plan ausführen konnten, der durch die Macht ihrer Feinde vereitelt worden war. So hätten Blutstein und seine Brüder von den Sternen unserer Welt das Verhängnis gebracht, sich von den älteren Rassen, die hier lebten, genährt und sie wie die Krelran versklavt, und keine Macht auf Erden hätte ihnen ihre Vorherrschaft streitig machen können.

Die älteren Rassen jedoch hatten Kenntnis von Blutsteins böser Absicht, und sie waren nicht ohne eigene Zauberkraft. Einige waren gar selbst von den Sternen zur Erde herabgestiegen, auf großen Maschinen, die sie geschaffen hatten, andere wiederum hatten Wurzeln, von denen wir nicht sprechen dürfen. Die größten dieser Rassen – die Scylredi, die in ihren Schlössern unter dem Meer lebten, die Tuhchiso, deren Heimat die fernen Wüsten sind, die Brveen von den Klippen, dort, wo der Kopf der Großen Schlange zu den Salzmarschen hin abfällt – schlossen zu jener Zeit einen Waffenstillstand, der ihre schwelenden Kriege beendete, und bildeten ein Bündnis, um Blutsteins Werk zu zerstören. Ein mächtiger und schrecklicher Krieg war die Folge, und groß war die Verwüstung in diesem furchtbaren Kampf, obwohl Blutstein durch seine Flucht und den Bau Arellartis stark geschwächt und sein Energiegitter nicht vollendet war, sodass er nicht auf die Energien zurückgreifen konnte, nach denen es ihn so schmerzlich dürstete. Dennoch hätte er selbst zu jener Zeit ihrem Angriff möglicherweise standhalten können ... Als jedoch seine Kräfte auf die Verteidigung konzentriert waren, rebellierte der Herr der Krelran, Blutsteins oberster Diener, der in einem seltsam gearbeiteten Ring die zweite Hälfte von Blutsteins Bewusstsein an seiner Faust trug. Er setzte sich gegen die Sklaverei zur Wehr, in der sein Volk gehalten wurde, ungeachtet der hohen Stellung, die er unter ihnen innehatte. Mit verhüllten Gedanken näherte er sich Blutstein und betätigte die Hauptsteuerung seiner Energiestruktur, um den dünnen Energiefluss abzuschneiden, mit dem der Kristall genährt wurde. Dies tat er, bevor Blutstein seinen Geist erneut unter seine Knechtschaft zwingen konnte. Hier nämlich war Blutstein verwundbar, denn seiner zweifachen Natur von kristallinem und organischem Leben entsprechend, konnte er seine Macht nicht unmittelbar durch sich selbst kontrollieren, sondern allein durch das Handeln seines Sklaven, der unter seinem Einfluss sowohl eine Erweiterung als auch ein organisches Selbst des kristallinen Bewusstseins war. Keine Hand außer jener des höchsten Sklaven konnte die Mechanismen des Steuerpults beherrschen und deren Bedienung überleben. Und vernichten konnte Blutstein seinen rebellischen Sklaven nicht, war er doch Teil seiner eigenen Lebensstruktur.

So war Blutstein handlungsunfähig seinen Feinden ausgeliefert, und sein rebellischer Diener versuchte sodann, mit anderen seiner Rasse in jenem großen Schiff zu entfliehen, das sie auf unsere Welt gebracht hatte. Doch der Zorn der älteren Rassen verschonte nichts von Blutsteins Werk. Sie folgten dem flüchtenden Schiff und zerstörten es, und mit ihm starb Blutsteins Diener. So wurde die lebende Verbindung zu Blutstein unterbrochen, der Ring, welcher einen Teil seines zweifachen Bewusstseins enthielt, ging verloren, und der riesenhafte Kristall schlummerte in seiner verwüsteten Stadt, die seine Feinde nicht völlig hatten zerstören können. Jahrhundertelang lag er so in Arellartis Ruinen, während die älteren Rassen, die ihn einst besiegten, ihre Größe und Macht verloren, und es hieß, Blutstein sei nicht tot, sondern liege im Schlaf und träume von dem Tag, an dem seine Macht durch ein böses Wunder erneut ein Licht des Schreckens auf unsere Erde werfen kann.‹«

Gerwein schloss das Buch und schob es auf dem Tisch nach hinten. »Im Folgenden wird Arellarti beschrieben, Blutsteins Kräfte und Ähnliches; das sind jene Abschnitte, die zusammengefasst für die Folianten verkürzt wurden, die wir schon früher entdeckt haben. Doch jener Teil, den ich für Euch übersetzt habe, sagt uns, wo wir stehen.

Kurzum: Ihr nehmt an, Kanes Macht sei gebrochen. Das ist doppelt falsch. In Wahrheit sprechen wir nicht von Kanes, sondern von Blutsteins Macht. Kane ist nichts weiter als seine Spielfigur. Er irrte sich – genau wie wir –, als er glaubte, die Krelran hätten Blutsteins Macht gebändigt, sodass er ihrer Rasse diente. Unser Dünkel hat verhindert, dass wir erkennen, um wessen Hals die Ketten wirklich lagen. Und jetzt begreifen wir, wie wenig unser schwacher Sieg bedeutet ... wenn wir nach den erlittenen Verlusten von Sieg überhaupt noch zu sprechen wagen! Während wir gestern Nacht kaum in der Lage waren, Blutsteins Angriff aufzuhalten, opferten wir unsere Kraft und haben fast nichts dabei gewonnen. Wir haben unser Leben – das Leben einiger weniger von uns – verteidigt. Und womit sollen wir Blutstein jetzt noch angreifen? Blutstein jedoch trennt nur noch eine kurze Zeitspanne von der Erfüllung seines Plans und dem Erreichen einer Macht, die durchaus grenzenlos sein kann! Glaubt Ihr, dieser belanglose Rückschlag, den wir ihm in der vergangenen Nacht zugefügt haben, könnte eine solche Macht verkrüppelt haben?

Die höchste Verzweiflung aber liegt darin zu verstehen, welches Verhängnis er über die gesamte Menschheit zu bringen gedenkt! Und möglicherweise nicht nur über die Menschheit: Die anderen seiner Rasse werden herbeigerufen und Menschen zu geistlosen Sklaven dieser hungrigen Götter gemacht werden ... Welche Hoffnung gibt es, solche Ketten zu zerbrechen? Ich habe geglaubt, meine erbärmlichen Zauberkünste könnten Blutstein schlagen, doch in der vergangenen Nacht bedurfte es der mächtigsten Bannsprüche, nur um seinem trägen Angriff standzuhalten! Sobald er den Gipfel seiner Macht erreicht hat, wird keine dem Menschen bekannte Zauberkraft mehr ihn aufzuhalten vermögen. Zu einer Zeit, da Blutsteins Macht auf dem Tiefstand war, bedurfte es der unermesslichen Stärke dreier Titanen der alten Welt, um ihn zu schlagen. Und selbst sie konnten ihn nicht völlig vernichten!

Unsere Sache ist zum Scheitern verurteilt«, erklärte sie ruhig. »Wir stehen einem Feind gegenüber, dessen Macht unsere Vorstellungskraft übersteigt. Gegen eine derartig unermessliche Kraft kann der Mensch nicht zu bestehen hoffen.«

Es schien, als wollte das dumpfe Schweigen, das ihrer Erklärung folgte, niemals enden. Nicht einmal Vogelgezwitscher oder der Ruf eines Kriegers war zu hören. Es war, als hätte ihre Verzweiflung das Zelt hermetisch abgeschlossen.

»So lasst uns bei dem Versuch sterben«, sagte Dribeck schließlich.

Die anderen wahrten ihr Schweigen. Es gab auch keine Antwort, die sie hätten geben können.

»Ich habe nicht mehr als ein paar Hundert Männer, die einsatzfähig sind und losmarschieren können«, fuhr er mit unnatürlicher Stimme fort. »Doch ich werde sie an die Mauern Arellartis führen, und wenn wir uns auch nur wie Kinder benehmen, die Steine gegen das Schloss eines Riesen werfen. Wahrscheinlich werden wir alle vor einer neuen und schrecklichen Waffe vergehen ... noch bevor wir die Portale der Stadt erreichen. Doch es besteht die Möglichkeit, dass wir uns durchkämpfen können, Blutsteins Tempel erreichen und ihn irgendwie – ich weiß nicht wie – zerstören. Vielleicht können wir Kane dazu zwingen, uns einen Weg zu zeigen. Über unsere Chancen möchte ich nicht näher nachdenken, aber das scheint mir weit verlockender, als darauf zu warten, dass Blutstein mit uns verfährt, wie es ihn gelüstet.

Zumindest sind alle Übel überwunden, von denen wir wissen. Die Schattenarmee ist vernichtet, und im Sumpf können nicht mehr als ein paar Dutzend Rillyti umherschleichen. Kanes Todesring können wir etwas entgegensetzen. Ich nehme an, Eure Mondscheibe können wir mit uns führen, wenn wir gegen Arellarti ziehen. Gibt es noch eine andere Möglichkeit, wie Euer Zauber uns helfen könnte?«

»Wir versuchen es so einzurichten, dass Euch das Simulakrum begleitet. Gleichwohl bezweifle ich allerdings, dass seine Magie Blutsteins zürnender, grenzenloser Energie sehr lange standhalten kann.« Gerweins Kinn schob sich resolut vor, ihre Augen blitzten vor Entschlossenheit, wenn nicht Hoffnung. »Es gibt einen letzten verzweifelten Bannspruch, der uns noch bleibt und der möglicherweise wirksam ist. Ein Bann, der Blutstein in die Defensive zwingen könnte. Doch ist dies ein Zauber von furchtbarer Kraft. Ich hatte gehofft, nicht auf eine derartige Beschwörung zurückgreifen zu müssen, weil jene Kräfte, die damit entfesselt werden, fast die Grenzen dessen übersteigen, was man mit Zaubermacht beherrschen kann. Doch mir scheint, dass diese Wahl nicht mehr besteht.

Shenan ist die Göttin des Mondes, wie Ihr wisst, und die Herrin der Gezeiten des Ozeans. Kranor-Rill war ein Meer, bevor es zu Morast verfaulte, und so waren seine Grenzen einst Teil des Gezeitenreiches. Es gibt einen Spruch, einen höchst gefährlichen Spruch, der die alten Fluten über jenes Land hereinbrechen lassen wird, das sie einst beherrschten. Ich habe vor, die Wasser des Westmeeres nach Kranor-Rill zu entsenden ... und die Macht der Gezeiten gegen Arellarti zu schleudern!«

»Kann das Meer Blutstein vernichten?«, fragte Dribeck mit verzweifeltem Interesse.

»Wer vermag das schon zu sagen?«, erwiderte Gerwein. »Die Gezeiten sind die gewaltigste unserer Rasse bekannte Macht. Wer weiß, vielleicht kann die See Blutstein tatsächlich bezwingen – oder wenigstens seine Mauern aus lebendem Gestein so verwüsten, dass das Energiegitter zerschellt und wir einen Aufschub unseres Untergangs erreichen. Wenn nichts weiter, so muss Blutstein wenigstens seine Kräfte konzentrieren, um dieser Bedrohung entgegenzutreten, und in der Zwischenzeit habt Ihr vielleicht die Möglichkeit, einen Schlag wider sein glühendes Herz zu führen.«

»Das ist mehr, als ich zu hoffen wagte«, seufzte Dribeck. »Wirkt Eure Bannsprüche mit allen Finessen Eurer Kunst, Gerwein! Ich halte meinen Angriff zurück, bis wir erfahren, was das Schicksal bestimmt.«

»Was die Göttin bestimmt«, berichtigte Gerwein mit einem Aufblitzen ihrer alten Selbstsicherheit. Als sie sich erhob, griff sie nach dem Buch.

»Darf ich es durchsehen?«, fragte Dribeck. »Ich bin nicht völlig ungebildet in der Alten Sprache.«

Die Priesterin hob die Schultern. »Wie Ihr wünscht, mein Herr. Aber ich warne Euch ... Diese Seiten enthalten nur Verzweiflung, und davon liegt schon genug in der Luft, die wir atmen.«

25. KAPITEL

Wenn wahnhafte Träume sterben

Nach Gerweins Fortgehen saß Teres noch lange in grüblerisches Schweigen versunken. Dribeck nahm sich wenig Zeit, um sich über ihre ungewohnte Stimmung zu wundern. Er schickte seinen hinkenden Vetter, um die Vorbereitungen für die letzte Schlacht zu überwachen. Seine Armee war schrecklich zugerichtet, und es würde eine erschöpfte und zerschlagene Schar sein, die für die letzte Hoffnung der Menschheit kämpfte. Da er darauf hoffte, einen bislang unentdeckten Wissenszusammenhang aufzustöbern, ein bisher verborgen gebliebenes Geheimnis, das über Sieg und Niederlage gebieten würde, wandte er seine volle Aufmerksamkeit dem alten Buch zu. Unter Schwierigkeiten übersetzte er das Schriftstück.

Davon war er so in Anspruch genommen, dass er Teres' plötzlicher und scheinbar sinnloser Frage kaum Gehör schenkte. »Glaubst du, dass Kane die Alte Sprache lesen kann?«

Verwundert sah Dribeck auf. »Wenn es ein Mensch im Umkreis von tausend Meilen kann, dann dürfte es Kane sein«, erwiderte er. »Ich beginne zu glauben, dass die Alte Sprache gar seine Muttersprache ist.«

Teres holte nicht weiter aus, und Dribeck war sogleich wieder bei seinem Studium. Deshalb bemerkte er nicht, wie sie sich mit entschlossener Miene erhob und aus dem Zelt eilte.

Als sie zurückkehrte, fiel es ihm jedoch auf, denn er hatte den Folianten voller Enttäuschung respektlos beiseitegeschoben und starrte finster auf den blauen Himmel und das grüne Waldland vor dem Zelt. Teres hatte Gwellines gesattelt und führte den unruhig tänzelnden grauen Hengst in sein Blickfeld. Dribecks Augen verengten sich, als er sie unerschrocken dastehen sah, jetzt stolz in ein leichtes Kettenhemd gekleidet. Die Tür rahmte sie ein, und das Feuer ihres Haares schimmerte weich wie Gold, als sie vom Licht in den Schatten trat. Ihre blauen Augen sahen direkt in die seinen, das verwegene Leuchten darin zeugte von Entschlossenheit.

»Ich bringe dieses Buch zu Kane«, sagte sie mit großer Bestimmtheit.

Dribecks Gesicht zeigte keinerlei Verständnis.

»Ich habe es genau durchdacht«, führte sie ihren Gedanken aus. »Kane ist der Schlüssel zu Blutsteins Macht. Wenn Kane stirbt, fällt der Kristall erneut in seinen Schlaf. Und Kane hat die Macht, Blutstein zu vernichten, wenn er es will. Wenigstens behauptete er mir gegenüber, er könne es.

Kane ist sich nicht im Klaren darüber, was für ein Verhängnis in der bösen Seele des Kristalls schlummert, obgleich er weiß, dass Blutstein ihm Geheimnisse vorenthält. Blutstein hat ihn hintergangen. Kane hätte diesen außerweltlichen Schrecken niemals erweckt, wäre ihm dessen wahre Natur bekannt gewesen. Er hielt den Kristall für nichts weiter als eine unbesiegbare Waffe, die er führen kann, wie es ihm gefällt. Dies haben wir bis heute alle gedacht.

Ich werde Kane die albtraumhafte Wahrheit enthüllen, die seinem wahnhaften Traum zugrunde liegt. Und wenn er an meinem Wort zweifelt, so wird ihm dieses alte Buch den Beweis erbringen. Schon einmal hat sich Blutsteins Diener gegen seinen Herrn gewandt und seinem dunklen Plan den Untergang gebracht. Ich stelle mir vor, dass Kane nicht erfreut sein wird, wenn er erfährt, dass er von diesem Wesen zum Narren gehalten wurde.

Und wenn er den Kristall nicht zerstören will – oder kann –, so gelingt es mir vielleicht, ihm ein Messer zwischen die Rippen zu rammen«, schloss sie grimmig.

Dribeck runzelte die Stirn, während Verstand und Gefühl gleichermaßen in seinen sich überschlagenden Gedanken aufbrüllten. »Erstens würdest du getötet werden, bevor du Arellarti erreichst. Zweitens wird Kane dich höchstpersönlich umbringen, sobald er dich sieht. Du erinnerst dich vielleicht, dass deine Einmischung einen peinlich genau geschmiedeten Plan scheitern ließ und dass er für dich nur Mord im Herzen trug, als ihr euch so plötzlich getrennt habt.«

»Ich riskiere beides«, gab Teres ruhig zurück. »Die wenigen Rillyti, die noch am Leben sind, wurden vermutlich zurückgezogen, um die Wälle Arellartis zu verteidigen. Die anderen Gefahren des Sumpfes muss ich in Kauf nehmen. Kane wird wissen, dass ich komme, sobald ich den Damm beschreite, und wenn ich allein bin, wird er mir, glaube ich, sicheres Geleit gewähren ... aus Neugier, wenn schon aus keinem anderen Grund. Und vielleicht will er mich auch aus anderen Gründen sehen. Ich glaube, seine damaligen Handlungen waren durch seinen mörderischen Zorn nach meiner Flucht bedingt. Wir haben einander viel bedeutet .. für eine kurze Zeit. Das hat er nicht vergessen.«

»Und bedeutet er dir noch immer etwas?«, presste Dribeck zwischen zusammengebissenen Zähnen hervor, überrascht, als er seine Eifersucht erkannte.

»Ich weiß es nicht«, murmelte Teres. »Bei all dem Bösen, das er getan hat, weiß ich es immer noch nicht. Du selbst scheinst ihn auch noch zu bewundern ... Ich weiß es nicht.«

Vage stellte er fest, dass es stimmte. »Gerwein hat die alten Gezeiten beschworen. Das Westmeer wird über Kranor-Rill hereinbrechen und Arellarti verschlucken. Du riskierst, bei Kane zu sterben.«

»Gerweins Zauberei wird Blutstein nicht besiegen«, schnaubte sie. »Ich kenne seine Macht, weil ich Arellarti gesehen habe. Die Bannsprüche der Hexe sind falsche Hoffnung und Zeitverschwendung. Selbst wenn sie nicht vergebens wären, würde ich es noch riskieren. Kane ist der Dreh- und Angelpunkt des Sieges, und ich bin der einzige Mensch, der zu ihm durchzudringen vermag.«

Ich kann nicht gestatten, dass an dieser Stelle Gefühle meine Gedanken verdrehen, überlegte Dribeck, doch er sagte: »Dieses Risiko kann ich dich nicht eingehen lassen!«

»Hör zu, verdammt!«, knurrte Teres mit aufblitzendem Zorn. »Ich frage dich nicht, ob du mich etwas tun *lässt*! Ich sage dir, was ich zu tun gedenke, und dann tue ich es! Sei so freundlich und besinne dich, dass ich nicht einer deiner Hauptleute oder Adligen bin! Meine Stadt mag zerstört sein und meine Armee nur noch aus einer Handvoll Männer bestehen, jedoch ich bin eine dir gleichgestellte Verbündete! Als solche habe ich dich von meinen Schlachtplänen in Kenntnis gesetzt, so, wie es die Höflichkeit gebietet, und ich brauche deine Erlaubnis beileibe nicht, um meinen Plan auszuführen!«

»Schon gut, ich gestehe dir dein Recht zu, so zu handeln, wie du es für richtig hältst«, knurrte Dribeck. »Es ist nur so, dass ...«

»Dass ich eine Frau bin und du ein Mann – und ein Mann beschützt und gibt Befehle, und eine Frau gehorcht und bedankt sich für den Schutz durch den tapferen Recken! Ach, du weißt, wohin du dir diese Vorstellung stecken kannst! Ich bringe Kane dieses Buch, und wenn ich sterbe, so sterbe ich als mein eigener Herr! Ich vertraue auf meinen guten Schwertarm, wenn es um Schutz geht – und damit ist mir besser gedient!«

Dies traf möglicherweise am schlimmsten.

»Beruhige dich, Teres! Verdammt, ich werde dich nicht aufhalten! Ich möchte nicht einmal abstreiten, dass dein Plan eine der vernünftigsten Strategien ist, die uns bleiben. Ich wollte nur sicher sein, dass du die Risiken, die du eingehst, kennst! Reite los, wann immer du bereit bist, und viel Glück dabei!«

Immer noch zornig ergriff Teres den Palimpsest und eilte aus dem Zelt. Sie verstaute den Folianten in ihrer Satteltasche und stieg auf, ohne Dribeck noch einmal anzusehen.

»Viel Glück, Teres!«, rief er abermals und meinte es ernst. Doch konnte er nicht sicher sein, ob sie ihn gehört hatte.

Gwellines schnaubte und scheute, als seine Hufe die aufgewühlte, schlammige Erde am Endpunkt des Dammes überquerten. Beklommen stellte Teres fest, dass die karmesinrote Ausstrahlung des Vulkangesteins ein selbst bei Tageslicht sichtbarer Dunst war. Sie sprach besänftigend zu dem Hengst, strich über seinen pochenden Hals, und als sie ihm leicht die Sporen gab, klapperten seine Hufe auf dem unnatürlichen Pflaster. Sie galoppierte in das Land der Fäulnis hinein, und dort, wo Eisen auf die glasharte Oberfläche traf, tanzten unheimliche Funken.

Wie ein Streifen geschmolzenen Lichts erstreckte sich der Weg in die Tiefen Kranor-Rills hinein. Meilenweit dehnte er sich, eine stete Linie, die sich über stinkenden Schlamm und labyrinthische kleine Hügel aus Vegetation erhob. Selbst jetzt fand Teres den Mut, dieses Meisterwerk übernatürlicher Baukunst zu bewundern. Ihr Schwert war für jede Gefahr bereit, die sich ihrem Vordringen in den Weg stellen mochte, doch nirgendwo war eine Bedrohung zu sehen. Den Sumpf hielt eine seltsame Stille umfangen. In den Wirrnissen des fauligen Unterholzes regte sich nichts. Nicht einmal eine Schlange sonnte sich auf dem Damm, und die erwarteten Schwärme böswilliger Insekten blieben aus. Es war, als seien die giftigen Bewohner Kranor-Rills vor dem bösen Odem der glänzenden Steine in die tieferen Bereiche des Pfuhls zurückgewichen.

Während sie dahinritt, kühlte ihr Ärger ab, und ihre Gedanken kehrten zu Lord Dribeck zurück. Teres bedauerte nun, dass ihre letzten Worte so beißend gewesen waren. Der Herr von Selonari war ihr engster Freund geworden, der letzte, der ihr geblieben war, und es schmerzte sie, dass diese bittere Erinnerung ihre letzte gemeinsame sein würde.

Nein! Sie würde sich dem Tod nicht ergeben.

Ringsum erstreckte sich der Sumpf als wimmelnde, nebelbedeckte Ödnis. Die völlig gerade Dammstraße wurde bald eintönig, und durch den stehenden Nebel, der den Horizont verschluckte, verlor Teres rasch jeden Begriff für Zeit und Entfernung. Endlos schien sie durch einen glühenden Tunnel in blutfarbenen Dunstschwaden zu reiten, während halb unsichtbare Gestalten jenseits der unheimlichen Stille um sie herum aufragten und sie belauerten. Sie wurde von dem Wissen geplagt, dass sie in eine unüberwindliche Gefahr ritt, und mit jedem weiteren Hufschlag von Gwellines zog sie sich wie eine Henkersschlinge fester um sie zusammen; eine Gefahr, die nur halb ausgestaltet in ihrer Vorstellung dräute und mit giftigen Säurezähnen an ihren zum Zerreißen gespannten Nervenfasern nagte. Ein unerträgliches Gefühl der Bedrohung lastete wie eine immer intensiver werdende Kälte über der geladenen Atmosphäre.

Und noch bevor die vertrauten Mauern durch das nasskalte Brodeln erkennbar waren, konnte Teres den Lichtkreis des schlangenhaften Bösen sehen, der von Arellarti ausstrahlte.

Das ungeheuerliche Bronzeportal stand offen und ließ die mächtige Gestalt, die mit vor der Brust verschränkten Armen an einem Obelisken lehnte, zwergenhaft erscheinen. Kane begrüßte sie mit einem arroganten Grinsen, doch kam es ihr vor, als sei die anmaßende Kraft seines massigen Körpers hager geworden, ausgezehrt von einem namenlosen vampirischen Wesen.

»Du bist also zurückgekommen, Wölfin«, stellte er mit müder Stimme fest.

Eine Zeitlang fand sie keine Worte – vergessen waren die verschwommen einstudierten Sätze, die sie sich während des Rittes zurechtgelegt hatte.

Kane hatte von ihrer Annäherung gewusst, seit sie ihr Pferd auf den Damm getrieben hatte. Mit gemischten Gefühlen hatte er ihr erlaubt, hierherzukommen. Die Wut, die er bei Teres' Verrat empfunden hatte, war vergänglich gewesen, eine Verletzung, die er mit der Erinnerung an das, was sie geteilt hatten, unterdrückte. Denn in Kanes Welt war Hass ein so dauerhafter Einfluss wie die zahllosen Sandkörner, die durch eine Wüste trieben. Nach einer so langen Existenz inmitten ihrer veränderlichen Dünen fühlte er die beißenden, trockenen Winde kaum mehr, die die scheinbar unveränderliche Einöde unablässig neu formten. Liebe war selten und flüchtig. Und kaum jemals kam es vor, dass Kane bei seinen sinnlosen Wanderungen ins Straucheln geriet und dabei der Liebe begegnete; und noch seltener hatte sich seine Hand um das feine Geheimnis der Liebe gelegt.

Er wollte Teres, das genügte.

Doch während er seinen Zorn auf sie aufgeben konnte, wusste er, dass es bei dem Mädchen anders sein mochte. Schon einmal hatte Teres ihn zurückgewiesen, und seit jenem Augenblick hatte er ihr nur noch mehr

Grund gegeben, ihn zu hassen. Dass ihre Rückkehr jetzt unter ungewissen Vorzeichen stand, bemerkte er mit Bitterkeit. Und doch hieß er Teres willkommen, obwohl in seinen Gedanken Blutsteins eindringliche Stimme drängte, sie zu vernichten.

»Ich habe mich schon gefragt, wann du wohl zurückkehren würdest«, fuhr Kane fort. »Hast du dir mein Angebot also überlegt? Zwei Armeen, die sich mir entgegenstellen wollten, sind vernichtend geschlagen, und die verzweifelten Zaubereien von Shenans Töchtern werden Lord Dribeck nach dieser Nacht nicht mehr schützen. Oder kommst du in seinem Auftrag? Dribeck hat auf mich schon immer den Eindruck eines intelligenten Mannes gemacht. Wenn er die Hoffnungslosigkeit seiner Lage erkennt, werde ich gewillt sein, mich mit Selonari zu einigen. Wie du sehen kannst, sind nur wenige meiner Kröten aus dem Scharmützel der letzten Nacht zurückgekehrt. Doch war es ja letztlich auch immer mein Plan, meine hässlichen Diener durch eine Menschenarmee zu ersetzen. Es wäre also für uns alle von Vorteil, wenn Dribeck sich entschließen sollte, sich mit mir zu verbünden. Ich verspüre beileibe nicht den Wunsch, meine zukünftigen Besitztümer weiter zu verwüsten.«

Teres glitt aus dem Sattel, während Kane sprach. In seinen Augen blitzte es ironisch, was sie verwunderte. Nur ein paar seiner Rillyti-Krieger waren zu sehen. Sie erwog, unvermittelt mit ihrem Dolch zuzustechen.

Er schien ihre Gedanken zu kennen. Der zynische Spott in seinem Gesicht sprach für sich. Er erinnerte sich daran, dass sie schon einmal davor zurückgeschreckt war, ihn zu töten, damals, als er hilflos am Boden gelegen hatte, und er forderte sie geradezu heraus. Teres war nicht sicher, ob sie es konnte ... trotz der heraufdämmernden Katastrophe. Erst musste sie versuchen, vernünftig mit ihm zu reden, und wenn dies nichts fruchtete ... dann musste sie den Versuch zumindest unternehmen, immer vorausgesetzt, dass dieser Mann mit Stahl überhaupt zu fällen war.

»Dribeck hat noch immer vor, dich zu bekämpfen«, gestand sie zuversichtlich die Wahrheit ein. »Wenn du glaubst, die Schlacht der letzten Nacht habe unsere militärische Stärke vernichtet oder unsere Entschlossenheit, den Schrecken, dem du dienst, zu zermalmen, so muss ich dich enttäuschen. Und ich bin auch nicht zurückgekehrt, um eine Komplizin bei deinen Schandtaten zu werden. Ich bin gekommen, dich zu warnen, Kane – dich vor dem Bösen zu warnen, das dein schlecht beratener Ehrgeiz freigesetzt hat.«

»Ein Gespräch, das wir oft genug geführt haben«, hob er sarkastisch hervor.

»In der Vergangenheit hast du mit einem Halbwissen argumentiert, das eine weit tödlichere Falle war als reine Lügen! Deine egoistische Zuversicht hat dich deiner Lage gegenüber blind werden lassen. Was weißt du wirklich über Blutstein – außer jenen bruchstückhaften Vermutungen in den Schriften eines Irren und den verhüllten Lügen, die er selbst dir zuflüstert?«

Ihre Hände zitterten, als sie den Palimpsest herauszog, denn ihre Finger hielten die mächtigste Waffe, die zur Verteidigung der Menschheit geblieben war. »Mir wirst du nicht glauben, das weiß ich. Aber vielleicht erkennst du die Wahrheit, wenn du dieses Buch liest!«

Sie hielt es ihm hin. Seine Miene drückte zweifelnde Neugier aus.

»Kane, die Krelran waren nicht die *Herren* des Kristalls! Sie waren seine *Sklaven*!«

Töte sie! Vernichte sie und ihr Lügenbuch!

Kane krümmte sich unter Blutsteins donnernd in seinem Schädel widerhallendem Gedankenbefehl. Der Ring an seinem Finger prickelte, brannte, pochte mit der tödlichen Intensität einer zum Sprung gespannten Schlange. Und vielleicht war es gerade die verzweifelte Wut in Blutsteins Ausbruch, die ihn bewog, nicht mehr länger zu zögern. Kane riss Teres den alten Folianten aus der Hand, blickte flüchtig auf ihn hinab, dann schlug er ihn auf und konzentrierte sich auf die fast ausgelöschte Schrift.

Die Nacht stahl sich über den Wald.

Dribeck kehrte vom Lagerplatz der Priesterinnen zurück. Sein Gesicht war gefurcht und aschgrau von dem, was er dort gesehen hatte. Der unheimlich beleuchtete Hügel war ein Wahnbild aus sich windenden Gestalten und jammernden Gesängen. Drohend hockte die Furcht auf seinen Hängen, und die anschwellende Kraft von Gerweins Zauber wirbelte wie schwarzes Wetterleuchten durch das schwindende Zwielicht. Die Schreie derer, die auf Shenans Altar ausgestreckt lagen, eisig in ihrer Verzweiflung, mehr ein Klagelied als furchterfülltes Stöhnen, erinnerten an den düsteren Ruf eines verirrten Nachtvogels.

Dribeck erschauerte, denn er dachte nicht gern an den größer werdenden Haufen bleicher, kalter Körper.

»Wie das auch enden mag«, sagte er zu Crempra, »Gerwein wird von ihrer Magie nicht viel haben. Hast du die Gesichter der Männer gesehen? Nur ihre Furcht vor Blutstein hält sie davon ab, das ganze Hexenrudel hinzurichten! Wenn wir überleben und heimkehren, dann wird Selonaris Bevölkerung jahrelang den Tempel meiden. All diese üble Zauberei – egal ob sie von Blutstein oder Shenan stammt – hat das Land krank gemacht. Nach dieser Nacht wird Gerwein keine dankbaren Herzen finden ... nur Leiber, die vor Ekel zittern.«

»Heute Nacht wird es nicht dunkel«, bemerkte Crempra. »Das Licht von Shenans Höllenmond scheint über unserem Lager, und Kranor-Rill wird von nebelhaften Flammen in Smaragdgrün und Scharlachrot erhellt. Schau, wie das Licht immer heller pulsiert.«

»Blutsteins Kraft muss in diesem Augenblick ihrem Höhepunkt reichlich nahe sein«, stellte Dribeck niedergeschlagen fest. »Gerwein fürchtet um den Erfolg ihrer Beschwörung. Ihre Formeln hätten das Westmeer bereits in unser Land ziehen sollen, doch Blutstein bekämpft die Hexenflut. Jetzt wird ihre Anrufung noch eindringlicher und mächtiger, als sie es ursprünglich wagen wollte. Blutsteins Macht greift ein, ohne zu wanken, sodass die Gezeiten ihrem natürlichen Zyklus folgen. Wenn Gerweins Magie Blutstein nicht erschöpfen, seinen unnachgiebigen Widerstand nicht brechen kann, so werden wir Arellarti mit keiner wundersameren Kraft als der unserer Schwerter angreifen müssen! Shenan weiß, wie uns das gelingen mag, nachdem ihre furchtbare Macht Blutstein nicht besiegen konnte!«

Besorgt starrte er zur Dammstraße hin. »Noch immer nichts von Teres zu sehen?«

Asbraln schüttelte den Kopf.

Dribeck seufzte bitter. »Sie war unsere größte Hoffnung, obwohl es mich krank macht, an die Gefahr zu denken, in der sie schwebt.« Insgeheim schalt er sich zum hundertsten Male für seine ärgerlichen Worte beim Abschied. Die Wölfin hatte ihn beeindruckt, das konnte er nicht einmal mehr sich selbst gegenüber leugnen. Ihre trotzige Unabhängigkeit zog ihn an, so wie ein Mann die stolze Selbstsicherheit einer wilden und unbezähmbaren Kreatur bewundert. Sie kannte die Risiken, dennoch hatte sie aus eigenem Antrieb diese gefährliche Mission unternommen. Und er war so dumm gewesen, über ihren Mut zu schimpfen, und hatte sich wie der Beschützer einer zitternden Hofdirne aufgeführt, die beim ersten Anzeichen von Gefahr winseln und sich an ihren männlichen Beistand klammern würde.

»Nach Arellarti müssen es gute zwanzig Meilen sein«, sprach er seine Überlegungen laut aus. »Demnach müsste sie inzwischen zurückgekehrt sein.« Hundert unangenehme Vorstellungen flüsterten in seinen Gedanken. Selbst wenn Teres in diesem Moment noch am Leben war, würde sie sterben, wenn es ihr nicht rechtzeitig gelang, aus Arellarti zu entkommen. Immer vorausgesetzt, dass Gerweins Zauber aus diesem unsichtbaren

Kampf zwischen Wissenschaft und Hexerei als Sieger hervorging. Dennoch hatte sie das Risiko gekannt, das sie einging.

»Ich werde ihr folgen«, verkündete jemand, der mit seiner Stimme sprach.

Crempra starrte ihn an.

»Ich muss wissen, was mit ihr geschehen ist«, erklärte Dribeck stockend. »Jemand muss ohnehin die Befestigungen der Stadt erkunden. Gerweins Magie wird nicht fruchten.«

»Zum Teufel, Vetter!«, platzte Crempra heraus. »Dann schick einen Späher! Es hat keinen Sinn, dein Leben wegzuwerfen! Jemand muss uns führen!«

»Es sieht nicht so aus, als sei es meinem Leben beschieden, lange und friedlich zu verlaufen«, erwiderte Dribeck entschlossen. »Ich riskiere es.«

»Ein Mann allein könnte nicht durchkommen. Aber ein kleiner Kavallerietrupp ...«, meinte Crempra.

Dribeck bedachte ihn mit einem durchdringenden Blick. »Vielleicht hast du recht. Ich befehle etwa fünfzig Mann auf unsere besten Pferde. Wir werden versuchen hinein- und wieder herauszukommen, bevor ... nun, bevor der Schrecken, den diese Nacht bringen mag, losbricht.«

Crempra zuckte schicksalsergeben die Schultern. »Schätze, selbst mit diesem Knöchel kann ich noch so gut reiten wie jeder andere. Vielleicht bietet sich mir sogar die Gelegenheit, ein- oder zweimal von meinem Bogen Gebrauch zu machen, bevor wir alle ausgelöscht werden.«

Dribeck blickte seinen Vetter überrascht an. »Du bist doch derjenige, der mit Zurückhaltung im Kampf großtut! Du solltest bleiben, um den Befehl zu führen, wenn ich nicht zurückkehre.«

»Was gibt es denn noch groß, das angeführt werden muss? Und wer würde mir schon folgen? Nein, Vetter, ich leide nicht unter deinem dringenden Verlangen zu regieren. Diese Verantwortung kann ein anderer ertragen – ich will die Freuden genießen, die zu kosten jener zu beschäftigt ist. Wenn du entschlossen bist, einen selbstmörderischen Überfall auf Arellarti zu führen, so reite ich an deiner Seite. Bevor wir alle sterben, möchte ich zumindest einen Blick auf diese Festung unseres Feindes werfen. Ist dir klar, dass Teres die Einzige von uns ist, die Blutstein wirklich erblickt hat?«

Von seinem Feldbett her ließ Asbraln eifrig ertönen, er wolle sich ihnen gleichfalls anschließen. Aber da seine Oberschenkelwunde gewiss aufbrechen würde, sobald er aufzusitzen versuchte, redete Dribeck ihm diesen

Einfall aus. Dabei bedachte er die ganze Zeit über die Entschlossenheit, die die gewohnte Leichtfertigkeit seines Vetters abgelöst hatte.

»Ich heiße die Männer aufsitzen. Wir reiten sofort!«, fasste Dribeck, schon im Aufbruch begriffen, noch einmal zusammen. Die Frage ging ihm durch den Sinn, ob sich Freiwillige melden würden. Da ihre Position so oder so aussichtslos war, mochten sich vielleicht tatsächlich genügend Männer finden, die bereit waren, an dieser Mission teilzunehmen. »Wir werden schnell reiten«, sagte er. »Wir gehen hinein, finden heraus, was dort ist, und kehren zurück. Wenn Gerwein scheitert, werden wir die Fußtruppen und Belagerungsgerät zum Einsatz bringen. Jetzt ist dafür keine Zeit, und ich will es nicht riskieren, wenn vielleicht plötzlich die Flut kommt. Möglicherweise gelingt es uns ja sogar, mit heiler Haut zurückzukehren. Wenn nicht ... nun, gebrauche deine Urteilskraft, Asbraln. Ivocel ist ein fähiger Hauptmann und kommt aus gutem Haus – und er ist das, was an Offizieren von Rang noch übrig ist.«

Geistesabwesend bemerkte er, dass die zukünftige Führung Selonaris sehr wahrscheinlich nicht mehr länger für ihn von Belang sein würde – oder auch für irgendjemanden sonst.

»Lange ist es infrage gestellt worden«, bemerkte Asbraln stolz, als sein Herr hinaus in die Schatten davoneilte, »aber in seinem Herzen pulsiert das Blut eines Mannes, ganz ohne jeden Zweifel!«

Crempra mühte sich, seinen verbundenen Fuß in den Stiefel zu bekommen. »Verdammt törichte Art, zu solch einem Urteil zu kommen«, grinste er. »Nur weil er sich plötzlich ganz untypisch verhält und sein Leben für ein unüberlegtes Risiko wegwerfen will. Wenn das deine Vorstellung von Heldentum ist, dann hast du nie richtig darüber nachgedacht.«

Asbraln stieß ein Schnauben aus. »Kein wahrer Held folgt unablässig den Berechnungen des gewitzten Verstandes. Ein Mann muss das Unlogische versuchen, wenn Feuer in seinem Herzen lodert. Warum sonst gehst du mit ihm?«

Crempra lachte freudlos und blieb die Antwort schuldig.

Kanes Gesicht war seltsam gefurcht, als er das Buch endlich schloss; seine Hände bewegten sich ruhig, doch war es eine Willensanstrengung, sie davon abzuhalten, wild vor Zorn um sich zu schlagen. In seinen blauen Augen flammte eisiges Feuer.

Es gab keinen Zweifel. All jene Vermutungen und Ahnungen, die Blutsteins unaufhörliches Geflüster unterdrückt hatte, brachen nun an die

Oberfläche seiner aufgewühlten Gedanken durch. Selbst während er sich zu lesen und zu verstehen gezwungen hatte, während er sich Zeile für Zeile der Erkenntnis näher tastete, waren Blutsteins verzweifelte Befehle schrill und allgegenwärtig in seinem Gehirn gewesen und hatten seine Gedanken verwirrt und ihn bedrängt, nicht weiterzulesen, sondern das Buch zu vernichten. Zahllose vernünftige Argumente stürzten wie prasselnder Regen auf ihn ein, wollten ihn veranlassen, sich nicht weiter um das zu kümmern, was er las ... vergiftete Gedanken, die sich als seine eigenen verkleideten.

Wäre Kane nicht von der Echtheit, der Richtigkeit des Manuskripts überzeugt gewesen, die rasenden Anstrengungen, mit denen der Kristall zu verhindern suchte, dass er seine wahre Lage erkannte, hätten seinen Untergang bedeutet.

»Alorri-Zrokros war nicht allwissend«, murmelte Kane mit unnatürlicher Stimme. »Oder meine Abschrift wies gewisse fatale Ungenauigkeiten auf.«

»Jetzt kennst du die Wahrheit«, hauchte Teres und fragte sich, was dieser Sieg nützen würde. »Du bist nicht Blutsteins Herr – du bist sein Sklave! Er hat dich von jenem Augenblick an belogen, als du ihn so übereilt ins Leben zurückgerufen hast – vielleicht sogar schon vorher. Er hat dich hintergangen, auf dass du ihm dienst, während er noch machtlos darniederlag. Insgeheim verschwor er sich, die ganze Menschheit zu versklaven, um den schrecklichen Appetit seiner bösen Rasse zu stillen. Du glaubtest, Regent eines Weltreichs zu werden, Kane, doch wirst du nur die Rolle eines Oberaufsehers über zahllose Sklaven spielen dürfen. Du hast ein ungeheures Übel auferstehen lassen, das die vereinte Macht der alten Götter vergebens zu zerstören trachtete! Du hast dich selbst zum erbärmlichsten Verräter gemacht, den die Menschheit je kennen wird!«

Kane gab ein tiefes Krächzen von sich, und Teres zuckte unter der blinden Wut zusammen, die aus seinen Augen flammte. Er stürmte an ihr vorbei, sein Gesicht die Maske eines Irrsinnigen, der den Fluch seines Wahnsinns kennt.

Beeindruckt von den Kräften, die sie entfesselt hatte, eilte sie ihm hinterher, ohne die wenigen Rillyti zu beachten, die sie voll Furcht begafften.

»Blutstein!«, brüllte Kane und stürzte in die große Kuppel. »Blutstein!« Sein Zorn ließ sich nicht durch kühle telepathische Unterhaltung zügeln.

Ich habe dich gewarnt! Du hättest sie vernichten sollen. Sag, findest du Freude an deinem Erwachen?

»*Jemand* wird hier bestimmt vernichtet, noch ehe es dunkelt!«, spie Kane aus und strebte bereits auf das Steuerpult zu.

Hör auf mit dieser unsinnigen Rebellion, Kane! Was macht es schon, wenn deine bedeutungslose Eitelkeit dahin ist? Du bist mir nützlich, so wie du bist. Diene mir weiterhin aus freiem Willen, und meine Macht wird dir allen Reichtum und Luxus bringen, nach dem es dich gelüstet.

»Ich werde weder der Sklave eines Gottes noch eines Teufels sein – und auch nicht der einer Missgeburt außerweltlicher Wissenschaft! Stattdessen werde ich dich töten, obwohl du mir größere Macht als die von Göttern versprochen hast!«

Hör auf, Kane! Du kannst mir nichts mehr anhaben! Zügle deinen lächerlichen Zorn, bevor zu mich zwingst, gegen dich tätig zu werden!

»Schon einmal hat sich dein Sklave gegen dich gewandt! Mit diesen Händen, die dir das Leben zurückgaben, kann ich dich vernichten!«

Damals war ich zu schwach, den verräterischen Angriff abzuwehren! Heute kann sich keine Hand mehr gegen mich erheben!

»Ich kenne die Schranken deiner Macht! Ich bin ein unerlässliches Bindeglied in deiner entstellten Lebenskraft! Du kannst mich nicht vernichten, ohne dich selbst zu vernichten, aber ich brauche dich nicht, um leben zu können!« Kane griff nach der Steuerung.

Du Narr! Glaubst du wirklich, ich könnte von einem erbärmlichen Sklaven wie dir keinen Gehorsam erzwingen?

»Jetzt ist es zu spät für deine Lügen!« Kanes Finger berührten einen kristallenen Schalter.

Schmerz!

Unerträglicher Schmerz durchzuckte jeden einzelnen vibrierenden Nerv seines sich krümmenden Körpers. Und Kane hörte sich brüllen, einen wortlosen Aufschrei fürchterlicher Qual, der ungewollt seiner gemarterten Kehle entwichen war. Für eine endlose Zeitspanne folterte der Schmerz seinen hilflosen Körper und rammte weißglühende Fänge in jedes seiner Atome.

Irgendwann, irgendwie hörte es auf, bemerkte er verschwommen, als er sich, zusammengebrochen, auf den warmen Steinen liegend wiederfand. Noch immer dröhnte die strahlende Kuppel wie unter einem Donnerschlag, und er vermutete, dass dies der Nachhall seines Aufschreis war. Die Qual war verschwunden, doch genügte allein die Erinnerung, ihm Übelkeit zu bereiten. Teres rannte herbei. Benommen rief er ihr zu, sie solle zurückbleiben. Sie hörte nicht auf ihn.

Körperlich vermag ich dir in der Tat nichts anzuhaben, aber wie du nun weißt, kann ich dir Schmerzen bereiten – unerträgliche Schmerzen, die nicht einmal dann nachlassen werden, wenn dein zuckender Verstand nichts mehr weiter ist als ein seelenloser Klumpen pulsierender Gallerte! Die Fessel des Sklaven trägst du längst an deiner Hand, Kane, und du bist meine Kreatur! Fahre mit dieser vergeblichen Auflehnung fort, und ich zersprenge deine Seele mit solcher Qual, dass dein Verstand verkümmert und zerbricht. Du bist mir ein besserer Diener, wenn du dich meiner Macht ergibst, doch selbst ein Werkzeug ohne Verstand kann so lange in der Hand des Meisters geführt werden, bis ein besseres Werkzeug gefunden ist. Wenn meine Brüder kommen, wirst du merken, dass du nicht unersetzlich bist. Denke darüber nach, während du sinnlose Auflehnung erwägst.

Und nun töte dieses Mädchen, bevor sie mir weitere Unannehmlichkeiten bereitet!

»Verschwinde, Teres!«, presste Kane zwischen zusammengebissenen Zähnen hervor, nur noch unauslöschlichen Hass im Sinn. »Blutstein wird dich töten ...«

Sie kniete sich neben ihn, versuchte, ihm auf die Füße zu helfen, doch seine Knie gaben noch immer nach. Sie wusste nichts von Blutsteins Gedanken, hatte den Streit jedoch aus Kanes Worten nachvollzogen und dann gesehen, wie er von einem unerträglichen Schlag gefällt worden war, kaum, dass er die Schalter berührt hatte.

»Ich lasse dich nicht hier!«, versetzte sie entschlossen.

»Lauf, verdammt! Du bist in Gefahr, nicht ich!« Er kam auf die Füße, schob sich, den Rücken gegen das Podest gedrückt, nach oben.

Soll ich dich zum Gehorsam zwingen? Keine Sorge – meine anderen Sklaven werden mein Gebot treulich befolgen. Der magische Angriff meiner Feinde wird jetzt intensiver. Ein vergeblicher Angriff, doch ärgert es mich, dass ich gezwungen bin, meine Kraft mit der Abwehr dieser krampfhaften Bemühungen zu verschwenden. Sobald ich meine Brüder erreicht habe und Aufmerksamkeit erübrigen kann, werde ich diesen Quell des Widerstands restlos vom Antlitz der Welt tilgen.

Denke gut nach über das, was du nun gelernt hast, Sklave! Wenn du deinen dummen Zornausbruch vergisst und mir nach Kräften dienst, so wirst du merken, dass ich ein wohlwollender Herr bin. Leiste weiterhin Widerstand, und du wirst mir trotzdem dienen, doch ohne dass es einem von uns Vergnügen bereitet. Es gab eine Zeit, da hättest du deine Fesseln vielleicht noch brechen können, du Narr, doch inzwischen gibt es keine Macht in deiner Welt, die mich besiegen kann!

Die höhnischen Gedanken zogen sich zurück.

»Kane!«, keuchte Teres. »Die Rillyti!«

Zehn oder mehr Krötenwesen betraten die schimmernde Kuppel. Die entblößten Klingen in den Schwimmfäusten ließen keine Zweifel an ihren Absichten. Innerlich verzweifelte Teres, denn gegen diese ungeheuerlichen Angreifer würde ihr Schwertarm ihr nur ein paar Augenblicke länger verschaffen.

Ein durchdringendes Klirren, und Kane stand mit gezogener Klinge in der Hand neben ihr.

»Lauf zwischen die beiden Instrumentenreihen!«, knurrte er und zeigte in die entsprechende Richtung. »Das wird unsere Flanken und unseren Rücken decken, und die Kröten werden sich uns von vorne stellen müssen.«

Sie rannten zu den leuchtenden Instrumentenblöcken, während die Rillyti bereits angriffen. Kane schob Teres hinter sich, fing die Klinge des ersten Angreifers ab und schmetterte sie ihm mit der ungezügelten Wut, die in ihm tobte, aus der Faust. Der Schädel der Bestie wurde wie Klafterholz gespalten, und Teres' Schwert zuckte vor, um einer anderen den Bauch aufzuschlitzen.

»Bleib hinter mir!«, brüllte Kane. »Mich wagen sie nicht zu töten! Sie wollen dich!«

Teres verfluchte ihn. »Ich kümmere mich schon um meine eigenen Schlangen! Sie sind wild genug, um dich mit einem schlecht gezielten Schlag in zwei Hälften zu spalten!«

Doch gerade dies könnte einige Probleme lösen, überlegte sie plötzlich. *Genau jetzt ... ein schneller Stich in Kanes Rücken!* Sie wusste, dass sie es nicht tun konnte, ganz gleich, wie viel von seinem Tod abhing. Nicht, solange er gegen ihre Mörder kämpfte. Sie dachte an die unvorhergesehenen Folgen ihres Versuchs, den Finger mit dem Blutsteinring von Kanes Hand zu schneiden, und fragte sich, ob man Kane mit gewöhnlichem Stahl überhaupt töten konnte.

Die Rillyti drängten nach vorne und versuchten, Kane zu überrennen und mit ihrem größeren Gewicht aus dem Weg zu räumen. Sie durften ihn nicht töten, nur das Mädchen musste sterben. Da sie jedoch von ihm geschützt wurde, fiel ihr Ansturm reichlich schwach aus. Einige von ihnen stürzten auf dem glitschigen Boden, was einiges über die Tödlichkeit von Kanes und Teres' Klingen aussagte, andere zogen sich zurück, um ihre blutenden Wunden zu lecken. Rings um die Kämpfenden pulsierte

Blutsteins Feuer noch heller. Der Dämon außerweltlicher Wissenschaft bekämpfte die Zaubermacht, die ihm von Shenans Töchtern entgegengeschleudert wurde.

Der Angriff brach so jäh ab, wie er begonnen worden war. Teres stolperte beinahe an Kane vorbei, als sie einem der Krötenkrieger auf seinem Rückzug hinterherhechtete. Die Rillyti ließen ihre Toten zurück und eilten durch die Kuppel davon.

Dein Schoßtierchen mag leben, bis ich Zeit finde, mich um sie zu kümmern, wie sie es verdient. Einige ihresgleichen reiten meinen Toren entgegen, aber zurückreiten sollen sie nicht mehr. Vernichtest du diese tollkühnen Eindringlinge, kannst du meine Gunst erneut für dich beanspruchen ... Du weigerst dich? Nun, so bleib und ergeh dich in wehleidigem Schmollen! Meine anderen Sklaven werden sich um sie kümmern!

Die Zauberei der Sterblichen nähert sich den Grenzen, innerhalb derer sie sie noch beherrschen, und doch gehorchen die Meere allein meinem Willen. Aber für diese unbedeutenden Ablenkungen habe ich jetzt keine Zeit. Der Moment ist nahe, in dem die Sterne die beste Konstellation einnehmen ... Dann werden sich meine Brüder mit mir und ich mich mit ihnen vereinigen. Diese lästigen Zaubereien werden wie aufgewirbelter Staub vergehen, wenn der Augenblick gekommen ist!

»Kane! Was ist los?«, wollte Teres wissen, als sich die Kröten immer weiter zurückzogen.

Er erklärte es ihr. »Dribeck hat einen berittenen Trupp gegen Arellarti geschickt. Eine kleine Gruppe vermutlich, denn Blutstein entsendet lediglich den Rest seiner Rillyti, um ihnen aufzulauern. Der Kristall ist zu sehr mit anderen Dingen beschäftigt, um an eine so läppische Bedrohung Aufmerksamkeit zu verschwenden.«

»Kannst du nicht diesen Ring benutzen? Die Rillyti vernichten oder ihn gegen Blutstein einsetzen?«

Kane schüttelte den Kopf. »Unmöglich. Da Blutstein derjenige ist, der ihn mit Kraft versieht, kann ich ihn nicht gegen ein Ziel richten, das er ablehnt.«

»Kannst du denn gar nichts tun, um ihn aufzuhalten?«

»Ich werde etwas versuchen ... ich warte nur auf eine Gelegenheit!«, versprach er. Der Zorn in seinen Augen bekräftigte seine Absicht.

Das Gleißen in der Kuppel wurde intensiver als je zuvor und war nun von blendender Helligkeit. Selbst die düsteren Steine der Wände pulsierten in flüssigem Licht.

»Die Sterne stehen richtig!«, stöhnte Kane. »Er greift nach seinen Brüdern, durchforscht die Ödnis jenseits der Sterne nach Angehörigen seiner Rasse! Kannst du den Strom unermesslicher Energien fühlen? Blutstein greift auf seiner Suche durch Zeit und durch Raum. Jetzt krümmt seine Macht die Naturgesetze des Universums!

Er macht sich nicht mehr die Mühe, die geheimen Schlupfwinkel seines Geistes zu tarnen. Jetzt kann ich sie sehen und die bisher verborgenen Gedanken der bösen Seele dieser Kreatur erkennen. Da! Die ungeheuren Laboratorien, in denen er und seine Brüder Gestalt annahmen und geboren wurden. Und wie sich die Waffen einer vergangenen, fremden Technologie gegen ihre Schöpfer wandten! Die unvorstellbare Vernichtungskraft ihrer Kriege! Gedanken, die ich nicht begreife ... nicht zu begreifen wage ...« Im unerträglichen Strahlen schien die verzerrte Maske seines Gesichts abscheulich.

»Schnell – Teres!«, keuchte er. »Hier ist es zu gefährlich!« Ohne ihre Einwilligung abzuwarten, ergriff Kane ihre Schulter und stieß sie vor sich her aus der Kuppel, als sei sie nichts als ein zartes Kind. In seinem Gesicht stand etwas Schlimmeres als Zorn, sobald sie sich draußen befanden. Welchen Schrecken mag er geschaut haben?, fragte sich Teres. Ringsum pulsierte die ganze Stadt in unnatürlichem Licht.

»Kannst du von eigener Hand sterben?«, fragte sie stockend.

Kane lachte, ein brutales Bellen, das Erinnerungen an seinen gewohnten Charakter hervorrief. »Wahrscheinlich würde Blutstein mich daran hindern. Ich möchte wissen, wie viele meiner Handlungen in letzter Zeit meinem eigenen Willen entsprangen. Ich weiß es wirklich nicht ... Wie streng er seinen Sklaven bewacht! Aber ich werde nicht sterben, ehe dieser Kristall tot ist ... und um seine Niederlage weiß!«

»Wärst du tot, dann wäre er machtlos«, sagte Teres mit schneidender Stimme.

»Im Augenblick vielleicht. Aber ich habe nicht vor, mein Leben zu opfern, wenn es noch andere Möglichkeiten gibt.« Er blickte sie hart an. »Oder hast du vor, mich umzubringen?«

Sie fröstelte. »Ich weiß nicht, ob ich das tun könnte ... auch nicht, um die Menschheit zu retten. Aber wenn ich wüsste, dass du es dir noch einmal überlegst und bereit wärst, Blutsein für jene Bissen zu dienen, die er dir hinwirft ...«

»Ich diene keinem Herrn außer mir selbst!«, schrie Kane aufgebracht. »Die Menschheit gab mir wenig Grund, ihr treu ergeben zu sein ... Doch kein Geschöpf wird Kane als Schachfigur benutzen und lange genug leben, um die Früchte seines Spiels ernten zu können!«

Sie waren bis dicht ans Tor gekommen. Inzwischen machte der zunehmende Lichtkranz die Nacht zum hellen Tag. Kane erstarrte plötzlich, sein Geist war fern und lauschte ...

... lauschte einem stummen Schreckensschrei!

Blutstein hatte über die Sterne hinausgegriffen. Im Takt mit dem Strom kosmischer Energie rief er nach seinen Brüdern, nach jenen, die vor Jahrtausenden seine unnatürliche Geburt geteilt hatten. Jenen, die das vollständige Netzwerk seines Daseins bildeten. Jenen, die in den verzweifelten Kriegen vor langer Zeit Seite an Seite mit ihm gekämpft hatten. Die jahrhundertelang abgewartet hatten, um erneut an einer vereinten Existenz teilzuhaben. Die auf die Vollendung des perfekten Gitters warteten ...

Blutstein suchte ... und fand nichts! Blutstein rief laut ... und erhielt keine Antwort. Das weit gespannte Kristallgitter Arellartis pulsierte und flackerte, und Blutstein durchsuchte wie rasend die Korridore des interdimensionalen Raumes.

Es gab nichts.

Blutstein war allein.

Die Erkenntnis brach über ihn herein. Seine Brüder lagen im Staub eines längst vergessenen Krieges ...

Und diese Gewissheit brachte ... Wahnsinn!

Blutsteins fremdartiger Verstand basierte auf der Logik der Symmetrie, der Vollendung geometrischer Perfektion. In der niederschmetternden Erkenntnis, allein, unvollständig, unvollendet zu sein, verfiel die unbegreifliche Logik des Kristallwesens in Chaos. Unkontrollierte Kraft wogte durch die Tiefen seines Gitters, während sein wahnsinniger Verstand tobende Energien durch das Universum schleuderte.

Selbst Teres verspürte seinen irrsinnigen Schrei, und Kane wankte, als sei er mit einem Knüppel geschlagen worden. Grelle Schreckensschreie hallten auch aus dem Sumpf herüber; dort sah Teres Krötenwesen panisch durch den Morast hasten und schließlich zusammenbrechen. Das Leuchten der Mauern pulsierte zu einem blendenden Strom gesprenkelten Karmesins, und die ganze Erde schien in sprühendem Feuer zu brennen.

»Er ist wahnsinnig geworden!«, schrie Kane und umklammerte voll Schmerz seinen Schädel. »Die anderen seiner Rasse sind tot, Blutsteins Seele läuft Amok! Er schlägt mit der unbeseelten Wut einer enthaupteten

Schlange um sich ... noch immer tödlich, doch blind für jeden Angriff des Feindes!«

Gwellines bäumte sich auf, wo er angebunden war, und wieherte voll Furcht die grellen Strahlen an. Mit ungestümer Kraft brachte ihn Kane zum Stehen, sodass er Teres' Hand erkannte und sich ein wenig beruhigte. Blitzschnell riss Kane das erschrockene Mädchen hoch und warf es in den Sattel. Das Portal stand noch immer offen.

»Reite schnell, Teres!«, herrschte er sie an. »Jetzt gibt es nur noch Tod in Arellarti! Reite zum Wald und noch weiter. Du kannst mit den anderen entkommen! Blutstein und ich – wir sind mit diesem Spiel noch nicht fertig!«

»Ich werde nicht gehen und dich dem Tod überlassen! Gwellines kann uns beide tragen!«

»Wir haben nicht genug Zeit! Blutstein ist wahnsinnig, und Arellarti wird von Zauberei verschlungen! Dieses Chaos wird meine einzige Chance sein, diesen Dämon zu zerstören, den ich freigesetzt habe! Ich werde versuchen, durch die interdimensionale Projektion zu entkommen ... Für etwas anderes wird keine Zeit mehr sein!«

Er packte ihren Arm. »Wenn es für uns eine Zukunft gibt – wirst du dann mit mir kommen, Teres?«

Sie blickte in seine unheilvollen Augen, und die Worte, die sie sagen wollte, blieben ihr in der Kehle stecken. »Kane, es gab eine Zeit, da hätten wir ein Leben miteinander teilen können. Selbst in diesem Moment kann ich nicht leugnen, dass ich mich zu dir hingezogen fühle. Aber es gibt jetzt zu viel, das zwischen uns steht ... einen zu großen Abgrund, als dass Liebe ihn noch überbrücken könnte!«

Kanes Lippen verzogen sich. Er musterte ihr Gesicht und erkannte den Schmerz darin. »Worte, die ich schon allzu oft gehört habe! Reite los, Wölfin! Binde dein Schicksal an Dribeck, wenn du willst ... oder wen auch immer du zu begehren glaubst. Du wirst Kane nicht vergessen, das weiß ich. Jetzt reite, bevor dich das Verhängnis ereilt! Denn entweder Kane oder Blutstein wird heute Nacht sterben müssen!«

Seine Hand schlug auf Gwellines' Flanke, und der Hengst preschte los. Donnernder Hufschlag begleitete ihn, während er sich durch die Tore und aus der Stadt hinaus entfernte und seine sich verzweifelt festklammernde Reiterin in verwegenem Galopp über den Damm davontrug. Außerweltlicher Schrecken taumelte nun aus Arellarti heraus, und das Schlachtross spürte, dass bei der Flucht Eile geboten war.

Teres vermochte das Tier kaum im Zaum zu halten, während sie Dribeck und seinen Mannen entgegenjagte, die immer noch verwirrt waren, weil der Hinterhalt der Rillyti, der sich langsam um sie geschlossen hatte, mitten im Angriff zu einer heillosen Flucht geworden war.

Dribeck strahlte vor unerwarteter Erleichterung, als er Teres über den blutroten Lichtstrom heranstürmen sah.

»Wir haben diese Kröten in die Flucht geschlagen«, rief er, während sich Gwellines in einem Funkenregen aufbäumte.

»Zurück!«, warnte Teres, bevor er weitersprechen konnte. »In Arellarti können wir nichts mehr tun. Kane hat sich gegen Blutstein gewandt. In dieser Nacht bekriegen sich die Teufel!«

Seine Träume waren in einen Albtraum gestürzt, die Verlockung des Abenteuers war zu einem Spinnennetz des Schreckens verkommen. Jene Macht, die ihm die Herrschaft über die Sterne verheißen hatte, war eine Lüge, die ihn zum unbeseelten Sklaven machen sollte. Wenn ein wahnhafter Traum starb, regierte die Tollwut, und allein die kalte Kraft seines Zorns zerbrach die Fesseln dieses Irrsinns.

Kane betrat die Kuppel und näherte sich dem Podium mit schweren Schritten. Der rasende Kristall erkannte ihn und fühlte seine Absicht. Eine prasselnde Kugel smaragdenen Feuers flackerte um ihn herum – die selbstmörderische Wut eines Skorpions, der sich selber sticht, nachdem er von einem übermächtigen Feind in die Enge getrieben worden war. Kane schritt voran, ohne auf das wilde Flackern des Feuers zu achten.

Noch immer kämpfte Blutstein gegen die Gewalten von Shenans Magie und hielt die Zaubermacht trotz des kosmischen Wahnsinns in Schach, der heulend seinen fremdartigen Verstand durchbrauste. Schwach war er sich dabei auch Kanes Anwesenheit bewusst und bot seine gemarterten Energien auf, um sich auch gegen ihn zu verteidigen. Doch seine Macht war gebrochen, er war nicht mehr länger unbesiegbar.

Kane hörte Blutsteins Gedankenstimme in seinem Gehirn flüstern. Tausend vernünftige Gründe raunte er ihm zu und versuchte so, seine Schritte abzuwenden, tausend Versprechungen führten seine Seele in Versuchung. Schreckliche Drohungen stürzten auf ihn ein, in ungestümer Raserei paarte sich Chaos mit süßem Flehen.

Kane ignorierte dies alles.

Dann kehrte der Schmerz zurück, aber dieses Mal war er nicht mehr von unerträglicher Intensität. Kane taumelte, zerbiss sich die Lippen, bis ihm blutiger Schaum vor dem Mund stand, ohne es inmitten der anderen

Schmerzen zu spüren. Er schrie nicht. Die dunkle Macht seines Hasses, seines Zorns errichtete einen Schild um seinen Verstand und brannte die gierigen Tentakel des Schmerzes ab, die seinen Geist zu zerbrechen versuchten.

Kanes Lippen bewegten sich, spien Flüche in einem Dutzend Sprachen aus, trotzten brüllend dem geschlagenen Ungeheuer, dessen wahnsinnige Qualen ihn würgten und mit sengender Agonie gleichermaßen an ihm zerrten. Wie ein verzweifelter Schwimmer, der nicht ertrinken wollte, zwang Kane in wogender Pein seine nachgebenden Beine, ihn aufrecht zu halten, ganz langsam Schritt um Schritt voran zu machen.

Energiebänder umhüllten ihn, als er über das steinerne Halbrund taumelte und sich an den Steuerhebeln festhielt. Plötzlich war der Schmerz nicht mehr ausschließlich geistiger Art, denn Blutsteins blindlings wütende Klauen zogen nun verkohlte Striemen über seine Haut. In seinem rasenden Wahnsinn hieb der Kristall nach seinem eigenen Fleisch. Sein irres telepathisches Geheul umnachtete Kanes Verstand und zerfetzte seine Gedanken, bis es unmöglich schien, sich auch nur der Aufgabe zu erinnern, die er zu vollbringen hatte.

Kane stemmte sich dem unablässigen Ansturm entgegen. Jahrhundertelang hatte er sich mit den Geheimnissen des Geistes befasst. Sein gleichfalls Jahrhunderte währender Überlebenskampf hatte ihm einen unbeugsamen Verstand geschmiedet. Kein Mensch hätte der Macht Blutsteins widerstehen können, so verkrüppelt das Kristallwesen nun auch war. Kanes Zorn jedoch war mehr als nur menschlich. Hass nährte seine Kraft. Mit der bloßen Faust schlug er wieder und wieder auf einen aus dem Steuerpult ragenden Hebel ein. Blutstein schrie auf vor Schmerz – und plötzlicher Angst.

Unaufhörlich wütete Kane weiter, stieß mit blutenden Knöcheln eine ganze Reihe von Metallhebeln tief in den steinernen Halbkreis. Mit der anderen Hand tastete er nach den Kristallschaltern und zerschnitt sich die Finger an den Keramikknäufen, die sich nur langsam drehen ließen.

Unerträgliche Stiche durchdrangen ihn. Er klammerte sich an den Vorsprüngen des Podiums fest, um nicht zu Boden zu sacken. Der Blutsteinring brannte sich in sein Fleisch, seine ganze Hand schien in flüssiges Eisen getaucht. Voll Ingrimm kämpfte er gegen die Bewusstlosigkeit an. Er wusste, wenn er sich ihr ergab, dann war er verloren. Mit schmerzvernebelten Bewegungen verstellte er Hebel und Schalter auf dem glühenden Halbkreis, zwang sich, die Regler zu blockieren, den monolithischen Energiekreis zu überladen.

Inzwischen war Blutsteins Gleißen zu einem hungrigen, blendenden Funkeln geworden, das Kanes Blick trübte. Todesqual durchpochte ihn im Takt des pulsierend-leuchtenden Wogens. Die Hitze war keine Einbildung. Sooft er die Steine berührte, bildeten sich Blasen auf seiner Haut. Unbeherrschte Energie ließ das gesamte Kraftnetz Arellartis erstrahlen, und es erhob sich wie ein geschmolzener Vulkankegel aus dem Sumpfland.

Kane hatte die Steuerungshebel blockiert, durch die sich jene ungeheuren Energien lenken ließen, welche Blutstein aus dem Kosmos sog. Die albtraumhafte Schöpfung außerweltlicher Technologie wurde nun von einem Mahlstrom jener Kraft erfasst, von der sie sich nährte. Wie ein ungebremstes Mühlrad in einer unvorstellbaren Flut war Blutstein jetzt in einem nicht zu beherrschenden Energiestrudel gefangen, war in sich selber eingeschlossen und tobenden Energien ausgeliefert, die ihn in Atome zerreißen würden.

Die Steine erzitterten unter Kanes qualmenden Stiefelsohlen. Er konnte ein fernes Tosen hören, ein Donnern, das Arellartis wimmerndes Geheul durchdrang, als würde ein alle Menschenängste übertreffender Sturm durch die Finsternis auf die lodernde Stadt zujagen.

Du Narr! Dein Verrat hat dich und mich vernichtet!

Dies war der letzte zusammenhängende Gedanke von Blutstein, den Kane noch wahrnehmen sollte.

Verzweifelt bearbeitete er die Skalen und Vorsprünge, welche die Energien der interdimensionalen Projektion regulierten. Ungeachtet seines tobenden Wahnsinns würde Blutstein diesen Einstellungen gehorchen und entsprechend reagieren müssen, denn auch wenn er vom Bösen beseelt war, so war er doch von seinen Schöpfern als Maschine geschaffen worden. Oder? Konnte er überhaupt noch reagieren, nach dem Schaden, den Kane ihm zugefügt hatte?

Der zermalmende Donner des Untergangs stürmte näher, und Kane wusste, dass ihm nur noch diese kleine Hoffnung blieb. War überhaupt noch genügend Zeit, damit der rachsüchtige Blutstein ihn zu einem nahegelegenen Brennpunkt des Netzes transportieren konnte? Auch wenn er möglicherweise in der auflösenden Umarmung des Kristalls starb oder körperlos durch die Klüfte zwischen den Dimensionen wirbelte – Kane wagte es. Spiralen aus funkelnder Energie legten sich ein letztes Mal um ihn. Kane wurde durch das Kristalltor an den Abgrund jenseits des natürlichen Raum- und Zeitgefüges getragen ...

Die standhafte Barriere, die die verzauberten Fluten bisher so sorgfältig zurückgehalten hatte, war mit einem Mal verschwunden. Die befreiten Wasser des Westmeeres stürzten landeinwärts wie durch einen gebrochenen Damm von ungeheurer Höhe.

Auf ihrem Hügel wimmerten Shenans Töchter in plötzlicher Furcht. Die Gewalt ihrer gefährlichsten Sprüche war beim Zusammenbruch von Blutsteins Widerstandskraft freigesetzt worden. Ihre zauberische Macht brach durch das verschwundene Hindernis, und alles, was sich aufgestaut hatte, wurde mit einer Kraft zurückgestoßen, die ihre Berechnungen weit überstieg. Es war keine Phantomflut mehr, die sich an die Festung ihres Feindes anpirschen sollte und ihren zwingenden Beschwörungen gehorchte. Eine Flutwelle, höher als hundert Schritte, rauschte durch die große Verwerfung beim Schlangenschwanz und ergoss sich wie die Faust der rächenden Götter über das Land der Fäulnis!

Jene, die sich im Wald aufhielten, flohen in blindem Schrecken auf höher gelegenen Boden, um jener Hexenflut zu entkommen, die zu ihren längst vergessenen Ufern brandete.

Mit unwiderstehlicher Macht stürmte der Wasserberg über die bebende Marsch. Giftige Geschöpfe, verkümmerte Bäume, würgende Lianen, bodenloser Morast – sämtliche Bewohner Kranor-Rills wurden von den gierigen Wassern verschlungen.

Dann traf die Springflut mit schmetternder Urgewalt auf die überhitzten Mauern Arellartis, und eine gewaltige Erschütterung schien die Erde zu zerreißen. Im Wald dahinter zitterten die Bäume, neigten sich und wandten ihr zerfetztes Wurzelwerk den Sternen zu. Die flüchtenden Selonari wurden durch das ungeheure Beben zu Boden geschleudert und warfen erschreckte Blicke zurück, um Zeugen der kreischenden Nova zu werden.

In seiner nahezu geschmolzenen Kuppel zersprang Blutstein in eine Million Splitter glühender Energie.

Die schaumgekrönte Welle raste über diesen Höcker aus pulverisiertem Gestein dahin, und dann war die Nacht wieder in sternengesprenkelte Dunkelheit gehüllt. Wie eine brennende, keimtötende Spülung hatte sich das Meer über Kranor-Rill gelegt, und als es sich schließlich wieder zurückzog, hinterließ es ein gesäubertes Land, ein Land, das gereinigt war von dem dort schwärenden Bösen.

Epilog

An einem Morgen im Frühling eines anderen Jahres erwachte Teres noch vor Tagesanbruch und empfand eine seltsame Unruhe. Alte Träume kehrten wieder; Geister wollten nicht ruhen. Der Schlaf stellt sich nicht ein, wenn Erinnerungen sich zu schwinden weigern.

Leise, um die Schlafenden nicht zu wecken, stahl sie sich aus ihrem Gemach.

Gwellines war ebenfalls unruhig. Als sie ihn sattelte, stieß er ein freudiges Wiehern aus. Sie saß auf, gab ihm die Sporen und ritt im Licht der Morgendämmerung aus den Toren Selonaris nach Süden.

Der Morgen brach an, rasch wurde es heller und wärmer, und schließlich ging es auf den Mittag zu. Der Wald leuchtete vom frischen Grün des Frühlings. Teres' Laune hob sich strahlend und leicht, als sie unter den Bäumen dahinritt. Ein warmes, reines Aroma lag in der Luft, sodass sie wie ein wiedererwachter Waldkobold in der Frische der Jahreszeit schwelgte.

Als die Sonne dem Erdenrund schon eine Weile wieder entgegensank, hatte Teres ihr Ziel erreicht. Sie saß ab und hatte, während sie sich dem eingestürzten Steinkreis näherte, das unheimliche Gefühl, auf einer Pilgerfahrt zu sein. Hier hatte sie sich einst von Kane getrennt. Noch stärker keimten nun die Erinnerungen, und ihr Blick wurde weich, als sie ihnen gestattete, an ihrem geistigen Auge vorbeizuziehen. Seltsam, dass Augenblicke des Glücks so quälend waren wie die Erinnerung an Schrecken. Eine hartnäckige Neugier hatte sie zu diesem Ort zurückgeführt, hierher, wo diese beiden Empfindungen miteinander verschmolzen waren.

Die Augen weit und aufmerksam suchend, ging sie umher.

Unter ihrem Schritt erklang das leise Knistern von altem Laub, das sich auf felsigem Boden auflöste.

Hierher wäre er gekommen …

Plötzlich bückte sie sich, nahm den matt glänzenden Gegenstand auf, der in der mit Blättern gefüllten Mulde halb begraben lag, wo ihn eine Hand voller Abscheu hingeschleudert hatte.

»Strahlender Ommem! Ich wusste es!«, rief Teres mit frohem Lachen.

Sie rollte den Blutsteinring auf ihrer Handfläche hin und her. Er war nur noch eine leere Hülle und wog nicht mehr viel. Das silberweiße Metall war verzogen und zerfressen. Der Juwel leblos, undurchsichtig und von tausend

Rissen durchschossen, als wäre er unerträglicher Hitze und Anspannung ausgesetzt gewesen.

Als Teres ihre Faust darum schloss, zerbröckelte der Blutsteinring wie ein alter Knochen.

Thomas Ziegler

Sardor

Thomas Ziegler (1956–2004) gilt als einer der wenigen deutschsprachigen Phantastik-Autoren von internationalem Rang. Er schrieb Science-Fiction-, Fantasy- und Kriminalromane und war maßgeblich an den Serien Die Terranauten und Perry Rhodan beteiligt. Im Golkonda Verlag erscheint im Laufe der nächsten Jahre eine umfassende Werkausgabe.

Den Auftakt macht die Fantasy-Trilogie Sardor, von der 1984 bzw. 1985 bei Bastei Lübbe die ersten beiden Bände erschienen sind; der bisher noch nicht publizierte, fast schon legendäre Band 3 wurde, zur Hälfte fertiggestellt, im Nachlass des Autors entdeckt und von Markolf Hoffmann zu Ende geschrieben.

Sardor 1: *Der Flieger des Kaisers*
Klappenbroschur | 182 Seiten | € 14,90
ISBN 978-3-942396-51-6

Sardor 2: *Am See der Finsternis*
Klappenbroschur | 185 Seiten | € 14,90
ISBN 978-3-942396-52-3

Sardor 3: *Der Bote des Gehörnten*
Klappenbroschur | 193 Seiten | € 14,90
ISBN 978-3-942396-53-0

Alle Titel auch als E-Book erhältlich.

Golkonda Verlag | Charlottenstr. 36 | 12683 Berlin-Biesdorf
www.golkonda-verlag.de

Samuel R. Delany

Nimmèrÿa 1: Geschichten aus Nimmèrÿa

Die Geschichtenerzählerin Norema, der Barbarenprinz Sarg, die maskierte Schwertkämpferin Rabe – das sind nur einige der schillernden Figuren, die uns in dieser Chronik eines Landes begegnen, das in fernster Vergangenheit an der Schwelle zur Zivilisation steht.

Zentraler Handlungsträger ist jedoch der Sklavenjunge Gorgik, den es an den Adlershof von Kaiserin Ynelgo verschlägt. Er muss lernen, sich im Gewebe der Intrigen unter den Adeligen zurechtzufinden, und stellt alsbald fest, dass er nicht nur mit der Waffe in der Hand seinen Mann stehen kann …

Die Serie Nimmèrÿa ist ein Dokument unserer Zeit, des Heute. Sie ist ein opulentes und farbenfrohes Fantasyabenteuer, ein faszinierender Ideenroman, ein erzählerisches Spiegelkabinett, eine komplexe Erörterung von Macht, Sexualität und dem Erzählen an sich.

Geschichten aus Nimmèrÿa wurde für den ›American Book Award‹ nominiert und ist ein Klassiker der postmodernen Fantasy. Mit diesem Band startet eine vollständig überarbeitete und ergänzte Neuausgabe des vierbändigen Nimmèrÿa-Zyklus.

Überarbeitete Neuausgabe
Herausgegeben von Karlheinz Schlögl
Aus dem Amerikanischen von Annette Charpentier
Klappenbroschur | 380 Seiten | € 16,90
ISBN 978-3-942396-24-0
Auch als E-Book erhältlich.

Golkonda Verlag | Charlottenstr. 36 | 12683 Berlin-Biesdorf
www.golkonda-verlag.de

Jo Walton

In einer anderen Welt

Die fünfzehnjährige Morwenna ist auf der Flucht – vor einer Mutter, die sich der finsteren Magie verschrieben hat, vor der staatlichen Fürsorge und vor der Erinnerung an den Tod ihrer Zwillingsschwester. Am schlimmsten trifft sie jedoch, dass sie ihre Heimat verlassen muss, das märchenhafte Wales, und damit ihre einzigen Freunde, die Feen und Geister, die dort in den Wäldern zu Hause sind.
Auch ihr Vater, den sie nie gekannt hat, möchte sie nicht bei sich aufnehmen und schickt sie auf ein Mädcheninternat, wo sie mit der Verständnislosigkeit der Lehrer und dem maßlosen Ehrgeiz der anderen Schülerinnen fertig werden muss. Verzweifelt greift sie zu der Magie, die sie seit ihrer Kindheit begleitet, einer Magie, die niemand außer ihr sehen kann. Und zu ihren Büchern. In Science-Fiction- und Fantasy-Romanen findet sie mehr als nur flüchtigen Trost: Sie öffnen Tore zu anderen Welten, und das nicht nur im übertragenen Sinne. Als ihre Mutter zu einem neuerlichen Schlag ausholt, sind es Bücher, in die Morwenna ihre ganze Hoffnung setzt …

Ausgezeichnet als bester Roman des Jahres mit dem ›Hugo Award‹, ›Nebula Award‹ und dem ›British Fantasy Award‹.

»Ein Wunder und eine wahre Freude.« — The New York Times

Deutsche Erstausgabe
Aus dem Amerikanischen von Hannes Riffel
Klappenbroschur | 300 Seiten | 14,90 Euro
ISBN 978-3-942396-75-2
Auch als E-Book erhältlich.

Golkonda Verlag | Charlottenstr. 36 | 12683 Berlin-Biesdorf
www.golkonda-verlag.de

Hellboy Storys 1

Medusas Rache

1994 erblickte Hellboy zum ersten Mal das Licht einer Comicseite und entwickelte sich in den nächsten Jahren zu einem phänomenalen Erfolg, der 2004 und 2008 mit den Kinofilmen von Starregisseur Guillermo del Toro seinen vorläufigen Höhepunkt erreichte. Im Dezember 1999 wiederum erschien der erste von inzwischen drei Sammelbänden mit Hellboy-Geschichten, die bisher nur auf Englisch erhältlich sind. Dem wollen wir nun abhelfen, denn ob im Comic, auf der Leinwand oder in Form des gedruckten Wortes – niemand erlebt so faszinierende, so unheimliche, so abgefahrene Abenteuer wie Hellboy!

Einige der besten Phantastik-Autoren der angloamerikanischen Szene haben zur Feder gegriffen, um dem roten Riesen die Ehre zu erweisen. Jede Erzählung ist mit einer ganzseitigen Illustration von Hellboy-Schöpfer Mike Mignola versehen – ein Augenschmaus für Kenner und ein Muss für jeden Sammler.

Herausgegeben von Christopher Golden

Illustriert von Mike Mignola

Deutsche Erstveröffentlichung
Ins Deutsche übertragen von molosovsky & Verena Hacker
Klappenbroschur | 300 Seiten | € 16,90
ISBN 978-3-942396-21-9
Auch als E-Book erhältlich.

Golkonda Verlag | Charlottenstr. 36 | 12683 Berlin-Biesdorf
www.golkonda-verlag.de